Ulrich Hofmann

The End

Thriller

aufbau taschenbuch

ISBN 978-3-7466-2450-1

Aufbau Taschenbuch ist eine Marke der
Aufbau Verlag GmbH & Co. KG.

1. Auflage 2008

Umschlaggestaltung Mediabureau Di Stefano, Berlin
unter Verwendung eines Fotos von © Ugur Evirgen/iStockphoto
Druck und Binden CPI – Clausen & Bosse, Leck
Printed in Germany

www.aufbau-verlag.de

Der größte Fluch, mit dem die Menschheit jemals belastet wurde, ist das Erinnerungsvermögen.

aus *Citizen Kane*

Opener

Ich verlasse die Autobahn und fahre auf der breiten Einfallstraße bis in ein Industriegebiet am Stadtrand. Es dauert eine Weile, bis ich einen geeigneten Ort gefunden habe, schließlich entscheide ich mich für einen schmalen, staubigen Schotterweg, die Zufahrt zu einem Schrottplatz. Ich halte direkt neben dem Gitterzaun und mache den Motor aus. Hinter dem Schrottplatz ragen die rußigen Skelette eines verfallenen Fabrikgebäudes in den Abendhimmel. Aus einem Kanaldeckel steigt grauer Dampf auf. Es ist viel zu kalt für Ende Juni.

Lange bleibe ich reglos sitzen. Lasse mir noch einmal alles durch den Kopf gehen. Die Wärme im Wagen weicht langsam der Kälte dort draußen.

Als ich meinen eigenen Atem sehen kann, steige ich aus.

Ich blicke mich noch einmal um: Nirgendwo ist Leben. Kein Mensch, keine Bewegung, nichts.

Ich öffne den Kofferraum, nehme meine grau-gelbe Sporttasche und den Benzinkanister heraus.

Ich schraube den Kanister auf, dann beuge ich mich ins Innere des Wagens. Der Geruch des Benzins ist so beißend, dass ich husten muss. Ich tränke Vorder- und Rücksitze, lasse die Flüssigkeit über Armaturenbrett und Lenkrad laufen. Den leeren Kanister stelle ich zurück in den Kofferraum.

Aus meinen Hosen- und Jackentaschen hole ich die Papiere: Personalausweis, Führerschein, Reisepass. Außerdem Kredit- und Visitenkarten, Quittungen und Bons, jeglichen Hinweis auf meine Person. Ich schmeiße alles auf den Fahrersitz und hole die Streichhölzer aus der Jacke. Für einen Moment betrachte ich das weiße Spiegelbild meines bandagierten Gesichts im hinteren Seitenfenster. Dann entzünde ich ein Streichholz.

1. Der Gute

Die Welt ist so schön und wert, dass man um sie kämpft.
Dem zweiten Teil stimme ich zu.

Wissen Sie, was Filmträume sind? Haben Sie schon mal einen gehabt? Was mich angeht, ich hatte fast zehn Jahre lang jede einzelne Nacht einen Filmtraum.

Ich bin schon mit Robert Redford Angeln gewesen (ich hatte drei oder vier Hechte aus dem Fluss gezogen, Robert – neiderfüllt – nur ein paar Barsche), bin mit Steve McQueen Ski gefahren (in einer James-Bond-Gletscherlandschaft mit Maschinengewehren unter den Achseln), bin mit Ernest Borgnine durch ein Minenfeld geschlichen und habe zusammen mit Copilot George Kennedy eine Boeing 747 mit Triebwerksschaden sicher wieder auf den Boden gebracht. Es gab da keine Grenzen in meinem Kopf: Ich träumte mich entweder in einen bereits existierenden Film hinein – meist in die Hauptrolle – oder kreierte einen vollkommen neuen Streifen. Manchmal waren es nur Szenen, die ich träumte, manchmal aber auch ganze Zweistundenfilme. Oftmals träumte ich am Ende sogar einen Abspann. Meist wurden die Titel über dem Bild eingeblendet, rollend, von unten nach oben. (Schwarz wurde das Bild, glaube ich, nie.) Es ist selbst im Schlaf ein erhebendes Gefühl, seinen Namen an erster Position in einem Abspann zu lesen, das können Sie mir glauben.

Und erst der Sex: Ich bin mit der nackten Nicole Kidman über den feinkörnigen Sand eines einsamen Südseestrandes gerollt, ihr schlanker Alabasterkörper strahlte im Sonnenlicht wie eine seltsam geformte Neonröhre. Ich habe mich im tiefen Tal zwischen Monica Bellucis Brüsten verloren oder an den schwarz lackierten Zehen Faye Dunaways gelutscht. Ich kann mich sogar an einen Dreier erinnern, und zwar mit Joan Crawford und Eva

Marie Saint, was mir unter anderem deswegen im Gehirn geblieben ist, da der Körper von Joan schwarz-weiß und der von Eva Marie in Farbe war.

Diese Träume fanden ausschließlich in dem von mir allein genutzten Doppelbett in Zimmer 9 der Pension *Oscar* statt, einem kleinen Hotel mitten in Berlin, von dem ich annehme, dass es heute, wenn überhaupt, unter einem anderen Namen existiert.

Das erste Mal betreten hatte ich die Pension an meinem sechsundzwanzigsten Geburtstag, dem 30. Juni 1996. Ich hatte Zimmer 9 angemietet, mich kurz geduscht und war dann losgegangen, alle Filme der Welt zu sehen. Am Beginn meiner Geschichte, dem 14. Juni 2006, hatte ich das auch so gut wie geschafft.

Zuerst blieb mir nur das Kino, um mein Vorhaben zu realisieren. Bald aber hatte ich die nötige Ausrüstung (und die Erlaubnis von Clarissa, der Pensionschefin), in meinem Zimmer Videofilme sehen zu können (und später natürlich auch DVDs).

Die ersten neun Jahre und neun Monate in der Pension sah mein Tagesablauf also ungefähr so aus: Frühstück, Video, Video, Mittagessen, Video, Video, Gang zur Videothek, Abendessen, Video, Video. Manchmal auch so: Frühstück, Video, Video, Mittagessen, Gang zur Videothek, Video, Abendessen, Kino, Kino, Video. Ich denke, Sie wissen Bescheid.

Dann, im März 2006, wurde ich Videothekar. Seitdem hat sich mein Tagesablauf natürlich nicht unwesentlich verändert, auch weil ich im April Yvonne kennenlernte. Aber zu Yvonne später mehr; alles zu seiner Zeit.

Was ich vor diesen letzten zehn Jahren in Zimmer 9 der Pension *Oscar* gemacht habe? Nun: Als Filmexperte (diesen Titel gestehe ich mir jetzt einfach mal zu) weiß ich, wie verärgert man manchmal als Zuschauer ist, wenn die Spannung in einem Horrorthriller (und nichts Anderes ist meine Geschichte) durch das nicht nachvollziehbare Zurückhalten von Informationen erzeugt wird, also von Fragen, die nach den Gesetzen der Logik längst hätten beantwortet werden können, und deren Beantwortung nur aus Gründen der Dramaturgie ausgewichen wird. Dennoch oder gerade eben deswegen hier auf der Stelle das Geständnis: Ich kann Ihnen, ausgehend von meinem Wissensstand am 14. Juni 2006, keine weiteren Informationen zu meiner Vergangenheit geben. Denn: Ich hatte keine Ahnung, was ich vor jenem 30. Juni 1996 getan hatte. Woher ich kam, war mir unbekannt. Alter und Name wusste ich von einem Ausweis, den ich aus irgendwelchen Gründen ebenso bei mir trug wie eine Tasche voller Geld, und mehr brauchte ich damals nicht – mehr habe ich bis heute nicht gebraucht.

Ob ich eine Motivation verspürte, herauszufinden, woher ich gekommen war? Nein. Wozu auch. Die Welt außerhalb von Zimmer 9, abgesehen von Kinos und Videotheken, interessierte mich nicht. Mehr noch: Sie langweilte mich. Also wozu nachforschen, was ich mit dieser Welt zu tun gehabt hatte?

SARAH, eine Person, die ich zu Beginn der folgenden Ereignisse noch ebenso wenig kannte wie Sie (und deren fehlende Vorstellung deswegen sowohl in Anbetracht der Dramaturgie als auch der Logik erlaubt ist, wie ich finde), würde jetzt sagen: *Sich ohne ersichtlichen Grund zu verteidigen, macht einen Menschen verdächtig des fehlenden Selbstvertrauens.* Wie immer hat SARAH Recht. Und da mein Selbstvertrauen mittlerweile größer ist als das von Rhett Butler in *Vom Winde Verweht*, würde jegliche weitere Erklärung hier nur falsche Eindrücke erzeugen.

Am Mittwoch, dem 14. Juni 2006, drei Monate, nachdem ich Videothekar geworden war, erwachte ich wie gewöhnlich durch den knallenden Kickstarter eines Halbstarken, der offenbar nichts dabei fand, sein Moped bereits im Innenhof anzutreten. Wie üblich verdrängte ich meine Gereiztheit durch die noch sehr lebendige Erinnerung an den Filmtraum; an diesem Morgen waren es sogar zwei Träume: Im ersten hatte ich zusammen mit

Warren Beatty die Welt vor dem Nuklearschlag einer geheimen Macht gerettet, im anderen Meg Ryan einen blaugrünen Fruchtgummislip vom Hintern gegessen (Waldmeister). Ich duschte wie immer und ging wie immer hinab zum Buffet. Clarissa war nicht da, an der Rezeption saß das Mädchen, das manchmal Vertretung machte, und das Buffet war gänzlich unbeaufsichtigt. Zurück in Zimmer 9 entschied ich mich für die Originalfassung von *King Kong*. Ich zog die Gardinen vor die Fenster, legte die DVD ein, nahm die diversen Fernbedienungen und legte mich aufs Bett. Gut hundert Minuten später ging ich erneut duschen, über den Schluss des Films nachsinnend (Kong liegt tot am Fuß des Empire State Buildings. Ein Polizist: »Die Flieger haben ihn geschafft.« Denheim, der Mann, der den Riesenaffen gefangen hat, entgegnet: »Nein. Nicht die Flieger. Schönheit tötete das Monster.«), daraufhin zog ich mich an und verließ Zimmer 9 und die Pension *Oscar*.

Stellen Sie sich eine Totale von Berlin vor, über der Stadt ein strahlend blauer Himmel. Ein langsamer Zoom auf ein Viertel in der Mitte, blitzende Dächer im Sonnenlicht, Straßen mit Autos, so klein wie Stecknadelköpfe. Der Zoom geht weiter, jetzt sind nur noch ein paar Blocks im Bild, die Kamera versteift sich auf eine Häuserzeile am Rande eines kleinen Platzes, und noch mehr Zoom, man kann jetzt Dinge erkennen wie Pflastersteine, Gullideckel und streunende Hunde, die Häuserzeile ist nun voll im Blickfeld, die Kamera sinkt nieder auf die Ebene des Platzes, pirscht sich von vorne an die Häuserzeile heran, überspringt geparkte Autos, hastende Menschen und bleibt schließlich an einem vollkommen mit Filmpostern verhangenen Schaufenster kleben und fokussiert auf einen schwarzen, schnörkellosen Schriftzug über einer Glastür direkt neben diesem Schaufenster: *Zero-Zone. Off-Videothek.*

Das *Zero-Zone* war eine der wenigen unabhängig gebliebenen Videotheken der Stadt. Es gab noch zwei direkte Konkurrenten in Kreuzberg (das *35mm* und das *Película*) sowie einen am Westend (das *Zelluloid*), wobei mir viele unserer Kunden versicherten, wir, das *Zero-Zone*, seien mit Abstand die Off-Videothek mit der besten Auswahl und der besten Beratung. Vor allem über das *Zelluloid* musste ich mir manchmal wahrlich erschreckende Beschwerden anhören, die klar machten, dass deren Geschäftspolitik zur unseren vollkommen konträr war. Es zahlte sich aus: Das *Zero-Zone* stand finanziell sicher auf beiden Beinen.

Wir besaßen von jedem Film nur maximal zwei Kopien, einmal DVD, einmal Video, und manchmal vielleicht noch eine Originalfassung oder eine mit Untertiteln. Blockbuster gab es kaum, wenn, dann nur die allerneusten, und dann auch nur für ein paar Wochen. Ich hatte Gregor seit den drei Monaten, die ich im *Zero-Zone* arbeitete, schon oft zu überreden versucht, die Blockbuster aufzustocken, aber bei ihm war da kein Durchkommen. Sein Standardsatz war: »*Zero-Zone* heißt auch Zero-Tolerance.« Damit meinte er: Keine Toleranz gegenüber teurem Popcorn-Kino. Ich rechnete ihm dann meistens vor, wie viel Mehreinnahmen wir hätten, wenn wir zumindest die üblichen Paketangebote der großen Verleihhäuser annehmen würden (jeden Arbeitstag musste ich mindestens zehnmal bedauernd mit dem Kopf schütteln, wenn jemand beispielsweise nach Filmen wie *Terminator 3, Matrix 2* oder *American Fighter 288* verlangte), aber Gregor blieb stur: »Wir haben auch eine gewisse Verantwortung, verstehst du, Alex? Verantwortung!« Dann blickte er meist über seine Kastenbrille hinweg auf mich herab und wiederholte: »Verantwortung! Lieber ein paar Hunderter weniger im Monat, als dass wir dazu beitragen, die Welt zu verdummen! Oder etwa nicht, Mann?!«

Das sah ich anders. Es ging mir nicht ums Geld – ich hatte nach wie vor mehr als genug davon. Es ging mir um die Kunst: Meiner Meinung nach verdummten amerikanische B- und C-Unterhaltungsfilme die Welt weit weniger als Filme von Michelangelo Antonioni oder einigen seiner blasierten Autorenfilmerfreunde, aber was sollte ich tun: Gregor war der Chef, er hatte das *Zero-Zone* vor über sieben Jahren aus dem Nichts aufgebaut, und ich war erst seit drei Monaten dabei.

Unser Programm umfasste folglich: viel Italienisches, viel Französisches und viel Deutsches. Außerdem alle Richtungen von Klassikern, über Stummfilme, über den deutschen Expressionismus, weiterhin über den amerikanischen Film-Noir, über den französischen Film-Noir, die Nouvelle Vague, das New Hollywood der Sechziger und Siebziger. Desweiteren natürlich alle Arten von Independent-Produktionen, den italienischen Neorealismus der Vierziger und Fünfziger sowie den deutschen Autorenfilm der Siebziger. Der Schwerpunkt des *Zero-Zone* aber war ein anderer: Horror. Und zwar alle Arten von Horror. Alle.

Ich glaube, es gab keinen Horrorfilm auf dieser Welt, den man im *Zero-Zone* nicht fand. Die Horrorecke allein umfasste die Hälfte der gesamten Ladenfläche. Ob Stummfilmklassiker, ob die Expressionisten, deutsche wie amerikanische, ob der Monsterhorror der Fünfziger, der Billiggrusel der englischen Hammer-Studios der Sechziger, ob die Anfänge des Splatter, ob die Schwemme an italienischen B- und C- Filmen aus den Siebzigern oder ehemals indizierte Metzelreihen wie *Freitag, der 13.* oder *Tanz der Teufel*: Im *Zero-Zone* gab es alles. Setzte man sich an einen der Computer im hinteren Raum und gab meinetwegen *Boris Karloff* in die Suchmaske ein, landete man zehnmal mehr Treffer als unter dem Suchbegriff *Julia Roberts*.

Ich nahm das Vorhängeschloss aus den Streben des Gitters, ließ es nach oben rattern, dann öffnete ich die Eingangstür. Ich postierte die Stopper und ließ die heiße Mittagsluft herein und die stickige Ladenluft hinaus. Auf dem Tresen lag ein Zettel von Gregor:

Tach, Mann. Hoffe, du bist pünktlich.

(Es war Punkt Zwölf; ich war immer pünktlich.)

Komme erst später. Schmeiß den Laden mal eine oder zwei Stunden allein.

Bis dann.

In der ersten Stunde war kaum etwas los, wahrscheinlich sowohl wegen der Hitze als auch wegen der Uhrzeit. Die meisten Leute gaben einen Film zurück, den sie sich am Abend zuvor ausgeliehen hatten. Bei den wenigen Beratungsgesprächen wurde ich kaum gefordert: Zwei Filmwissenschaftsstudentinnen, die immer mit genau umrissenen Aufgaben ihres Dozenten kamen, wollten einen Film-im-Film-Film. »Da soll es einen von Wim Wenders geben!«, sagte die eine, von der ich wusste, dass sie Nina hieß. Ich lächelte, sagte »Nein« und gab ihnen stattdessen *Living in Oblivion*. (Wim-Wenders-Filme verlieh ich nur dann, wenn ich keine andere Wahl hatte. Ich hasse W.W.-Filme ebenso wie Filme von Antonioni, und zwar aus sehr ähnlichen Gründen.) Die verhärmte Mittvierzigerin aus dem Bioladen eine Straße weiter, die jedes Mal, wenn ich sie sah, das gleiche rotgoldene Seidenhalstuch trug, wollte »irgendeinen, ganz egal, welchen« Film von Eric Rohmer, und ich schaffte es mustergültig, nicht das Gesicht zu verziehen, als sie mich fragte, wie ich Rohmer fände. Ich sagte: »Eigen.« (Meine Meinung ist, dass Rohmer noch langweiliger ist als ein neunzigminütiges Standbild eines leeren Kühlschranks.) Ein alter, aber immer adrett gekleideter Säufer, der offenbar direkt über dem *Zero-Zone* wohnte (ich sah ihn manchmal aus dem Hauseingang zwischen dem *Zero-Zone* und der Eisdiele kommen), sagte mit Wut in der Stimme, er wolle einen eisigen Winterfilm, »um es dieser Affenhitze einmal richtig zu zeigen«. Ich fragte: »Horror?« Er sagte: »Nein, Scheiße.« Ich fragte: »Happy End?« Er sagte: »Ich sagte *Winter*, Scheiße.« Ich fragte: »Düster?« Er sagte: »So düster, wie es geht, Scheiße.« Ich gab ihm *A Simple Plan* von Sam Raimi. Zwei neunzehnjährige Stammgäste, die mich fragten, ob es auch einen Zombiefilm gäbe, in dem sich »die verdammten Viecher endlich mal schnell bewegen«, bekamen von mir *28 Days Later*.

So. Und jetzt stellen Sie sich vor, all das, was ich Ihnen bis jetzt erzählt habe, wäre unterlegt gewesen mit einer schmissigen Musik, schnelle Schnitte hätten die Leinwand bestimmt, und fließende Kamerabewegungen hätten meine Stimme aus dem Off begleitet. In diesem Moment aber setzt die Musik aus. Die Kamera kommt zur Ruhe und fokussiert auf die Eingangstür des *Zero-Zone* und somit auf die Person, die hereinkommt: Julia Roberts.

Julia Roberts nickte mir freundlich zu. Sie sah einmal nach links, einmal nach rechts, flanierte dann am Tresen vorbei, wühlte sich gute fünf Minuten durch die Regale der Klassiker-Ecke, um mich schließlich, eine DVD auf die Theke legend, mit ihrer deutschen Synchronstimme zu fragen: »Arbeitest du jetzt immer hier?«

Julia Roberts sah mich an, als betrachte sie ein Muttermal in meinem Gesicht. Oder eine Narbe oder eine Pigmentstörung oder was man sonst an Spektakulärem im Gesicht haben kann. Aber ich habe nur ein vollkommen durchschnittliches Gesicht, das können Sie mir glauben.

»Ja«, sagte ich. »Meistens.«

Julia sagte: »Gut«, stellte eine kleine Handtasche aus knallrotem Leder neben die DVD und verzog den breiten Mund zu diesem unglaublichen Lächeln. »Ich habe eine Frage zu diesem Film. Kennst du ihn?«

Ich nickte.

»Du hast ja gar nicht hingesehen!«

»Ich kenne alle Filme.«

Sie reckte das Kinn ein Stück in die Höhe, lächelte aber weiter.

»Sehr schön. Die Frage ist: Ist er sehr blutig?«

Jetzt sah ich hin: Es war *Don't look now* mit Donald Sutherland und Julie Christie, vom deutschen Filmverleih der siebziger Jahre mit dem blumigen Titel *Wenn die Gondeln Trauer tragen* übersetzt.

Ich schüttelte den Kopf. »Nur sehr beklemmend.«

»Gut.« Sie nahm die DVD vom Tresen und steckte sie in die Außentasche eines langen, schwarzen, taillierten, glänzenden Ledermantels.

»Die Hülle bekomme ich«, sagte ich. »Da ist gar kein Film drin.«

»Was?«

Ich deutete mit einem Finger auf ihre Manteltasche. »Ich brauche die DVD-Hülle.«

»Ach so.« Sie lächelte verwirrt und legte die Hülle wieder vor mich hin. Offensichtlich war Julia Roberts noch nie in einer Videothek gewesen.

»Kennst dich also gut aus, was?«, fragte sie.

»Mit was?«

»Na, mit Filmen.«

Mir entwich ein winziger Rülpser, unhörbar für Außenstehende, aber schmerzhaft ätzend für mein Gaumenplättchen. Ich schluckte, und meine Augen füllten sich übergangslos mit Tränen. »Ja, ist ja mein Job«, sagte ich und senkte den Kopf, in der Hoffnung, dass ihr so die Tränen entgingen. Ich drehte mich um, zog die große Rollschublade mit den Klassiker-DVDs auf und suchte nach *Don't look now*. Ich fand ihn auf Anhieb. Ich schloss die Schublade, wandte mich wieder um und scannte die Scheibe; schließlich drückte ich sie in eine der Verleihhüllen, die ich Julia über den Tresen schob. Sie griff mit einer langen, schlanken Hand danach und ließ Hülle und Hand in einer ihrer tiefen Manteltaschen verschwinden.

»Und der Film ist wirklich nicht zu hart? Eine meiner Freundinnen ist nämlich sehr empfindlich, was Blut angeht, weißt du.«

Ich griff unter die Theke und nahm meine Wasserflasche. Ich sagte: »Entschuldigung, verschluckt.«

Sie sah mich ruhig an und wartete, bis ich die Flasche wieder verstaut hatte.

»Also, wie ich schon sagte: Blutig ist er nicht. Aber kopfmäßig ist er schon hart. Psychischer Horror eben. Bad-feel-Movie, wenn Sie verstehen, was ich meine.«

»Bad-feel? Heißt das nicht Feel-bad?«

»Mir egal. Ich sage Bad-feel.«

»So was mag ich«, sagte Julia Roberts. »Ich mag Filme oder Bücher, die dich schon während du sie siehst oder liest schlecht fühlen lassen. Solche Werke sind auf gewisse Weise viel gewagter, oder findest du nicht?«

Da war sie!

Da war sie endlich, diese bläulich schimmernde, pulsierende, senkrecht vom Haaransatz bis zur Nasenwurzel verlaufende Linie der Schönheit, diese kinetische Raffinesse, dieser physiognomische Wahnwitz, diese mimische Einzigartigkeit: Julia Roberts' Stirnader!

»Was schaust du so?« Sie griff sich auf den Kopf. »Hab ich was in den Haaren?«

»Nein, nein, nichts, nein, alles in Ordnung.«

Julia sah mich prüfend an, und die Stirnader verschwand. Dann sagte sie: »Kennst du eigentlich das *Kolibri*? Ist eine Bar, gleich hier um die Ecke.«

Ich rülpste laut und schlug mir die Hand vor den Mund.

»Oh!«, machte sie.

Ich schluckte, und wieder traten mir Tränen in die Augen. »Entschuldigung«, krächzte ich.

»Das Wasser? Vielleicht wäre es besser, du trinkst kohlensäurefreies Wasser.«

»Das ist kohlensäurefrei. Ich habe Sodbrennen.«

»Oh!«

»Was ist mit dem *Kolibri*?«

»Da bediene ich.«

»Da bedienst du?«

»Ja«, sagte sie, ohne auf mein *Du* zu reagieren. »Ich heiße übrigens Patricia.«

Patricia/Julia streckte mir die Hand über den Tresen. Ich wischte mir mit der Linken die Tränen aus den Augen, mit der Rechten schlug ich ein.

»Und du?«

»Alex. Ich heiße Alex.«

»Also gut, Alex. Dann gehe ich jetzt mal zu unserem Filmabend. Und wenn der Film nichts taugt, mache ich dich persönlich dafür verantwortlich, in Ordnung?«

Jetzt oder nie, dachte ich. (*Jetzt oder nie*, hätte SARAH in diesem Moment gesagt.)

Ich fragte: »Du bist gar nicht Julia Roberts?«

Sie sah mich für einen Augenblick verständnislos an. Dann legte sie den Kopf in den Nacken und lachte schallend, ein Gebiss präsentierend, das ich – ich hätte schwören können – mehr als einmal auf einer großen Leinwand gesehen hatte.

»Nein, nein, nein!« Sie lachte immer noch. »Jetzt du auch noch! Hier, schau mal!« Sie trat einen Schritt zurück und griff sich in ihre langen braunen Haare. »Die sind braun, nicht rötlich. Und hier:« Sie zog an ihrer Unterlippe. »Die ischt 'iel dicker alsch die 'on Schulia.« Sie ließ die Lippe los. »Und hier:« Sie stellte sich seitlich, zeigte mir ihr Profil. »Meine Nase. Sie hat einen Buckel. Die von Julia Roberts nicht.«

Sie machte weiter mit ihren Ohren, ihren Wangen, am Ende sogar mit ihrem Hintern. Sie hob den schwarzen Ledermantel über die Hüfte, reckte mir ihr Hinterteil entgegen und sagte: »Und? Hat Julia etwa so einen fetten Arsch?«

All das überzeugte mich nicht. Und ihr *Arsch* war in meinen Augen alles andere als fett. Ich sagte: »Aber du hast auch ihre Stirnader. Die hat sonst niemand.«

Sie wirkte erschrocken. Sie griff sich an die Stirn und sagte: »*Was* habe ich?«

»Du hast auch ihre Stimme. Also ihre deutsche Stimme.«

»Ach, ich bitte dich. Das kommt dir nur so vor. Hör doch mal genau hin!«

Ich schwieg. Sie schwieg. Schließlich sagte ich: »Ich brauche deinen Ausweis.«

»Ach so, ja klar.« Sie kramte einen Ausweis aus der roten Handtasche. Auf dem Ausweis stand *Patricia Watson*. Und eine Adresse in Berlin. Während ich die Daten in den Computer eingab, überlegte ich ganz kurz, wieso mir der Name *Patricia Watson* bekannt vorkam. Ob es sein konnte, dass ich ihn schon einmal gehört hatte. Ich kam zu dem Schluss, dass ich nur etwas überreizt war, und platzierte mühsam ein Lächeln in meinem Gesicht.

»Gut. Das war es«, sagte ich. »Nun brauche ich nur noch deine Telefonnummer.«

Patricia/Julia zog eine Braue in die Höhe. »Ach ja?«

»Ja. Für den Fall. Ist Geschäftspolitik.«

»Für welchen Fall?«

»Dass du … dass die Kunden vergessen, den Film rechtzeitig zurückzugeben.«

»Also gut.« Sie nannte mir eine achtstellige Nummer.

Ich gab sie ein und sagte: »Danke. Das war alles.«

Patricia/Julia steckte den Ausweis in ihren Mantel und sagte: »Noch eine Frage an dich als Experten: Was denkst du eigentlich über Filme mit Subjektiver Kamera?«

»Über Filme mit Subjektiver Kamera? Über reine PoV-Shots?«

»PoV-Shots?«

»Point-of-View-Shots. Ist dasselbe wie Subjektive Kamera.«

»Ah! Und? Magst du diese Technik?«

Ich war einigermaßen überrascht. Da kannte sie weder *Don't look now*, noch hatte sie Ahnung von Videotheken – aber sie wusste, was Subjektive Kamera bedeutet.

»Was soll ich davon halten? Manchmal ist es ganz nett, aber wenn es übertrieben wird, geht es auf die Nerven. Von einigen Kunstfilmen wie *Russian Arc* abgesehen, gab es schon lange keine Filme mehr, die damit übermäßig experimentierten.«

»So? Findest du?«

»Finde ich. Warum fragst du? Willst du einen Film, der mit reinen PoV-Shots arbeitet?«

»Nein.« Patricia/Julia hob abwehrend eine Hand. »Nein. Ich habe nur so gefragt.« Ihr Mund verbreiterte sich, und das Lächeln war wieder da. »Bis bald, hier oder im *Kolibri*. Es ist Zeit, ein Held zu werden, Alexander!«

Sie zwinkerte, steckte ihre Hände in die Tiefen des schwarzen Mantels und trat dann durch die gläserne Schwingtür hinaus in den heißen Frühsommernachmittag.

Ich wartete fünf Sekunden, dann nahm ich ein Taschentuch aus meiner Hosentasche, riss es in zwei Hälften und stopfte mir eine davon hastig in den Mund. Während ich kaute und schluckte, traten mir erneut Tränen in die Augen. Als der letzte Fetzen meine Speiseröhre hinabgewandert war, atmete ich tief durch und wollte anfangen, von einem Film zu träumen, in dem Julia Roberts und Alexander Gast die beiden erstgenannten Namen in den Credits wären, da fiel mein Blick auf die knallrote Handtasche, die noch mitten auf dem Tresen stand. (Hier können Sie sich gern den unheilvollen, zehrenden Ton eines verstimmten Klaviers vorstellen, während das Bild zwischen meinem erschrockenen Gesicht und der Tasche hin und her wechselt.) Zwei Sekunden war ich bewegungslos. Dann rannte ich nach draußen auf die Straße. Aber es war zu spät: Patricia/Julia war weg. Langsam ging ich zurück ins *Zero-Zone*. Ich nahm die Tasche und wog sie in den Händen. Ich fühlte, wie etwas darin von einer Seite zur anderen rutschte. Eine Weile kam ich zu keinem Entschluss. Dann aber verstaute ich das Ding ungeöffnet unter dem Tresen. Man wühlt nicht in der Handtasche von Julia Roberts, auch dann nicht, wenn sie Patricia heißt.

Die nächste halbe Stunde tat sich gar nichts. Nicht ein einziger Kunde betrat die Videothek. Während ich beschäftigungslos herumsaß, geriet ich ins Grübeln. Die Gedankenkette sah in etwa so aus: Julia Roberts – *Pretty Woman* – Yvonne – Ich – Leben.

Am Ende stand ein Entschluss: Ich würde mit Yvonne Schluss machen. Heute noch.

Ich war so überwältigt von der Klarheit des Entschlusses, dass ich das *Zero-Zone* verlassen musste. Ich hängte das Schild *Bin gleich zurück* hinter die Tür, schloss ab und ging in einen kleinen Park, zwei Querstraßen weiter.

Die mittägliche Junisonne brannte auf mich herab. Ich trug nur ein T-Shirt und Jeans, schwitzte aber trotzdem bereits nach wenigen Minuten.

Im Grunde war es lächerlich: Yvonne und ich führten nicht das, was ich aus vielen Filmen als »Beziehung« kannte. Das Wort »Affäre« traf es nach meinem Verständnis eher: Wir schliefen seit ein paar Wochen hin und wieder miteinander. Aber wie auch immer: Ich fühlte ganz deutlich, dass ich die Sache beenden musste.

Ich blickte über die Wiesen links und rechts des Weges, über die liegenden Körper hinweg, die meisten in Badesachen oder Unterwäsche, und fand einfach keine andere Lösung.

Ich drehte mich um und ging zurück in Richtung *Zero-Zone*. Auf einem Gerüst am Kinderspielplatz saßen zwei Spatzen. Spatzen sind weder so groß noch so schwarz wie Krähen, dennoch dachte ich an die Szene in *Die Vögel*, als Tippi Hedren vor der Schule eine Zigarette raucht. Das Gerüst ist in ihrem Rücken. Sie sieht es nicht. Als sie die Zigarette ansteckt, ist genau eine Krähe auf dem Gerüst. Als sie die Kippe ausdrückt, sind es Tausende. Dann dreht sie sich um.

Kurz nach drei kam Gregor. Er setzte sich neben mich auf seinen Drehstuhl, schob sich einen Zahnstocher in den Mundwinkel und fragte: »Und, Mann? Alles klar, Mann?«

»Ja.«

»Gut, Mann.«

Ich betrachtete die wirren, ins Graue spielenden Haare, die ihm in die bleiche Stirn fielen, sein ausgewaschenes *Led-Zeppelin*-Shirt, seine Kastenbrille, die tief und schwer unter seinen

Knopfaugen hing, und mir war sofort klar, dass es irgendein Problem gab. Da ich aber immer noch mit meinem plötzlichen Entschluss zu kämpfen hatte, verdrückte ich mich erst einmal in die kleine Toilette hinter dem Regal *Neuigkeiten!*.

Abgesehen von der Kloschüssel war die Toilette eher eine kleine Küche. Über dem Waschbecken hatte Gregor ein breites, über die ganze Wand reichendes Brett montiert, auf dem sich Kaffee, Kaffeemaschinen (eine große schwarze Krupps für Filterkaffee und eine Cafétiera für Espresso), Filter, H-Milch, Zucker, Tassen (acht Kaffeebecher mit verschiedenen Figuren aus *Star Wars* darauf) und Löffel befanden. Ich entschied mich für die Cafétiera. (Die Krupps kam für mich nicht in Frage: das Sodbrennen.) Ich schmiss den kleinen Gaskocher neben dem Waschbecken an, brachte die Cafétiera in Stellung und wartete, bis sie blubberte. Ich stellte das Gas aus.

Gregor erschien im Türrahmen und musterte mich. Seine große, hagere Gestalt war wie immer leicht nach vorn geneigt.

»Ich muss mal mit dir reden«, sagte er.

»Warum?«

»Also gut: Ich sag dir, warum ich mit dir reden will, Mann.«

Er drängte sich an mir vorbei, schnappte sich die Cafétiera und goss sich Kaffee in eine Tasse, auf der Chewie sein imposantes Gebiss präsentierte. Er holte einen Zettel aus der hinteren Hosentasche und hielt ihn mir, ohne mich anzusehen, entgegen.

»Lies und sprich dann, Mann.« Er nahm seinen Espresso und ließ mich stehen.

Auf dem Zettel stand:

Liebe Mitstudenten!

Wenn Ihr immer noch auf der Suche nach dem Videothekar Eures Vertrauens seid, dann stellt die Suche ein. Wir haben ihn gefunden! Er ist vielleicht etwas merkwürdig und spröde, aber der kompetenteste Filmexperte, den wir je getroffen haben! (Außerdem sieht er wahnsinnig gut aus…) Glaubt uns! Der Videothekar eures Vertrauens heißt Alex, ist zu finden in der Videothek ZERO-ZONE in …

Es folgte die Adresse. Darunter stand:

Anna und Nina, 4. Sem.

Ich verließ das Kabuff und stellte mich vor Gregor, der hinter dem Tresen Platz genommen hatte. »Woher hast du das?«, fragte ich.

»Hat ein Freund von mir an der Uni gefunden, Mann. Hing dort am schwarzen Brett.«

»Oh.«

»Ja, Mann. Was soll das?«

»Weiß ich doch nicht. Bist du sauer?«

Gregor kniff die Augen hinter seiner Kastenbrille zusammen und steckte sich einen Zahnstocher in den Mund. Er sagte nichts.

»Das sind zwei Studentinnen, die öfter zu uns kommen, diese Anna und diese Nina«, sagte ich. »Vielleicht kennst du sie, sie haben beide Nasenstecker, sind ziemlich bleich …«

»Ja, ja, schon gut.« Gregor hob die Hand.

»Die sind ziemlich oft da und …«

»Ich sagte: Schon gut, Mann.«

Ich war mir nicht sicher, aber es war gut möglich, dass da eben ein Grinsen über sein Gesicht gehuscht war. Ich sagte mir: *Jetzt oder nie*. (SARAH hätte das auch gesagt.)

»Gregor, bevor ich es vergesse: Kann ich heute mal eine Stunde früher gehen? Ich habe eine wichtige Verabredung.«

Er blickte auf eine Stelle unten rechts am Bildschirm. »Das wäre ja schon in weniger als zwei Stunden, Mann.«

»Ja, ich weiß. Es hat sich erst vorhin ergeben.«

Gregor sah auf. Ein verschlagenes Lächeln war in sein Gesicht getreten. Der Zahnstocher zwischen seinen Lippen machte eine vertikale Drehung. »Gerade erst ergeben, was, Mann? Also gut. Von mir aus kannst du auch jetzt gleich abhauen. So was verstehe ich doch, Mann. Zeig es ihr, Mann!«

Um Punkt fünf verließ ich das *Zero-Zone*. Ich weiß nicht, ob mein Trennungsvorhaben dafür verantwortlich war, aber auf dem gesamten Weg nach Hause gab mein Magen Laute von sich wie die Tonspur eines Werwolf-Films.

(SARAH hätte wohl gesagt: »Solche körperlichen Gebrechen sind doch gar nicht schlecht: Die machen dich interessant! Geh doch damit hausieren!« Zugegeben: SARAH hat manchmal leicht reden.)

Die Pension *Oscar* war zu Fuß etwa zwanzig Minuten vom *Zero-Zone* entfernt, und zwar genau über einem kleinen Programmkino mit dem Namen *Sunset Boulevard*.

Ich betrachtete kurz die Plakate in den Schaukästen (es liefen *Tirez sur le pianiste!* und *Jules und Jim* in einer Doppelvorstellung und *Der Prozess* von Orson Welles), dann ging ich zur Tür direkt neben den Kästen und drückte auf die Klingel, auf der *Oscar* stand. Sofort kam das müde »Jaha?« von Clarissa, und ich antwortete: »Ich bin es.«

Es summte. Ich trat ein und ging in den zweiten Stock. In der winzigen Rezeption saß Clarissa hinter dem Tisch und brummte: »Schon wieder den Schlüssel vergessen?«

»Nein. War nur zu faul zu suchen.«

Sie grinste. »Unverschämter Bengel.«

Clarissa sah mit ihrer enormen Leibesfülle und dem ausdrucksstarken, kaum auf ein genaues Alter schätzbaren Gesicht ein wenig so aus wie die »Unsinkbare Molly« aus *Titanic*. Die resolute Mütterlichkeit, mit der sie mich seit geraumer Zeit behandelte, unterstrich diesen Eindruck.

Ich ging den Gang entlang, erreichte Zimmer 9. Ich hatte nicht viel Zeit, so sprang ich nur schnell unter die Dusche und zog mir etwas Frisches an. Ich überlegte kurz, was geeignet wäre für den Gang zu Yvonne, und entschloss mich schließlich zu einem schlichten weißen Hemd und Bluejeans. Ich blieb eine Weile neben der mannshohen Humphrey-Bogart-Pappfigur stehen, die ich neben dem Ankleidespiegel an die Wand genagelt hatte, und sammelte mich. Tat ich das Richtige? Humphrey, schwarz-weiß, in Nadelstreifen und Hut, eine Hand am Ohrläppchen und eine Filterlose im Mundwinkel, sah mich mit der Du-musst-tun-was-du-tun-musst-Variante an. Das half mir nicht. Ich brauchte Hilfe. Ich setzte mich aufs Bett und starrte das Telefon an. Ich musste drei Minuten warten, dann klingelte es endlich.

Ich hob ab. »Hallo Dix.«

»Hallo, mein Sohn. Ich spüre, es gibt Probleme. Ehrlich gesagt, hätte mich auch gewundert, wenn du heute nicht nervös geworden wärst.«

»Wie bitte? Woher weißt du …?«

»Na, das ist doch heute deine erste Party seit zehn Jahren, oder? Ist doch ganz natürlich, dass du dir da in die Hosen machst.«

Ich bemerkte, wie sich meine Hand in die Tagesdecke krallte: Die Party hatte ich vollkommen vergessen. »Es geht nicht um die Party, Dix. Ich glaube nicht, dass ich hingehe.«

»Was?! Das kannst du nicht machen! Da wirst du seit über zehn Jahren endlich einmal zu einer Party eingeladen, noch dazu zu einer Filmparty, und dann willst du kneifen?«

Ich wusste nicht, wieso sich Dix so in die Sache mit der Party hineinsteigerte. »Die Party ist mir egal. Es geht um Yvonne. Dix, ich will die Beziehung mit ihr beenden.«

»Wie? Himmel, mein Sohn, ich weiß nicht, ob ich jetzt ein Beziehungsgespräch führen will … ob ich überhaupt die richtige Person bin für ein Beziehungsgespräch …«

»Ich will die Beziehung *jetzt* beenden, Dix. Ich bin quasi schon auf dem Weg. Und … und ich weiß einfach nicht, wie man das macht.«

Dix schwieg eine Weile. Ich hörte eine Art leises Rauschen durch den Hörer und konnte mir bildlich vorstellen, wie sich Dix mehrmals mit der Hand durch die Haare fuhr. Allerdings: Ich wusste ja nicht einmal, ob Dix Haare hatte.

»Folgendes, mein Sohn: Soweit ich deinen Erzählungen in den letzten Wochen folgen konnte, ist diese Party auch für Yvonne sehr wichtig. Es ist für sie die Abschlussparty des Films. Insofern erscheint mir der Zeitpunkt überaus schlecht gewählt. Andererseits gibt es wohl nie einen guten Zeitpunkt für so etwas, da sage ich wohl nichts Neues. Wenn du dir also sicher bist, dann geh einfach hin zu ihr und sag es, so schnell und so offen wie möglich. Ein schneller Schnitt, mein Sohn, ist immer schmerzloser als ein langsames Bohren. Soweit alles klar?«

»Ja …«

»Aber sag mir erst eins: Wieso denn? Ich meine, ihr seid doch erst ein paar Wochen zusammen. Was ist der Grund?«

»Kann ich dir nicht sagen. Ich weiß es selbst nicht. Ist ein Gefühl.«

»Das ist immer der beste Grund. Ich kann mir keinen besseren vorstellen.«

»Nicht wahr?«

»Aber hör mal zu: Sag mir, dass es nicht eine Art umorientiertes Angstgefühl wegen der Party heute ist.«

»Was?«

»Es gibt Leute, die werfen aus Angst vor einer einzigen simplen Sache ihr ganzes Leben über den Haufen. Machen Tabula rasa wegen eines winzigen Krümels auf der Tischplatte, wenn du verstehst, was ich sagen will.«

»Nein, Dix, nein. Ich hatte die Party bis gerade eben total vergessen. Es ist … es kommt mir einfach so vor, dass alles, was ich mit Yvonne mache, so … so normal ist.«

»Normal? Seit wann ist *normal* ein negatives Adjektiv?«

»Es ist einfach alles so unspektakulär.«

»Unspektakulär? Was erwartest du denn?«

»Weiß nicht. Mehr.«

»Mehr?«

»Sag mal, kannst du vielleicht etwas mehr tun als immer nur wiederholen, was ich schon gesagt habe?«

»Also gut. Also gut. Dann sage ich Folgendes: Geh los und tu es! Aber auf die Party, mein Sohn, musst du gehen. Ich werde ernstlich böse, wenn du nicht hingehst. Sind eine Menge Schauspieler und Filmleute da, du kannst also genügend Gesprächsstoff finden, ohne dich zu sehr anzustrengen.«

»Wieso bist du so erpicht darauf, dass ich auf die Party gehe?« Und einer Eingebung folgend fragte ich: »Bist du etwa auch dort?«

»Ich … nein. Nein. Aber ich denke mir, dass das eine gute Sache für dich wäre. Menschen kennenlernen und so …«

»Du weißt, dass mich die Menschen in der Regel langweilen. Besonders, wenn sie in Gruppen auftreten.«

»Ich weiß, ich weiß … aber du musst trotzdem hingehen. Glaub mir doch einfach mal.«

»Na schön. Und danke für den Anruf.«

»Kein Ursache, mein Sohn. Noch ein Tagesaxiom für den guten Film: *Das beste retardierende Moment ist immer eine Sexszene.* Was denkst du?«

Ich legte auf.

Ich denke, ich schulde Ihnen eine Erklärung. Hier ist sie:

Mein Telefon, also das Telefon in Zimmer 9 (seitdem ich Yvonne kannte, besaß ich auch ein Handy – sie hatte es mir mit den Worten geschenkt: »Für uns beide!«), war ein hässliches, eckiges, cremefarbenes Plastikding mit kleinen, schwarzen, eckigen Tasten und einem flachen, sich durchweg schmierig anfühlenden Hörer. Es besaß außerdem ein kleines Display, das, soweit ich wusste, einem drei Dinge anzeigen konnte: Das erste war die Uhrzeit. Das zweite war *Intern*, das dritte *Extern*. *Intern* bedeutete, dass mich Clarissa von der Rezeption anrief (um zu fragen, ob ich den Film kannte, der unten im Sunset Boulevard lief, oder, seltener, um mich zu fragen, ob ich mit ihr essen wolle). *Extern* bedeutete, dass mich jemand von draußen anrief. Es wird Sie wohl nicht weiter überraschen, wenn ich sage, dass ich das Wort

Extern nicht ein einziges Mal auf dem Display gesehen hatte – bis vor drei Monaten.

Stellen Sie sich Zimmer 9 vor, frieren Sie das Bild ein, und fügen Sie vor Ihrem geistigen Auge den Schriftsatz *Drei Monate vorher* ein.

Ich liebe Rückblenden. Sie nicht auch?

Der Abend nach meinem ersten Arbeitstag im *Zero-Zone*: Ich liege ausgestreckt auf meinem Bett, habe gerade den letzten Film des Tages eingelegt, da klingelt das Telefon und auf dem Display steht: *Extern*. Ich zögere, hebe dann aber ab.

»Ja?«

»Na endlich!« Die Stimme ist männlich und offenbar genervt. »Also: Die Geschichte, dass ihr den Showdown ausbauen wollt, ist wirklich das Letzte! Das Letzte! Und das Schlimmste dabei ist, dass es so vorhersehbar war! Ihr wollt immer das Gleiche! Und klar: Die Exposition wollt ihr kürzer. Wie überraschend! Zwei Seiten weg von der Exposition, zwei mehr in den Showdown. Ist euch eigentlich klar, dass ich die Exposition nicht kürzer machen *kann*? Ist euch das klar? Der Charakter ist zu komplex und zu … zu … zu *fremd*, als dass ich die Vorstellung kürzer machen könnte! Versteht ihr das nicht, verdammte Scheiße? Wenn ich gleich nach drei Minuten mit der Ballerei anfange, so wie ihr das offensichtlich wollt, dann blickt doch kein Mensch durch! Man muss den Helden doch erst einmal *verstehen*! Und ihr wollt doch, dass man ihn versteht, oder? Oder wollt ihr, dass kein Mensch im Kino begreift, wieso der Held so ist? Ist es das, was ihr wollt? He? He?!«

Ich schweige.

»Ja, das verschlägt dir die Sprache, was? Und ich sage dir und deinen Geldgeiern noch etwas: Wenn ihr diese Änderungen wirklich durchsetzt, wenn ihr mein Drehbuch wirklich derart plattmachen und verhunzen wollt, dann war das das letzte Mal, dass ich euch ein Buch angeboten habe. Das letzte Mal, ist das klar?«

»Ist klar«, sage ich.

Mein Gesprächspartner schnauft laut. »Was? Was?«

»Ich sagte, ist klar. Der Showdown bleibt, wie er ist. Die Exposition auch. Ist klar.«

»Ich … ich … Scheiße, mit wem spreche ich?«

»Mit mir. Alexander Gast. Videothekar.«

Die folgende Stille dauert so lange an, dass ich mich zu einem vorsichtigen »Hallo?« genötigt sehe.

»Also … hallo, Alexander Gast«, sagt die Stimme, eine ganze Spur leiser als vorher.

»Sie sind Drehbuchautor?«

»Ich … ja. Und Sie … wirklich Videothekar? Oder war das ein Witz?«

»Wieso soll das ein Witz sein?«

»Ich … nun ja … Sie haben Recht.«

Aus irgendeinem Grund erweckt die Stimme meine Neugier. Keine Ahnung, ob das daran liegt, dass sie zu einem Drehbuchautor gehört. »Darf ich Ihnen eine Frage stellen?«

»Dix, mein Name. Duzen Sie mich.«

»Alex. Duzen ist mir auch lieber. Die Frage ist: Was ist dein Lieblingsdrehbuch?«

Die Antwort kommt wie aus der Pistole geschossen, so als hätte Dix schon sein Leben lang diese Frage beantworten müssen: »*North by Northwest*. Ganz klar. Nicht mal Hitchcock hat mehr durchgeblickt.«

Mit dieser Antwort bin ich durchaus einverstanden (*North by Northwest* heißt auf Deutsch *Der Unsichtbare Dritte*).

»Und deines?«, fragt Dix.

»Ich kenne mich mit Drehbüchern nicht so aus. Nur mit dem fertigen Medium. Dem ganzen Film.«

»Klar, klar. Was ist dein Lieblings…, sagen wir: dein Lieblingspolizeifilm?«

Spätestens jetzt ist klar, dass Dix in Ordnung ist: Er hat nicht gefragt, was mein Lieblingsfilm sei, sondern hat seine Frage spezialisiert. (Die Frage nach *dem* Lieblingsfilm ist so sinnvoll wie die Frage nach dem Wetter auf der Welt und wird somit nur von Dummköpfen gestellt.)

Ich sage: »*Romeo is Bleeding*. Oder auch *L.A. Confidential*. Vielleicht noch *Internal Affairs*. Früher mal *French Connection*.«

»Früher? Wieso früher?«

»Weiß nicht. Je öfter ich ihn sehe, desto schlampiger erscheint mir das Ende.«

Dix schweigt eine Weile. Dann sagt er: »Hör zu, Alex, ich würde gerne mal öfter mit dir plaudern. Ist das in Ordnung für dich?«

»Das ist in Ordnung. Nur ... nur ich bin nicht oft da. Zurzeit. Und wenn ich da bin, schaue ich meistens Filme. Ich hasse es, wenn ich bei einem Film gestört werde.«

»Das verstehe ich. Das verstehe ich sehr gut. Dann lass uns folgende Abmachung treffen: Ich schwöre hiermit, dass ich dich nie anrufen werde, wenn du gerade einen Film siehst. Ich werde dich nur anrufen, wenn du gerade angerufen werden *willst*. O.K.?«

»Woher willst du wissen, wann ich angerufen werden will und wann nicht?«

»Das lass meine Sorge sein. Ich werde das schon wissen.«

»Na gut.«

»Schön.« Es klickt, und Dix, der Drehbuchautor, ist weg. Doch sofort klingelt das Telefon erneut. *Extern*.

»Ja?«

»O.K., alles klar, hab die Wahlwiederholung gedrückt und deine Nummer vom Display abgeschrieben. Dann noch ein letztes Axiom für den guten Film: *Jeder Held braucht eine klare Motivation für seine Handlungen.* Gute Nacht, mein Sohn!«

»Gute Nacht.«

So habe ich Dix kennengelernt. Oder zumindest seine Stimme. Und: Er hielt Wort. Er rief immer genau dann an, wenn ich gerade Lust hatte, angerufen zu werden. Er rief niemals an, wenn ich einen Film sah, wenn ich unter der Dusche stand, wenn ich auf dem Klo war oder wenn ich schlief. Das Telefon klingelte nur dann, wenn ich wollte, dass es klingelte. Es klingelte ungefähr zweimal die Woche.

Zunächst plauderten wir ausschließlich über Filme. Dann aber wurden wir persönlicher. Nein, nicht persönlicher, das ist das falsche Wort (denn was ist schon persönlicher als der Filmgeschmack eines Menschen?). Sagen wir: Wir wurden *breiter*. Mittlerweile wusste ich von ihm Folgendes: Er war um die fünfzig (genauer wurde er nicht), freier Drehbuchautor, wohnte in einer »Großstadt im Süden« (genauer wurde er auch hier nicht) und hielt offenbar nicht viel von Frauen. (O-Ton Dix: »Pass bloß auf, dass dir so eine mal nicht das Genick bricht. Denn es ist immer das Gleiche: Wenn du sagst, dass du sie liebst, kriegen sie Angst. Wenn du es nicht tust, auch.«) Einmal hatte ich ihn gefragt, welche Filme denn aus seiner Feder stammten, aber daraufhin sagte er nur: »Ich will nicht darüber reden.«

Von mir wusste er, dass ich bald sechsunddreißig war, seit zehn Jahren in einem Hotel wohnte und dass ich als Videothekar arbeitete. Außerdem wusste er von Yvonne. Als er mich einmal fragte, was ich vor diesen zehn Jahren gemacht hätte, sagte ich nur wahrheitsgemäß: »Ich weiß es nicht.«

Dix schwieg eine Weile. Dann fragte er: »Willst du es wissen?«

»Nein.«

»Na, dann ist ja alles in Ordnung.«

Genau so sah ich das auch.

Noch ein paar Worte zur Einrichtung von Zimmer 9: Ich hatte einen Schrank aus Furnierholz (normales Hotelzimmerinventar) und einen abschließbaren Sekretär aus Nussholz (auf dem Speicher über der Pension gefunden und mit Erlaubnis von Clarissa angeeignet). Außerdem besaß ich einen kleinen Gaskocher (Campingausführung) und das nötigste Küchengeschirr, falls ich mal hier in Zimmer 9 kochen musste. Als Kühlschrank stand mir die übliche Minibar zur Verfügung. Als Dekoration hingen neben Humphrey genau sechs Original-Kinoplakate an der Wand (ein Geschenk aus Gregors reichem Plakate-Fundus; er besaß über fünfhundert. Und genau sechs durfte ich mir aussuchen, kurz nachdem er mich eingestellt hatte).

In willkürlicher Reihenfolge:

Angel Heart

Once upon a time in America

Der Marathon-Mann

The Last Boy-Scout

Casablanca

Die Reifeprüfung

Und zuletzt: zwei über dem Bett montierte Bretter, eins in Kopfhöhe und eins in Basketballkorbhöhe. Auf dem niedrigeren Brett standen ein Video- und ein DVD-Player, auf dem höheren ein Beamer. Die dazugehörige Leinwand war, wie schon anfangs erwähnt, an der Wand gegenüber, zwischen dem Regal und dem Schrank. Eine Box war oben auf dem Schrank, eine andere auf einem Eck-Sideboard über der Badezimmertür. Und die dazugehörigen DVDs und Videos waren in vier Rollfächern unter dem Bett. Zu jener Zeit hatte ich dort genau hundertachtundachtzig Videos und dreihundertdrei DVDs.

Zimmer 9 in der Pension *Oscar*: das Setting meiner letzten zehn Jahre.

Und jetzt? Soll ich zuerst etwas über Yvonne erzählen? Oder ist es an der Zeit, mich über Beziehungs- und Liebesfilme auszulassen?

SARAH würde wohl sagen: *Geh vom Speziellen ins Allgemeine. Das sollte man immer tun. Macht einen interessanter, weil eigentümlicher.*

Also gut: Yvonne war klein (1,62 m), Yvonne hatte kurze dunkle Haare (wie Shirley Mc Lane in *Irma la Douce*), Yvonne trug meist graue oder verwaschen-blaue, figurversteckende Baumwollblusen- und hosen und hatte eine tolle Figur (weswegen mir ihre Klamottenauswahl schon seit jeher absolut unverständlich erschien). Yvonne hatte eine tiefe, verrauchte Stimme (obwohl sie noch nie in ihrem Leben eine Zigarette angefasst hatte), stechende braune Augen (wie Holly Hunter) und einen schiefen Mund (ebenfalls wie Holly Hunter). Und: Yvonne war Produktionsassistentin beim Film.

Man kann sich vorstellen, dass mich ein Ereignis wie das Kennenlernen von Yvonne gut aus der Bahn hätte werfen können – schließlich hatte ich fast zehn Jahre lang noch weniger mit Frauen zu tun gehabt als beispielsweise Kevin Costner in *Waterworld* (bis endlich Jeanne Tripplehorn sein Boot betritt). Und natürlich war das erste Mal Sex (also wirklicher Sex; kein Bettgetümmel mit Ingrid Bergmann in einem meiner Träume) nach so langer Zeit nicht schlecht. (Obwohl, seien wir ehrlich: An Ingrid Bergmann kam Yvonne nicht mal im Entferntesten heran.)

Jedenfalls …

Zweite Rückblende: Stellen Sie sich eine Totale von Berlin vor, ähnlich wie am Anfang der Geschichte, lassen Sie vor ihrem geistigen Auge das Bild zur Ruhe kommen und fügen Sie den Schriftzug: *Zwei Monate vorher* ein.

Der Frühstücksraum der Pension *Oscar*. Acht runde Tische in der Mitte, vier an der Wand sowie ein Tisch vor dem Durchgang zur Küche, beladen mit dem Buffet. Nichts Besonderes: Bastkörbe, gefüllt mit Brotscheiben und Brötchen, kleinen Marmeladen- und Butterportionspäckchen sowie ein Silbertablett mit Wurst und Schinken und eines mit Käse. Außerdem Karaffen mit Milch und Saft, Schalen mit Cornflakes und Thermoskannen Kaffee und Tee.

Die Uhr über dem Durchgang zur Küche zeigt kurz vor neun, als ich den Raum betrete. Es sitzen dort drei Personen. Ein junges Paar in den Zwanzigern, dem lauten Geschnatter nach zu urteilen aus Italien, und eine junge Frau in blauer Baumwollbluse und blauer Baumwollhose. Das Paar sitzt an einem Mitteltisch direkt vorm Buffet. Die Frau aber sitzt genau auf meinem Stammplatz – auf der Bank zwischen den beiden Fenstern, die zur Straße hinausgehen.

Ich nehme mir, was ich brauche, und disponiere notgedrungen um: Ich setze mich in die Ecke neben den Eingang, mit dem Gesicht zum Raum. Während ich frühstücke, mustere ich unauffällig die drei Personen: An dem Paar verliere ich recht schnell das Interesse, denn sie turteln und schnattern ununterbrochen, stecken sich gegenseitig Brötchenhälften mit Honig in den Mund und wälzen zwischendurch mit Enthusiasmus einen Stadtführer. (Als jahrelanger Pensionsbewohner weiß ich: Es gibt nichts Langweiligeres als frisch verliebte Paare in Hotels.) Die Frau, die auf meinem Platz sitzt, ist dagegen nicht uninteressant. Ich sehe ganz deutlich, dass sie eigentlich keinen Hunger hat, sich aber zum Essen zwingt, sie schaufelt ihre Cornflakes mit einer derart grimmigen Konzentration in sich hinein, dass man denken könnte, sie zähle sie in ihrem Mund. Außerdem trinkt sie Unmengen Kaffee und blickt alle zwei Minuten auf ihre Uhr. Keine Frage: Sie ist beruflich in der Stadt.

Clarissa kommt herein, stellt sich neben meinen Tisch und sagt laut: »Dass ich das noch erleben darf! Mein Stammgast sitzt mal nicht an seinem Stammplatz!« Und sie lächelt verschwörerisch der Frau zu, die infolge der lauten Stimme von Clarissa natürlich aufgesehen hat.

»Nein, nein, keine Sorge, junge Dame, hier ist freie Platzwahl!«

Die Frau lächelt unsicher, während ich spüre, wie mir das Blut ins Gesicht schießt.

»Clärri, was soll das, lass doch die Leute in Ruhe …«

»Kann ich dir was Besonderes bringen, Alex? Einen Espresso?«

Vorher wollte ich in der Tat einen Espresso, aber jetzt will ich nur noch weg. »Nein, danke, ich …«

»Sie haben auch Espresso?«, ruft die Frau.

»Ja, habe ich ... das heißt, in meinem Büro steht eine Maschine. Wollen Sie denn einen?«

Die Frau nickt heftig. Ich sehe nun, dass ihr Gesicht eine frappierende Ähnlichkeit mit dem von Holly Hunter hat.

»Wissen Sie, normalerweise wird Espresso nicht häufig verlangt, deswegen mache ich mir gar nicht die Mühe zu fragen. Bei diesem jungen Mann hier weiß ich es zufällig, denn er wohnt schon seit zehn Jahren hier, und da bekommt man so etwas mit, nicht wahr, Alexander?« Clarissa klopft mir aufmunternd auf den Kopf, und ich werde noch mehr rot. »Aber kein Problem. Ich bringe Ihnen welchen!«

Sie verschwindet in der Küche. Das italienische Paar hat die Turtelei abgebrochen und wirft nun tuschelnd Blicke zu mir herüber. Ich kann mich nicht erinnern, mich jemals so geärgert zu haben, zum Frühstück gekommen zu sein. Ich senke den Kopf und konzentriere mich auf meinen Zitronenjoghurt (den Clarissa auch speziell wegen mir zum Bestandteil des Buffets gemacht hat) und schaffe es, dass das Blut dorthin zurückkehrt, wo es hingehört. Da bemerke ich Bewegung direkt vor mir. Ich sehe auf. Die Frau sitzt mir jetzt gegenüber, auf der anderen Seite des Tischs, und sieht mich an wie Lauren Bacall Humphrey Bogart ansieht, am Anfang von *The Big Sleep*, als er zum ersten Mal ihr Schlafzimmer betritt: *Herausfordernd* ist das passende Wort.

Sie sagt: »Du wohnst seit zehn Jahren hier?«

»Ich ... ja ...«

»Ehrlich?«

»Ja ...«

»Warum?«

»Warum? Warum nicht?«

»Was machst du?«

»Was ich mache? Wie meinst du das?«

»Arbeitest du hier, oder arbeitest du überhaupt ... ich will wissen, wieso ein Mensch zehn Jahre in so einem kleinen … *Hotel* lebt.«

Da ich erst seit einem Monat im *Zero-Zone* arbeite, kommt es mir falsch vor, zu sagen, ich sei Videothekar. Und außerdem: Was geht sie das an? Ich sage: »Ich mache gar nichts.«

Jetzt lächelt sie. »Gar nichts. Wunderbar. Gar nichts …« Sie knipst ihr Lächeln ab, fährt aber fort, mich anzustarren.

Ich frage: »Was?«

Sie sagt, jetzt so ernst wie der Tod: »Du hast ein unglaublich klassisches Profil, weißt du das?«

»Was? Was?«

»Ja. So ebenmäßig. So perfekt. So perfekt wie … Wie …« Sie schweigt. Dann klatscht sie plötzlich in die Hände und ruft: »Wie eine Statue! Wie eine griechische Statue!«

»So. Ja. So. Soso.«

»Ja. Wirklich. Eine griechische Statue.« Sie lehnt sich zurück, entlässt mich aber immer noch nicht aus ihrem starren Blick. »Und du machst also wirklich gar nichts?«

»Sagte ich doch.«

»Wunderbar. Hast du Familie hier? Oder so etwas wie eine Beziehung?«

In diesem Moment kommt Clarissa zurück, eine einzelne Tasse Espresso auf der Handfläche balancierend. Als sie uns beide am gleichen Tisch sitzen sieht, beginnt sie zu strahlen. »Ah, wie ich sehe, hat man sich bekannt gemacht!« Sie stellt die Tasse vor der Frau ab und flüstert ihr in einem verschwörerischen Tonfall zu: »Aber passen Sie auf: Er glaubt, er sei Humphrey Bogart.«

»Clärri, jetzt aber …«

»Schon gut, schon gut!« Sie hebt die Hände hoch in die Luft und hüpft mit mädchenhaften Sprüngen in die Küche zurück, Bewegungen, die so grotesk an ihrem massigen Körper aussehen, dass selbst ich kurz schmunzeln muss.

»Was ist nun?«, fragt die Frau mit einer Ruhe, als wären wir niemals unterbrochen worden.

»Nein, ich habe keine Familie und keine Beziehung. Und ich will auch keine ... Familie ... oder Beziehung. Ich will nur meine Ruhe.«

Die Frau beugt sich nach vorn, mustert mich weiter und beginnt wieder zu lächeln. »Herrlich. Endlich mal ein Mensch, der vollkommen ... vollkommen *frei* ist. Mein Name ist übrigens Yvonne. Ich bin neu in der Stadt. Ich wohne für drei Tage hier, weil meine neue Wohnung erst in drei Tagen fertig wird. Kann ich heute Abend mal vorbeikommen? Wie ist deine Zimmernummer?«

Ich weiß bis heute nicht, was Yvonne eigentlich sagen wollte, aber das Wort *frei* war es ganz sicher nicht.

Yvonne war begeistert von zwei Dingen: erstens von dem Leben, das ich seit zehn Jahren führte, und zweitens von meinem Gesicht (wobei ich nicht wusste, wie weit das Erste das Zweite oder das Zweite das Erste beeinflusste). Jedenfalls nannte sie mich von Anfang an nur »Grieche«. Von mir selbst allerdings wollte sie nichts wissen. Also von meinen Gedanken, meiner Persönlichkeit, meiner Vergangenheit. Sie stellte nicht ein einziges Mal die Frage, was ich denn vor meiner Zeit in der Pension *Oscar* gemacht hatte, und heute denke ich, das war der Grund, weshalb ich überhaupt zuließ, dass sie sich in mein Leben drängte.

Um ein paar von SARAHs Schubladen zu benutzen: Yvonne ist »Die Diskussionswütige« (neutrale Schublade, wenn ich SARAH richtig einschätzte), »Die Rationale« (in SARAHs Augen eindeutig eine negative Schublade), »Die Auf-gar-keinen-Fall-Fallsüchtige« (Schublade aus dem Schrank »unangenehm, aber hilfreich«) und »Die in einer Beziehung alles als selbstverständlich Einschätzende« (auch bei SARAH zwiespältig).

Heute

Yvonne trug einen sackartigen grauen Pulli und eine dunkelblaue Baumwollhose, als sie mir die Tür öffnete. Sie wirkte nicht im Geringsten überrascht über meinen Besuch. Ich trat ein, wir gaben uns ein schnelles Küsschen auf gespitzte Lippen, dann floh ich in die Tiefe ihrer Wohnung.

Ich hatte zwei Tabletten und ein Taschentuch intus, trug einen heißen Kopf auf meinen Schultern und einen verkrampften Magen über einem rumorenden Darm. Ich setzte mich auf einen Klappstuhl auf ihrem Balkon, blinzelte in die Abendsonne (Westseitenbalkon) und atmete tief durch. Yvonne setzte sich zu meinen Füßen, direkt auf den Boden.

»Willst du dich nicht hinsetzen?«, fragte ich.

»Ich sitze doch.«

»Ich meine, auf einen Stuhl.«

»Warum? Magst du es nicht, wenn ich zu dir aufschaue?«

Ich setzte zu einer Antwort an, überlegte es mir anders und setzte mich dann neben sie auf den Boden. Durch zwei gusseiserne Streben des Geländers hindurch sah ich dem Ehepaar von schräg gegenüber beim Bratwurstwenden zu. Der Grillgeruch zog über die Straße bis hier herüber.

Yvonne begann, meinen rechten Schuh aufzuknoten. »Wie lief es in der Videothek?«

»Ganz gut. Nichts Besonderes.«

»Sicher?«

»Ja.«

»Schön.« Sie holte Luft. »Also bei mir war es heute mal wieder kurz vor der Katastrophe. Peter bringt mich noch mal zum Platzen. Dieser Snob. Hält sich wirklich für den Chef des ganzen Betriebs. Du glaubst es nicht. Weißt du noch damals, bei der Vernissage, als er andauernd diese Reden hielt, direkt vorm Buffet? Heute war er den ganzen Tag so …«

Mein Schuh wurde mir vom Fuß gestreift, meine Socke folgte. (Im Übrigen war ich noch niemals auf irgendeiner Vernissage gewesen. Und von Peter kannte ich nur den Namen und seine Aufgabe: Er war der Regisseur des Films, den Yvonne derzeit betreute.)

»... dieser Kerl ist einfach so von sich überzeugt, dass er es nicht einmal merkt, wenn er anderen Leuten auf die Nerven geht, verstehst du? Ich habe geglaubt, ich müsste ihm den Hals umdrehen! Andauernd seine wie in Stein gemeißelten Befehle! Was denkt der sich? Wieso kann er sich nicht mal höflich ausdrücken? Heute hat er gesagt: ›Wenn du deinen Arsch nicht schneller bewegst, sorge ich dafür, dass er sich hier drin überhaupt nicht mehr bewegt!‹ Und weißt du, wem er das gesagt hat? Unserem PR-Mann! Max!«

Ich war nun komplett barfuss. Yvonne griff sich beide große Zehen und drückte sie zwischen Daumen und Zeigefinger. Die Frau von gegenüber legte kopfschüttelnd eine Wurst zurück auf den Grill.

Ich sagte: »Ja.«

»Was?« Yvonne blickte von meinen Füßen auf. Ihre Holly-Hunter-Augen funkelten, und der schiefe Holly-Hunter-Mund begradigte sich zu einer schmalen Linie. »Was hast du gesagt?«

»Nichts. Ich höre dir zu.«

»Herrjeh, wie kann er das nur Max sagen?! Vor allen Leuten! Würdest du das auch Max vor allen Leuten sagen?«

»Weiß nicht.«

»Herrjeh! Max ist schwul!«

Ich sah keinen Zusammenhang. Aber das war bei den Geschichten Yvonnes nichts Neues. Ich sagte: »Ja, und?«

Yvonne ließ meine Zehen los und ruderte mit den Armen durch die abendlichen Sonnenstrahlen. »Es ist schwer genug für ihn!«

Der Mann auf dem Balkon schob seine Frau zur Seite und goss Bier über die Würste.

»Was ist schwer für ihn?«

Yvonne packte mit beiden Händen meinen linken Fuß und schüttelte ihn. »Sich in die Welt der hetero-geschlechtlichen Liebe hineinzudenken!«

Ich verstand immer weniger. Gleichzeitig wurde ich immer

nervöser. Ich sagte: »Wird in eurem Film denn so viel heterogeschlechtlich gefickt?«

Yvonne sah mich erstaunt an. »Aber Max macht doch nur die Pressetermine und so!«

»Na und?«

»Und so was vor allen Leuten zu sagen! Und am Buffet!«

Ich widersprach nicht mehr, und so schwiegen wir eine Weile. Die Abendsonne brannte mir ins Gesicht. *Jetzt oder nie*, dachte ich mir. (*Jetzt oder nie!* hätte auch SARAH in diesem Moment gesagt.)

»Weißt du, Yvonne, ich weiß nicht wie …«

»Ja, mein Grieche?« Sie zog sich den Pulloversack über den Kopf, legte ihn hinter sich und blinzelte mich an.

Ich sah, wie der Bartwurstwendermann in seiner Bewegung einfror, eine Zange in der Hand, eine Zigarette im Mundwinkel und die Augen starr auf unseren Balkon gerichtet.

Yvonne säuselte: »Ist es nicht wunderbar, dass die Sonne selbst um diese Uhrzeit noch so eine Kraft hat?«

Ich nickte.

»Heute Abend zur Präsentationsparty kommen Peter und Max natürlich auch«, sagte Yvonne und lehnte sich mit nacktem Rücken gegen die Hauswand. Scheinbar gedankenverloren presste sie ihre Daumen in meine Fußballen.

»Wann geht die Party los?«, fragte ich leise. Ich bemerkte, wie die Anspannung meiner Bachmuskeln nachließ. Ersetzt wurde durch etwas Anderes. Etwas sehr Einfaches.

»Offiziell um neun.« Yvonne hob den linken Arm und sah auf ihre Uhr. »Aber da ist erst die Filmvorführung für die Crew, und ich glaube nicht, dass ich den Film sehen will. Ich denke, es reicht auch, wenn wir um elf hingehen.«

»Wir?«, krächzte ich.

Sie ließ den Arm sinken, wobei sie mit ihrer Hand an der linken Brust hängenblieb. Die Brust zitterte kurz.

»Natürlich. Oder willst du nicht mit?«

Ich sah ganz deutlich, dass sich die Warze der gestriffenen Brust zusammenzog. (Yvonnes Brüste – rund, fest, mit kleinen, nahezu schwarzen Warzen auf winzigem Hof – ähnelten mehr den Brüsten von Halle Berry als denen von Holly Hunter.)

»Du weißt doch, dass ich seit … seit *Ewigkeiten* nicht mehr auf solchen Massenveranstaltungen war«, sagte ich, mich mühsam konzentrierend. »Ich bin so etwas nicht mehr gewohnt.«

»Ach komm schon. Wird schon nichts passieren.«

»Passieren? Wieso soll etwas passieren?«

»Was weiß ich? Du bist es doch, der sich Sorgen macht.«

Ich schwieg.

»Ach komm schon«, gurrte sie.

Ich sagte nichts.

Yvonne hob beide Arme, strich sich durch die kurzen Haare und verschränkte schließlich die Hände im Nacken. »Hmmm?«, machte sie, und ganz hinten in den Holly-Hunter-Augen sah ich Belustigung.

Das grillende Ehepaar saß nun mit dem Rücken zu uns. Sie bewegten sich nicht mehr. Ich sah auf meine Füße. »Ich wollte etwas ganz Anderes … ich wollte noch etwas sagen.«

»Was Wichtiges?«

Ich sah wieder auf, da sich ein hohes Kieksen in Yvonnes rauchige Stimme geschlichen hatte. Ich begegnete einem wässrigen Glänzen in ihren Augen, glitzernden Schweißbahnen in glatten, sehnigen Achseln und mich anstarrenden, leicht nach oben ragenden Brustwarzen.

»Herrgott, ich liebe deine Brüste«, sagte ich.

»Es ist Zeit, ein Held zu werden!«, hörte ich Julia/Patricia.

»Zeigs ihr!«, hörte ich Gregor.

»Sehr schön«, hörte ich Yvonne. Sie stand auf, zog sich die Baumwollhose aus, setzte sich auf meinen linken Fuß, und damit war das retardierende Moment dieses unglückseligen Mittwochs in vollem Gange.

Die Präsentationsparty fand an dem Ort statt, an dem im Frühling die letzte Szene des Films gedreht worden war: ein Schwimmbad. Yvonne hatte mir erzählt, es sei eine fixe Idee des Regisseurs gewesen, genau dort die Präsentationsparty zu feiern, auch wenn mittlerweile über zwei Monate Postproduktion dazwischen lagen. Yvonne hatte die Aufgabe gehabt, den Ort für die Party anzumieten, wie ich auf der Taxifahrt hierher gleich mehrmals erfahren musste.

Wir ließen das Taxi direkt vor dem Eingang anhalten. Als wir ausstiegen, erhoben sich von der Gehsteigkante eine Reihe Fotografen, aber offensichtlich kamen sie zu dem Schluss, dass wir keinen Schnappschuss wert seien, denn sie setzten sich sofort wieder. Ein Kerl in rotem Anzug öffnete uns die Tür, einen betont flüchtigen Blick auf unsere Einladungen werfend. Kaum hatten wir den Vorraum mit der Garderobe und einer weiteren Einlasskontrolle (diesmal gleich drei rote Anzüge) passiert, drückte mir Yvonne kurz den Unterarm und verschwand dann ohne ein weiteres Wort hinter einer Wand aus wogenden Leibern.

Diese Wand war überaus abschreckend. Sie war widerlich. Die Hitze, die mir entgegenschlug, war es auch. Und erst der Lärm. Ich stellte fest, dass ich knallrot im Gesicht wurde. Mein Magen begann zu pulsieren. Ich wich unwillkürlich, einen Schritt nach dem anderen, zurück in Richtung Ausgang. Da legte sich eine Hand auf meine Schulter.

Ich fuhr herum und stand direkt vor einem weiteren Kerl in rotem Anzug. Er war einen guten Kopf größer als ich und sah mich an, als wäre ich ein Fussel auf dem roten Läufer, auf dem wir beide standen.

»Alexander Gast?«, fragte er.

»Ja.«

»Telefon für Sie. Folgen Sie mir.«

Ohne abzuwarten, ob ich ihm tatsächlich folgen würde, nahm er eine Tür neben der Garderobe. Ich zögerte zwei, drei Sekunden, dann eilte ich ihm nach.

Dies war offenbar der Pausenraum der rot befrackten Menschen, denn er bestand aus nichts Anderem als einem großen Tisch mit acht Stühlen drum herum, auf dem sich Thermoskannen Kaffee, in Aluminium eingeschlagene Brote und volle Aschenbecher tummelten. Der Mann hielt mir den Hörer eines Wandtelefons entgegen.

»Haben Sie kein Handy?«, fragte er mich vorwurfsvoll.

»Doch.«

»Dann sagen Sie ihm, er soll Sie auf dem Handy anrufen. Dieses Telefon ist für *uns* gedacht.«

Ich nickte. Der Kerl reichte mir den Hörer und verschwand dann durch eine weitere Tür neben dem Telefon.

»Ja?«

»Alex, Hallo! Da bist du ja, mein Sohn!«

Die Anspannung fiel mit einem Schlag von mir ab. »Dix! Ja, ich bin da. Schön dich zu hören. Woher weißt du, wo ...«

»Egal. Ich habe Beziehungen. Was ist mit Yvonne?«

»Ich habe es nicht getan. Keine Trennung. Sie springt da irgendwo herum.« Ich machte eine vage Geste in Richtung Garderobe.

Dix lachte. »Ich habe es mir fast gedacht! Wunderbar! Und wie geht es dir? Ich hatte das sichere Gefühl, dass ich dich anrufen müsste. Gib es zu: Du warst kurz davor, wieder zu gehen, oder?«

»Ja.«

»Untersteh dich, mein Sohn, untersteh dich! Du gehst jetzt da rein und amüsierst dich! Hast du mich verstanden?«

»Ich ... ja ... ich verstehe dich nicht ... wieso...«

»Du gehst jetzt da hinein auf die Party und amüsierst dich. Ist das klar?«

Dixs Stimme klang so ungewohnt drohend, dass ich unwillkürlich den Kopf einzog. »Ja. Ja, ist gut.«

»Gut. Axiom Nummer Eins für diesen Abend, mein Sohn: *Der beste Zeitpunkt für einen Showdown ist immer zwölf Uhr, egal ob nachts oder am Tag. Es sei denn, es ist ein Kriegsfilm: Dann ist es der Sonnenaufgang.* Was denkst du?«

»Ich denke, du solltest mich demnächst auf dem Handy anrufen. Das ist einfacher und …«

»Handy? Geht nicht. Ich muss Schluss machen! Wir hören uns!«

Dix hatte aufgelegt. Ich hängte den Hörer ein und rieb mir mehrmals über das Gesicht. Ich schluckte sicherheitshalber eine Magenpille, spülte sie mit Wasser aus einem herumstehenden Becher hinunter und schlich zurück auf die Party.

Ich hatte Glück, da mir, sofort nachdem ich die Schwimmhalle betreten hatte, Max über den Weg lief, der schwule PR-Mensch, die einzige Person, die ich neben Yvonne hier kannte. (Ich hatte ihn ein- oder zweimal bei ihr getroffen.) Max, der ein ärmelloses Shirt trug, das vor Unmengen silberner Pailletten leuchtete wie ein Scheinwerfer, schien ungefähr zu wissen, was es mit meinem gequälten Lächeln auf sich hatte, denn er nahm mich am Arm und erklärte mir das, was sich hier ereignete:

»Im Grunde ist es auf jeder Filmparty das Gleiche«, sagte er und rieb sich mit einem deutlichen Stolz, der sich mir nicht ganz erschloss, über seine Pailletten. »Auf jeder. Immer die gleichen Grüppchen. Wie in der Schule, weißt du? Nur Grüppchen! Cheerleader, Streber und Rebellen und so. Weißt schon. Grüppchen! Also, pass auf. Gruppe Eins!«

Er drehte mich an den Schultern und wies auf eine dezent ausgeleuchtete Cocktailbar am Stirnende des Schwimmbeckens. »Die Gruppe der Wichtigen und der, die es gerne wären. Das sind die Schauspieler, der Regisseur, die Coaches und alle, die aus der obersten Produktionsetage kommen.« Er sah mich an und bleckte die Zähne. »Denen würde ich nicht zu nahe kommen. Es sei denn, du stehst drauf, freiwillig die ganze Nacht mit einem entzückten Kopfnicken zu verbringen.«

»Entzücktes Kopf…«

»Die hören und sehen dich nicht, mein Freund. Es sei denn, sie nehmen deine Bewunderung wahr. Dann sehen und hören sie dich sehr wohl, tun aber so, als wären sie blind und taub.«

»Ich weiß nicht …«

»Natürlich weißt du nicht. Deswegen bin ich ja hier. Zur zweiten Gruppe.« Er drehte mich um einige Grad und drückte meinen Kopf ein wenig nach unten: Ich sah den abschüssigen, mit rotem Teppich ausgelegten Boden des ausgepumpten Schwimmbeckens; am tiefsten Punkt stand ein schwitzender Glatzköpfiger hinter elektronischen Pulten und rieb ziemlich aufgeregt auf ein paar Plattentellern herum. Trotz der Dunkelheit trug er eine Sonnenbrille.

»Die Tanzfläche«, sagte Max. »Jetzt noch etwas leer, aber später findest du dort die Gruppe des Immer-vor-Ort-Stabs, wie ich sie nenne. Das sind alle Leute vom Kostüm, der Maske, der Requisite, der Ausstattung sowie die Aufnahmeleiter und die Regieassistenten. Und weiter geht's!« Er drehte mich um 180 Grad. Ich sah eine Phalanx von grün gestrichenen Tischen mit ausnahmslos besetzten Barhockern davor und Bedienungen in weiß-roten Einheitsuniformen dahinter.

»Die letzte Gruppe: die Tresengruppe. Das sind alle Techniker, also die Beleuchtung, der Ton, der Schnitt undsoweiter, und die Drehbuchautoren. Frag mich nicht, wieso, aber die sitzen immer an der Theke.«

Ich blickte auf eine Reihe von dunklen Rücken und nickte.

»Später dann, also sehr spät, werden sich die Gruppen natürlich auf der Tanzfläche vermischen. Aber so wie du aussiehst, bist du dann wahrscheinlich nicht mehr hier, was?«

»Möglich.« Mein Blick kehrte zurück zur Gruppe an der Cocktailtheke. Ich versuchte, einige prominente Gesichter auszumachen, erkannte aber nur eines; eine Schwarze, die ein bodenlanges weißes Kleid trug. Sie hieß Selén. Selén irgendwas.

»Das ist ja Selén ...«

Max kicherte. »Ja. Sie hat die Rolle der Jazzsängerin. Später kommt raus, dass sie lesbisch ist. Ist sie nicht toll?«

Ich gab einen Ton von mir, den Max offenbar als Zustimmung auffasste, denn er fuhr fort: »Aber da ist ein Problem: Selén ist mit dem Typen zusammen, der im Film den Hausarzt spielt. Der da drüben.«

Max wies auf einen Kerl, der knapp zwei Meter groß war. Er hatte lange blonde Haare und trug einen tadellos geschnittenen Anzug. »Das ist Hasso von Titz.«

»Hasso?«

»Ja, Hasso. Alter Halbadel. Keine Ahnung, wieso die Adligen sich so bescheuerte Namen geben. Jedenfalls ist das der größte Unsympath der gesamten Crew, glaub mir.«

Ich glaubte ihm.

Max drückte einmal kurz meinen Oberarm und sagte: »Ich muss jetzt weiter. Wenn du Probleme hast, komm zu mir! Okay?«

Er wartete noch mein gemurmeltes »Okay« ab, dann hechtete er in Richtung Cocktailtheke und verschwand.

Auch wenn ich jetzt allein war: Meine Nervosität hielt sich in Grenzen. Und je mehr Zeit verging, desto mehr erreichte ich meinen Normalzustand: Mir wurde langweilig. Yvonne war irgendwo auf der Tanzfläche, und von Max sah ich keine Spur. Ich schlenderte gemächlich durch die Reihen schwitzender Menschen. Natürlich dachte ich hin und wieder an *The Party* mit Peter Sellers – da hatte es auch einen Swimmingpool gegeben, wenn auch einen vollen –, aber lange hielt dieses Bild in meinem Kopf nicht vor. Wie immer hielt die Realität einem Filmvergleich nicht stand.

Ich bemerkte, dass ich in einen Menschenpulk geraten war und sah, dass ich direkt vor der Cocktailtheke und direkt neben dem Regisseur stand, der gerade selbst Hand an den Shaker legte. An seiner Seite tauchte eine Schauspielerin auf, die ich kannte. Und mochte. Schon immer gemocht hatte. Ich fand, dass sie ein wirklich außergewöhnliches Gesicht hatte. Alles in diesem Gesicht war groß: die Augen, die Nase, die Lippen. Ein sehr spektakuläres Gesicht. Ein sehr anziehendes Gesicht. Ihr Name war Carla Tabori.

Der Regisseur flüsterte Carla Tabori etwas ins Ohr, worauf sie den Kopf in den Nacken warf und laut zu lachen begann. Sie drehte sich zur Seite, schlug sich die Hand vor den Mund, schnappte gespielt nach Luft – und sah mir aus einer Entfernung von einem halben Meter direkt in die Augen.

Carla Taboris Lachen gefror. Langsam ließ sie die Hand sinken. Ihre großen Augen wurden noch größer, ihre vollen Lippen öffneten sich wie in Zeitlupe.

Ich konnte mich nicht bewegen. Geschweige denn meinen Blick abwenden. Der Regisseur drehte sich um, versuchte mit seinen Augen dem Blick seines Stars zu folgen, suchte aber irgendwo hinter mir. Er sagte: »Was ist denn, meine kleine Sonne? Was siehst du denn?«

Carla Tabori löste den visuellen Knoten. Sie sah den Regisseur an und fragte: »Was?« Ich nutzte den Moment, tauchte nach hinten weg und wühlte mich in die Menge.

Noch heute frage ich mich hin und wieder, wieso Patricias/Julias Besuch im *Zero-Zone* auf den gleichen Tag fiel wie mein erster Kontakt mit Carla Tabori. Wenn ich mich dann zu lange in Gedankenspielen verliere, die sich allesamt um Schicksal drehen, rette ich mich – wie so oft, wenn ich an jene Zeit zurückdenke – mit einer der vielen Lebensweisheiten von SARAH.

SARAHs Metapher auf den Umstand, dass dir im Leben die wichtigen Dinge immer gleichzeitig zustoßen:

»Stell dir vor, du bist ein Streckenposten bei einem Radrennen. *Das* ist dein Leben«, sagte sie mir einmal. »Pass auf, du stehst da also an deinem Abschnitt, hinter der Absperrung, starrst auf die leere Straße vor dir und wartest, dass die Räder kommen. Du stehst da. Und wartest. Und wartest und wartest. Stundenlang. Dann plötzlich: das Ausreißerfeld. Es zischt ein paar Mal – und das Ausreißerfeld ist wieder vorbei. Und erneut wartest du. Stell dir vor, es regnet oder so, dann wird es noch dramatischer … also, du wartest. Und dann kommt das Verfolgerfeld. Es zischt ein paar Mal – und die Straße ist wieder leer. Warten, warten … und dann kommt das Peloton. Aber hallo! Es zischt nur noch, ein einziges Sausen ist in der Luft, so, als wären da auf einmal alle verdammten Radfahrer der Welt vor dir auf der Straße. Doch schneller als gedacht dünnt das Feld aus, noch ein paar einzelne Fahrer tröpfeln nach und nach dem Strom hinterher – und dann ist wieder alles leer. Jetzt stehst du noch eine Weile im Regen herum, bis auch der letzte Nachzügler kommt. Was weiß ich, irgendein schlammverschmierter Typ, der sich schon mehrmals auf die Schnauze gelegt hat, und dann – ja dann ist es endgültig vorbei. Du packst deine Sachen und haust ab.«

SARAH hätte also damals, an jenem Mittwoch im Juni, zu mir gesagt: »Denk nicht zu viel über Schicksal nach: Scheinbar fährt bei dir gerade das Ausreißerfeld vorbei. Nichts weiter.«

Leider kannte ich SARAH aber damals noch nicht, geschweige denn, dass ich Ahnung von Radrennen hatte, und so war mir dieses Bild unbekannt. Genausowenig hatte ich deswegen auf der Rechnung, dass es nach dem Ausreißerfeld meistens nicht lange dauert, bis das Hauptfeld angerauscht kommt.

Ich versuchte, Max oder Yvonne zu finden. Aber keine Spur. Die Menschenmassen widerten mich auf einmal an. Ich bemerkte, wie ich mich nach der Ruhe in Zimmer 9 sehnte, nach den DVDs, Videos und meiner Leinwand. Ich entschloss mich zu gehen. Aber in dem Moment, als ich mich in Richtung der Garderobe in Bewegung setzte – stellen Sie sich dazu den plötzlichen Einsatz einer Brigade Streicher vor, unterstützt von einem gewaltigen Paukenschlag und einem schnellen Zoom auf mein Gesicht –, sah ich über die Länge des Beckens hinweg, genau am entgegengesetzten Ende, eine Frau in einem weißen Kleid. Im gleichen Moment wusste ich, dass ich diese Frau irgendwann einmal gekannt hatte. Ich wusste sogar ihren Namen: Sophia.

Sophia stand regungslos da und starrte über das Becken zu mir herüber.

Die Musik um mich herum wurde übergangslos dumpf. Mir schwindelte. Gleichzeitig spürte ich eine Gänsehaut auf meinen Unterarmen.

Sophia trug nur das weißes Kleid und sonst nichts. Nur ein weißes Kleid. Ich bemerkte, wie in Sekundenschnelle mein Mund austrocknete. Etwas Brennendes stieg mir in die Speiseröhre.

Es sah so aus, als ob Sophia gehen wollte. Sie trat von einem Bein aufs andere.

Im nächsten Moment schob sich eine Gruppe sich gegenseitig umklammernder Gestalten vor Sophia und verschluckte sie. Die Gruppe bewegte sich auf den Ausgang zu, öffnete die Flügeltür und verschwand.

Sophia war weg. Die Gruppe hatte sie offenbar mitgenommen.

Mein Blick fiel auf eine riesige Uhr über dem Ausgang. Es war eine Minute nach zwölf.

Ich brauchte zwei lange Sekunden, um mich zu entscheiden, ob ich links oder rechts um das Becken gehen sollte, dann lief ich los.

Ich wühlte mich durch die Leute am Eingang, sprang auf die Straße, blickte die Gehwege entlang. Nichts.

Ich kehrte zurück in die Schwimmhalle, umkreiste mehrmals das Becken und drängte mich schließlich in die tanzende Meute. Ich fand Yvonne, die mit Max Rücken an Rücken zu den stakkatoartigen Klängen des DJs tanzte.

»Kann ich mal kurz mit dir reden?«, brüllte ich ihr ins Ohr.

»Was?«

Ich knurrte, nahm Yvonne bei der Hand und ging mit ihr die Schräge des Beckens hinauf. Ich zog sie in eine Nische neben dem Ausgang, stellte sie mit dem Rücken gegen die Wand und starrte sie an.

»Was ist denn, mein Grieche?« Sie legte eine flache Hand auf meinen Kopf. »Ich kann hier nicht mit dir knutschen, das weißt du doch.«

»Du kennst doch alle Beteiligten an diesem Projekt, oder?«

»An welchem Projekt?«

»An welchem Projekt, Herrgott noch mal! Der Film natürlich!«

Yvonne strich sich den Schweiß von der Stirn in Richtung ihrer kurzen Haare, was zur Folge hatte, dass sie am Ansatz, steil in die Luft ragend, stehen blieben.

»Was ist los?«, fragte sie.

»Das möchte ich auch gern wissen. Kennst du nun alle, oder nicht?«

»Ich denke schon …«

»Sophia«, sagte ich.

»Wer?«

»Sophia. Glaube ich zumindest. Ich habe keine Ahnung. Sie hat ein Allerweltsgesicht. Ist mittelgroß. Sie hatte ein weißes Kleid an.«

Yvonne kniff ihre Augen zusammen. »Du willst wissen, ob ich jemanden kenne, der ein Allerweltsgesicht hat und mittelgroß ist? Bist du noch ganz dicht?«

»Es gibt keine Sophia in der Crew?«

»Nein. Nicht dass ich wüsste. Wer soll das sein?«

»Ich weiß es nicht.«

»Du weißt es nicht? Hast du getrunken?«

»Ich muss sie finden.«

»Zeig sie mir doch einfach.«

»Sie ist weg.«

»Sie ist weg? Sag mal, Grieche, was ist denn eigentlich los, ich …«

Ich drehte mich um und trat gegen einen hüfthohen Aschenbecher auf Stelzen, das Ding krachte laut scheppernd an die Wand.

»Grieche!« Yvonne packte mich an beiden Unterarmen gleichzeitig. Die Leute in der nächsten Umgebung starrten uns an, die eine Hälfte schien peinlich berührt, die andere überaus erfreut.

Ich ließ Yvonne stehen und kämpfte mich ins Freie. Nach ein

paar Minuten allerdings ging ich wieder rein. Aus irgendeinem Grund war mir die Menschenmenge jetzt lieber als alles andere.

An was dachte ich in diesen Minuten? Ich dachte an Diskotheken-Szenen: Michael Douglas in *Basic Instinct*, wie er mit lächerlichem V-Ausschnitt-Pullover Sharon Stone antanzt. Ich dachte an Arnold Schwarzenegger in *Terminator*, wie er, nach Linda Hamilton suchend, in Zeitlupe die Diskothek durchquert. Ich dachte an Tom Cruise, wie er sich in *Collateral* durch die tanzenden Leiber an sein nächstes Opfer, den Chinesen, heranpirscht.

Einige Male begegnete mir das Gesicht von Yvonne in der Menge; anfangs misstrauisch, später nicht mehr. Der Schweiß rann mir in Strömen vom Körper, mein Hemd klebte an meinem Rücken wie Frischhaltefolie. Ich stellte mich mitten auf die Tanzfläche und bewegte mich nicht.

Max schnappte sich eine braungebrannte, faltige und knochige Rothaarige und warf sie durch die Luft wie eine Puppe. »Das nenne ich Körperbeherrschung!«, schrie sie. »Schon mal daran gedacht, bei einem Musical mitzumachen?«

Max packte sie um die Hüfte, wirbelte zweimal mit ihr um seine Achse und ließ sie dann los. Sie preschte wie ein defekter Kreisel in Richtung DJ.

Plötzlich stand Peter der Regisseur neben mir. Er rief: »Hallo miteinander!« und breitete die Arme aus. An einem Arm hing eine dicke Blonde mit glasigen Augen, am anderen Selén, die Jazzsängerin.

»Das ist Paula!«, rief Peter.

Die dicke Blonde lächelte schwach, stolperte und fiel Peter vor die Füße. Er griff ihr unter die Achseln und wuchtete sie wieder hoch.

»Danke«, sagte Paula.

»Und das ist Selén!«, verkündete Peter.

Selén lachte und verbeugte sich, wobei ihr die linke Brust oben aus dem weißen Kleid fiel.

Ein Typ daneben sah es und ging auf die Knie, das Gesicht scheinbar vor Schmerzen verzerrt, und ich verstand ihn sehr gut. Wahrscheinlich das letzte Mal an diesem unglückseligen Abend, dass ich etwas oder jemanden verstand.

Max sagte: »Das macht sie immer!« Und zu Selén: »Das ist bereits das vierte Mal, dass dir das passiert. Ist das ein Tick?«

Selén grinste, griff sich an den Ausschnitt, und zog ihn mit einem Ruck nach unten. Nun plumpste auch die rechte Brust in die schweißige Luft.

Die faltige, braungebrannte, knochige Rothaarige stürmte heran, stieß die dicke Blonde mit den glasigen Augen, die Paula hieß, um und packte Selén an der Hüfte.

Sie schrie: »Solche Perlen gibt es nur in meiner Agentur! Ich habe sie entdeckt! Merkt euch das!«

Selén umarmte die Rothaarige stürmisch, und Paula rappelte sich langsam wieder auf.

Carla Tabori hatte offenbar bemerkt, dass diesem Winkel der Party gerade die größte Aufmerksamkeit galt, denn sie tanzte sich direkt in die Mitte der Szene.

Max umfing Selén und die Rothaarige mit seinen langen Armen und begann sich mit beiden im Kreis zu drehen. Seléns Brüste verformten sich – wohl infolge irgendeiner physikalischen Kraft – äußerst seltsam. Aus irgendeinem Grund rutschte Peter aus und stürzte zusammen mit der dicken blonden Paula direkt vor Carla Tabori zu Boden. Selén und die Rothaarige, von Max auf Geschwindigkeit gebracht, krachten schreiend über ihnen zusammen. Carla Tabori zuckte und brachte zwei Meter Abstand zwischen sich und die Gefahrenzone. Neben mir tauchte eine neue Person auf: der Hausarzt im Film, wie Max gesagt hatte, der blonde Zweimetermann, der Freund von Selén – Hasso von Titz.

Ich sah, dass er seinen Anzug gegen einen weiten goldbraunen Poncho eingetauscht hatte. Ich sah ihn an, sah die langen blonden Haare, die ihm über den Poncho fielen, und spürte, wie etwas in meinem Kopf riss. Mir wurde heiß.

Max half der Rothaarigen und Selén auf die Beine, beide schüttelten sich und lachten. Peter tanzte nun im Liegen: Er robbte mit dem Bauch über den roten Teppich und zuckte konvulsivisch mit der Hüfte. Max schrie: »Uhuuu!« und tat so, als wolle er sich auf ihn setzen.

Ich sah, dass Hasso unter dem Poncho noch seine Anzugshosen trug. Etwas ging in mir vor. Mir wurde immer heißer.

Max packte die Rothaarige und Selén an den Schultern und beugte sich zusammen mit ihnen über Peter. Der verdrehte die Augen und schnappte mit der Zunge nach Seléns Brüsten. Paula lag immer noch unter ihm und sah aus glasigen Augen regungslos an die Decke.

Hassos Haar war dick und lang und blond. So *hässliche* Haare. Und dieser Poncho… Warum trug er einen Poncho? So einen *widerwärtigen, hässlichen* Poncho! Wie von außen nahm ich wahr, dass sich auf meinem Gesicht eine Grimasse des Zorns bildete.

Ich sah Carla Tabori vor mir auftauchen. *Direkt* vor mir. Sie starrte mich an, als verstehe sie etwas nicht.

Die braun gebrannte, faltige, knochige Rothaarige packte mich um die Hüfte und schleuderte mich in Richtung von Hasso. Max und Peter kreischten, Selén stimmte mit ein. Die blonde Dicke mit den glasigen Augen hob einen Finger in die Höhe: Sie meldete sich. Carla Tabori hielt sich die Hand vor den Mund. Sie starrte mich immer noch an. Und Hasso: Hasso stand nun direkt vor mir. Er sah mich an. Ich knallte ihm meine Rechte aus der Bewegung heraus durch den *hässlichen* Poncho genau in die Magengrube. Er klappte zusammen, und so kam sein Gesicht meinem Knie auf halbem Weg entgegen. Es krachte durchdringend, als sein Kiefer brach.

Ich fühlte mich blendend.

2. Der Böse

Bereit, wenn Sie es sind.

Nach zehn Minuten Fußmarsch erreiche ich eine einsame Haltestelle. Nach weiteren zehn Minuten hält endlich ein Bus vor mir. Der Fahrer sieht nicht einmal auf, als ich die Karte bei ihm löse. Ich setze mich mit meiner grau-gelben Sporttasche ans Fenster direkt hinter ihm.

Es sind nur drei weitere Fahrgäste im Bus, und ich bemerke ihre verstohlenen Blicke in meinem Rücken. Ich kann es nicht verhindern. Damit war zu rechnen.

Ich blicke aus dem Fenster. In der Richtung, aus der ich gekommen bin, berührt der blutrote Ball der Sonne fast die Erde. Eine schwarze Rauchfahne steigt davor in den Himmel.

Als ich am Bahnhof aussteige, ist die Sonne zu einem Viertel hinterm Horizont versunken. Es wird immer kälter. Ich betrete die Wartehalle und blicke mich unauffällig um: keine Überwachungskameras. Ich folge den Ausschilderungen zur Toilette. An der Tür mit der Aufschrift *Frauen* hängt ein Schild: *Wird zur Zeit gereinigt! Bitte benutzen Sie die übrigen Toiletten im Bahnhofsbereich!* Ich blicke mich um: Der Gang zu den Toiletten ist menschenleer. Ich öffne die Tür.

Sofort tönt mir entgegen: »Zwei Minuten bitte!« Es ist die Putzfrau. Sie kniet unter einer Reihe Waschbecken und klaubt weggeworfene Trockentücher vom Boden auf. Ich trete ein.

»Ich sagte doch, zwei Minuten bitte.« Sie richtet sich auf und sieht mich an. Sie ist ungefähr fünfzig, hat dunkelrot gefärbte Haare und ist sehr hager. Ihr dünner Hals ragt aus dem weißen Kittel wie ein faltiger Finger.

Ich schließe die Tür hinter mir.

»Was tun Sie hier! Erstens putze ich gerade und zweitens ist das die Frauentoilette!«

Ich antworte nicht.

»Sie sind ein Mann!«

Ich gehe auf sie zu, sie weicht in die Lücke zwischen zwei Wachbecken zurück und streckt mir eine Hand mit nassen Trockentüchern entgegen. Sie beginnt zu wimmern.

Meine Rechte trifft sie seitlich am Kinn, und sie gleitet zu Boden. Mit dem Gesicht nach unten bleibt sie liegen. Ich finde den Schlüsselbund in ihrer Kitteltasche. An einem Schlüssel hängt der Zettel: *Bhf – Haupt*. Ich probiere ihn: Er passt. Ich schließe die Toiletten ab und mache mich an die Arbeit.

Ich öffne die Sporttasche, hole Rasierschaum und Rasierapparat heraus, ziehe Anzugjacke und Hemd aus und stelle mich vor den Spiegel. Ich ziehe die Klammern und Klebestreifen aus dem Verband und löse langsam den Mull vom Gesicht, eine Bahn nach der anderen. Als ich die untersten Schichten erreiche, die direkt auf meiner Haut aufliegen, schließe ich die Augen. Öffne sie erst wieder nach der letzten Bahn.

Die Haut ist bleich, fast weiß. Unregelmäßige Bartinseln verunstalten Wangen und Kinn. Rote Druckstellen leuchten mir entgegen. Aber: keine Narben. Keine einzige. Zumindest nicht auf den ersten Blick. Wenn ich näher an den Spiegel herangehe, sehe ich dünne rote Linien hinter den Ohren, unter dem Kinn, am Haaransatz der Stirn und dort, wo die Nasenflügel auf die Wange treffen. Aber diese Linien sind so dünn, man kann sie für alles halten, auch für Schatten. Ich bin zufrieden. Und erleichtert. Der Chirurg hat recht behalten.

Nachdem ich mit Rasieren fertig bin, sind meine Haare dran. Ich stelle den Langhaarschneider des Apparats auf fünfzehn Millimeter. Es dauert nicht einmal zehn Minuten. Zum Waschen benutze ich die Seife aus dem Spender. Schließlich trage ich Bräunungscreme großflächig auf mein Gesicht auf.

Ich sammle Mullbinden und Haare ein und stopfe sie zusammen mit den Rasierutensilien in eine Abfalltüte aus den Beständen der Putzfrau. Die Putzfrau. Ich betrachte sie eine Weile, wie sie dort unter den Waschbecken auf den blauen Fliesen liegt, nicht ganz sicher, was ich mit ihr machen soll. Schließlich komme ich zu dem Schluss: Sicher ist sicher.

Ich hole meine Kalbslederhandschuhe aus der grau-gelben Sporttasche, ziehe sie über, greife der Putzfrau unter die Achseln und schleppe sie in die Kabine ganz rechts. Ich öffne die Toilettenschüssel, setzte die Frau auf die Öffnung und drücke sie so gut es geht hinein. Es kommt mir entgegen, dass sie sehr mager ist, ich stopfe ihren Unterleib so tief ins Klo, dass ihre Oberschenkel gegen ihre Brust klappen. Die Schienbeine hängen grotesk über dem Schüsselrand, und ihr Kopf fällt nach vorn. Sie sieht aus, als wäre sie mitten in einem Situp eingeschlafen. Ich hole mein Messer aus der Sporttasche und suche den besten Einstichpunkt.

»Bereit?«, frage ich sie.

Sie antwortet nicht.

Als ich ihr durch die Schenkel hindurch tief in den Unterleib steche, wacht sie auf. Mit der linken Hand halte ich ihr den Mund zu, mit der rechten drehe ich das Messer nach links und rechts. Sie zappelt und zuckt, ihre Hände versuchen sich in meine Haare zu krallen, aber da sind kaum noch Haare. Die Hände rutschen ab, und bevor sie einen neuen Angriffspunkt finden, ist es schon vorbei. Die Arme der Putzfrau fallen kraftlos herab. Ich trete einen Schritt zurück: Ihr Blut fließt sauber in die Schüssel. Kein Tropfen auf den kalten, dunkelblauen Fliesen.

Ich rolle das Putzwägelchen in die Kabine, schließe von innen ab und klettere über die Sichtwand in den Waschraum zurück. Ich stelle mich vor den Spiegel, ziehe die Handschuhe aus und wasche meinen rechten Unterarm. Danach trockne ich mich mit ein paar lose herumliegenden Tüchern ab, stopfe sie zusammen mit den Handschuhen und dem Messer in den Sack zu meinen Haaren und ziehe mich wieder an. Dann ziehe ich die Anzugjacke wieder aus: Ich habe etwas vergessen – die 22er aus meiner Sporttasche.

Als ich fertig bin, nehme ich ein neues Paar Kalbslederhandschuhe und ein bereits abgezähltes Geldbündel aus der Tasche. Die Handschuhe ziehe ich an, das Geldbündel stecke ich in die Innentasche des Jacketts, das ich locker über meinen linken Unterarm werfe. Nach einem letzten Blick in den Spiegel nehme ich die Plastiktüte und die Sporttasche und schließe die Eingangstür auf. Ich hänge das Schild *Wird zur Zeit gereinigt!* ab, werfe es in die Tüte, verknote sie und stelle sie an die Wand. Ich gehe zu den Schließfächern. Ich sehe mich um: Kein Mensch beachtet mich. Ich stelle die grau-gelbe Sporttasche in ein Schließfach, werfe Kleingeld ein und ziehe den Schlüssel ab. Nummer 009. Dann gehe ich zum Passbildautomaten. Ich wähle die Option für vier verschiedene Porträtbilder, setze mich auf den Stuhl und ziehe den Vorhang zu. Ich versuche ein Lächeln, als es blitzt.

Auf dem Weg nach draußen gehe ich am Gang zu den Toiletten vorbei und nehme den Plastiksack mit.

Als ich ins Freie trete, sticht mir die Kälte schmerzhaft ins Gesicht. Meine Haut, die so lange beschützt war, beginnt zu glühen.

Nicht weit vom Bahnhof finde ich einen großen Müllcontainer und werfe den blauen Plastiksack zu mindestens fünf anderen Säcken, die genauso aussehen. Dann gehe ich zurück.

Vor dem Bahnhof an den Haltebuchten der Taxis sehe ich kurz dem Todeskampf der Sonne im Westen zu. Sie ist noch nicht ganz hinter dem Erdball versunken, die blutigen Spuren des Kampfes reichen quer über den Horizont. Es ist kalt wie im Winter.

»Brauchen Sie vielleicht ein Taxi?« Es kommt von einem Taxifahrer zwanzig Meter weiter, die Schnauze seines Wagens sieht mich an wie ein seltsames Tier. Er hält den Kopf seitlich aus der Scheibe und ruft: »Oder nicht?«

Ich nicke, gehe zu ihm hinüber und steige ein. Mein Jackett lege ich vorsichtig neben mich auf den Sitz. Es ist sehr warm im Inneren.

»Und, wohin geht es?«

Noch eine Station, rufe ich mir in Erinnerung. *Noch eine Station, und ich bin ein neuer Mensch.*

Ich nenne ihm die Adresse, er fährt los.

»Und? Geschäftlich in der Stadt?«

»Ja.«

»Schon mal in Berlin gewesen? Wollen Sie etwas Bestimmtes sehen? Sehenswürdigkeiten?«

»Nein.«

»Schon mal so einen eisigen Juni erlebt? Ist nicht zu glauben, oder?«

»Da haben Sie recht.«

»Das ist der Nordwind.« Er dreht den Kopf und sucht mich mit seinen Augenwinkeln. »Dieser verdammte Nordwind. Der raubt der Sonne die letzte Kraft.«

Ich sehe aus dem Fenster. Die roten Ziffern einer Digitaluhr über einer Apotheke schreien das Datum in die heraufziehende Nacht: Der 29. Juni 1996.

»Ja«, sage ich. »Der Nordwind. Das wird es sein.«

3. Der Gute

Wir werden ein größeres Boot brauchen.

Es ist Ihnen vielleicht schon aufgefallen, dass bislang fast alle meine Bezugspunkte in Sachen Film – im Gegensatz zur Geschäftspolitik des *Zero-Zone* – dem Bereich Hollywood entsprangen. Das ist kein Zufall.

Ich war Hollywood verfallen. Ich liebte Hollywood.

Das heißt nicht, dass ich mich dem Autorenkino, kleineren Independentproduktionen oder kopflastigen Handkameramachwerken verschloss. Nein, auf keinen Fall. Schließlich war es mein Job, mich in allen Sparten des Kinos auszukennen, und seien sie noch so winzig oder absurd. Aber mein Herz hing ganz klar am großen Kino.

Warum ich Ihnen das erzähle? Weil ich will, dass Sie mich verstehen, bevor meine Geschichte heftig wird. Und sie wird heftig, das können Sie mir glauben.

In der Nacht nach jener verfluchten Party hatte ich zum ersten Mal seit zehn Jahren einen Traum, in dem ich kein Filmheld war. Der Traum ging so:

Ich bin in einem Raum, in dem fast alles grün ist: Die Wände, die Decke, alles ist grün. Nur der Boden ist aus spiegelndem Parkett. An der Wand zur Rechten hängt ein runder Spiegel. Da alles, was er reflektieren könnte, grün ist, ist das Glas des Spiegels auch grün. Nur der Rahmen glänzt in einer anderen Farbe, in einem rötlichen Gold. Kupfer.

Ich habe kein gutes Gefühl. Etwas sagt mir, dass ich schleunigst aus diesem Raum verschwinden sollte. Ich gehe einen Schritt auf den Spiegel zu, da höre ich plötzlich hinter mir ein Geräusch. Ich fahre herum und sehe, dass sich in der grünen Wand eine Öffnung gebildet hat: eine Tür. Zwei Frauen in Abendkleidern, ein kleiner Mann in schwarzem Lederanzug und ein großer Mann mit langen blonden Haaren, der einen Poncho trägt. Die vier Personen lächeln mir zu und strecken die Arme aus. Sie weisen alle vier auf den Spiegel und lächeln aufmunternd. Ohne es zu wollen, drehe ich mich wieder um und gehe weiter auf den Spiegel zu. Er ist wie ein Magnet. Ich sehe Kreidestriche auf dem Parkettboden und diesen folge ich: drei Schritte parallel zum Spiegel, Kreidestrich, drei Schritte schräg auf den Spiegel zu, nächster Kreidestrich.

Die zwei Frauen und die zwei Männer stellen sich neben den Spiegel an die grüne Wand und lächeln mich an. Links stehen die Frauen, rechts die Männer. Sie machen einladende Handbewegungen.

Ich drehe mich mit einem Ruck und blicke in den Spiegel: Ich habe einen komplett bandagierten Kopf, nur zwei Augen- und Nasenschlitze unterbrechen das Weiß sowie ein breiterer Schlitz für den Mund.

Ich fühle Schwindel.

Im nächsten Moment verändert sich die Umgebung: Das Grün ist weg. Die vier anderen sind noch da, auch das Ich mit dem bandagierten Gesicht steht noch am gleichen Fleck und betrachtet sich im Spiegel. Der Raum aber gleicht jetzt einem hohen, kahlen Filmstudio. Rohre laufen unter der Decke entlang, Kameras stehen in den Ecken, Scheinwerfer und Mikrofone, und zwei große Elektronikpulte flankieren die Rückwand.

Ich trete ganz an den Spiegel heran. Der Kupferrahmen, das sehe ich nun, stellt ineinander verschlungene Blumen dar. Er ist sehr dick. Als ich direkt vor dem Glas stehe, verändert sich das Spiegelbild. Mein bandagiertes Gesicht verschwindet, wird ersetzt durch das schematische Gesicht einer Frau. Nichts in diesem Gesicht ist auffällig: ein normaler Haaransatz, die Stirn ist weder flach noch hoch. Die Nase ist sanft geschwungen, die Wangenknochen treten nicht sonderlich hervor, die Ohren liegen an. Das Kinn ist weder kantig noch fliehend, die Lippen sind weder dick noch schmal, der Mund ist weder klein noch breit. Die Kopfform ist klassisch. Und die Augen … ich habe noch nie in meinem Leben so nichtssagende Augen gesehen. Plötzlich weiß ich den Namen dieser Frau: Sophia. Ich rufe ihn: »Sophia!« Das Gesicht verzerrt sich. Es weicht zurück. Gleichzeitig werde ich noch weiter auf den Spiegel zugezogen. Aber: Geht das? Kann ich noch näher heran? Müsste ich nicht längst an das Glas gestoßen sein? Und im Moment, da mir das klar wird, bin ich schon durch den Spiegel *hindurch*.

Alles ist schwarz bis auf eine kreisrunde Fläche hinter mir. Durch diesen hellen Fleck bin ich gekommen. Es ist ein Fenster. Ich kann durch dieses Fenster in den Raum blicken, in dem jetzt wieder alles grün ist. Die beiden Männer und die beiden Frauen winken mir zu. Ich wende mich ab, als ich aus der Schwärze in diesem Raum ein Geräusch höre. Etwas kommt durch die Dunkelheit auf mich zu. Ich höre es ganz genau. Plötzlich erleuchten Spots von irgendwo vier Stellen auf einer Wand vor mir in der Dunkelheit: Vier Filmposter: *The Lady in the Lake*, *Jigsaw*, *Wolfen* und *Dark Passage*. Wieder Geräusche. Ein Schnaufen. Die Spots erlöschen. Das Schnaufen ist nun ganz nah. Ich sehe Bewegung in der Dunkelheit. Eine Stimme sagt neben meinem Ohr: »Das ist die Spiegelszene, Pirat!«

Ich gehe in die Knie und schreie vor Schmerzen. Mein Inneres scheint plötzlich zu brennen. Ich falle auf den Boden, die Schmerzen rauben mir fast das Bewusstsein. Das letzte, was ich sehe, ist das Gesicht von Sophia, wie es durch das Fenster in der Schwärze zu mir hereinsieht.

Ihre ausdruckslosen Augen sind groß und klar. Dann platzt ihr Kopf in tausend rote Stücke.

Was meinen Blackout vom Vorabend und Hassos Kiefer anging, hatte ich unwahrscheinliches Glück: Der Ambulanz, die gerufen wurde, erzählte man, Hasso sei tanzend in das Becken hinabgefallen. (Keine Ahnung, ob die Sanitäter das glaubten; sie verzogen jedenfalls keine Miene.) Polizei wurde erst gar keine alarmiert; natürlich nicht. Hasso selbst, der über zwei Stunden regungslos vor sich hingedämmert hatte, war, als er wieder erwachte, ein größeres Problem: Er war stinksauer. Es sah zunächst so aus, als sei sein nächstes Engagement gestorben, die Rolle eines Polizisten in einer Fernsehproduktion, Drehbeginn genau eine Woche nach Hassos Zusammenstoß mit meinem Knie. Ein Polizist mit bandagiertem Gesicht? Der nicht reden kann? Soweit ich die Sache mitbekam (Yvonne hielt mich auf dem Laufenden), war Hasso einige Tage lang fest entschlossen, mich auf Schmerzensgeld zu verklagen. Was bedeutet hätte, dass ich auch den Lohnausfall hätte begleichen müssen. In Hassos Drehplan standen knapp zwanzig Drehtage. Man kann sich vorstellen, was mich das gekostet hätte. Dann aber entschied sich der Regisseur, doch mit Hasso zu drehen. (»Ein Polizist, der über die gesamte Länge des Films mit bandagiertem, eingegipstem Gesicht herumläuft! Kein Wort sagt! Hat es so etwas in der Filmgeschichte schon einmal gegeben? Das ist ja nahezu genial!«) Er ging sogar soweit, Hasso noch ein paar weitere Auftritte ins Skript zu schreiben. Nun bedurfte es nur noch des dauernden guten Zuredens von verschiedenen Seiten (vor allem Max legte sich offenbar ins Zeug) und einer schriftlichen Entschuldigung meinerseits (mit drei beigefügten Fünfhundertern), und Hasso ließ jeden Gedanken an eine eventuelle Klage fallen.

Warum ich so ausgeflippt war: keine Ahnung. Das einzige, was ich wusste: Es hatte offenbar mit dem Poncho zu tun, den er getragen hatte, und mit seinen langen blonden Haaren. Ich hatte diese Dinge gesehen und hatte Hasso schlagen *müssen*. Der Drang war über mich gekommen wie eine körperliche und rationale Notwendigkeit. Und: Ich fühlte mich blendend, als ich ihn dort zu meinen Füßen wimmern sah, das Gesicht blutüberströmt, mit gebrochenem Kiefer, und wenn nicht verschiedene Leute dazwischengegangen wären, hätte ich einfach weitergemacht, so viel war sicher. Ich hätte bis zu meiner völligen Erschöpfung auf ihn eingeschlagen.

Die Frage, die sich nun stellte, war die: Hatte Hasso meinen Traum beeinflusst? Oder mein Unterbewusstsein mich?

Aber wie gesagt: Keine Ahnung.

Die paar Tage, bevor sich die Sache mit Hasso in Wohlgefallen auflöste, arbeitete ich Vollschicht im *Zero-Zone*. Von zwölf bis zwölf also, mit einer Stunde Mittagspause. Es tat sich nicht sonderlich viel.

Nina und Anna, die Medienstudentinnen, kamen mit der Aufgabe »Geschwisterdramen«. Ich gab Ihnen *Was geschah wirklich mit Baby Jane?*. Aber die beiden schienen nicht wirklich zufrieden. Als sie ihn Freitagabend zurückbrachten, sagten sie, sie hätten sich gelangweilt. Sie nach dem Werbezettel zu fragen, den sie an der Uni ausgehängt hatten, vergaß ich völlig.

Julia Roberts war noch nicht wieder aufgetaucht. *Don't look now* war nach wie vor auf den Namen Patricia Watson ausgeliehen, und die rote Handtasche ruhte still hinter der Theke.

Im Großen und Ganzen bemerkte ich, dass ich nicht wirklich bei der Sache war. Auch Gregor fiel das auf.

»Was ist eigentlich los mit dir, Mann? Verdammt noch mal einen Grabstein verschluckt, oder was, Mann?«

Ich wusste nicht, was das mit dem Grabstein bedeuten sollte, aus einem Film war das jedenfalls nicht, also antwortete ich lediglich: »So ist es, Mann.« Daraufhin ließ er mich in Frieden.

Mit Yvonne lief es dafür aber wieder besser. Man kann sagen, ich war eigentlich ganz froh darüber, dass mein Trennungsversuch nicht geklappt hatte. Sie schien zu spüren, dass ich Unterstützung brauchte, und wenn diese auch nur darin bestand, dass ich manchmal nicht zu lange allein gelassen werden wollte. Sie machte ihre Sache gut: Die zwei oder drei Mal, als ich nach der Arbeit bei ihr klingelte, öffnete sie ohne Umschweife die Tür.

Überhaupt schien die ganze Angelegenheit Yvonne kaum etwas auszumachen. Sie schien lediglich überrascht, dass ich noch zu anderen Dingen fähig war außer Zuhören und Kopulieren, war mir aber weder böse noch entwickelte sie Furcht vor mir.

Über Sophia und meinen Traum sprachen wir im Übrigen kein Wort. Ich hatte einmal zu einer Frage angesetzt (»Weißt du noch, auf der Party, vor meinem Blackout ...«), aber sie hatte wie üblich nicht zugehört. Sie hatte diesen Vorfall offenbar vollkommen vergessen.

Am Donnerstag, dem 22. Juni – ich hatte gerade das *Zero-Zone* aufgeschlossen –, kam dann die Entwarnung von Max über mein Handy (»Hasso hält still, Alex! Hasso hält still!«), und diese gute Nachricht brachte mir das Gefühl, mein kleines Zwischentief überstanden zu haben. Es war Zeit, der Grübelei ein Ende zu bereiten.

Noch bevor Max auflegen konnte, sagte ich: »Max, hör zu. Kannst du mir einen Gefallen tun?«

»Was denn, mein prügelnder Videothekar?«

»Ich ... ich suche jemanden von der Party. Jemanden, den ich dort gesehen habe. Deswegen ... kannst du mir eine Besetzungsliste des Films besorgen?«

»Eine Besetzungsliste?«

»Ja. Oder ... ich weiß nicht ... oder Fotos aller Schauspieler, die beim Dreh mitgemacht haben.«

»Warum fragst du nicht Yvonne?«

Gute Frage. »Weil sie sich nicht dafür interessiert. Ich meine ... Es geht um eine Frau. Und ich möchte nicht, dass Yvonne etwas davon erfährt.«

Mir schlug ein lang gezogenes, schrilles Geheul über mein Handy entgegen. »Uhhuu! Ich glaub es ja nicht! Alex!«

»Kannst du das nun machen, oder nicht?«

»Du möchtest also eine Frau finden, die du auf der Party gesehen hast?«

»Ja ...«

»Beschreib sie doch mal. Vielleicht weiß ich ja auch so, wer sie ist.«

Aus irgendeinem Grund zögerte ich. Doch dann gab ich mir einen Ruck. »Sie ist nicht sehr auffällig. Mittelgroß. Normales Gesicht. Haarfarbe … Haarfarbe weiß ich nicht. Nicht mehr. Sie trug ein einfaches weißes Kleid. Sie heißt Sophia, glaube ich.«

»Sophia … hmmm … weißes Keid … nein, keine Ahnung. Weißt du, bei diesem Film haben alles in allem über dreihundert Menschen mitgearbeitet, Komparsen nicht mitgerechnet. Wieso glaubst du denn, dass sie auf der Besetzungsliste steht? Wieso glaubst du, sie ist Schauspielerin? Scheiße, auf der Party waren auch Freunde von Freunden von Freunden …«

»Es ist ein Gefühl.«

»Ein Gefühl? Ein Gefühl?« Wieder kam das Geheul über den Äther.

Ich wurde ungeduldig. »Kannst du mir nun helfen oder nicht, Max? Ich weiß, wir kennen uns kaum, du bist ein Freund von Yvonne und…«

»Wieso wartest du nicht, bis er offiziell anläuft? Das dauert nur noch vier Wochen.«

»Das ist mir zu lang.«

»Na schön.« Er machte eine lange Pause. »Das mit den Fotos kannst du vergessen. Aber ich mach dir einen anderen Vorschlag. Ich besorge dir eine Kopie des Films. Dauert ein paar Tage. Ist mächtig verboten, Alex. Wenn die mitkriegen, dass ich vier Wochen vor der offiziellen Premiere eine Kopie … nicht auszudenken! Also halt bloß …«

»Ich sag keinem ein Sterbenswort. Nicht mal Yvonne.«

»Also gut. Will sehen, was ich machen kann.«

»Vielen, vielen Dank!«

»Schon gut.«

In dieser Nacht, als ich mich endlich in Zimmer 9 auf meinem Bett ausgestreckt hatte, wurde mir bewusst, dass ich seit acht Tagen nicht mehr mit Dix gesprochen hatte. Ich hatte ihm allerdings auch keine Chance gegeben, mich anzurufen – entweder war ich nach der Arbeit gleich zu Yvonne gegangen oder ich hatte unmittelbar nach Betreten von Zimmer 9 einen Film eingelegt. Die Flucht aus dieser widerwärtigen, langweiligen Realität war mir nötiger erschienen denn je. Jetzt aber, es war bereits ein Uhr, und der Vorspann lief schon – *Lohn der Angst* von Henri-Georges Clouzot; mein Lieblingsthriller der Fünfziger –, da nahm ich die Fernbedienung, drückte auf Pause, setzte mich aufrecht und starrte auf das Telefon auf dem Sekretär.

Es dauerte nicht mal zehn Sekunden. *Extern*.

»Hallo Dix, lange nicht gesprochen.«

»Ja, mein Sohn, ich hatte einfach das Gefühl, dass du genug um die Ohren hättest. Stimmt das?«

»Kann man so sagen. Ist einiges passiert.«

»Erzähl doch mal.«

Ich erzählte ihm, was passiert war. Zuerst von meinem Blackout, dann von Patricia Watson/Julia Roberts, und schließlich gelangte ich zu Sophia.

Dix hörte sich alles schweigend an. Dann fasste er das Sophia-Thema zusammen: »Du siehst also auf einer Party eine Person … du siehst sie und weißt plötzlich: Sie heißt Sophia. In der folgenden Nacht hast du einen Albtraum, in der diese Sophia eine Hauptrolle spielt. So ungefähr?«

Ich nickte, was Dix zu hören schien.

Er fragte: »Dann kennst du also diese Sophia irgendwoher?«

»Sieht so aus.«

»Warum sonst solltest du von ihr träumen?«

Wir schwiegen eine Weile. Plötzlich fragte Dix: »Und es interessiert dich wirklich kein bisschen, was du vor deiner Zeit in der Pension *Oscar* gemacht hast?«

»Nein.«

»Auch nicht jetzt? Auch nicht nach Sophia?«

Ich überlegte. »Nein. Auch nicht jetzt.«

»Immer noch keine Motivation, dich selbst zu er…«

»Nein, Dix!«

Er brummte etwas, das ich nicht verstand. Dann: »Was willst du also unternehmen?«

Ich erzählte ihm von meiner Bitte an Max. Daraufhin sagte er nur: »Nun ja, das klingt aber doch ein wenig nach Neugier.«

»Ich will nur wissen, wer sie ist.«

Dix lachte leise, was mich aus irgendeinem Grund wütend machte. Er spürte das offenbar und wechselte das Thema: »Und was willst du wegen Julia Roberts machen?«

»Nichts. Warten.«

»Na schön.« Sein Tonfall wechselte ins Sarkastische: »Dann hoffe ich, du konntest dich jetzt mal richtig erleichtern. Ich muss Schluss machen, mein Sohn. Hier noch das Axiom des Tages: *Am Ende werden die Schnitte schneller.* Denk dran.«

Er hatte aufgelegt.

Ein paar Minuten blieb ich unentschlossen vor dem Sekretär sitzen. Dann gab ich mir einen Ruck und drückte auf *Play*.

Somit hatte sich, abgesehen von Hassos Friedenserklärung, eigentlich nichts getan. Um bei SARAHs Theorie zu bleiben: Das Ausreißerfeld war offenbar vorbeigefahren, und vom Hauptfeld war noch nichts zu sehen. Eine seltsame, statische Stille schien über der Stadt zu liegen, und dieses Gefühl wurde noch dadurch verstärkt, dass die Hitzewelle nicht einen Deut nachließ, im Gegenteil: Jeden Tag wurde es noch eine Spur heißer. Die Hitze legte sich wie eine Glocke über die Stadt, die Menschen bewegten sich nur noch in Zeitlupe – oder gar nicht mehr. Überall lagen und saßen sie, die Arme von sich gestreckt, die Köpfe zurückgelegt. Und die Schlange vor der Eisdiele neben dem *Zero-Zone* reichte immer bis auf die Straße.

Am Freitag, dem 23. Juni, dem vorerst letzten Tag meiner Zwölfstundenschicht-Phase, forderte die Hitze einen ersten menschlichen Tribut. Gegen drei betrat der Säufer das *Zero-Zone*

– der, von dem ich zu wissen glaubte, dass er im gleichen Haus wohnte, und er sah gar nicht gut aus. Er war zwar wie immer frisch rasiert und sorgfältig frisiert, wie immer trug er ein sauberes weißes Hemd über schwarzen Anzughosen, aber in seinen Augen glomm der Wahnsinn. Er stellte sich vor mich hin, sah mich mit starrem Blick an und sagte dann: »Du bist der Videothekar, oder?«

Ich nickte langsam.

»Ich kenne dich.«

»Was?«

»Ich kenne dich. Ich habe dich schon immer gekannt. Aber erst jetzt bin ich mir ganz sicher.«

»Woher denn?«

»Aus Filmen.«

»Aus Filmen?«

Er legte eine VHS-Kassette auf den Tresen, wies mit dem Finger darauf und sagte: »Ja.«

Es war *Getaway*, das Original von 1971 mit Steve McQueen. Die Kassette war eine Kaufkassette. Das Preisschild, das daran klebte, war kaum noch zu lesen, aber ich konnte noch den Preis entziffern: 19, 95 DM.

»Da machst du mit. Und bei anderen Filmen auch.«

Ich sagte: »Als der Film gedreht wurde, war ich ein Jahr alt.«

Er zuckte mit den Schultern. »Trotzdem.«

Mir blieb nichts Anderes übrig – ich sagte: »Kann sein.«

Der Mann holte tief Luft und blies mir seinen Whiskey-Atem entgegen. Er nahm die Kassette und sagte: »Dann komm ich später wieder.«

»Ja, tun Sie das …«

Er drehte sich um und verließ durch die offenstehende Glastür das *Zero-Zone*.

Dieses Vorkommnis hätte ich wahrscheinlich sofort wieder vergessen, wenn nicht zwanzig Minuten später die Sache mit dem weißen Victor passiert wäre.

Der weiße Victor war Stammgast im *Zero-Zone*, er kam ungefähr zwei Mal die Woche, und wenn ich einem Menschen auf diesem Planeten zugetraut hätte, auch nur annähernd so viele Filme gesehen zu haben wie ich, dann ihm. Ich hatte schon so manch erhitzte Fachdiskussion zwischen ihm und Gregor verfolgt, und jedes Mal hatte am Ende Gregor den Kürzeren gezogen. Victor kannte sich aus, keine Frage. Wobei mir bei besagten Diskussionen aufgefallen war, dass sein Herz mehr für das Autorenkino schlug; Hollywood schien er nicht sonderlich zu mögen. Und so – als ob er von Anfang an gespürt hätte, dass er mit dieser Vorliebe in mir keinen Verbündeten fand – hielt er sich von mir fern: Er ließ sich nur von Gregor bedienen. Mit mir hatte er noch kein Wort gewechselt. Einmal war es sogar vorgekommen, dass er das *Zero-Zone* umgehend wieder verlassen hatte, als er nur mich hinter dem Tresen hatte stehen sehen.

Heute aber blieb er. Er trug wie immer ein weißes Sakko zu weißen Hosen, weiße Schuhe und einen weißen Hut. Sein Gesicht war sonnengebräunt. Schwer zu sagen, wie alt Victor war, aber ich schätzte ihn auf Anfang sechzig.

Er nahm seinen Hut ab, strich sich über das weiße Haar und sagte: »Gregor ist nicht da, was?«

»Nein. Aber ich kann ihm ja sagen, dass Sie …«

»Duz mich, verdammt noch mal!«

»Ich kann ihm ja sagen, dass du da warst.«

Der weiße Victor schickte ein kurzes Lächeln über sein ansonsten stets mürrisches Gesicht. Er brummte: »Na sag schon. Wo hast du mitgemacht?«

»Bitte?«

»Ich zerbreche mir schon seit Wochen den Kopf. Aber ich komme einfach nicht drauf. So etwas kann mich wahnsinnig machen.«

»Was kann Sie … dich wahnsinnig machen?«

»Ein Gesicht nicht zuordnen zu können. Macht dich so etwas nicht wahnsinnig?«

»Ich verstehe nicht …«

»Na, du siehst einen Schauspieler in einem Film, weißt, dass du ihn aus einem anderen Film kennst, aber dieser andere Film fällt dir auf Teufel komm raus nicht ein. Kennst du das nicht?«

»Doch …«

»Na, und genau so geht es mir mit dir. Also sag schon: Wo hast du mitgemacht? Nein, warte: Sag es nicht. Gib mir erst einen Tipp. Etwas Deutsches? Europäisches?«

Sein Gesicht war gerötet. Seine Augen leuchteten wie die eines Kindes.

Ich sagte: »Ich habe bei keinem Film mitgemacht. Bei keinem einzigen.«

Victor zog eine Grimasse. »Komm schon!«

»Nein, habe ich nicht. Wirklich nicht.«

»Nimm mich nicht auf den Arm, junger Mann.«

»Ich schwöre es.«

»Ich glaube dir trotzdem kein Wort.« Victors Kinderaugen blitzten jetzt böse. »Kein einziges Wort!«

»Ich habe noch niemals bei einem Film mitgemacht. Das ist die Wahrheit. Ich habe ein Allerweltsgesicht, vielleicht hast du dich deswegen getäuscht. Kann ich dir sonst irgendwie helfen?«

Victor blies einen scharfen Strahl Luft durch die Nase. »Feigling. Lügner. Ich täusche mich nie bei so etwas. Nie, hörst du!« Er setzte sich den Hut auf den Kopf und drehte sich um. Indem er zur Tür hinausstürmte, rief er: »Ich werde dir zeigen, dass ich mich nicht täusche! Ich komme schon noch drauf! Ich habe mich noch nie getäuscht! Warte es nur ab!«

Am Abend, kurz vor zwölf, fasste ich ohne ersichtlichen Grund einen Entschluss. Ich fragte Gregor, der gerade Kassensturz machte, ob er eine Bar kenne, die *Kolibri* hieß. Er kannte sie. Sie war, genau wie Julia Roberts/Patricia Watson gesagt hatte, gleich um die Ecke. »Ist aber so ein beschissener Intellektuellenschuppen, Mann. Weißt schon, Klugscheißer, Künstler, Designer und

Medienschmutz. Würde ich nicht freiwillig hingehen, wenn ich du wäre, Mann.«

Da ich zehn Jahre lang in keiner einzigen Bar gewesen war, erschloss sich mir nicht der Unterschied zwischen einem »Intellektuellenschuppen« und einer gewöhnlichen Bar, aber ich sagte: »Danke, verstehe.«

Gregor sah mich kurz misstrauisch an, streckte dabei die Zunge heraus, an der der Zahnstocher hing wie eine Fliege an einer Klebefalle, dann bückte er sich und steckte den Briefumschlag mit den Einnahmen von heute an unseren Geheimplatz, zwischen die beiden VHS-Kassetten von *Suspiria* und *Profondo Rosso*, zwei Horrorfilme von Dario Argento.

Ich betrat das *Kolibri* kurz nach Mitternacht. Die Bar war winzig. Es gab nicht mehr als fünf Tischchen, die in angenehmer Unordnung vor einer grün gekachelten Theke standen. Ein hohes Fenster, auf das ein roter Vogel gesprüht war, ging zur Straße, die Rückwand war von oben bis unten mit abgerissenen Hardcover-Buchrücken beklebt. Das Licht kam allein von einer mit rotem Glas bedeckten Leuchtplatte in der Decke, und über allem lagen die zehrenden Klänge eines französischen Chansons. Hinter der Theke stand ein großer Kerl mit Stirntolle und Kinnbart; die Tolle verdeckte sein linkes Auge vollständig. Von Patricia/Julia war nichts zu sehen.

Ich bestellte ein Wasser bei dem Tollenmann, wobei ich den Eindruck hatte, dass mich sein sichtbares Auge durchgehend musterte. Ich setzte mich an den einzigen freien Tisch und sah mich um. Die Leute waren allesamt in angeregte Gespräche vertieft. Ich sah wirre Haare, Nickelbrillen, Sandalen, Stehkragenhemden, ausgewaschene T-Shirts und abgetragene Sommersakkos: Wenn ich Gregors Urteil glauben konnte, sahen so also Intellektuelle aus. Ich musste feststellen: In Filmen sahen die anders aus.

Als der Tollenmann vorbeikam, um den vollen Aschenbecher

von meinem Tisch mitzunehmen, nahm ich meinen ganzen Mut zusammen: »Du, ich hab eine Frage.«

Er blickte von oben auf mich herab. Das sichtbare Auge glänzte in hellem Grün. »Was?«

»Arbeitet Patricia mal wieder hier?«

»Patricia?« Das Auge wurde schmaler. »Wer soll das sein?«

»Sie bedient hier. Hat sie gesagt.«

Er drehte den Aschenbecher in den Händen und betrachtete ihn dabei, als sei er ein ganz und gar unerklärbarer Gegenstand, meinetwegen die blaue Schachtel aus *Mullholland Drive*.

»Ich kenne keine Patricia. Wie sieht sie denn aus?«

»Genau wie Julia Roberts.«

Jetzt starrte er *mich* an, als sei ich ein unerklärbarer Gegenstand. »Wie Julia Roberts?«

Ich nickte.

»Ich sage dir eins, mein Freund: Da hat dich jemand ganz schön verscheißert.«

»Es … es arbeitet niemand hier, der…«

»Es gibt nur zwei Frauen, die hier manchmal bedienen. Die eine ist klein und hat mehr Tattoos und Piercings als eine Rockband samt Keyboarder. Und die andere ist die Chefin: Und die ist so dick, dass sie kaum hinter den Tresen passt. Reicht das als Antwort?«

Ich nickte. »Noch ein Wasser, bitte.«

»Kommt sofort.«

Der Tollenmann ging mit einem deutlichen Kopfschütteln an seinen Platz hinter den Zapfhähnen zurück. Mehrere Gäste sahen mich verstohlen an. Zumindest kam es mir so vor. Und zu allem Überfluss begann nun mein Magen zu rumoren. Ein heißer Schwall Magensäure kratzte ganz unten an meiner Speiseröhre. Ich stand auf und ging auf einen schweren roten Vorhang zu, der in der Ecke neben der Theke einen Durchgang verdeckte.

Die Toilette bestand aus einem einzigen Raum, ausgestattet mit Kloschüssel, Pissoir, Waschbecken und Spiegel. Ich schloss hinter mir ab, trat ans Waschbecken und klatschte mir kaltes Wasser ins Gesicht.

In wie vielen Filmen gibt es diese Szene? Der Held klatscht sich kaltes Wasser ins Gesicht, um wieder halbwegs auf die Höhe zu kommen, um sich zusammenzureißen: Kevin Costner in *No Way Out*, als er erfährt, dass die Tote, die gefunden wurde, niemand anderes als seine Geliebte war. Der Geisterjäger in *Poltergeist*, nachdem ihm ein wanderndes Steak begegnet ist (und kurz bevor sich sein Gesicht zersetzt). Sean Penn in *U-Turn*, als ihm klar wird, dass er in einer Stadt voller Bekloppter gestrandet ist.

Ich verstand nicht, warum mich Patricia/Julia angelogen hatte. Welchen Grund hatte sie gehabt, mir vorzulügen, sie bediene hier?

Ich betrachtete mich im Spiegel, während ich mir eine Magenpille in den Mund steckte. Ich ließ die Pille von einer Backentasche in die andere gleiten, bevor ich sie schluckte. Ich bückte mich, hielt meinen Kopf übers Waschbecken und trank etwas Wasser direkt aus dem Hahn. Als ich mich wieder aufrichtete, geschah etwas. Der Spiegel, in dem ich mich sah, schien plötzlich zurückzuweichen. Nein, nicht der Spiegel: Mein Spiegelbild. Mir wurde übergangslos schwindlig. Ich machte zwei, drei unkontrollierte Schritte rückwärts, bis ich an eine Wand stieß. Ich schloss die Augen. Indem ich mich auf die dumpfen Takte des Chansons konzentrierte, auf das Draußen vor den Toiletten, kehrte mein Gleichgewichtssinn langsam wieder zurück. Ganz vorsichtig öffnete ich die Augen. Mein Spiegelbild war wieder normal. Nur mein Gesicht war etwas bleich. Dann fiel mein Blick auf den Rahmen des Spiegels: Er war schwer, kreisrund, ein Rahmen aus Kupfer, der so etwas darstellte wie ineinander verschlungene Blumen. Der Spiegel aus meinem Traum. Ganz klar. Es war so eindeutig der Spiegel aus meinem Traum, dass nicht die Spur eines Zweifels bestand.

Ich ging näher ran und betastete den Rahmen. Er fühlte sich kalt an, eiskalt. An einigen Stellen war das rotgoldene Kupfer grünlich angelaufen, an anderen gelblich.

Ich erschrak beinahe zu Tode, als es plötzlich an die Tür klopfte. Ich rief laut: »Sofort!«

Ohne nachzudenken brachte ich beide Hände an den Rahmen und hob den Spiegel an. Er war noch gewichtiger, als ich vermutet hatte, ließ sich aber verhältnismäßig leicht abnehmen. Ein massiver Stahlwinkel ragte aus der Wand, und als ich den Spiegel umdrehte, sah ich die Entsprechung: ein Loch im Kupfer, aber kein vorgefertigtes, sondern ein Schaden: Aus irgendeinem Grund war ein großes Stück Kupfer aus dem Rahmen gebrochen, und genau an dieser Aussparung hatte man ihn aufgehängt. Etwas Anderes aber war viel aufregender: Ich konnte den Stahlwinkel in der Wand *durch* die Rückseite des Spiegels sehen. Ebenso das Waschbecken, die schmutzige Wand und meine Fingerspitzen, die auf der anderen, der reflektierenden Seite, über den Rahmen ragten: Der Spiegel war von der Rückseite her transparent.

Wieder klopfte es. Eine Frauenstimme rief: »He! Es ist *dringend*!«

Ich drehte den Spiegel in meinen Händen, um ihn wieder an seinen Platz zu hängen, da fiel mein Blick auf einen Satz, der mit rotem Filzstift direkt unter den Stahlwinkel geschrieben war. Ich las: *Ich sehe dich.*

»Hallo! Es ist wirklich DRINGEND!«

Trotz Pille schoss ein gewaltiger Schwall Magensäure in meinen Hals. Mit äußerster Konzentration schaffte ich es gerade noch, den Spiegel an den Stahlwinkel zu hängen, dann klappte ich hustend zusammen. Ich ließ mir Wasser in den Rachen laufen, ging in die Hocke und machte meine Atemübungen: die Brust durchdehnen, einatmen, zusammenkauern, ausatmen. Durchdehnen, einatmen, zusammenkauern, ausatmen. Schnell ging es mir wieder besser. Ich nahm eine weitere Pille, trank etwas Wasser. Dann öffnete ich die Tür.

Das vor Wut verzerrte Gesicht des Mädchens entspannte sich sofort, als sie mich sah.

»Ich … oh … entschuldige. Dir geht es nicht gut, was?«

»Alles in Ordnung.«

Ich zahlte meine beiden Wasser beim Tollenmann und flüchtete in die Nacht hinaus. Ich lief auf direktem Weg zu Yvonne, und als sie mir endlich die Tür aufmachte, fiel ich über sie her wie nie zuvor.

Am nächsten Tag, dem 24. Juni, ein Samstag, erwachte ich erst gegen drei Uhr nachmittags. Ich hatte nahezu zwölf Stunden geschlafen, fühlte mich aber nach wie vor müde. Ich hatte erneut den Traum mit dem Spiegel, Sophia und meinem bandagierten Ich gehabt, identisch bis ins letzte Detail, und selbst die Erinnerung an einen anderen Traum, in dem ich mit Sylvester Stallone eine düstere Bar samt verrauchtem Hinterzimmer mit bloßen Händen in Schutt und Asche gelegt hatte (die Bar war der Treffpunkt einer weltumspannenden Terroristenvereinigung), half mir nicht, meine schlechte Stimmung zu verdrängen. Yvonne war längst weg, und ich zog mich an und verließ ihre Wohnung auf der Stelle.

Außer der Hitze, die mich umhüllte wie eine Decke, und der grellen, mich auf Schritt und Tritt blendenden Nachmittagssonne nahm ich nichts von der Stadt wahr. Ich erreichte die Pension *Oscar* gegen halb vier. Clarissa war nicht da, nur das Mädchen saß an ihrem Platz, und ich dankte Gott dafür oder wem auch immer. Als ich endlich die Tür von Zimmer 9 hinter mir schloss, empfand ich beinahe so etwas wie inneren Frieden.

Humphrey allerdings präsentierte seine Dreh-dich-heute-besser-öfter-mal-um-Variante.

Ich schleppte mich ins Bad, und als ich nach einer kalten Dusche immer noch nicht auf der Höhe war, fuhr ich die Rollfächer unter dem Bett aus. Ich musste heute erst um sechs arbeiten, hatte also noch genügend Zeit.

Es dauerte eine Weile, die richtige Entscheidung zu treffen. Schließlich entschied ich mich für *Asphalt-Dschungel*. Ich hatte das sichere Gefühl, einen Film ohne Happy End zu brauchen, und als am Ende Sterling Hayden auf der Pferdekoppel krepiert war, stellte ich fest, dass mich dieses Gefühl nicht getrogen hatte: Meine Laune war spürbar gestiegen.

Als ich kurz vor sechs an der Rezeption vorbeikam, war Clarissa wieder da. Sie fragte: »Heute lange geschlafen, was?«

»Ja. Hatte gestern einen anstrengenden Tag.«

»Hab ich mir gedacht«, sagte sie. Dann beugte sie sich über ihre Bauchfalten nach vorn und griff nach einem Brief, der unter ihrem Bildschirm lag. »Das hier war heute unten im Briefkasten. Ein Brief ohne Marke mit deinem Namen drauf.«

Ich nahm ihn. Mit schwarzer Tinte stand auf dem Umschlag: *An A. Gast, den Videothekar meines Vertrauens.*

»Der Videothekar meines Vertrauens.« Clarissa lachte. »Was für eine wichtige Persönlichkeit doch hier in meinen bescheidenen Hallen logiert!«

Ich öffnete den Umschlag, nahm den Bogen Papier heraus und las:

Herr Gast, guten Tag. Ich habe ihre Adresse von ihrem Mitarbeiter in der Videothek. Ich führe Forschungen durch über Filme, die mit reinen PoV-Shots experimentiert haben (also mit Subjektiver Kamera), und bräuchte deshalb Ihre Hilfe. Melde mich in einer Woche. Hier meine Nummer:

Es folgte eine Telefonnummer, unterschrieben war mit *Braun, Dr. phil.*

»Was ist denn?«, fragte Clarissa. »Was steht drin?«

»Meine Meinung als Experte ist gefragt.«

Clarissa strahlte, und ich machte, dass ich auf die Straße kam. Die Sonne knallte auf mich herab, es war drückend heiß, meine Haut war innerhalb von Sekunden schweißnass. Erst in der relativen Kühle der U-Bahn kam ich zum Nachdenken:

Patricia Watson/Julia Roberts hatte mich auf PoV-Shot-Filme angesprochen.

Dr. phil. Braun wollte mit mir über das Gleiche reden.

Und ich träumte von Filmpostern wie *Jigsaw, The Lady in the Lake, Wolfen* und *Dark Passage*. Alles Streifen, die in die Filmgeschichte eingegangen waren, weil sie übermäßig mit Subjektiver Kamera experimentiert hatten.

Um Punkt sechs stand ich vor Gregor im *Zero-Zone*.

Er blickte bedeutsam auf die Uhr, nahm sich den Zahnstocher aus dem Mundwinkel und sagte: »Aber auf die verdammte Minute, Mann.«

»Sag mal, hast du jemandem meine Adresse gegeben? Heute Morgen?«

»Was?«

»Hast du einem Dr. Braun, einem Filmwissenschaftsdozenten, meine Adresse gegeben?«

Gregor gähnte und steckte dann sorgfältig den Zahnstocher an seinen Platz zurück. »Ja. Ich hab ihm die Adresse deiner Pension gegeben.«

»Warum?«

»Warum nicht? Was hab ich mit verdammten Filmtheoretikern zu schaffen? Wenn da jemand etwas von dir will, dann soll er das gefälligst außerhalb meiner Videothek tun.«

»Kannst du mich in Zukunft wenigstens fragen, bevor du jemandem sagst, wo ich wohne?«

Er knurrte. »Warum? Ist das so geheim?«

»Ich mag keine Gäste. Ich mag keine Überraschungen. Ich mag keine Störungen.«

»Damit musst du wohl leben, wenn man für dich Werbung an der Uni macht, Mann.« Er stand auf, schüttelte den Kopf und verschwand ohne ein weiteres Wort.

Ich machte mir einen Espresso, setzte mich in den Sessel hinter dem Computer und atmete tief durch. Ich klickte *Don't look now* an, aber das X am Ende der Zeile zeigte mir, dass er noch immer ausgeliehen war. Dann suchte ich nach den Filmen, von denen ich träumte.

Ich las die Infos, die es gab über *The Lady in the Lake* und die anderen, aber es war nichts Außergewöhnliches zu finden. Ich suchte nach weiteren Gemeinsamkeiten außer der Technik der Subjektiven Kamera, nach Spektakulärem, nach Auffälligem – fand aber nichts Interessantes. Die einzige Gemeinsamkeit war, dass alle Filme, mit Ausnahme von *Dark Passage*, Flops gewesen waren. Was auch nicht weiter verwunderte, war doch schon lange klar gewesen, dass die Technik der Subjektiven Kamera Gift für die Zuschauerzahlen war. Es lief den Sehgewohnheiten einfach zuwider, wenn sich die Kamera in die Perspektive der handelnden Person begab, es ermüdete Augen und Hirn, es strengte zu arg an. Deshalb wurde diese Technik auch nur sparsam eingesetzt, in einzelnen Sequenzen oder Szenen oder in Schnittwechseln, aber kaum mehr als *reine* PoV-Shots, wie beispielsweise in *Dark Passage*, wo weit über die erste halbe Stunde des Films aus nichts Anderem besteht als aus Subjektiver Kameraführung, oder wie in *Wolfen*, wo sogar die Farbgebung und die Bildschärfe dem Sehvermögen des handelnden Subjekts – den Wölfen – angepasst wurde: ein verzerrtes, schlieriges, mit Rot durchsetztes Schwarz-Weiß.

Ich kam zu dem Schluss, dass Patricia Watson, Dr. phil. Braun und meine Träume so viel miteinander zu tun hatten wie Wim Wenders mit dem Wort Kurzweil, und widmete mich meiner Arbeit.

Es war nicht sonderlich viel los. Die üblichen Splatterfans holten sich ihre Abendration, ich verlieh *Night of the Living Dead* an einen bleichen Mittzwanziger und das Remake von *Dawn of the Dead* an einen bleichen Achtzehnjährigen, ich riet einer Gruppe von Motorrad fahrenden Milchbärten davon ab, sich *The Ring* auszuleihen, und schaffte es, sie für die japanische Originalversion *Ringu* zu gewinnen. Einer Frau im Sommerkleid und mit Kinderwagen, die »einen realen Liebesfilm ohne aufgepfropftes Happy End« wollte, gab ich *Frankie & Johnny*. Ich war zufrieden mit mir.

Und dann, eine Minute nach zwölf – ich hatte den Schlüssel der Eingangstür schon in der Hand –, klingelte das Telefon der Videothek.

Auch dieses Telefon hatte ein Display, und darauf stand zu lesen: *Unbekannt*.

»Ja, hallo?«

»Spreche ich mit Alexander Gast?«

Ich war mir sicher, mit dieser Stimme noch nie gesprochen zu haben. Andererseits kam es mir so vor, als kenne ich sie.

»Ja. Mit wem …«

»Können Sie zuhören?«

»Bitte?«

»Können Sie gerade eben zuhören?«

»Ja, ich höre Sie. Wer …«

»Hören Sie zu, Herr Gast, es ist sehr wichtig.«

»Wer sind Sie?«

Die Stimme lachte. Wieder hatte ich den Eindruck, sie zu kennen.

»Das ist nicht so wichtig, Herr Gast, glauben Sie mir. Das ist wirklich nicht so wichtig. Sie müssen nur wissen, dass es wichtig ist, was ich Ihnen zu sagen habe. Und außerdem sollten Sie wissen, dass ich es gut mit Ihnen meine. Ich bin ein Guter. Und Sie … nun, Sie … das ist die Frage.«

»Ein Guter? So wie gut und böse?«

»Genau.«

»Da bin ich ja froh.«

»Wir haben jetzt keine Zeit für Sarkasmus, Herr Gast.«

»Ich lege jetzt auf. Tschüss.«

»Sophia. Das sagt Ihnen etwas, nicht wahr?«

(Stellen Sie sich eine plötzliche Totale des leeren *Zero-Zone* vor, ich allein hinter der Theke. Dann stürzt sich die Kamera auf mich herab, begleitet von einem lauter werdenden, zischenden Toneffekt, der in einem dumpfen Paukenschlag endet, als die Kamera abrupt vor meinem Gesicht stehen bleibt.)

»Wer sind Sie?«, rief ich.

»Ein Guter. Hören Sie mir zu, in Ordnung?«

«In Ordnung.«

»Also gut: Als Erstes: Ich weiß, was damals geschehen ist und was Sie vergessen haben. Ich weiß es ganz genau.«

»Dann waren Sie dabei?«

»Nein, war ich nicht.«

»Also wer ...«

Scharf: »Sie sollen mir zuhören!«

Ich schwieg.

Der Mann am anderen Ende räusperte sich. Das Räuspern war mir bekannt. Ich wusste, wer das war, ich war mir ganz sicher. Ich hatte es schon beinahe ...

»Zweitens: Die Sache ist nicht vorbei. Sie hat niemals aufgehört. Sie ist sogar aktueller denn je. Die Geschichte ist dabei, sich zu erfüllen. Auf ein Ende zuzusteuern.«

Mein Magen brüllte.

»Herr Gast? Hören Sie mich?«

»Ich bin noch dran.«

»Schön. Ich rufe an, um Ihnen zu sagen, dass ...« Und in diesem Moment kam mir die Erleuchtung. Ich wusste auf einmal, wem die Stimme gehörte!

»Moment mal!«, rief ich in die Muschel. »Natürlich weiß ich, wer Sie sind! Sie sind ... nein, natürlich sind Sie nicht er selbst, er ist ja Amerikaner ... aber Sie sind seine Synchronstimme! Seine deutsche Synchronstimme! Sie sind der deutsche Synchronsprecher von Bruce Willis!«

»Das bin ich nicht, glauben Sie mir. Ich bin mehr er selbst als seine deutsche Stimme. Wirklich ...«

»Aber ich bin mir ganz sicher!«

Die Stimme klang nun verärgert: »Herr Gast, ich habe eine Botschaft für Sie. Und diese Botschaft ist sehr wichtig. Und wie schon gesagt: Es ist vollkommen unwichtig, wer ich bin. Sie sollten zuhören, nichts weiter ...«

»Warten Sie, Sie sprechen aber noch jemand anderen, einen Franzosen glaube ich, warten Sie …«

»Herr Gast!«

»Ja?«

»Ich rufe an, um Ihnen zu sagen, dass Sie sich entscheiden müssen. Die Vergangenheit wird Sie einholen. Es gibt Gut und Böse. Böse und Gut. Und Sie werden herausfinden müssen, wo Sie hingehören. Es ist Zeit, ein Held zu werden!«

»Was soll das? Ein Held werden? Dix?«

»Ich bin nicht Dix. Ich bin ein Guter. Deswegen habe ich auch diese Stimme. Oder haben Sie diese Stimme jemals einen Bösen spielen sehen?«

Ich zögerte nicht: »Ja, natürlich. Es gibt da diesen Film, da spielen Sie … oder er … einen Auftragskiller und Richard Gere seinen Verfolger …«

»Ja, ja, das stimmt schon. Aber der Film ist schlecht. Außerdem ist es ein Remake. Ansonsten sind wir immer der Gute. Haben schon mehrmals die Welt gerettet.«

»Dann gibt es aber noch diesen Film mit Annette Bening, da ist Bruce Willis auch eher …«

»Da sind wir aber kein wirklich Böser.«

»Wieso sagen Sie *wir*?«

Plötzlich hörte ich eine zweite Stimme, ganz schwach, im Hintergrund, und diese Stimme schien meinem Gesprächspartner etwas zu sagen. Diese Vermutung bestätigte sich, denn die Synchronstimme klang auf einmal sehr kleinlaut, als sie sich wieder meldete:

»Herr Gast, ich muss Schluss machen. Aber denken Sie daran: Es gibt Gut und Böse. Und Sie sind genau an dem Punkt, an dem Sie sich entscheiden müssen. Der Vergangenheit wird Sie einholen. Schon recht bald.«

»Aber …« Ich brach ab, denn die andere Seite hatte aufgelegt.

Eine Weile stand ich unentschlossen hinter der Theke herum. *Es ist Zeit, ein Held zu werden.* Das hatte Patricia Watson/Julia

Roberts auch gesagt. Ich schloss ab, dann ging ich hinter den Tresen und nahm die rote Handtasche.

Ich fingerte an dem Verschluss herum, zwei kleine über Kreuz liegende Eisenklöppel, schaffte es schließlich, die Klöppel voneinander zu lösen, und zog die Tasche auf.

Ich hatte kein gutes Gefühl. Ich konnte mir gut vorstellen, dass sich so oder so ähnlich Frodo Beutlin fühlte, als er sich zum ersten Mal den verdammten Ring an den Finger gesteckt hatte.

Ich griff in die Tasche und brachte einen zehn Zentimeter langen, geschliffenen und gerundeten, perlmuttschimmernden Gegenstand zum Vorschein.

Zuerst hatte ich keine Idee, was das sein könnte. Dann erwischte ich mit dem Daumen einen silbernen Knopf auf dem Ding und pling!, leuchtete eine Stahlklinge in meinen Fingern.

Ein Springmesser. Genau so eines, wie es Henry Fonda in *Die Zwölf Geschworenen* in den Tisch rammt.

Ich nahm die Tasche in beide Hände, hielt sie so weit auf, wie es ging, und schüttelte sie mit der Öffnung nach unten. Nichts. Außer dem Messer war die Tasche leer.

Ich legte es zurück in die Tasche und ließ diese wieder unter dem Tresen verschwinden. Dann schluckte ich eine Pille und spülte sie mit Wasser ins Krisengebiet.

In nahezu jedem Horrorfilm gibt es irgendwann nach dem ersten Viertel eine Szene, in der einer der Hauptdarsteller sagt: *Leute, ich glaube hier stimmt etwas nicht.*

Ich hoffe, Sie stimmen mir zu, dass wir spätestens jetzt an diesem Punkt sind.

Es war warm, wohl über zwanzig Grad, und das, obwohl es schon nach drei war. Ich legte den Kopf in den Nacken. Die Sterne funkelten, keine Wolke verdeckte den Nachthimmel.

Ich ließ das Gitter vor der Tür hinab, schloss ab und ging langsam in Richtung Pension *Oscar*. Die U-Bahn fuhr jetzt nicht mehr. Ich dachte nach: Der Held geht nach verwirrenden Neuigkeiten alleine durch die Nacht, um sich über einiges klar zu werden: Billy Crystal am Ende von *Harry und Sally*. Passte aber nicht, war eine Komödie. Jeff Bridges andauernd in *Die fabelhaften Baker-Boys*. Passte auch nicht, weil: andauernd. Al Pacino in … Nein. Es klappte einfach nicht.

Ich ging in die Pension *Oscar*. Ich öffnete mir mit meinem Schlüssel, passierte die verwaiste Rezeption und betrat Zimmer 9. Ich zog mich aus und stellte mich unter die Dusche. Ich dachte nach: Der Held kommt nach einem verwirrenden Tag nach Hause und stellt sich als erstes unter die Dusche, um sich, andauernd mit beiden Händen über das Gesicht reibend, wieder zu sammeln … Es klappte wieder nicht. Mir fiel kein Film ein. (SARAH hätte wohl gesagt: »Wenn dir ein Ritual nicht mehr hilft, dann suche dir ein anderes.«)

Ich trocknete mich ab, setzte mich nackt auf mein Bett und betrachtete das Telefon. Ich wartete eine Minute, zwei, fünf. Nichts tat sich. Schlief Dix schon? Ich wartete noch weitere zehn Minuten, gab mir Mühe, mich zu konzentrieren (»Dix, ruf an! Dix, ruf an!«), aber als das Telefon weiter still blieb, zog ich mich an. (»Wenn dir ein Ritual nicht mehr hilft, dann suche dir ein anderes.«) Ich ging zur nächsten Tankstelle.

Eine Weile stand ich vor dem Regal mit Spirituosen, unfähig, eine Entscheidung zu treffen. Was sollte ich trinken? Was hatte ich wohl vor über zehn Jahren getrunken? Hatte ich überhaupt getrunken? Schließlich wählte ich den teuersten Whiskey, den ich finden konnte: einen Cheaves Regal, zwölf Jahre alt. Der Typ hinter der Kasse betrachtete mich wohlwollend, als ich bezahlte. Es kam mir zumindest so vor.

Ich kehrte in Zimmer 9 zurück, legte die Füße auf den Tisch und knackte den Verschluss der Flasche.

Mein erster Schluck Alkohol seit zehn Jahren (vielleicht seit noch längerer Zeit) schmeckte erstaunlich gut. Vor allem schmeckte er *richtig*.

Und ich hatte nun so viele Filme, wie ich wollte: Der Held legt die Füße hoch und trinkt ein Glas, um nachzudenken: Alle Chandler-Verfilmungen. Alle Hammet-Verfilmungen. Jeder Film der Schwarzen Serie, der auch nur ein bisschen was auf sich hielt. Ich blickte zu Humphrey und der zeigte mir seine Manchmal-heiligt-der-scheiß-Zweck-die-scheiß-Mittel-Variante.

Mit jedem Film, den ich fand, wurde ich ruhiger. Als ich zwanzig zusammen hatte, verblassten das Gesicht von Sophia, der Spiegel aus dem *Kolibri*, mein Traum ... Als ich dreißig Filme hatte, verblassten auch die lügnerische Patricia Watson und die pathetische Stimme von Bruce Willis.

Ich nahm noch einen großen Schluck und schloss die Augen. Aus irgendeinem Grund musste ich plötzlich an eine Szene aus *Der Weiße Hai* denken: Roy Scheider, Robert Shaw und Richard Dreyfuss sind aufs Meer hinausgefahren, um das Biest zu erledigen. Da sehen sie – und der Zuschauer – zum ersten Mal den Hai. Er ist gigantisch. Und Roy Scheider sagt tonlos: *Wir werden ein größeres Boot brauchen.*

Ich goss mir ein letztes Glas ein und blickte erneut zu Humphrey. Er hatte seinen Ausdruck nicht verändert.

4. Der Böse

Die Frage ist nicht, ob du paranoid bist. Die Frage ist: Bist du paranoid genug?

Es ist ein unscheinbares Mietshaus in einer Reihe unscheinbarer Mietshäuser. Ich ziehe meine Kalbslederhandschuhe an und drücke auf die einzige Klingel ohne Namensschild. Nach etwa zehn Sekunden höre ich eine helle Stimme aus der Gegensprechanlage. »Ja?«

»Ich habe Ihnen eine Bestellung geschickt.«

»So. Haben Sie?«

»Ja. Unter der Nummer 4-4-X-4-X.«

Es dauert eine Weile. Dann: »Sie kommen zu früh.«

»Warum? Sind Sie noch nicht fertig?«

Als Antwort ertönt das Summen des Türöffners. »Erster Stock. Links.«

Ich lege mein Jackett über den linken Unterarm und trete ein. Briefkästen, Fahrräder, Kinderwagen, Geruch nach Essigreiniger und kaltem Bier. Ich steige die Treppe nach oben. Im ersten Stock steht links eine Tür offen, Licht fällt aus einem Spalt ins Treppenhaus. Ein zwei Meter großer und ebenso breiter Mann mit Glatze, weißer Haut und Sommersprossen im geröteten Gesicht öffnet die Tür, als ich direkt davor stehe. Er trägt ein weißes Hemd über rotblauen Trainingshosen. »Rein. Bitte«, sagt er mit der hellen Stimme, die ich schon kenne. Ich betrete die Wohnung, und er schließt die Tür hinter mir.

Er bleibt vor mir stehen, sagt erneut: »Bitte.«

Ich hebe die Arme, wobei ich die Jacke weit von mir halte. Er tastet mich ab, sehr gründlich, als er meine Hoden berührt, unterdrücke ich ein Zucken. Wieder sagt er: »Bitte«, diesmal weist er dabei auf eine Tür am Ende des kahlen Gangs.

Wir betreten einen großen Raum, der außer einem wuchtigen

Schreibtisch aus Edelstahl und zwei Stühlen vollkommen leer ist. Die einzigen zwei Fenster in der linken Wand sind mit Zeitungen verklebt, gegenüber geht eine weitere Tür ab.

»Haben Sie das Foto?«, fragt der Kahle mit der Piepsstimme.

Ich hänge meine Anzugjacke vorsichtig über die Stuhllehne und setze mich vor den Schreibtisch. Aus meiner Hemdtasche hole ich die Passbilder. Ich reiche sie dem Rothaarigen und sage: »Das zweite von unten. Das wäre mir am liebsten.«

Er wirft einen Blick auf die Fotos und beginnt laut zu lachen.

»Was ist so witzig?«

Er sieht mich an, sein Lachen geht über in ein helles Glucksen. »Zwei Stunden. Haben Sie etwas zu lesen dabei?«

»Ich kann warten.«

»Bis dann.« Der Mann verschwindet durch die zweite Tür und lässt mich allein in dem kahlen Raum zurück.

Eineinhalb Stunden später öffnet sich die Tür wieder, und der Kahle kommt mit einem kleinen, mageren Mann zurück. Teurer Anzug in Anthrazit, eine rote Krawatte und Turnschuhe. Sein schwarzes Haar ist voll und glänzt im Licht der nackten Glühbirne, die direkt über dem Schreibtisch hängt, wie in Fett getränkt.

Der Mann grinst. Er breitet die Arme aus und sagt fröhlich: »Guten Tag, Herr ...?«

»Der Grund, warum ich hier bin, ist, niemals mehr meinen Namen hören zu müssen, also setzen Sie sich hin, schalten Sie Ihre beschissene Grinse ab und lassen Sie uns anfangen.«

»He ...«, piepst der Kahle, aber der Kleine hebt die Hand und sagt: »Lass nur Bruno, er hat recht.«

Bruno verschränkt die Arme vor seiner breiten Brust und baut sich vor der zweiten Tür auf. Der kleine, magere Mann setzt sich mir gegenüber auf die andere Seite des Tischs und sagt, immer noch grinsend: »Schön, Sie müssen sich nicht vorstellen, natürlich nicht, aber erlauben Sie, dass ich es tue. Mein Name ist Schmidt. Mit d-t.«

»Wenn Sie es sagen.«

»Haben Sie das Geld dabei?«

Ich schweige, und Schmidt hört auf zu grinsen. Wir sehen uns einige Augenblicke über den Stahltisch hinweg in die Augen, dann greift Schmidt in die Innentasche seines Anzugs. Er bringt einen Briefumschlag zum Vorschein und wirft ihn auf den Tisch. Dann lehnt er sich zurück und sieht mich an.

Ich greife den Umschlag, reiße ihn auf und nehme den Ausweis heraus.

Schmidt sagt: »Die Person, die unter Ihrem Foto beschrieben ist, also Name, Geburtsdatum, Geburtsort, Größe und Augenfarbe, hat tatsächlich existiert. Darüber müssen Sie sich keine Sorgen machen. Bei einer Gegenprüfung durch welche Behörde auch immer wird es keine Probleme geben. Gefällt Ihnen der Name?«

Alexander Gast steht dort.

»Ist ein Name. Nichts weiter.«

»Das sehe ich genauso.«

»Er hat existiert?«

»Er ist vor einem Jahr … sagen wir: verschwunden. Das Gute dabei ist: Es gab keine Angehörigen. Zumindest keine, die eine Vermisstenanzeige gestellt hätten. Nirgendwo.«

»Hat die Person …«

»Keine Vorstrafen, nein. Keine Auffälligkeiten. Keine Akte. Nichts.«

»Geburtsurkunde …«

»Existiert.«

Ich weise auf den Geburtsort. «Würzburg. Wo ist das?«

»Irgendwo in Bayern. Interessiert Sie das wirklich?«

»Die Augenfarbe stimmt nicht ganz.«

»Grünbraun oder grün, meinen Sie wirklich, da kräht ein Hahn danach?«

Ich sehe ihn wieder an. Er erwidert den Blick regungslos. Dann gähnt er.

»Na schön«, sage ich. »Und diese Adresse?«

Sie lautet auf »Friedrich-Wilhelm-Murnau-Straße 66«. Der Stempel darüber ist vom »Bezirksamt Tempelhof, Berlin«.

»Muss Sie nicht kümmern. Solche Details sind im Preis mit inbegriffen.«

»Wieso muss mich das nicht kümmern?«

Er lächelt müde. »Denken Sie wirklich, wir würden uns von einer derart unwichtigen Sache wie einem Einwohnermeldeamt stören lassen?«

»Nicht?«

»Wissen Sie, was so ein Beamter verdient?«

»Warum?«

»Weil Sie es dann in Verbindung setzen könnten mit den Mitteln, die uns zur Verfügung stehen.« Er grinst.

»Gut. Das Alter stimmt nicht.«

»Sie schrieben uns, wir sollten einen Jahrgang zwischen ...«

»Ich weiß, was ich Ihnen geschrieben habe. Und das hier liegt zwei Jahre außerhalb der Grenze, die ich Ihnen genannt habe.«

»Können Sie mir sagen, wie man das nachprüfen will? Und ist es nicht so, dass sie mit einem jüngeren Geburtsdatum eine Menge Vorteile genießen? Denken Sie nur an solche Sachen wie Versicherungspflicht oder meinetwegen auch Rabatte bei Urlaubsfliegern. Außerdem, haben Sie gesehen, dass Sie bereits in, warten Sie ...« Er blickt auf seine Armbanduhr. »... in acht Minuten Geburtstag haben? Ist das nicht witzig?«

Ich blicke auf das Geburtsdatum. Der 30. Juni 1970. Schmidt hat recht: In acht Minuten werde ich laut diesem Ausweis sechsundzwanzig.

Wir sehen uns einen Moment an. Der erste, der den Blick senkt, bin diesmal ich. Ich drehe mich zur Seite, greife in mein Jackett, hole das Geldbündel heraus und lege es vor ihn auf den Tisch. Mit einer aufreizend trägen Bewegung nimmt er es in die rechte Hand, mit dem Daumen der Linken fährt er durch die Scheine.

»Das schönste Daumenkino der Welt, denken Sie nicht auch?«

Ich sage nichts.

»Und machen Sie sich keine Sorgen. Unser Geschäft lebt wie jedes andere auch von unserem guten Ruf. Glauben Sie mir: Sie werden mit dieser Identität keine Probleme bekommen, Herr … Herr Gast.« Wieder grinst er.

»Gut.« Ich stehe auf und nehme mein Jackett von der Stuhllehne. »Ich denke, wir werden uns nicht wiedersehen.«

»Warten Sie. Da gibt es noch eine Sache.«

Er hebt einen Zeigefinger, und Bruno verlässt den Raum. Leise schließt er die Tür hinter sich.

»Was?«

»Wollen Sie sich nicht noch einmal setzen?«

»Was ist?«

»Wie Sie wollen.« Er packt mein Geldbündel, das nun seines ist, achtlos in die Schublade des Schreibtischs und setzt sich dann aufrecht, die Arme auf der Tischplatte ausgestreckt. Er mustert mich mit zu schmalen Schlitzen verengten Augen und sagt: »Ich hätte da ein Jobangebot für Sie.«

»Nein, danke.«

»Wollen Sie es sich nicht erst einmal anhören?«

»Wissen Sie, der Grund, weshalb ich diese neue Identität wollte, ist der, dass ich eben keine neuen Jobs, wie Sie sagen, mehr machen will. Keinerlei Art von Job. Können Sie das verstehen?«

»Ja. Aber Sie sollten sich das Angebot trotzdem anhören.«

»Herr Schmidt, ich …«

»Ein Gehalt in einer Höhe, die Sie sich nicht erträumen lassen. Frauen und Drogen, so viel Sie wollen. Und eine Absicherung, die Sie unangreifbar macht.«

»Eine Absicherung?«

»Schutz. Sie wären Teil eines Teams.«

»Sie meinen, Teil einer Organisation. Sie meinen die Mafia. Wir sind hier in Berlin, wahrscheinlich meinen Sie die Russen. Oder die Albaner. Herr Schmidt …«

»Keine Russen. Keine Albaner. Keine Mafia. Verglichen mit

der Organisation, von der ich spreche, ist die Mafia ein Kaninchenzüchterverein in einem verschneiten Bergdorf.«

»Sind Sie auch Teil dieser … dieses Teams?«

»Nein. Aber wir sind Geschäftspartner. Wir ergänzen uns perfekt.«

Ich wende mich ab und schlüpfe mit dem linken Arm in die Jacke.

Ich höre Schmidts Stimme: »Sagt Ihnen der Begriff *Das Konsortium* etwas?«

Ich schließe die Augen. Vorsichtig ziehe ich den Arm wieder aus dem Ärmel. Ich drehe mich um und sage: »Nein.«

»Sie lügen. Das sehe ich. Ich weiß, dass es gefährlich ist, diesen Namen überhaupt in den Mund zu nehmen. Ich weiß, dass Sie *Nein* sagen müssen, wenn Ihnen Ihr Leben lieb ist. Aber hier und jetzt vergessen wir das einfach mal. Also, noch einmal: Sagt Ihnen dieser Name, der Name *Das Konsortium*, etwas?«

»Ja.« Vorsichtig lege ich meine Jacke wieder über die Stuhllehne.

»Wollen Sie sich nicht setzen?«

»Nein.«

»Wie Sie wollen. Was wissen Sie?«

»Nicht viel. Gerüchte. Legenden.«

»Welche Gerüchte? Welche Legenden?«

»Der Name ist in gewissen Kreisen so etwas wie eine Visitenkarte. Wenn einer zum *Konsortium* gehört, ist das eine Art Lebensversicherung. Sagt man. Habe aber noch keinen kennengelernt, der wirklich dazugehörte. Es gab ein paar, die haben es behauptet, ja. Aber die waren zwei Tage später tot.«

»Noch etwas?«

»Ja. Man sagt, das *Konsortium* arbeite international. Man sagt, wenn es etwas von dir will, entkommst du ihm auch nicht.«

»Richtig. Das ist ja schon eine ganze Menge. Wissen Sie, was *Das Konsortium* so macht?«

»Nein. Sie?«

Er grinst. »Nein. Natürlich nicht. Aber ich weiß eines: Wenn

Ihnen *Das Konsortium* ein Jobangebot macht, dann ist es besser, nicht abzulehnen.«

»Was für ein Job wäre das?«

Schmidt breitet die Arme aus. »Ich weiß es nicht. Und wenn ich es wüsste, würde ich es Ihnen kaum sagen. Und ich will ehrlich zu Ihnen sein. Es ist folgendermaßen: Ich habe eine Abmachung mit dem *Konsortium*. Diese Abmachung besagt, dass ich jeden, der meine Dienste beansprucht, dem *Konsortium* melde. Das *Konsortium* entscheidet dann, wer von meinen Kunden geeignet ist und wer nicht. Erscheint dem *Konsortium* eine Person geeignet, bin ich verpflichtet, dieses Angebot zu unterbreiten. Und das habe ich hiermit getan.«

»Was ist, wenn ich dieses Angebot ablehne?«

Schmidt zuckt mit den Schultern. »Nichts. Sie können gehen.«

»Wie weit werde ich kommen?«

»So weit Sie eben kommen.«

Ich schweige.

Schmidt grinst wieder. »Was ist nun, Herr Alexander Gast?«

»Was muss ich tun?«

»Ich sage Ihnen eine Adresse, und dort gehen Sie hin. Das ist alles.«

»Dann sagen Sie sie mir. Aber schnell.«

Schmidts Gesicht ist nun ernst. Er sagt: »Steigen Sie in ein Taxi und lassen Sie sich zu einem Imbiss in der Nähe vom Westend fahren. Der Name des Imbiss' ist *Red Devil Kebap*. Haben Sie das?«

»Ein Döner-Kebab?«

»Haben Sie das?«

»Ja.« Zum zweiten Mal greife ich nach meiner Jacke und stecke langsam meinen linken Arm in den linken Ärmel. »Sie selbst aber, Herr Schmidt, gehören nicht zum *Konsortium*, sagten Sie, nicht wahr?«

Er lacht. »Ich würde es gern behaupten, natürlich, aber wie Sie schon sagten: zwei Tage.«

»Immer noch besser als zwei Sekunden.«

»Was …?«

Ich schlüpfe in meinen rechten Ärmel, reiße die 22er aus ihrer Halterung im Ellenbogenstück und schieße, sobald meine Hand durch den Ärmel hindurch ist. Schmidts Kopf fliegt nach hinten und mit ihm Schmidt. Die Tür kracht auf, und Bruno erscheint, einen großen, silbernen Colt im Anschlag. Ich bin schneller. Allerdings brauche ich mit der verdammten 22er vier Kugeln, bis der wuchtige Körper endlich in sich zusammensinkt.

Ich gehe um den Tisch und sehe auf Schmidt herab. Er liegt auf dem Rücken, die Beine über seinem Bürostuhl, und starrt mit weit aufgerissenen Augen ins Nichts. Ich steige mit beiden Füßen auf seine Magengrube, darauf achtend, dass ich kein Blut auf meine Schuhe bekomme. Während ich in ihn einsinke, entweicht aus seinem offenen Mund ein langgezogenes, schrilles Seufzen wie von einem Luftballon, aber das ist bloß Physik. Kein Leben mehr. Ich gehe zum Schreibtisch, hole sein Geld, das nun wieder meins ist, aus der Schublade und stecke es zurück in meine Jacke. Ich überprüfe das Magazin der 22er, zähle wie erwartet noch zwei Schuss (sechs im Magazin, eine im Lauf, fünf Schüsse, bleiben zwei) und klemme sie hinten in meinen Hosenbund. Ich verlasse die Wohnung, schließe die Tür hinter mir und trete auf die Straße. Ich ziehe meine Kalbslederhandschuhe aus, stecke sie zu meinem Ausweis und dem Geld in die Innentasche meines Anzugs und winke nach einem Taxi.

Es hält direkt vor mir, und ich steige ein.

»Verdammt kalt, was?«, sagt der Fahrer.

»Ja. Der Nordwind.«

»Wohin wollen Sie?«

»Zum Flughafen.«

Der Fahrer dreht sich zu mir um. Er ist mindestens sechzig, weiße Haarbüschel stehen über seinen Ohren zur Seite ab. »Zum Flughafen?«

»Ja.«

»Sind sie sicher?«

»Warum fragen Sie?«

Wahrscheinlich ist es sein Alter, das mich unvorsichtig werden lässt, diese lächerlichen weißen Haarbüschel, vielleicht bin ich auch einfach zu aufgeregt, jedenfalls sehe ich den seltsamen Pistolenlauf, der um den Fahrersitz herum auf mich zielt, viel zu spät. Ich höre ein lautes *Plopp!* und spüre gleich darauf ein widerliches Ziehen an meinem Hals. Dann gehen die Lichter aus.

5. Der Gute

Du hast mich in einer seltsamen Phase meines Lebens getroffen.

Sonntag, der 25. Juni. Ich schlug die Augen auf. Es war kurz vor Sonnenaufgang, ich hatte gerade mal eine Stunde geschlafen. Ich stand auf, zog mir Boxershorts über und trat auf den kleinen Balkon von Zimmer 9. Hier im Innenhof ging nicht das geringste Lüftchen. Der Schweißfilm, der meinen Körper bedeckte, trocknete nur langsam.

Ich setzte mich im Schneidersitz auf den Boden und blickte die stumpfen Fensterreihen entlang. Der gesamte Häuserblock schien noch zu schlafen. Ich lehnte mich an den Rauputz und rieb meinen nackten Rücken daran. Es war nicht gerade schmerzlos, aber es half mir, mich im Hier und Jetzt zurechtzufinden. (SARAH würde sagen: »Willst du zurück in die Gegenwart, ist Schmerz immer der direkteste Weg.«)

Ich hatte wieder diesen Traum gehabt. Der grüne Raum, der sich in eine Art Filmstudio verwandelt, der Spiegel, das bandagierte Ich, Sophia. Auch die Filmplakate, die wie von Spots bestrahlt aus dem Dunkel auftauchen, waren wieder die gleichen. Der einzige Unterschied: Diesmal war eines der Poster weit größer gewesen als die anderen: *Dark Passage*. Das Poster hatte mir so groß vor Augen gestanden, dass ich es immer noch klar vor mir sah: eine Schwarz-Weiß-Malerei, die Köpfe von Humphrey Bogart und Lauren Bacall, Humphrey die unvermeidliche Pistole in der Hand.

Dark Passage, deutscher Titel: *Das unbekannte Gesicht*. Inszeniert 1948 von Delmer Daves, einem Auftragsregisseur, der, neben diesem Film, nicht weiter in Erscheinung getreten ist. Abgesehen von der ersten halben Stunde ist der Film auch nicht sonderlich gelungen, die Auflösung des Kriminalplots ist zu vorhersehbar und übers Knie gebrochen, das Happy End ebenso aufgesetzt wie beliebig. (Humphrey und Lauren treffen sich, nachdem alles ausgestanden ist, in einer Bar in der Südsee und bleiben für immer zusammen ...) In die Filmgeschichte eingegangen ist das Werk trotzdem, und zwar wegen dieser ersten halben Stunde: Wir erleben einen Gefängnisausbruch, die darauf folgende Flucht des Ausbrechers vor der Polizei, dann sein Untertauchen in San Francisco. Und all das wird erzählt aus der Perspektive des Ausbrechers, aus der *optischen* Perspektive, also ausschließlich mit Hilfe von PoV-Shots/Subjektiver Kamera. Am bekanntesten ist die Szene, in welcher der Ausbrecher in einer Tonne einen Hang hinabrollt – man erlebt dies aus dem Inneren der Tonne. Die Kamera überschlägt sich mehrmals, dreht sich um die eigene Achse, immer den Ausschnitt des Hangs im Bild, der gerade aus der Tonne sichtbar ist. (Später mehrmals kopiert, aber damals absolut sensationell.) Weiter: Der Ausbrecher schleicht durch San Francisco, lernt einen Taxifahrer kennen. Dieser beschließt, unserem Helden zu helfen: Er bietet ihm an, ihn zu einem Gesichtschirurgen zu bringen. Der Ausbrecher überlegt nicht lange: Wenn man ihn findet, droht ihm die Todesstrafe. Der Chirurg betäubt unseren Helden, das Bild wird schwarz – und endlich wird die Subjektive Kamera aufgegeben. Als der Held erwacht, ist er zum ersten Mal mit im Bild: Sein Kopf ist komplett bandagiert, mit kleinen Schlitzen an den Augen und am Mund. Der Held wird nun einige Zeit von Lauren Bacall gepflegt (die Pflege besteht vor allem darin, dass sie ihm eine Zigarette nach der anderen in den Mundschlitz steckt), so lange, bis der Moment gekommen ist, den Verband abzunehmen. Das geschieht direkt vor einem Spiegel. Eine Bahn Mull nach der anderen wird abgezogen, bis schließlich das neue Gesicht des Helden im Spiegel glänzt: das Gesicht des Mannes, der hinter mir in Zimmer 9 neben dem Ankleidespiegel stand.

Als die zitronengelb getünchten Wände des Innenhofs langsam das undefinierbare Weißgrau aufgaben und sich anschickten, wieder zitronengelb zu werden, saß ich immer noch auf dem Balkon. Ich saß auch noch da, als das Zitronengelb fast schon in den Augen schmerzte und der Himmel über den vier Dachkanten so unnatürlich blau strahlte wie in einem Film von Tony Scott. Die Helligkeit täuschte mein Zeitgefühl. Wir hatten Juni. Der längste Tag des Jahres lag nicht einmal eine Woche zurück, also war es noch sehr früh. Das Leben begann gerade erst.

Jalousien wurden hinter, Rollläden vor Fenstern bewegt. Schritte hasteten über die kleinen Gehwege. Sicherheitsketten sprangen klickend auf, wurden rasselnd durch Speichen gezogen, die Fahrräder raschelten durch den feinen Kies. Der Kickstarter-Kerl trat sein Moped an; es klappte erst beim fünften Mal. Es dröhnte, als setze ein Hubschrauber zur Landung an. Dann röhrte das Moped durch die Einfahrt, und mit der plötzlichen Stille stand ich auf.

Ich ging zurück ins Zimmer, nahm das Telefon und rief Yvonne an. Ich machte mir keine Sorgen wegen der Uhrzeit, da ich wusste, dass sie notorische Frühaufsteherin war. Sie war nach dem ersten Klingeln dran. »Alex! Was gibt's?« (aus irgendeinem Grund nannte mich Yvonne seit ein paar Tagen nicht mehr *Grieche*, sondern benutzte meinen Namen).

»Yvonne, hör zu: Kannst du mir die Nummern von Synchronsprechern besorgen?«

»Von wem?«

»Von Synchronsprechern. Das heißt, von einem ganz bestimmten Synchronsprecher. Er ist auch Schauspieler.«

»Wen meinst du?«

Ich sagte es ihr.

»Aber das ist einer der Gefragtesten! Der ist, so viel ich weiß, jeden Tag im Studio ...«

»Kommst du an seine Nummer oder nicht?«

»Weiß nicht. Ich müsste eine Menge Anrufe machen.«

»Kannst du mir diesen Gefallen tun?«

»Und warum willst du die Nummer haben?«

Ja, was sollte ich ihr sagen? Dass ich überprüfen wollte, ob er mich gestern Nacht angerufen hatte? Dass ich, ein Videothekar, fragen wollte, was er gemeint hatte mit *Ich solle mich zwischen Gut und Böse entscheiden*?

»Ich muss etwas herausfinden, Yvonne.«

»Und was musst du herausfinden?«

»Es hat mit einem Film zu tun.«

»Himmel, Alex, wie stellst du dir das vor! Du rufst eine der meistbeschäftigten deutschen Stimmen an, um über einen Film zu plaudern? Was …«

»Kannst du mir den Gefallen tun oder nicht?«

Sie schwieg. Offenbar hatte sie mein Ton erschreckt.

»Yvonne?«

»Aber du erzählst mir später, warum.«

»Natürlich. Danke.«

Ich wollte schon auflegen, da sagte sie: »Ach, Alex, da ist noch etwas. Hätte ich jetzt beinahe vergessen.«

»Was?«

»Weißt du, Carla … Carla Tabori.«

»Eure weibliche Hauptrolle?«

»Ja. Ja, genau. Sag mal, kennst du sie?«

»Ich? Wie kommst du auf die Idee?«

»Weil sie dich treffen will.«

»Sie will mich treffen?«

»Ja. Sie meinte, sie hätte dich auf der Party gesehen. Am Ende. Also kurz bevor du Hasso krankenhausreif geprügelt hast.«

Ich erinnerte mich. Ich erinnerte mich, wie sie mich angestarrt hatte.

»Ja, und?«

Yvonnes Stimme war jetzt sehr langsam. Es klang, als wäre sie misstrauisch.

»Sie sagte mir, sie hätte das Gefühl, sie kenne dich irgendwoher. Ob du auch Schauspieler seist, hat sie mich gefragt.«

Ich blickte zu Humphrey. »Und was hast du gesagt?«

»Die Wahrheit. Dass du in einer Videothek arbeitest. Sie wollte mir nicht glauben. Ich habe ihr deine Nummer gegeben. Auch die der Videothek.«

»Du hast ihr meine …«

»Ich muss Schluss machen, Alex. Bis dann.«

Yvonne hatte aufgelegt.

»Na, was sagst du dazu?«, fragte ich Humphrey. »Eine Schauspielerin will mich kennenlernen.«

Humphrey zeigte mir den Auf-dieser-Welt-wundert-mich-garnichts-mehr-mein-Freund-Blick. Ich überlegte, ob ich in den Frühstücksraum gehen sollte. Aber der Gedanke, mich jetzt mit anderen Menschen in einen kleinen Raum zu setzen, machte mich nervös. Ich brühte mir einen doppelten Espresso auf dem Campingkocher auf, dann ging ich duschen. Ein Blick auf die Uhr zeigte mir, dass meine Schicht in der Videothek erst in über fünf Stunden begann, so begegnete ich meiner inneren Unruhe, indem ich ein Rollfach unter dem Bett hervorzog und einige DVDs durchsah. Ich entschied mich für *Maschinenpistolen*. James Cagney als Gangsterboss mit Mutterkomplex – ich hatte das Gefühl, das könnte mich ablenken. (SARAH hätte wohl gesagt: »Manchmal baut es einen auf, Schicksale zu sehen, die schlimmer sind als das eigene.«) Ich legte mich aufs Bett, nahm die Fernbedienungen und tauchte zwei Stunden ab. Danach duschte ich ein zweites Mal. Doch die Zeit wollte einfach nicht vergehen. So schob ich noch *Die Drei Tage des Kondor* mit Robert Redford und Faye Dunaway hinterher.

Als mir Humphrey nach dem Abspann, passend zur Atmosphäre des Films, seine Bleibe-heute-besser-immer-in-Bewegung-Variante präsentierte, hatte ich genug: Ich verließ Zimmer 9, wünschte Clarissa einen Guten Morgen, ignorierte das Frühstücksbuffet und trat auf die sonnenüberflutete Straße.

Ich öffnete das *Zero-Zone* eine gute halbe Stunde zu früh. Ich riss beide Flügel der Eingangstür auf, befestigte die Stopper, riss auch das Fenster im hinteren Raum auf und setzte mich im leichten Luftstrom, der nun durch den Laden strich, hinter den Thekencomputer. Gedankenverloren klickte ich verschiedene Neuerscheinungen an, las die Besetzungslisten, die Kurzzusammenfassungen der Verleihhäuser. Ich gab den Namen *Carla Tabori* ein und sichtete ihre Filme. Gesehen hatte ich sie natürlich alle, aber es war kein einziger dabei, von dem ich gesagt hätte, dass er mir sonderlich gefallen hätte. Da sie selbst mir aber sehr wohl gefiel, konnte ich mich des Eindrucks nicht erwehren, dass sie sich bislang unter Wert verkauft hatte. Es waren hauptsächlich kleine Filme, die meisten von diversen Fernsehsendern mitproduziert. Einige Kostümfilme waren dabei, europäische Gemeinschaftsproduktionen, aber da hatte sie durchweg nur Nebenrollen. Carla Tabori, so erinnerte ich mich nun, war unter anderem deswegen bekannt, da sie in nicht wenigen ihrer Filme nackte Haut gezeigt hatte. Ihr Durchbruch war *Die Passion der Frau Bachmann* gewesen, ein verkappter Porno, der unter dem Deckmantel »poetisches Sozialdrama« und »Fassbinder-Hommage« (siehe Titel) explizitere Dinge gezeigt hatte als so manches Filmchen aus der Schmuddelecke großer Videotheken. (Habe ich eigentlich schon erwähnt, dass das *Zero-Zone* nicht einen einzigen Pornofilm besaß?)

Ich kehrte zurück zum Hauptmenu und überprüfte erneut den Status von *Don't look now*. Der Film war nach wie vor von Patricia Watson ausgeliehen. Die Geschäftspolitik des *Zero-Zone* sah als maximale Ausleihzeit zehn Tage vor. War der Film bis dahin nicht zurückgebracht worden, wurde der Filmname auf dem Rechner automatisch mit rot unterlegt, und das wiederum hieß, dass sich jemand ans Telefon zu klemmen hatte. Julia/Patricia war bei Tag neun. Ich schrieb mir vorsorglich Nummer und Adresse auf einen Zettel, den ich in meine Hemdtasche steckte.

Punkt zwölf klingelte das Telefon der Videothek. Es war Gregor, und er klang gestresst.

»Bist ja pünktlich, hätte ich gar nicht gedacht.«

»Ich bin immer pünktlich, Gregor.«

»Ja, ist ja gut. Hör mal, ich bin gerade nicht in der Stadt. Ich schaff es heute auch nicht mehr. Kannst du heute mal den ganzen Tag arbeiten?«

»Was? Das sagst du mir jetzt? Ich meine, es ist Sonntag! Da ist am meisten los!«

»Ja, ich weiß, das ist ein wenig unverschämt. Aber ich kann es nicht mehr ändern.«

»Und wenn ich was Wichtiges vorhabe heute Abend?«

Kleinlaut: »Hast du etwas Wichtiges vor heute Abend?«

Ich war überrascht. Weniger von der Tatsache, dass Gregor nicht zum Arbeiten kommen konnte, als vielmehr von seinem Tonfall. Er hatte noch kein einziges Mal »verdammt« oder »Mann« gesagt.

»Nein. Eigentlich nicht.«

»Na siehst du. Es ist wirklich wichtig, Alex. Sonst würd ich dich nicht bitten. Kannst dir auch irgendwann einen bezahlten Tag frei nehmen.«

»Ja, ist gut.«

»Nur eine Frage noch: Haben sie in Berlin auch schon mit dem Plakatieren von *The End* begonnen?«

»Bitte?«

»Hast du in der Stadt schon diese neuen Filmplakate gesehen? *The End* steht darauf, nichts weiter. Hier ist schon alles voll davon.«

»Nein, ich hab nichts gesehen. Noch nichts davon gehört.«

»Ich eben auch nicht. Bis dann, Mann.«

Gregor hatte aufgelegt.

Ich trat vor die Tür. Auf der anderen Straßenseite stand eine Litfaßsäule. Und in der Tat: Sie war rundum neu plakatiert. Die Plakate waren tiefschwarz, und auf dieser Schwärze stand in weißen Lettern:

Am 1. August ist THE END!

Ich überquerte die Straße und besah mir die Plakate von nahem. Das Wort »End« war um ein Vielfaches größer als der Rest des Satzes und besaß eine eigene Zeile. Keine näheren Informationen. Keine Angaben zu Schauspielern oder dem Regisseur, einzig der Name der Produktionsfirma stand winzig klein im oberen linken Eck des Plakates: *Epimeth-Pictures*. Als ich ihn las, verspürte ich ein leises Rumoren im Magen. Doch es verflog sofort wieder. Ich hatte von dieser Produktionsfirma noch nie gehört, was mich einigermaßen ärgerte, dachte ich doch, ich würde jede einzelne auf diesem Planeten kennen.

SARAH hätte wohl gesagt: »Zerbrich dir nicht den Kopf über Sachverhalte, bei denen dir entscheidende Informationen fehlen.« Ich dachte mir Ähnliches und ging zurück ins *Zero-Zone*.

Der erste Schwung Kunden kam herein. Üblicherweise sind die Leute, die gleich zu Beginn der Geschäftszeit kommen, um Filme zurückzugeben, eher die Älteren, Gesetzteren, also die, die sich weniger auf den Horrorfundus des *Zero-Zone* spezialisiert haben, sondern auf die Klassiker und die Autorenfilme. Ein Mann in Sommersakko und Bermudashorts gab Hitchcocks *Topaz* zurück, auf mich machte er den Eindruck, er habe den Film nur deswegen ausgeliehen, weil Karin Dor mitspielt. (*Topaz* ist meiner Meinung nach zusammen mit *Der zerrissene Vorhang* der misslungenste Hitchcock nach 1950). Nach ihm kam eine Frau, die in an die zwanzig Batiktücher eingewickelt war und die, wie ich wusste, eine Straße weiter in einem Teeladen bediente. Sie händigte mir *Fahrraddiebe* aus. (Ihr Gesicht wirkte noch immer verheult.) Zwei Mädchen um die zwanzig, eine mit Faltenrock und Schnallenschuhen, die andere mit geschorenem Kopf und Arafat-Tuch (um den Hals gewickelt), schoben mir mit großer Geste *Blow Up* über den Tresen. Ich dankte Gott, dass sie mich nicht in ein Gespräch verwickelten, denn wie schon erwähnt war Antonioni für mich ein rotes Tuch, noch roter als Herzog und Wenders zusammen.

Michelangelo Antonioni war ein Phänomen. Denn nahezu jede Cineastin (oder jede, die sich dafür hielt) liebte ihn. Wirklich jede, und was das anging, verstand ich Gregors Intellektuellenphobie vollkommen.

Nehmen wir *Blow Up*. Himmelherrgott. *Blow Up* war – oder sagen wir: *ist* nichts weiter als ein breitgefahrener, stinkender Kadaver auf der abschüssigen Straße des Autorenfilms, ein manieriertes Intellektuellenmachwerk, das noch nichtssagender ist als eine aufgedruckte Blume auf einem Blatt vierlagigen Klopapiers. Und fast noch schlimmer ist *Zabriskie Point*. Ein Film, der dir seine Botschaft mit einer derart fantasielos vorgetragenen und gleichzeitig so impertinenten Pseudopoetik ins Hirn zu dreschen versucht, sollte verboten werden. Die einzigen Filme von Antonioni, die was taugen, sind seine italienischen Produktionen vor *Blow Up* wie beispielsweise *Deserto Rosso*. Aber den kennt mit Sicherheit keine Intellektuelle. Die kennen nur *Blow Up* und *Zabriskie Point* und vielleicht noch *Beruf: Reporter* und sagen dann Sätze wie: »Die selbstreflektorische Bildsprache bei Antonioni gibt mir das Gefühl, dass das Medium Film bald an seine Grenzen gelangt sein wird.«

Eigentlich wundert es mich, dass ich bei einer Intellektuellen noch keinen Blackout wie bei Hasso gehabt habe. Ich mache hier besser mal einen Absatz.

Gegen eins begann der Kundenstrom wieder abzuebben. Als nach halb zwei zwanzig Minuten lang niemand mehr den Laden betreten hatte, war ich kurz davor abzuschließen und eine Mittagspause zu nehmen. Doch dann geschah etwas:

Ein Kerl in meinem Alter betrat zögernd das *Zero-Zone*, blieb mitten im Raum stehen und blickte verstört zum Fenster. Er drehte seinen Kopf zu mir, zum Fenster, zu mir, zum Fenster und wieder zu mir, und sagte dann mit einem englischen Akzent: »Wie macht ihr das?«

Er hatte einen rasierten spitzen Schädel und ein ebenso spitzes Kinn, was ihm einen beinahe vollendeten Eierkopf eintrug. Er trug Jeans und ein schwarzes T-Shirt ohne Aufschrift, seine Haut war bleich und sommersprossig.

»Wie machen wir was?«

Er wies hinter sich auf die Poster, die am Fenster hingen. »Na, das mit Grace Kelly!«

»Was meinst du?«

Er ging zum Fenster und berührte vorsichtig das Poster von *Außer Atem*, das an der Rückseite von *Über den Dächern von Nizza* klebte. (Jean Paul Belmondo strich sich darauf mit dem Daumen über die gespitzten Lippen.)

»Na, dass sie zwinkert«, sagte der Kerl.

Ich kam hinter dem Tresen hervor und stellte mich neben ihn. »Sie hat gezwinkert?«

Er antwortete nicht, sondern ging zur Tür hinaus. Ich folgte ihm. Er stellte sich vor das Schaufenster, beugte sich nach vorn gegen die Scheibe und kniff die Augen zusammen. Das Poster war kein Kinoplakat; es war die Vergrößerung eines alten Schaukasten-Szenenbildes. Grace Kelly steht im luftigen weißen Sommerkostüm in einer Hotelhalle, ein Badehandtuch über der Schulter, und lächelt ihr aristokratisch-provozierendes Lächeln.

»Ich hab mich wohl getäuscht«, meinte er leise.

»Das denke ich auch.«

»Ich war mir ganz sicher. Sie hat mit einem Auge, mit dem rechten, geblinzelt. Und zwar zu mir. Ich war mir ...« Er wurde rot und brach ab. »Ich komme dir wohl ziemlich verrückt vor, was?«

»Ja«, log ich.

»Das Fenster, die Lichtreflexe, ja, ja ...« Plötzlich veränderte sich sein Gesicht. Die Augen wurden größer, und jetzt sah er *mich* an, als wäre ich ein blinzelndes Poster. »Ich kenne dich!«, rief er.

»Was? Ich ...«

»Ja! Aus irgendeinem Film! Aber aus was für einem, warte mal ...«

»Hau ab. Aber schnell.«

»Aber ...«

»Du sollst mich in Frieden lassen!«

Er schüttelte seinen sommersprossigen Eierkopf, zuckte mit den Schultern und lief um die nächste Ecke.

Ich schloss ab, ließ das Eisengitter vor den Eingang rattern und ging Richtung Park. Wenn Gregor herausfinden würde, dass ich am helllichten Tag die Videothek schloss, gäbe es Ärger. Aber darauf konnte ich keine Rücksicht nehmen. (SARAH hätte wohl so etwas gesagt wie »Besondere Situationen erfordern manchmal besondere Handlungen«, aber wie schon betont, kannte ich SARAH damals noch nicht.) Überall in der Stadt, an Hauswänden, an Bretterzäunen und Litfaßsäulen hingen die schwarzen Plakate *The End*, aber ich achtete nicht weiter darauf. Ich erreichte den Park. Ich fühlte mich mutterseelenallein, als ich zwischen den in der Sonne liegenden Körpern hindurchging.

Ich schritt durch das Gras, legte mich dann auf den Rücken und blickte in den Himmel. Das weiße Licht der Sonne schmerzte in den Augen, also schloss ich sie.

Ich versuchte nachzudenken, aber ich schaffte es nicht. Ich blieb immer wieder an der blinzelnden Grace Kelly hängen. Es ist an der Zeit, Ihnen eine gewisse Information zu geben:

Vielleicht haben Sie sich schon – berechtigterweise – gefragt, wie ein Mensch, der Probleme hat, sich unter anderen Menschen zu bewegen, und darüber hinaus keine Geldsorgen kennt, dazu kommt, in einer Videothek zu arbeiten. Die Antwort ist: Humphrey Bogart war schuld.

Bevor ich anfing, im *Zero-Zone* zu arbeiten, war ich dort bereits seit sieben Jahre Kunde. Es war die zweite Off-Videothek in der Stadt, von der ich mir eine Karte besorgte; die drei Jahre davor war ich Kunde im *35mm* gewesen. (Meine Blockbusterneigung befriedigte ich damals wie heute in einer großen Kettenvideothek nahe der Pension.) Das *35mm* war im Grunde nicht besser oder schlechter als das *Zero-Zone*, aber sie waren anders spezialisiert. Dort lag der Schwerpunkt eindeutig auf nationalen

Produktionen. Eines Tages dann, ganz plötzlich, rissen mir von allen Leihkassetten die Bänder. Drei Jahre lang war das nicht ein einziges Mal passiert.

Beim ersten Mal, als ich eine kaputte Kassette zurückbrachte, begegnete man mir im *35mm* noch mit Wohlwollen, schließlich war ich dort Stammgast. Ich musste trotz der Geschäftsordnung nicht einen Pfennig bezahlen. Beim zweiten Mal musste ich immer noch nichts bezahlen, wurde aber freundlich ermahnt, doch meinen Videoplayer einer genaueren Begutachtung zu unterziehen. Doch mein Gerät war in Ordnung. All die Kassetten, die ich mir im Laufe der Zeit gekauft hatte, liefen ohne Probleme. Als mir dann die dritte *35mm*-Kassette innerhalb einer Woche riss, wurde mir die Sache zu peinlich. Ich bezahlte die Kassette und suchte mir eine neue Off-Videothek. Es standen nur zwei zur Auswahl: Das *Película*, eine kleine Videothek im Süden von Kreuzberg, die sich auf kein Genre spezialisiert hatte, sondern alle Filme in Originalfassung mit Untertiteln anbot. Dementsprechend war das Sortiment dort nicht sonderlich umfangreich. Und natürlich das *Zelluloid*, von dem ich damals noch nichts wusste, außer dass es am anderen Ende der Stadt war, am Westend. Ich hatte also die Qual, mich zwischen wenig Auswahl oder zu weit weg zu entscheiden. Ich war kurz davor, mich für »zu weit weg« zu entscheiden, als mir ein kleiner Flyer in den Briefkasten flatterte (das heißt natürlich in Clarissas Briefkasten; aber ihr war klar, dass ich mehr damit anfangen konnte als sie). Auf dem Flyer prangte der Kopf von Humphrey Bogart, darunter stand: *Play it again …* . Und darunter: *Neueröffnung! Zero-Zone, Off-Videothek. Wir haben alle Filme, die gut sind. Wir haben keinen Film, der schlecht ist.* Auf der Rückseite standen die Adresse und der Zusatz: *Die ersten 50 Kunden bekommen 3 Filme gratis!*

Ich war unter diesen ersten Fünfzig. Und bei keinem der drei Filme riss mir das Band.

Ich besuchte das *Zero-Zone* ebenso wie vorher das *35mm* zwei- bis dreimal in der Woche. Ich machte die Filme, die Gregor besaß, streng systematisch durch: Ich begann ganz rechts im obersten Fach des letzten Regals im hinteren Raum und kämpfte mich im Laufe der Zeit vor bis zur Kassette ganz links im untersten Fach des Regals direkt neben der Kasse (wo bis vor kurzem noch eine lebensgroße Humphrey-Bogart-Kartonfigur gestanden hatte). Gregor musste wohl irgendwann mein System begriffen haben, denn ich bemerkte ab einem gewissen Zeitpunkt einen seltsamen Blick, mit dem er mich musterte, irgendwo zwischen misstrauisch und amüsiert. Aber er sagte nie etwas zu mir, außer einem anzüglichen: »Hallo, Mann, auch mal wieder da« oder einem abfälligen: »Na, Mann, haben wir jetzt endlich alle verdammten Antonionis durch?« (weswegen er mir gleich sympathisch war). Ganz anders seine damalige Mitarbeiterin: Sie war schätzungsweise Ende zwanzig, als ich das *Zero-Zone* vor Jahren das erste Mal betrat, und sie wirkte nur noch wie Mitte zwanzig, als ich sie das letzte Mal sah. (SARAH hat mir dieses Phänomen damit erklärt, dass man Menschen, die man für dumm hält, automatisch jünger einschätzt. Kann stimmen, da meine Überzeugung, es hier mit einer wirklich abgrundtief dummen Person zu tun zu haben, erst Stück für Stück und über die Jahre heranwuchs.) Ihr Name war, wie sie mir gleich am ersten Tag ungefragt mitteilte, Eyeline. (Dass sie sich in der Tat so schrieb – Englisch für *Augenlinie* – konnte ich irgendwann auf einem ihrer bedruckten Batik-Shirts lesen.) Sie hatte eine Pagenfrisur, trug einen Ring im linken Nasenflügel und starrte einen immer mit derart weit aufgerissenen Augen an, dass man sich unwillkürlich übers Gesicht fuhr, in der Angst, man habe Speisereste im Mundwinkel hängen oder einen Eiterpickel auf der Stirn oder meinetwegen auch ein Muttermal in Form der Zahl 666, Sie wissen schon, *Das Omen*. (Wahrscheinlich aber hatte sie – auch das hat mir SARAH später erklärt – einfach nur Kontaktlinsen.)

Ihr erster Satz an mich war: »Oh, ein Cassavetes-Fan!«, da das erste Regal, das ich in Angriff nahm, nun mal das mit der Aufschrift *Autorenfilm* und ganz oben rechts der Buchstabe *C* war.

(Ich hatte insofern Glück, da es *Gloria* war, der einzige Film von Cassavetes als Regisseur, der so etwas wie Unterhaltung darstellt.) Als ich ihn zurückbrachte, nötigte sie mich, eine spontane Kritik abzugeben, und als ihr die offenbar nicht sonderlich gefiel, musste ich mir eine lautstarke Cassavetes-Huldigung anhören, Ratschläge, als nächstes doch diesen oder jenen Film von ihm anzusehen, und als ich schließlich sagte, ich hätte mein eigenes System, war sie übergangslos beleidigt. Nur um beim nächsten Mal, als ich einen Film zurückbrachte, wieder genauso euphorisch loszulegen. Ich habe inkohärente Menschen schon immer gehasst. Das heißt, zumindest in den letzten zehn Jahren.

Um es kurz zu machen: Eyeline hielt immer genau dann Reden, wenn ich Filme zurückbrachte, die mir *nicht* gefallen hatten. So wurde ich in Diskussionen verwickelt über verkopfte Pfeifen wie Fassbinder, Herzog, Wenders, Cassavetes, Buñuel, Godard (nach '65), Truffaut, Rohmer, Fellini (alles nach *8einhalb*) und natürlich Antonioni. Vollkommen ignoriert wurde ich bei Meistern wie Carné, Clouzot, Browning, Melville, Hitchcock, Bogdanovich, Huston, Peckinpah, Hawks oder Kurosawa.

Jahre später, als ich meinen sozialen Bewegungsradius vergrößerte (also als ich selbst Videothekar wurde), musste ich feststellen, dass Eyeline leider keinen Einzelfall darstellt. Ohne jetzt erneut auf Antonioni zurückzukommen, kann man sagen, dass sich ein trauriges Schema durch die Sehgewohnheiten der filminteressierten Intellektuellen zieht, das zu dem meinigen vollkommen konträr ist. Ich für meinen Teil sehe in diesem nahezu zwanghaften Nicht-unterhalten-werden-Wollen einen ähnlich falschen psychischen Automatismus wie den, Dialekt sprechende Menschen für weniger intelligent zu halten als Hochdeutsch sprechende, aber wie Sie wohl mittlerweile gemerkt haben, bin ich bei solchen Dingen kein Maßstab.

Jedenfalls richtete ich es in Zukunft so ein, dass ich nur noch im *Zero-Zone* auftauchte, wenn Gregor im Laden war. Es ging sogar so weit, dass ich wieder kehrtmachte, wenn ich durch die

Glastür sehen musste, dass unvermutet doch Eyeline bediente. (Ich verhielt mich also im Grunde so ähnlich wie sich der weiße Victor mir gegenüber verhalten hatte.)

Eines Tages im März – gut drei Monate bevor Julia Roberts/ Patricia Watson das *Zero-Zone* betrat – lieh ich mir ausnahmsweise mal eine Neuerscheinung aus, und zwar *The Cooler*, einen amerikanischen Independent-Film, bei dem Eyeline mich mit Sicherheit keines Blickes gewürdigt hätte.

Ich bezahlte und packte den Film ein, da sah ich ein kleines weißes Papier, das direkt auf das Holz des Tresens gepinnt war. Darauf stand: *Aushilfe gesucht. Ab sofort.*

Zeit für eine Rückblende:

Drei Monate vorher

Mir entfährt: »Ist Eyeline etwa weg?«

Gregor verlagert seinen Zahnstocher in den Mundwinkel und brummt: »Kriegt ein Kind, Mann. Zieht aufs Land.«

»Wunderbar.«

Gregor sieht mich prüfend an. »Wieso?«

»Na, ist doch schön für sie. Das mit dem Kind.«

Gregor nickt: »Suchst du einen Job?«

»Ich? Wieso?«

»Du bist der Einzige, den ich kenne, der jeden einzelnen Film in diesem Laden gesehen hat, Mann. Da müsste ich wenigstens nicht lange erklären, wo was steht, Mann.«

»Nein, danke, ich brauche keinen Job.«

Gregor zuckt mit den Schultern, und ich drehe mich um. Mein Blick streift Humphrey Bogart neben der Kasse. Humphrey, schwarz/weiß, mir gerade bis zum Kinn reichend, aus dickem, schwerem Karton, blickt skeptisch zu mir herüber. Ich drehe mich wieder zu Gregor, und plötzlich glaube ich in den Augenwinkeln eine Bewegung zu sehen.

»Himmel ...« Ich mache einen schnellen Schritt rückwärts.

»Was?«, fragt Gregor gelangweilt.

Ich betrachte erneut den Karton: Humphrey Bogart steht da, in Nadelstreifen und mit Hut, eine Hand in der Hosentasche, die andere am Ohrläppchen, das er mit Daumen und Zeigefinger umfasst. Ich könnte schwören: Er hat sich soeben am Ohrläppchen gezogen.

»Ich … Humphrey …«, und im nächsten Moment überfällt mich eine tiefe Scham: Ich komme mir vor wie Joan Fontaine in *Verdächtig* von Hitchcock, an der Seite von Cary Grant: Überall sieht sie Bedrohungen, wo gar keine sind.

»Was ist los, Mann?«

»Ich habe … die Humphrey-Figur …«

»Hast du jemals versucht, einen angefangenen Satz auch zu beenden, Mann?«

»Ach nichts«, sage ich.

Gregor brummt und schüttelt den Kopf.

Ich höre mich sagen: »Kann ich dir die Figur abkaufen?«

»Bitte?«

»Den Humphrey. Ich möchte ihn dir gern abkaufen.«

Gregor mustert mich lange. Der Zahnstocher wechselt mehrmals den Mundwinkel. Dann fragt er: »Wieso?«

»Weil er mir gefällt.«

»Was ist dein Lieblings-Bogart-Film?«

»Oh, das ist schwer … ich mag fast alle.«

»Sag schon.«

»Am coolsten ist natürlich *The Big Sleep*. Am witzigsten finde ich *Haben und Nichthaben*. Die beste schauspielerische Leistung bringt er in *Der Schatz der Sierra Madre*. Aber mein persönlicher Lieblingsfilm ist *The Petrified Forrest*. Sein Durchbruch. Nie war er tragischer.«

Gregor blickt zu Humphrey. »Und was ist mit *Casablanca*?«

»Nicht kategorisierbar. Zu groß.«

Gregor blickt von Humphrey zu mir. »Du kannst ihn haben. Geschenkt. Aber nur wenn du hier arbeitest.«

»Ich brauch keinen Job.«

»Was heißt, du brauchst keinen Job? Jeder braucht einen Job, Mann. Und du wärst genau der Richtige für diesen hier.«

»Denkst du?«

»Du willst nicht, was?«

»Nein.«

»Also gut, Mann. Dann gibt es auch keinen Humphrey.« Gregor steht auf und geht in einen Raum, aus dem der Duft von frisch gebrühtem Kaffee kommt.

In den Augenwinkeln glaube ich wieder eine Bewegung zu sehen. *Die* Bewegung. Ich fahre herum, springe zu Humphrey und packe die Hand, die das Ohrläppchen berührt: nur kalter, dicker Karton.

Ich mache einen Schritt zurück und betrachte ihn: nichts. Nur dieser skeptische Blick.

Es dauert einige Zeit, bis Gregor wieder erscheint, eine dampfende Tasse in der Hand.

»Du bist ja immer noch da«, sagt er.

»Ich nehme den Job.«

Gregor setzt sich, stellt die Tasse vor sich ab, legt die Füße auf den Tisch und gähnt. Dann sagt er: »Morgen um zwölf?«

»Ja. Kann ich Humphrey gleich mitnehmen?«

Sie haben recht, wenn Sie sich nun, vor allem in Anbetracht meiner früheren Ausführungen über Logik und Dramaturgie in Horrorthrillern, mokieren: Diese Information hätte ich Ihnen durchaus früher geben können. Zu meiner Verteidigung sei aber angeführt: Humphrey hat sich nie wieder am Ohr gezupft. Wenn er es überhaupt jemals getan hat. Schließlich hatte ich nur etwas in den Augenwinkeln zu sehen *geglaubt*.

Die folgenden Tage und Wochen, als ich ihn schon neben dem Ankleidespiegel an die Wand in Zimmer 9 genagelt hatte, stand ich oft vor ihm und wartete darauf, dass etwas geschah. Aber es geschah nichts mehr. (All die Mimiken, die ich in seinem Antlitz sah, all die Varianten seiner Gesichtsausdrücke, die ich hier aufgezählt habe und noch aufzählen werde, sind selbstverständlich nicht auf tatsächliche Bewegungen zurückzuführen. Das sind nur meine Momentinterpretationen ein und desselben skeptischen Gesichts.)

So war mir nach wenigen Wochen klar: Niemand hatte sich am Ohr gezupft. Es *musste* einfach so sein.

Und dann kam jemand, der sagte, er habe Grace Kelly blinzeln gesehen.

Heute

Ich spürte, wie mich einige Halme im Nacken kitzelten. Etwas Kleines krabbelte mir über den rechten Unterarm. Ich ließ es krabbeln. Plötzliche Übelkeit ergriff mich. Kein Sodbrennen, kein heißer Magen, sondern tiefe, überwältigende Übelkeit.

Ich drehte mich zur Seite und öffnete die Augen. Einen halben Meter vor mir leuchtete ein rosa Gegenstand durchs Gras. Vielleicht das Ohr aus *Blue Velvet*. Fünf Meter weiter saß ein Pärchen und hielt sich umschlungen wie Maria Schneider und Marlon Brando in der berühmten Gutturallaut-Szene von *Der letzte Tango in Paris*. Eine Frau mit platinblonden Haaren und grauem Kostüm schritt gedankenverloren den Kiesweg entlang, genauso wie Kim Novak in *Vertigo* durch San Francisco läuft.

Mir war auf einmal klar, was ich zu tun hatte: gar nichts. Alle Synchronsprecher, alle Sophias, alle bekloppten Hitzegeschädigten, die meinten, mich aus Filmen zu kennen, alle Frauen, die Julia Roberts ähnlich sahen, alle Kartonfiguren, die sich an Ohren zupften – sie alle konnten mich mal. Mit Inbrunst würde ich nun auf alle Träume, die ich hatte, scheißen, ebenso wie auf alle Spiegel, die mir über den Weg liefen. Und: Ich würde den Job im *Zero-Zone* hinschmeißen. Morgen würde ich es Gregor sagen. Ich würde mich, wie die zehn Jahre zuvor auch, in der Pension *Oscar* verstecken. Schließlich war es mir zehn Jahre lang gut gegangen, oder?

Die Übelkeit war verflogen. Ich legte mich wieder auf den Rücken und schlief sofort ein.

Als ich erwachte, stand die Sonne ein gutes Stück tiefer. Ich sah auf die Uhr: Ich hatte fast drei Stunden geschlafen. Ich stand auf und rieb mir die Schläfen. Ich fühlte mich, als hätte ich leichtes Fieber, dennoch ging es mir bei weitem besser als vor diesem Mittagsschlaf. (Was vielleicht mit einem Traum zusammenhing, in dem ich zusammen mit Rita Hayworth – in Farbe! Haben Sie schon einmal Ritas Haare in Farbe gesehen? Ein Naturwunder ist das, ich schwöre es – einen Steilhang à la Eiger Nordwand erklommen hatte, um dann auf dem Gipfel einen kahlköpfigen Kerl im Rollstuhl und mit weißer Siamkatze auf dem Schoß in die Tiefe zu stoßen.)

Ich schlenderte langsam zum *Zero-Zone* zurück. Ich war noch auf der anderen Straßenseite, als ich eine kleine Gestalt in einem pinkfarbenen Sommerkleid vor der Videothek stehen sah. Sie beschattete sich die Augen und versuchte, durch ein Fenster ins Innere zu spähen. (Oder betrachtete die Frau ebenso wie der Eierkopf Grace Kelly?)

Ich stellte mich in den Schatten der Litfaßsäule mit den *The-End*-Plakaten, darauf wartend, dass die Person weiterging. Die Frau blickte in beide Richtungen des Gehwegs, drehte sich um und schickte sich plötzlich an, die Straße zu überqueren. Ich wollte hinter die Litfaßsäule springen, aber es war zu spät. Sie hatte mich gesehen. Sie blieb stehen und musterte mich. Ich setzte ein Gesicht auf, von dem ich annahm, es müsse abweisend wirken, und überquerte die Straße. Kaum war ich drüben, trat mir die Frau in den Weg. Sie hatte ein kleines Gesicht mit großen dunklen Augen, großer buckliger Nase und großem Mund mit breiten Lippen.

»Alexander?«, fragte Carla Tabori unsicher.

Ich nickte.

»Ich wollte zu dir.« Die großen Augen schimmerten, als hätte sie wegen irgendetwas ein schlechtes Gewissen. »Yvonne hat mir gesagt, dass du hier arbeitest.« Sie wies mit einem Arm hinter sich. »Ist das richtig? Du arbeitest hier in dieser Videothek?«

Ich holte den Schlüsselbund aus der Hosentasche und bückte mich, um das Gitterschloss aufzuschließen.

»Kann ich mit dir reden? Hast du Zeit?«

»Worüber?« Ich stand auf und wuchtete das Gitter geräuschvoll nach oben.

»Ich … einfach so. Reden.«

Ich starrte ihr direkt ins Gesicht.

Sie hatte ihr schwarzes Haar zu einem strengen Pferdeschwanz gebunden, was all die großen Dinge in ihrem kleinen Gesicht noch mehr zur Geltung brachte.

»Einfach so reden?«, fragte ich barsch.

Carla Tabori zuckte zurück. »Entschuldige. Ich … Du hast wohl viel zu tun.«

Sie wandte sich ab, hängende Schultern, gesenkter Kopf. Es verfehlte seine Wirkung nicht. Ich hörte mich sagen: »Nein, warte. Komm rein.«

Sie drehte sich um, plötzlich ein Strahlen in den Augen, das nichts mit der Junisonne zu tun hatte.

Schauspieler!, dachte ich. *Kommen nicht einmal auf die Idee, sich vorzustellen. Gehen davon aus, dass jeder sie kennt!*

Ich öffnete die Tür und brachte die Stopper an ihre Position. Ohne zu warten, was sie tat, ging ich ins Kabuff und machte mich daran, einen Espresso aufzusetzen.

Carla Tabori erschien unter dem Türrahmen. Sie beachtete die Räumlichkeit kein bisschen, blickte nur mich an. Sie sagte: »Ich heiße übrigens Carla. Carla Tabori. Ich bin Schauspielerin. Vielleicht kennst du mich ja … beziehungsweise einige Filme von mir. Ich meine, als Videothekar …«

»Ja. Ich kenne dich.«

»Es hat sogar noch zugenommen.«

»Was hat zugenommen?«

»Nichts. Du bist nicht sehr gut gelaunt, was? Ist etwas passiert?«

»Ich habe schlecht geschlafen. Entschuldige. Willst du auch einen Kaffee?«

Sie schüttelte den Kopf. »Nein, danke. Zu heiß. Kann ich mich mal umsehen?«

»Bitte.«

Sie lächelte, gab den Platz unter dem Türrahmen auf und verschwand in den Tiefen des *Zero-Zone*.

Ich wartete, bis der Espresso fertig war, kippte ihn in eine Obi-Wan-Kenobi-Tasse (Sir Alec Guiness, nicht Ewan McGregor) und ging ihr nach. Ich fand sie vor dem Regal *Deutsches*, die DVD mit *Die Passion der Frau Bachmann* in der Hand – ihr Durchbruch.

Sie drehte sich in der Hocke und blickte mich mit einem Lächeln an, das ich mit spitzbübisch umschreiben möchte. »Hast du den gesehen?«

Ich nickte.

»Und was denkst du?«

Ich zuckte mit den Achseln. »Nicht schlecht. Es gibt kaum deutsche Filme, die ich mag.«

Ihr Blick ruhte weiter auf mir. Das schien ihr nicht zu reichen.

»Du willst wissen, wie ich dich finde darin?«, fragte ich.

Sie nickte so heftig, dass ihr Pferdeschwanz oben auf ihren Kopf klatschte.

»Nicht schlecht. Ganz gut. Glaubwürdig.«

»Glaubwürdig?« Sie schien zu überlegen. »Glaubwürdig ist gut.« Sie stellte die DVD zurück ins Regal und stand auf. »Und du findest ihn nicht zu offen?«

»Du meinst die vielen Nacktszenen?«

Sie strich mit einem langen, schwarz lackierten Fingernagel über den Rücken der Schutzhülle und machte ein hohes: »Hmm.«

Ich sagte: »Passt zum Thema.«

»So kann man es auch sehen.«

»Wie findest *du* deine Nacktszenen?«

»Wunderschön. Ich liebe sie.«

»Na, dann ist doch alles in Ordnung.«

»Weißt du … ich weiß ja nicht, ob dich das interessiert … aber dieser Film, *Die Passion der Frau Bachmann*, ist der Film von all denen, die ich gedreht habe, den ich am liebsten habe. Nicht weil es mein Durchbruch war oder mein größter Erfolg, sondern weil die Figur, die Bachmann, genau so ist wie ich. Dieses Spontane, Sprunghafte, Unmittelbare der Figur … aber entschuldige. Du kennst mich ja nicht.«

»Nein. Das tue ich nicht.«

Ich ging zurück in den Kassenraum und setzte mich mit meiner Tasse hinter die Theke. Ein junger Mann wartete, mit einer DVD auf dem Tresen.

»Zurück?«, fragte ich ihn.

Er nickte. Ich hielt den Scanner auf die DVD. Es war *Die fabelhafte Welt der Amélie*. Der Bildschirm sagte, dass bereits alles bezahlt war. Ich fragte: »Und? Hat er dir gefallen?«

Als ich keine Antwort hörte, sah ich auf. Der junge Mann stand regungslos vor mir und starrte auf einen Punkt rechts hinter mir. Ich drehte mich um und sah dort Carla Tabori in ihrem rosa Sommerkleidchen stehen.

»Carla … Frau Tabori«, stotterte der Mann.

»Hallo«, sagte Carla.

Der Mann ging langsam zur Tür, sich mehrmals umdrehend. Als er weg war, sagte ich: »Du verwirrst unsere Kunden.«

»Sag Ihnen doch, es gäbe eine Sonderaktion diese Woche: Die Originalschauspieler verleihen ihre Filme.«

»Ich werde es Gregor vorschlagen.«

»Gregor? Der Besitzer der Videothek?«

Ich nickte.

»Warst du eigentlich schon einmal im *Zelluloid*?«, fragte sie mich. »Das ist auch eine Off-Videothek. Am Westend.«

»Nein.«

»Ein ganz übler Laden. Ich war da nur einmal, aber ich hatte sofort den Eindruck, als ob dort etwas nicht stimmt. Der Typ, der dort bediente, war so schmierig ... ich war Gott sei Dank mit einer Freundin dort, aber ich sage dir, wenn ich allein gewesen wäre, ich wäre sofort wieder rausgestürmt. Ich hätte Angst gehabt, die würden mich vergewaltigen wollen.«

»Ich höre öfter solche Geschichten über den Laden. Ehrlich gesagt wundert es mich, dass sie bei dem Ruf, den sie haben, nicht längst pleite sind.« Ich überlegte und entschloss mich, einen typischen Filmsatz anzuhängen: »Aber beruhige dich: Hier bist du sicher.«

Carla Tabori lächelte, setzte sich auf den Tresen und schlenkerte mit den Beinen. Ihre Beine waren glatt und braun und schön, aber ich hatte nichts Anderes erwartet.

»Du kennst dich also gut aus mit Filmen, was?«, fragte sie.

»Oh ja.«

»Musst du ja auch. Ich denke immer, dass sich eigentlich auch Schauspieler gut mit Filmen auskennen sollten. Zumindest die Film-Schauspieler. Aber da ist nichts zu machen. Fast alle meiner Kollegen haben absolut keine Ahnung, was die Filmgeschichte angeht. Hast du schon einmal ein Filmgespräch mit einen Schauspieler geführt?«

»Nein.«

»Da hast du auch nichts verpasst. Das sind alles Ignoranten. Wissen den kleinsten Mist über jeden Schinken, in dem sie selbst mitgewirkt haben, aber darüber hinaus ist absolut Ebbe.« Sie sah mich an. »Hast du einen Lieblingsschauspieler?«

Ich musste nicht überlegen. »Humphrey.«

Carla lachte. »Natürlich. Aber gibt es auch einen, sagen wir: kleineren? Weißt schon ... jeder hat doch so eine Art Lieblingsgesicht ... und wenn es nur jemand ist, der ausschließlich in Nebenrollen auftaucht.«

»Ja, aber ich glaube nicht, dass du deren Namen kennst.«

»He!« Sie tat empört. »Was für ein anmaßender Mensch du bist!«

»Also schön: Sagt dir Xander Berkely etwas?«

Sie zog den Kopf ein. »Nein.«

»Na siehst du.«

»Was hat der gemacht?«

»Ist ein Mike-Figgis-Usual. Auch mit Michael Mann hat er ziemlich viel gemacht. Ist der Typ, den Al Pacino zur Sau macht in *Heat*. Der, den eines Abends Pacinos Freundin mit nach Hause bringt, um Al zu reizen. Außerdem ist er der Ziehvater von John Connor in *Terminator2*, dessen Hals dann vom Flüssigstahl-Zeigefinger des T-1000 durchbohrt wird … oder der Betriebsarzt in *Gattaca*, der die Urinproben von Ethan Hawke nimmt …«

»He, ist das nicht auch der Chef der Antiterroreinheit in *24*, der in der zweiten Staffel radioaktiv verstrahlt wird?«

»Staffel? Sprichst du von einer Fernsehserie?«

Carla nickte heftig.

»Tut mir leid. Ich sehe kein fern. Nur Filme.«

»Oh. Schade. Sag mal, wieso bist du eigentlich so abweisend zu mir?«

Ich konnte es nicht verhindern: Ich wurde rot. »Ich bin doch gar nicht … ich hatte einen schlechten Tag. Die Hitze.«

»Die Hitze. Soso.«

Carla drückte, die Hände auf dem Tresen, ihre Ellenbogen durch, so dass ihre Schulterknochen nun links und rechts ihr Gesicht bekränzten. Ich versuchte, diese Bewegung in einem Film unterzubringen, schaffte es aber nicht. Gar nichts, was Carla sagte oder tat, konnte ich mit einem Film verbinden. Wahrscheinlich deswegen, weil sie bereits in einigen Filmen *war*.

»Gibt es eine Schauspielerin, die dir gut gefällt?«, fragte ich, um die Stille zu beenden.

Carla schüttelte heftig den Kopf, ihr Pferdeschwanz schlug ihr dabei links und rechts auf die Wangen. »Lass uns über etwas Anderes reden!«

»In Ordnung.«

Ihre Zungenspitze erschien kurz zwischen ihren Schneidezähnen, dann sagte sie: »Ich kenne dich nämlich.«

Ich dachte an meinen Entschluss von vorhin, derartigen Dingen ab sofort mit aller Konsequenz aus dem Weg zu gehen, aber das Einzige, wozu ich mich im Stande sah, war Schweigen.

»Ich habe lange überlegt, woher ich dich kenne«, sagte sie, den Blick auf ihre wippenden Füße gerichtet. »Denn den Eindruck, dass ich dich schon einmal gesehen habe, hatte ich vom ersten Moment an, als ich dich auf der Party sah.«

»Sind wir uns denn schon einmal begegnet?«, fragte ich und spannte die Kiefermuskeln an.

»Wie man es nimmt.«

»Was soll das heißen?«

»Ich habe von dir geträumt«, sagte Carla Tabori.

Zuerst spürte ich Erleichterung, denn Carla gehörte offenbar nicht zu denen, die mich aus einem Film zu kennen glaubten. Dann aber sickerten die Konsequenzen des Gesagten in mein Hirn, und mir wurde unwohl.

Sie nickte, immer noch auf ihre Füße sehend. »Es ist so. Ich bin mir ganz sicher.«

»Erzähl mir von dem Traum.«

»Ach, es ist nichts Besonderes. Es sind immer andere Umstände, immer andere Orte, immer andere Träume. Das Einzige, das immer gleich bleibt, bist du.«

»Das heißt, es ist mehr als nur *ein* Traum?«

Carla nahm den Blick von ihren Füßen und sah mich an. »Ja.«

»Und die Rollen, die ich spiele? Ich meine, bin ich eher bedrohlich oder angenehm, ich meine …«

»Du meinst, ob du Der Gute oder Der Böse bist?« Sie lächelte.

»Ja.«

»Ich würde sagen, du bist gar nichts. Du bist sozusagen wertfrei. Du bist einfach nur da. Gehst durch meine Träume wie eine ständige Präsenz. Du tust nichts, du sagst nichts, du bist einfach nur da und schaust zu.«

»Es sind also keine Albträume?«

»Nein. Einfach nur Träume.«

»Und seit wann ist das so? Seit wann träumst du von mir?«

»Das scheint dich ja wirklich höllisch zu interessieren.«

Ich zuckte mit den Schultern.

»So genau kann ich das nicht sagen. Aber als ich dich auf der Party sah, war mir sofort klar, dass du das Gesicht bist, das mir immer im Schlaf begegnet.«

»Na sowas.«

»Ich kann mir Schlimmeres vorstellen.«

»Hm.«

»Du lächelst«, sagte Carla sanft. »Das ist schön.«

Ich griff mir ins Gesicht und spürte ein paar Falten neben meinen Mundwinkeln: Ich lächelte tatsächlich.

Sie strich sich eine imaginäre Strähne aus der Stirn und sagte übertrieben affektiert: »Ich hoffe, du weißt, dass Millionen Männer unglaublich stolz wären, wenn ich ihnen sagen würde, ich träumte von ihnen.«

»Oh ja, das weiß ich.«

Sie hob das Kinn, betrachtete konzentriert ihre schwarzen Fingernägel. »Und du? Auch stolz?«

»Und wie.«

Sie sah mich an und grinste unverschämt. Ein Gesichtsausdruck, so neu in ihrem Gesicht, dass ich unwillkürlich mitgrinsen musste.

»Weißt du, ich dachte zuerst, du wärst auch Schauspieler«, sagte sie. »Denn ich habe diese Aura wahrgenommen, die dich umgibt, diese Blase.«

»Was für eine Aura?«

Sie sah mich verständnislos an. »Na, diese Blase, die uns Schauspieler alle umgibt! Diese Aura der dauernden Selbstdarstellung, die ... wie soll ich sagen, diese Blase des inneren Bewusstseins, dass man strahlt und ... und gleichzeitig dieses sichtbare Bedürfnis, von allen geliebt zu werden ... weißt du nicht, was ich meine?«

»Doch, ich denke schon.«

»Na, und diese Blase hast du auch. Du hattest sie an dem Abend nicht so stark ... und als dann diese Sache mit Hasso passiert ist, war natürlich nicht mehr an eine Aura zu denken, aber du hast sie. Und heute ist sie stärker als an dem Abend. Das meinte ich vorhin, als ich sagte, sie habe zugenommen. Deine Aura ist heute viel stärker als damals.«

Ich zuckte mit den Achseln. Ich hatte Angst, dass sie mich jetzt ausfragen würde, wieso ich Hasso geschlagen hatte, aber sie ging gar nicht weiter darauf ein.

»Doch, glaube mir!«, sagte sie. »Du wirkst wie ein Schauspieler nach außen. Wie ein Star.«

»Ich habe auch einen Traum, in dem immer die gleiche Person vorkommt«, sagte ich. »Und ich habe die betreffende Person auch auf der Party gesehen.«

»Ach!«, machte sie und zog wieder ihre Schultern nach oben.

»Kann ich es dir erzählen?«

»Auf was wartest du?«

Ohne mir bewusst zu werden, was ich hier tat, erzählte ich ihr meinen Traum und von dem Moment auf der Party, als ich Sophia gesehen hatte. Und von meinem Verdacht, Sophia könne bei *Die Frage des Blutes* mitgespielt haben.

Carla wirkte nachdenklich. »Also, ich kenne keine Sophia. Bei den Dreharbeiten war keine dabei, zumindest nicht unter den Schauspielern. Wie soll sie aussehen?«

»Ein Allerweltsgesicht. Absolut durchschnittlich.«

»Das hilft uns ja nicht sehr weiter, was?«

»Ich habe schon einen Bekannten beauftragt, mir eine Kopie des Films zu besorgen. Und zwar vor der Premiere. Auf der Feier kam ich zu spät, da habe ich ihn nicht mehr gesehen, und vier Wochen warten ist mir zu lang. Max, vielleicht kennst du ihn. Er macht die PR für die Produktion.«

Sie nickte. Dann fragte sie: »Kennst du Yvonne schon lange?«

»Nein.«

Carla Tabori sah erneut auf ihre Füße.

Plötzlich hörte ich mich sagen: »Du hast ein wahnsinnig schönes Gesicht, finde ich.«

Carla Tabori riss die großen dunklen Augen auf. »Wow!«, sagte sie.

»Oh! Ich …«

Schnell legte sie ihre Hand auf meine. »Danke habe ich gesagt. Unterstehe dich, dich jetzt verbessern zu wollen.«

»Ich … nein.«

»Ich habe eine Kopie zu Hause. Ich kann sie dir geben. Kein Problem.«

»Oh!«

»Oder noch besser: Wie sehen sie zusammen an!«

»Das wäre … wirklich toll …«

»Wunderbar! Bei dir oder bei mir … nein, wir müssen das bei dir machen. Hast du DVD?«

»Ja, ich …«

»Also abgemacht.«

Ich klappte zusammen.

»Videothekar! Was ist los?«

Ich spürte ihre Hand auf meinem Rücken. Sie fühlte sich sehr gut an, aber es half nichts. Ich schluckte und rannte ins Kabuff. Ich hielt meinen Kopf übers Waschbecken und spuckte. Ich drehte den Wasserhahn auf, trank, schluckte eine Pille und trank noch einmal. Ich atmete ein, streckte mich, atmete aus. Carla stand in der Tür und sah mich an. Sie hatte sich eine kleine Hand vor ihren großen Mund geschlagen.

»Was ist passiert?«

Ich ging an ihr vorbei und ließ mich in Gregors Sessel fallen. »Ich habe manchmal starkes Sodbrennen.«

»So plötzlich?«

»Ja.«

Sie setzte sich in meinen Stuhl, rückte zu mir und ergriff meine Hand. Ich zuckte kurz, schaffte es aber, den Reflex, ihr die Hand zu entreißen, zu unterdrücken.

»Das sah ja schlimm aus!«

»Ist schon vorbei«, sagte ich, spürte aber, dass das nicht so ganz stimmte.

»Ich habe mal in einem Film gesehen, dass es hilft, wenn man ein Taschentuch isst. Willst du eines?« Sie zauberte ein Tempo hervor und hielt es mir vors Gesicht. »Na komm schon! Soll wirklich helfen!«

Ich nahm es.

»Und jetzt essen!«

Ich riss es in zwei Hälften und steckte mir eine davon in den Mund.

Ein junger Kerl in Bomberjacke und Baseballkappe kam in den Laden und legte eine VHS-Kassette auf den Tisch. »Tach, zurück«, sagte er.

»Warte, ich mach das«, sagte Carla, während ich kaute.

Ich sah ihr zu, wie sie auf der Tastatur herumtippte und den Scanner bediente, als hätte sie ihr Leben lang nichts Anderes getan. Dann sah sie auf, schenkte dem Typen ein Lächeln, das das *Zero-Zone* erstrahlen ließ, als habe der *Highlander* gerade eben seinen letzten Gegner geköpft, und sprach: »*Ich weiß noch immer, was du letzten Sommer getan hast.* Gefiel er dir?«

»Ich … äh … naja …«

»Also, ich finde ihn Scheiße. Bis auf ein paar Schauspieler in den Nebenrollen. Jeffrey Combs ist wie immer toll. Und Jack Black, auch wenn die Rolle des Kiffers natürlich das reinste Klischee ist.«

Ich war fassungslos vor Staunen.

Der Kerl kratzte sich unter dem Schild seiner Kappe und sagte: »Ja. Ja.«

»Oder findest du nicht?«, fragte ihn Carla.

»Oh … doch. Doch.«

»Na, so wie du aussiehst, stehst du aber sicher auf Jennifer Love Hewitt, oder?«

»Oh ja, die ist sehr … hübsch … ich meine …«

»Ich war mal zusammen auf einer Party mit ihr. Das war vor zwei Jahren, auf dem Filmfest in Toronto, glaube ich. Sie ist wirklich ganz nett. Wenn auch nicht sonderlich trinkfest. Sie ist irgendwann in den Toiletten abgetaucht, war völlig fertig.« Carla legte sich einen Finger ans Kinn. »Oder war das Heather Graham? Scheiße, ich weiß es nicht mehr.«

Zu dem altbekannten Sodbrennen gesellte sich etwas, was neu war dort unten in meinem Bauch und sich neben dem heißen Gefühl und dem Rumoren und Gurgeln ausmachte wie eine starke Gegenkraft.

Der Typ sagte: »Aha!«, hob eine Hand und ging schnell aus dem Laden.

»Was guckst du so?«, wandte sie sich an mich. »Ich sagte doch, dass ich mich auskenne.«

Ich schluckte den Rest der ersten Hälfte des Taschentuchs und fragte sie: »Woher kannst du das?«

»Was?«

»Das mit dem Scanner und so.«

Carla blickte mich überlegen lächelnd an. »Schauspieler müssen neben dem Schauspielern vor allem eine Sache beherrschen: Sie müssen beobachten können.«

»Du hast mir beim ersten Kunden über die Schulter geschaut?«

»Ich würde eher sagen: Ich habe dich studiert.«

»Du sahst jedenfalls sehr ... sehr professionell aus.«

Sie legte den Kopf schief, so als wüsste sie ganz genau, dass ich zuerst etwas anderes als *professionell* hatte sagen wollen.

»Videothekar, ich muss jetzt gleich gehen. Das mit dem Film, warte ... Übermorgen? Ist übermorgen in Ordnung für dich?«

»Ich wohne aber in einem Hotel, weißt du, das ist ein bisschen komisch ...«

»Du wohnst in einem Hotel? Wieso das denn?«

»Weiß nicht.«

»Aber du hast DVD?«

»Ich habe sogar Leinwand und Beamer.«

»Dann sehe ich kein Problem.« Carla Tabori stand direkt vor mir, neben der Kasse, dort, wo früher Humphrey gestanden hatte. Scheinbar in Gedanken verloren, griff sie sich in die Haare und löste den Knoten ihres Pferdeschwanzes. Sie schüttelte sich, und ihre langen schwarzen Haare gewannen an Volumen, eroberten den Platz, der ihnen zustand, während sich die Nase, die Augen und die Lippen zurückzogen, freiwillig ein wenig von ihrem Terrain abgaben. Sie trat auf mich zu, hielt sich mit der einen Hand die Haare, bückte sich und drückte ihre Wange an meine. Ich könnte es nicht beschwören, aber ich war mir ziemlich sicher, dass sie nach Popcorn roch. Nach salzigem Popcorn. Nicht nach gezuckertem.

Sie richtete sich wieder auf und sagte: »Schön, dich kennengelernt zu haben.«

»Ja.«

»Ich ruf dich an«, sagte sie und ging zur Eingangstür.

Die Strahlen der tief stehenden Sonne umkränzten ihre Gestalt, wie sie dort kurz innehielt, im leuchtend rosa Kleidchen, ein leichtes Lächeln im Gesicht. Dann war sie weg.

Ich betrachtete die Lichtbahnen, die zwischen den Postern hindurch in die Videothek fielen – schräge Straßen Helligkeit, die aus dem Raum die perfekte Plattform für eine dramatische Indoorszene machten. Die Schlusstanzszene aus *Flashdance*. Die Gerichtsszene in *Midnight Express*. Der Dialog im Wohnwagen zwischen Christopher Walken und Dennis Hopper in *True Romance*. Überhaupt in jedem Film von Tony Scott gibt es mindestens eine Szene dieser Art. In *Top Gun*. In …

Das Telefon klingelte.

Es war Yvonne. Sie hatte die Nummer des Synchronsprechers. »Und nerv ihn bloß nicht, hörst du? Und sag ihm bloß nicht, dass du die Nummer von mir hast, hörst du?«

Ich beruhigte sie, so gut ich konnte.

»Was ist eigentlich los?«, fragte sie. »Du klingst so anders!«

»Ich? Wie meinst du das?«

»Irgendwie ... aufgedreht.«

»Aufgedreht?«

»Ja. Total gut gelaunt.«

»Wahrscheinlich das Wetter. Die Sonne.«

»Die beschissene Sonne scheint jetzt schon seit über zwei Wochen ununterbrochen, und du bist deswegen gut gelaunt?«

Ich sagte: »Danke, Yvonne« und legte auf.

Ganz kurz dachte ich an meinen Entschluss von vorhin im Park, ab sofort nichts mehr zu unternehmen, alles links liegen zu lassen, ganz besonders, wenn es mit Synchronsprechern zu tun hatte. Aber aus irgendeinem Grund war dieser Entschluss schon wieder ganz weit weg. An seine Stelle war eine obskure Energie getreten, die ich so noch nicht von mir kannte.

Ich hob wieder ab und wählte.

Ich wusste nicht, was ich sagen sollte. Ich würde es darauf ankommen lassen. Zunächst wollte ich einfach nur seine Stimme hören.

Das Freizeichen. Zweimal. Dreimal. Dann hob jemand ab.

»Hallo, guten Tag?«, sagte eine Stimme.

Ich schwieg.

»Hallo? Mit wem spreche ich?«

Ich legte auf.

Er war es gewesen. Er war es nicht gewesen. Will sagen: Es war der Synchronsprecher. Aber nicht die Stimme, die mich gestern Nacht angerufen hatte. Das gestern Abend war ein Mann gewesen, der schon einmal die Welt gerettet hatte. Oder wenn nicht die Welt, dann zumindest eine Menge Menschenleben. Das hier aber war nur seine deutsche Stimme. Fragen Sie mich nicht, wieso ich so sicher war. Aber schon beim ersten *Hallo* hatte es keinen Zweifel für mich gegeben.

Ich nahm das Telefon erneut und prüfte meinen zweiten Verdacht. Ich wählte die Nummer, die mir Patricia Watson gegeben hatte.

Ich ließ es an die zwanzig Mal tuten. Das Freizeichen verlor sich in den Weiten der Atmosphäre, ohne dass jemand abhob oder sich ein Anrufbeantworter meldete. Nichts. Nur das lang gezogene Tuuut eines einseitigen, einsamen Gesprächswunsches.

Nachts in Zimmer 9 starrte ich mindestens eine halbe Stunde mein Telefon an, aber es blieb still. Wo war Dix?

6. Der Böse

Ich will mehr Leben, Vater!

Ich erwache im Innern eines Wagens. Eines sehr großen Wagens. Ich liege auf einer mit braunem Leder überzogenen Bank, mir gegenüber sitzen ein großer, kräftiger, blonder Mann, der einen Poncho über Bluejeans trägt, und ein schlanker Schwarzhaariger mit schwarzer Lederjacke über schwarzer Lederweste und schwarzen Lederhosen. Sie lächeln mich an. Zwischen ihnen ist ein Teil der Lehne aufgeklappt, im Licht, das aus den Tiefen der Minibar fällt, glänzen Piccoloflaschen Sekt, Gin und Whiskey. Beide balancieren hochstielige Gläser in den Händen, in denen es gelblich prickelt. Hinter ihnen, durch eine dicke Glasscheibe, ist ein kahler Hinterkopf unter einer Chauffeursmütze zu sehen, und draußen vor den getönten Seitenfenstern links und rechts neben mir schimmern vage Lichter von vorbeiziehenden Ampeln und Schaufenstern. Das Motorengeräusch ist kaum hörbar, nur ein dumpfes Vibrieren überträgt sich von der Bank auf meinen Körper.

»Er könnte es wirklich sein, was?«, sagt der Blonde mit einer wohlmodulierten Stimme, ohne den Blick von mir zu wenden.

»Ja«, antwortet ihm der Dunkelhaarige. »Wunderbares Gesicht. Einfach wunderbar.«

»Wo bin ich?«, frage ich.

»Hallo, hallo!«, sagt der Blonde. Lange Goldkreuze glitzern an seinen Ohrenläppchen. »Alles Gute zum Geburtstag, Herr Alexander Gast.«

»Woher weißt du das?« Meine Stimme funktioniert ganz ordentlich.

Der Blonde greift sich unter den Poncho und fördert meinen neuen Ausweis zu Tage. »Alexander Gast, sechsundzwanzig Jahre alt. Und zwar seit genau...« Er blickt auf seine schwere Armbanduhr. »Seit genau fünfundsiebzig Minuten. Einszweiundachtzig groß, grüne Augen, braune Haare. Deutscher. Außerdem haben wir hier noch ...« Er greift wieder unter den Poncho. »... eine 22er Damenpistole. Ein paar Kalbslederhandschuhe. Und einen Schließfachschlüssel. Nummer 009. Das ist doch alles sehr interessant, denke ich. Wir sollten uns kennenlernen.«

Der Blonde steckt die Pistole, den Ausweis und den Schlüssel wieder weg, die Handschuhe wirft er mir zu. Ich lasse sie in meinem Anzug verschwinden.

»Mein Name ist Alfred«, sagt er. »Alfred Korsika. Für Freunde Freddy. Ein Viertel Finne, ein Viertel Deutscher, ein Viertel Serbe und ein Viertel Schweizer. Und das ...«, Alfred Korsika bewegt kurz seinen Kopf nach links. »Und das ist Ralf. Ralf van der Felde. Ralf ist Holländer.«

»Hallo«, sagt Ralf. »Alles Gute zum Geburtstag. Aber wenn du mich fragst: Du siehst viel älter aus. Da hat der gute alte Herr Schmidt mal wieder Mist gebaut, was?«

Ich antworte nicht.

Freddy lächelt mich an, lehnt sich wohlig zurück, schlägt die Beine übereinander und macht eine einladende Bewegung zur Minibar: »Was zu trinken, Alexander Gast?«

»Gern. Was Hartes, bitte.«

»Gin?«

»Nein, nein. Einen Scotch.«

Ralf nimmt ein Glas und kümmert sich um meinen Drink.

Ich lasse mir kurz die Situation durch den Kopf gehen. Schaffe ich es, die beiden zu überwältigen? Sind die Autotüren gesichert? Ist das Panzerglas? Sind wir noch in Berlin? Ich spüre eine dumpfe Trägheit in meinen Muskeln, als ich einen Arm anspanne, und verschiebe diese Fragen auf später. Noch strömen zu viele Reste eines Narkotikums durch meine Adern. Ich taste mir den Hals ab und spüre eine leichte Irritation eine Handbreit unter dem linken Ohr. Ich frage: »Was war das?«

Ralf sagt: »Keine Ahnung. War aus dem Zoo, glaube ich. Brauchen sie manchmal zur Raubtierfütterung.«

Beide lachen.

Ich frage: »Was habt ihr vor?«

Freddy schaut erstaunt. »Wie meinst du das?«

»Ich meine, wo bringt ihr mich hin? Zu den Bullen?«

»Nein, nein.« Freddy schüttelt den Kopf, dass die langen Goldohrringe an seine Wangen klatschen. »Entschuldigung, Entschuldigung. Ich denke, wir sollten hier erst einmal was klarstellen.«

Ralf reicht mir mit einem aufmunternden Nicken mein Glas. Ich setze mich vorsichtig aufrecht, führe das Glas zum Mund und trinke. Ich schmecke nichts, meine Zunge ist wie tot. Nur das Brennen im Rachen zeigt mir, dass ich noch funktioniere. Ich leere das Glas in einem langen Zug, spüre, wie die Heizung in meinem Magen anspringt, und frage: »Bekomme ich noch so einen?«

Ralf entgegnet: »Kann ich dir die Flasche geben?«

»Besser nicht.«

Ralf grinst und schenkt mir das Glas voll bis obenhin.

Ein kräftiger Ruck geht durch die Bank, plötzlich einsetzende Fliehkraft drückt mich gegen die linke Seite. Eine Rechtskurve. Ich habe ganz vergessen, dass ich in einem Auto bin. Ich streife mit einem Finger über den kleinen Whiskeyfleck auf meiner Hose und setze mich wieder gerade.

»Also erstens«, sagt Freddy und fixiert mich: »Dass wir dich betäuben mussten, war notwendig. Du wolltest ja schließlich abhauen. Und wir können nicht zulassen, dass du abhaust. Du bist nämlich überaus wichtig für uns.«

»So? Bin ich das?«

»Wir haben dein Gesicht untersucht. Du bist vor kurzem operiert worden, nicht wahr?«

Ich antworte nicht.

»Nun, aber der Arzt hat gute Arbeit gemacht. Du hast nur minimale Narben. Man sieht sie kaum. Auch das ein Grund, dass du noch lebst.«

»Was soll das heißen? Ihr hättet mich umgebracht, wenn ich Narben gehabt hätte?«

»So ist es«, sagt Freddy, ganz nebensächlich, als wäre das alles vollkommen logisch. »Außerdem haben wir, während du schliefst, einige Messungen an deinem Gesicht durchgeführt.«

»Messungen?«

»Ja. Und um es kurz zu sagen: Du bist ein Glücksfall für uns. Nach jemandem wie dir haben wir jahrelang gesucht. Im Grunde bin ich nicht überrascht, dass es nun *so* jemand ist.«

Ich verstehe kein Wort, also schweige ich.

»Weiter im Text: Zweitens ... Zweitens ist das Wort *Bullen* hier drin tabu. Um es mal so auszudrücken: Hätten wir nur ansatzweise den Verdacht, du wärst ein, sagen wir: *Guter*, wärst du nicht mehr aufgewacht.«

Ralf sagt grinsend: »Wir sind nämlich die Bösen.«

»Und drittens wollen wir nur mit dir reden. Dich kennenlernen. Und dir einen Job anbieten. Ist das in Ordnung für dich?«

»Was für ein Job?« Ich blicke zu Ralf, der sich scheinbar gedankenverloren eine schwarze Strähne um den Zeigefinger wickelt.

»Erst einmal ...«, Freddy verschränkt die Arme unter seinem Poncho. Seine Stimme klingt nun sehr sachlich. »Woher kommst du?«

Ich schweige.

»Warum hast du eine 22er?«

»Warum nicht?«

Freddy kneift die Augen zusammen. »Du hast Geld?«

»*Du* hast es.«

»Ach ja. Richtig.« Die rechte Hand taucht aus dem Poncho auf und reicht mir mein Geld. Ich nehme es und stecke es weg.

»Du kannst ruhig nachzählen. Ich würde das verstehen.«

»Klar. Später vielleicht.«

»Deine 22er, deinen neuen Ausweis und diesen Schlüssel behalte ich aber erst einmal. Zur Sicherheit. Ich hoffe, du verstehst.«

»Ich verstehe.«

Freddy wechselt einen Blick mit Ralf.

Ralf fragt: »Schwul oder hetero?«

»Frauen. Ist das wichtig?«

»Nein«, sagt Freddy. »Eigentlich nicht. Was ist der Grund, dass du einen neuen Ausweis wolltest?«

Wieder schweige ich.

»Es gibt immer einen Grund, warum die Menschen untertauchen. Warum sie sich einen neuen Ausweis besorgen. Du willst etwas vergessen, oder? Etwas verdrängen, abhaken. Oder?«

»Hör auf«, sage ich.

»Was ist passiert?« Freddys Augen zeigen ein gieriges Funkeln. »Was angestellt?«

»Hör auf.«

»Den Tod gesehen?«

»Bitte …«

»Den Tod gebracht?«

»Hör auf!«

»Wie viele sind es bereits?«

»Halt dein Maul!«

Freddy schweigt. Er nimmt sein Glas und schenkt sich nach. Eine Weile ist nur das dumpfe Vibrieren des Motors zu hören, schwach und tief unter unseren Sitzen.

Dann beugt er sich nach vorn, verschränkt die Arme auf seinen Knien und sieht mich an. »Schön. Hören wir auf mit den Spielchen. Das bringt uns nicht weiter. Hör zu, Alexander.«

»Nenn mich nicht so.«

»Na schön. Wie soll ich dich nennen?«

»Keine Ahnung. Mir egal. Aber benutze nicht diesen Namen.«

»Nenn ihn Pirat«, sagt Ralf.

»Warum?«, fragt Freddy.

»Warum nicht?«

»Ist Pirat in Ordnung für dich?«

Ich zucke mit den Schultern.

»Also, Pirat, hör zu.« Freddy beugt sich ein Stück zu mir herüber und sieht mich an. »Wir nehmen es dir nicht übel, dass du

Schmidt und seinen fetten Lakaien umgelegt hast. Hätte schon längst mal jemand machen sollen. Aber wie du siehst: Es ist wahr, was Schmidt gesagt hat. Du bist hier an jemanden geraten, gegen den du keine Chance hast. Und damit meine ich nicht nur uns beide, Ralf und mich, damit meine ich ein riesiges unsichtbares Netz, in das du dich ohne dein Wissen verstrickt hast. *Das Konsortium*. Aber mach dir keine Sorgen. Ich glaube, ich wäre sogar enttäuscht gewesen, wenn du nicht versucht hättest, abzuhauen. Nun, vergessen wir das. Darauf kommt es jetzt erst einmal nicht an. Worauf es ankommt, das bist du.« Er unterbricht sich und sieht zu Ralf. Der zuckt nur mit den Schultern.

»Wie dir Schmidt wohl schon gesagt hat, Pirat: Wir haben dir ein Angebot zu unterbreiten. Ein Jobangebot. Und bevor du mich jetzt unterbrichst, möchte ich dir sagen, dass ich weiß, dass du eigentlich keine schmutzigen Jobs mehr machen willst. Niemand, der zu Schmidt geht, will das noch. Du hast genug, habe ich recht? Du willst vergessen, oder? Du möchtest deinen Kopf frei kriegen, all die fürchterlichen Bilder, all die grauenvollen Dinge vergessen. Noch einmal neu anfangen. Ein neues Leben beginnen. Aber ich sage dir eins: Das funktioniert so nicht. Natürlich, du kannst dir einen neuen Namen zulegen, eine neue Identität. Aber deinen Kopf, den kriegst du nicht leer. Deine Erinnerung, die kriegst du nicht weg. Den Menschen, den du nicht mehr magst, kriegst du so nicht los. Da müsstest du dich schon töten. Somit bist du in einem Dilemma: Du willst dich töten, und du willst doch leben.«

Ralf blickt mich mit einem Ernst an, den ich ihm so nicht zugetraut hätte. Freddys Gesicht ist jetzt, nach seiner Rede, so ausdruckslos wie die toten Augen von Schmidt.

»Es gibt nur eine Lösung für dich«, sagt Freddy. »Und wir haben sie.«

»Ihr?« Ich bemerke, dass mein Gefühl der Ohnmacht nachlässt. Ich spüre Faszination. Und vielleicht auch ein bisschen Hoffnung.

»Ich habe dir folgenden Vorschlag zu machen, Pirat: Du arbeitest diese Nacht für uns. Nur diese Nacht. Wenn du den Job gut machst, werden wir dir einen Ausweg aus deinem Dilemma zeigen. Wenn nicht … nun, dann eben nicht. Und das ist alles. Hast du das verstanden?«

Ich bin mir nicht sicher, ob ich verstanden habe. Aber aus irgendeinem Grund vertraue ich Freddy. Ich nicke.

Freddy klopft an die Scheibe zum Fahrerhaus. Der haarlose Kopf des Chauffeurs dreht sich, und ich erkenne den alten Taxifahrer von vorhin, nur ohne weiße Haarbüschel über den Ohren. Freddy macht ein paar Zeichen, die ich nicht verstehe. Der kahle Kopf nickt, und Freddy sagt: »Festhalten!« Ich werde nach rechts gedrückt, lange und kräftig. So fühlt sich eine 180°-Wendung an.

»Wohin fahren wir jetzt?«, frage ich.

»Jetzt bereiten wir uns auf die Nacht vor«, sagt Freddy und reibt sich die Hände. »Diesen Geburtstag wirst du dein Leben nicht vergessen, Pirat.«

7. Der Gute

Wir haben mit unserer Vergangenheit abgeschlossen – aber unsere Vergangenheit nicht mit uns.

Am nächsten Tag, dem 26. Juni, ein Montag, war Gregor wieder da. Er wirkte für seine Verhältnisse extrem gut gelaunt, will sagen, er pfiff hin und wieder Filmmelodien vor sich hin (ich erkannte Belmondos *Der Profi* und das Hauptthema aus *Once upon a time in America*) und sagte mehrmals »bitte«, wenn er etwas von mir wollte.

Ich fragte ihn, wo er gewesen sei, aber er sagte nur: »Ich musste jemandem einen Gefallen tun. Eine Frage der Ehre, Mann.« Dann begann er wieder *Der Profi* zu pfeifen, seine Augen richteten sich in weite Fernen, wahrscheinlich lief er in Gedanken gerade über eine Wiese auf einen wartenden Hubschrauber zu, im Fadenkreuz eines Präzisionsgewehrs, wissend, dass es für einen Anachronismus wie ihn an der Zeit war zu sterben …

Was meine Entscheidung von gestern anging (also ihm zu sagen, dass ich aufhören würde, hier zu arbeiten), dazu nur soviel: Seit Carla Tabori das *Zero-Zone* betreten hatte, war ich nicht mehr sicher, ob überhaupt irgendeine Entscheidung, die ich vorher getroffen hatte, ihre Berechtigung hatte. Oder besser gesagt: Hätte ich mich *nach* ihrem Besuch entschieden, Gregor und das *Zero-Zone* zu verlassen, dann wäre ich jetzt wohl schon weg. So aber war ich hin und her gerissen. So regungslos wie Sophia in meinem Traum, kurz bevor ihr Schädel barst.

Gegen drei Uhr hetzte Gregor aus dem *Zero-Zone*, um »noch ein paar wichtige Dinge zu regeln«. Kurz darauf klingelte mein Handy.

Es war Yvonne, und sie lud mich zum Abendessen bei ihr ein. Aus irgendeinem Grund behagte mir dieser Gedanke nicht sonderlich, zumal sie meinte, dass auch noch »drei oder vier Kollegen der

Produktion« kommen würden, aber als mir auf die Schnelle keine gute Ausrede einfiel und sie mich mit dem Satz »Das sind alles Filmfreaks, da könnt ihr sicher eine schöne Diskussion beginnen!« lockte, sagte ich zu.

Ich legte auf, und sofort sagte jemand laut: »Guten Tag!«

Ich sah auf und vergaß jeden Gedanken an Yvonne augenblicklich. Vor mir stand niemand anderes als Christopher Lloyd.

»Oh mein Gott!«, sagte ich.

Christopher Lloyd hatte weiße, lange, struppige, nach allen Seiten ragende Haare und trug einen abgetragenen, zu kleinen Anzug über einem zu großen weißen Hemd. Unter seinen Anzughosen leuchteten weiße Turnschuhe. Alles in allem sah er genau so aus wie in der Rolle, die ihn weltberühmt gemacht hatte: der Doc Brown aus *Zurück in die Zukunft*.

»Ich fasse es nicht«, sagte ich.

Der Mann griff sich in das Gestrüpp auf seinem Kopf, zog mehrmals daran, als wolle er es sich ausreißen und sagte: »Ich suche den Videothekar meines Vertrauens. Alexander Gast.«

Ich sagte: »Das bin ich.«

Christopher Lloyd trat näher und musterte mich, als wäre ich ein besonders kompliziertes Schaltelement eines Flux-Kompensators. Dann strahlte er: »Endlich!«

»Herr … Mister Lloyd?«

Der Mann breitete die Arme aus und begann hektisch mit ihnen zu wedeln, so als versuche er zu fliegen.

»Ich bin nicht dieser Lloyd … keine Angst … ich bin Dozent. Mein Name ist Braun. Doktor Braun. Ich habe dir einen Brief geschrieben!«

»Jaja, sehr witzig. Doc Braun, was?«

»Ach nein, hör zu, hör zu, es ist folgendermaßen, es ist ganz unspektakulär, ganz normal, mein Name ist wirklich Braun. Wirklich. Wirklich. Und die Haare, nun, was würdest du tun, wenn du einer Filmfigur ähnlich siehst und auch noch den gleichen Namen hast? Da ist es doch besser, doch gleich *ganz* wie diese Figur auszusehen, oder nicht? Oder nicht? Ich finde es witzig. Die ganze Uni findet es witzig. Alle dort nennen mich Doc Brown. So erinnert man sich wenigstens an mich, oder? Oder?«

»Das heißt, sie tragen die Haare absichtlich so?«

»Ich habe sie sogar gefärbt! Meine sind nur ein bisschen grau.«

»Sie kennen nicht zufällig eine Patricia Watson, was?«

»Bitte? Bitte? Wen?«

»Ach nichts.«

So langsam beruhigte ich mich. Denn in einem Detail unterschied sich der Auftritt von Doc Braun von dem Auftritt von Julia Roberts/Patricia Watson, und zwar in einem wesentlichen Detail: Seine Stimme war nicht im Entferntesten vergleichbar mit der deutschen Synchronstimme von Christopher Lloyd. Ich beschloss, ihm zu glauben.

»Kann ich Ihnen irgendwie helfen, Doc?«

»Haha, jaja, Doc, Doc sagst du, gut, gut, was für Filme habt ihr denn hier? Habt ihr eine besondere … wie soll ich … eine besondere Richtung?«

Doktor Braun hatte sich offensichtlich nicht nur die Haare von Doc Brown zugelegt. Sein Gehabe hatte er auch schon ganz gut verinnerlicht.

»Horror.«

»Horror, ja? Welche Art, welche Zeit?«

»Alle Arten, alle Zeiten.«

»Ich persönlich mag ja die Expressionisten am meisten. Weißt schon, Lang und Konsorten. Aber ich denke mal, das hat auch mit meinem Job zu tun, mein Job, du weißt schon, ja, du weißt schon. Diese Filme waren einfach wegweisend und das Genre übergreifend. Was sind deine Lieblings-Horror-Filme?«

Diese Frage war in Ordnung. Ganz im Gegensatz zur Frage: *Was ist dein Lieblingsfilm?* Eine unspezifizierte Frage nach dem Lieblingsfilm … aber das wissen Sie ja schon.

»*Angel Heart*«, sagte ich. »*Der Weiße Hai. Alien.*«

»Sind ja alles Amerikaner.«

»Ich bin bekennender Hollywoodanhänger.«

»Ah! Kommt ja nicht mehr oft vor. Zumindest das *bekennend*, meine ich.«

Er sprach mir aus dem Herzen. »Stimmt.«

Doc Brown quälte sich aus seiner winzigen Anzugsjacke, schmiß sie achtlos auf den Tresen und blickte sinnend an die Decke. Dann steckte er beide Hände in sein weißes Gewirr auf dem Kopf und sagte: »*Der Weiße Hai*. Vollkommen unterschätzt heutzutage. Vollkommen. Zumindest von den Kritikern. Es gibt kaum einen vielschichtigeren Film, denke ich.«

Spätestens jetzt erwachte eine gewisse Sympathie in mir. »Da haben Sie wohl Recht.«

»Sag mal, Alexander …«

»Alex.«

»Sag mal, Alex, können wir uns mal unterhalten? Ich meine, hast du mal Mittagspause?«

Ich hörte mich sagen: »Ich schließe einfach eine Stunde. Wir können uns ins Kabuff setzen.«

»Ins Kabuff, hehe, ins Kabuff?«

»Unsere Kaffeeküche.« Ich ging zur Eingangstür, kickte den Stopper zur Seite. Ich schloss ab, hängte das Schild *Geschlossen* innen hinter das Glas der Tür und umkurvte das Regal *Neuigkeiten*.

»Hier, das ist sozusagen der Pausenraum. Kaffee?«

Doc Brown folgte mir und warf einen Blick in den Raum. »Ein Klo mit Kaffeemaschine«, sagte er. »Hehe. Ein Klo mit Kaffeemaschine.«

»Setzen Sie sich, wohin Sie wollen. Ist mein Reich. Der Chef ist gerade nicht da.«

»Ist der in Ordnung, dein Chef?«

»Etwas eigenwillig, könnte man sagen. Aber das ist wohl normal für jemanden, der sich sein Leben lang nur mit Filmen beschäftigt hat. Mit dem unechten Leben.«

Doc Brown sah mich mit einem eigentümlichen Lächeln an, sagte aber nichts.

»Also: Einen Kaffee?«

»Hast du auch Espresso?«

»Selbstverständlich.«

Ich füllte die Cafétiera mit Wasser und Pulver, entzündete den Gaskocher. Doc Brown verließ das Kabuff und schlug sich in die Tiefen der Videothek. Als die Cafétiera zu brodeln begann, ging ich ihn suchen. Ich fand ihn vor dem Regal *Neues Amerikanisches Independentkino*. Er hatte sich eine DVD aus einem Regal gegriffen und las die Rückenbeschreibung. Es war *Das Leben nach dem Tod in Denver*.

»Was für eine Tasse wollen Sie?«, fragte ich.

»Wieso?«

»Es gibt alle Figuren aus *Star Wars*. Ich nehme *Chewie*.«

»Dann natürlich *Han Solo*. Wenn schon, denn schon.«

»Milch, Zucker?«

»Wie würde ihn wohl *Han Solo* trinken?«

Ich gab ihm eine Tasse schwarzen Espresso. Ich schob ihm Gregors Stuhl zu, und wir setzten uns hinter den Tresen.

Wir quatschten ein bisschen über *Star Wars*. Auch er hielt *Das Imperium schlägt zurück* für den besten Teil. Überhaupt gingen wir mit unseren Meinungen ziemlich konform. Wir kamen auf Science Fiction allgemein zu sprechen, und beide fanden wir, dass *Gattaca* der beste SF-Film der 90er sei. Wir kamen auf den japanischen Film zu sprechen und schüttelten uns die Hände, da wir beide Kitano völlig überbewertet fanden. Und Miike unmöglich. Er erzählte mir, dass er eine viel beachtete Arbeit über den Aufbruch des Kinos in den späten Sechzigern geschrieben habe, und dass er Antonioni für die größte Luftblase hielt, die das Kino je hervorgebracht hatte. Ich war kurz davor, ihn zu umarmen.

»Nun, es gibt aber auch einen Grund, dass ich hier in die Videothek gekommen bin«, sagte Doc Brown irgendwann.

Ich nickte. »Filme, die mit Subjektiver Kamera experimentiert haben.«

Doc Brown sah mich entgeistert an: »Aber … was … woher …«

»Sie haben das in ihrem Brief erwähnt.«

»Ach ja, ach ja …«

»Sie haben auch geschrieben, Sie seien jetzt eine Woche nicht hier …«

»Bin ich jetzt doch. Ich bin nicht gut in vorausschauendem Planen.«

Ich glaubte ihm aufs Wort. »Und warum versuchen Sie es genau hier im *Zero-Zone*?«

»Zum ersten wegen der Werbung am Institut. Die hat mich neugierig gemacht. Und ich sehe, dass man nicht gelogen hat: Du bist wirklich ein Experte. Und gut aussehend auch, hehe!« Er räusperte sich.

»Zum anderen, nun: Ich war auch schon in einer anderen Off-Videothek. Aber die konnten mir nicht helfen. Vielmehr wollten sie es wohl nicht. So etwas Unfreundliches habe ich selten erlebt: Kennst du das *Zelluloid*?«

Schon wieder das Zelluloid. »Ja. Das ist einer der letzten direkten Konkurrenten in der Stadt. Sie sind nicht der erste, der auf diese Videothek schimpft. Ihre beiden Studentinnen haben auch schon geklagt.«

Er schüttelte heftig den Kopf, wedelte mit den Armen und rollte mit den Augen. »Abgesehen davon, dass ihre Auswahl mehr als unzureichend ist, haben die Leute dort ein Benehmen, also ein Benehmen, es ist unglaublich! Unglaublich! Und als ich ihnen mein Problem vortrug, haben sie nur eisig mit dem Kopf geschüttelt. Eine seltsame Atmosphäre herrscht dort. Ganz seltsam. So stelle ich mir die Atmosphäre in *Amityville* vor, oder in dem Zimmer der Nachbarin von Mia Farrow in *Rosemaries Baby* oder die Wohnung in *Der Mieter*, auch Polanski, du weißt schon …«

»So schlimm?«

»Ja, irgendetwas stimmt dort nicht. Ein Kollege von mir behauptet steif und fest, dass auf einer DVD, die er sich dort ausgeliehen hat, Blut gewesen wäre. Echtes Blut!«

Ich nahm mir vor, in nächster Zukunft mal im *Zelluloid* vorbeizuschauen. So langsam wurde ich neugierig.

Er fuhr fort: »Ich schreibe also eine Abhandlung über Filme, die mit PoV-Shots experimentiert haben. Weißt schon, Filme wie *Speedy, The Lady in the Lake*.«

Zum ersten Mal an diesem Tag machte sich mein Magen bemerkbar. Aber die Sache hielt sich noch in Grenzen, will sagen: Nichts bewegte sich nach oben.

»*Dark Passage, Jigsaw, Wolfen, Strange Days* …«, machte ich weiter.

Doc Brown strahlte und breitete die Arme aus, diesmal allerdings ohne Flugbewegungen. »*Strange Days* hatte ich gar nicht auf der Rechnung! Sieh mal an. Du kennst dich wirklich aus!«

Das Grummeln in meinem Magen wurde lauter. »Und was genau brauchen Sie?«

»Ich … ja, was brauche ich … eigentlich brauche ich nur Hinweise auf Filme, an die ich nicht gedacht habe. *Strange Days* ist da schon ein guter Tipp. *Wolfen* auch. Überhaupt ist der Horrorfilm ein sehr fruchtbares Feld, was dieses Thema angeht. Ich denke, es ist das Genre, in dem am meisten damit gespielt wurde, nicht wahr? Denkst du nicht? Immer, wenn sich ein Mörder oder Monster an ein Opfer heranschleicht, immer, wenn jemand beobachtet wird, immer wenn jemand durch dunkle, geheimnisvolle Zimmer tappt – immer dann ist der reine PoV-Shot nahezu unumgänglich.«

»Und was genau wollen Sie untersuchen?«

»Nun, ich weiß, dass das Thema eigentlich eine Sackgasse ist. Oder besser gesagt: war. Denn all die Filme, die mit der Subjektiven Kamera in übermäßigem Maß experimentiert haben, waren Flops. Mit Ausnahme von *Dark Passage*, aber in den späten Vierzigern waren Lauren Bacall und Humphrey Bogart einfach Hitgaranten genug, dass auch so ein Film bekannt wurde. Kennst du ihn?«

»Klar.«

»Die komplette erste halbe Stunde besteht nur aus Subjektiver Kamera! Man sieht nicht einmal das Gesicht des Helden! Erst nach der Gesichtsoperation, als sich der Held vor dem Spiegel den Verband vom Kopf wickelt, sieht man ihn: Humphrey. Ist das nicht genial? Nur PoV-Sequenzen bis zur Szene vor dem Spiegel!«

Während Doc Brown wild fuchtelnd weiter von *Dark Passage* schwärmte, schluckte ich unauffällig zwei Pillen und trank aus meiner Wasserflasche. Das, was dort unterhalb meiner Speiseröhre vor sich ging, verschlimmerte sich zusehends.

»... aber wie gesagt, hat man in der Regel von zu viel Subjektiver Kamera Abstand genommen. Es entsprach einfach nicht den Sehgewohnheiten des Zuschauers. Es war zu anstrengend. Der gewünschte Effekt, den Zuschauer ganz in den Helden zu integrieren, war nicht zu erreichen. Das Gewackel der Handkamera, die fehlende Tiefenschärfe, die Verzögerung bei Kameraschwenks – all das machte den gewünschten Effekt zunichte. Dennoch, und das ist der Punkt, bei dem ich ansetzen möchte, hat man in den Siebzigern bei psychologischen Tests festgestellt, dass lange PoV-Shots wie kaum eine andere Einstellung den Zuschauer aufregen. Den Puls in die Höhe treiben. In den Neunzigern hat man festgestellt, dass die Gehirnaktivität höher ist als bei normalen Szenen. Vor allem: dass Gehirnregionen beansprucht werden, die bei einem anderen Film nicht einmal angetastet werden. Und ich spreche hier nicht von den typischen Suspenseszenen, in denen sich der Killer von hinten an jemanden heranschleicht, sondern auch von Szenen, in denen landläufig nicht viel passiert. Ist es ein PoV-Shot, geht es drunter und drüber im Gehirn, das ist unglaublich!«

Ich schluckte vorsichtig. Meine Pillenaktion schien zu greifen. Das war erstaunlich, schafften die Pillen doch normalerweise nur eine gewisse Linderung. Heute aber schienen sie das Sodbrennen ganz zu verhindern. Ich fragte: »Sind Sie denn auch Neurologe?«

»Nein, nein.« Doc Browns Augen in dem bleichen Gesicht waren groß und feucht. »Aber weißt du nicht, dass die großen Hollywoodstudios bereits in den Siebzigern Studien in Auftrag gegeben haben, was die Beeinflussung des Zuschauers angeht? Der Einsatz und die Lautstärke von Musik, Farbgebung, Länge …«

»Ja, ich weiß …«

»Und dabei ist eben auch, quasi als Nebenprodukt, das mit den PoV-Shots herausgekommen. Nur, dass sich niemand sonderlich dafür interessierte, da mit solchen Filmen erwiesenermaßen kein Geld zu machen war. Oh Gott, jetzt muss ich aber gehen!«

Diese Feststellung traf Doc Brown aus heiterem Himmel. Er hatte nicht auf die Uhr gesehen oder dergleichen.

»Meine Bitte an dich wäre also: Kannst du mir eine kleine Liste von Filmen aufschreiben, in denen deiner Meinung nach besondere PoV-Sequenzen vorkommen? Kannst dir auch Zeit lassen. Ich komme einfach an einem der nächsten Tage vorbei und wir reden weiter.«

»Das ist in Ordnung.«

»Eine Frage noch«, sagte er, während er aufstand. »Weißt du, was es mit diesem *The End* auf sich hat? Die ganze Stadt ist ja zugepflastert mit Plakaten.«

»Keine Ahnung. Ich habe noch nichts über einen Streifen mit diesem Namen gehört. Auch die Produktionsfirma, *Epimeth-Pictures*, ist mir vollkommen unbekannt. «

»Nichts gehört?«

»Nein.«

Doc Brown rief »Hach!« Dann nahm er seine Anzugjacke. Er vollführte die absurdesten Verrenkungen, um sich hineinzuzwängen, und er schaffte es. Er packte mit beiden Händen meinen rechten Arm, sah mir in die Augen und sagte: »Das war schön!«

Noch bevor ich reagieren konnte, war er schon mit wehenden Haaren aus dem *Zero-Zone* gestürmt. Ich sah ihm noch nach, wie er auf die andere Straßenseite rannte und dann in einer Gasse verschwand.

Am Nachmittag fragte mich Gregor mit einem bezeichnenden Blick auf den Bildschirm, was mit *Don't look now* und dieser Patricia Watson sei. Mein Blick wanderte unwillkürlich unter die Kasse, dorthin, wo nach wie vor die rote Handtasche mit dem Springmesser darin auf ihre Bestimmung wartete.

»Sie war noch nicht da«, sagte ich. »Hat den Film noch nicht zurückgegeben.«

»Das sehe ich, Mann.«

»Ich habe gestern schon versucht, sie anzurufen. War aber nicht da. Nichts. Nicht mal ein Anrufbeantworter.«

Gregor griff sich an die rechte Gesäßtasche und klopfte sie ab. Nachdenklich sagte er: »*Don't look now.*« Dann klopfte er sich auf die linke Gesäßtasche und griff hinein. Er brachte einen Zahnstocher zum Vorschein und steckte ihn sich zwischen die Lippen. Leise murmelte er: »Patricia Watson, Patricia Watson ... Das kostet Strafe.«

»Ich weiß.«

»Die Frau hat einfach keine Ehre, Mann.«

»Ja.«

»Patricia Watson.« Gregor zog die Stirn in Falten. »Komischer Name ...«

»Gregor, mal was anderes: Warst du schon einmal im *Zelluloid*?«

Gregor lachte böse. »In diesem Drecksladen, Mann? Wie kommst du auf die Idee?«

»Weil mir andauernd Kunden erzählen, wie schrecklich es dort sei.«

»Wundert mich nicht, Mann. Ich war da mal vor vielen Jahren. Ich habe mich umgesehen, wollte wissen, auf was sie sich spezialisiert haben. Aber es war ein Witz. Die haben sich auf gar nichts spezialisiert. Es ist so dunkel wie im Arsch von Nosferatu, stinken tut es genauso, und der Typ hinter der Theke sah so aus wie einer der Inzuchtgeschädigten aus *Deliverance*. Die Hölle, Mann, ich schwör es dir.«

»Die Hölle?«

»Genau die, Mann. Genau die. Hey, jetzt weiß ich es!«

»Was weißt du?«

»Woher ich diesen Namen kenne. Patricia Watson.«

»Was, wieso?«

Gregor stand auf, ging zum Regal *Neues amerikanisches Independent-Kino* und griff sich eine VHS-Hülle. Er warf sie vor mir auf den Tresen und sagte: »Bitte, Mann.«

Es war *Confessions of a Dangerous Mind*. Ein Film von und mit George Clooney, der einzige Film, in dem Julia Roberts eine Böse spielte. Eine Auftragskillerin.

»Und?«

»Lies die Besetzungsliste.«

Ich drehte die Hülle um und tat es. An dritter Stelle stand: *Patricia Watson … Julia Roberts.*

Ich überlegte schnell. Ich gab Gregor die Hülle zurück, markierte ein gelangweiltes Gesicht und sagte: »Na, wenn schon.«

»Ich bin gut, was, Mann?«, fragte er sichtlich stolz.

»Gregor, kannst du dich an diesen Dozenten erinnern, der mich sprechen wollte? Der, der nach dem Videothekar seines Vertrauens gefragt hatte? Der, dem du meine Adresse gegeben hast.«

»Ja. Warum?«

»Wie sah der aus?«

»Hab ich doch gesagt. Älter …«

»Hatte er wirre, weiße Haare? So wie der Doc Brown aus *Zurück in die Zukunft*?«

»Ja, stimmt, hatte er. Wieso?«

»Nur so.«

Ich musste noch gut eine halbe Stunde warten, bevor Gregor das *Zero-Zone* verließ, um essen zu gehen. Kaum war er draußen, suchte ich die Nummer von Patricia Watson auf dem Rechner und rief sie vom Videothekstelefon aus an.

Ein Freizeichen, das im Nichts verhallte.

Dann nahm ich den Brief, den mir Doc Brown über die Pension hatte zukommen lassen. Ich fand seine Nummer – eine Handynummer – und wählte. Nach einem Freizeichen sprang sofort ein Anrufbeantworter an. Die Stimme des Doc sagte fröhlich: »Hier der Doc! Ich rufe zurück!« Ich legte beruhigt auf. Offenbar hatte Doc Brown tatsächlich nichts mit der betrügerischen Patricia Watson zu tun.

Ich lehnte mich zurück, betrachtete gedankenverloren die Nummer von Julia/Patricia, die vor mir auf dem Bildschirm stand.

Einen Augenblick später sprang ich auf. Mit der rechten Hand schlug ich mir an die Stirn.

Offenbar war ich ein Anfänger. Ein Tölpel. Fast empfand ich Scham über meine eigene Dummheit: Patricias Nummer begann mit 555. In allen Hollywoodfilmen beginnen die Telefonnummern mit 555. Ein ehernes Gesetz, genauso eines wie *Der Hund stirbt nie* oder *Russen fahren nur schwarze Mercedes*. Kein Wunder, dass niemand abhob.

Ich lehnte meinen Kopf zurück und brüllte an die Decke des leeren *Zero-Zone*:

»Wenn ihr etwas von mir wollt, dann SAGT ES MIR DOCH EINFACH!«

Keine Antwort.

Ich dachte an meine (bereits wieder revidierte) Entscheidung von gestern, mich ab sofort wie früher in die Pension zurückzuziehen, um ein für alle Mal meine Augen vor dieser widerwärtigen Welt und ihren widerwärtigen Geheimnissen zu verschließen, und landete gedanklich mal wieder bei einer Szene, die ein Großteil aller Horrorfilme gemeinsam hat:

Nebendarsteller (entweder der ängstliche Dicke bzw. Schwarze oder die verwöhnte Cheerleaderin): »Du, ich glaube wir sollten schnellstens von hier weg.«

Hauptdarsteller: »Dafür ist es längst zu spät. Wir sind schon zu tief drin in der Sache. Wir können nicht mehr weg.«

Konnte ich noch weg? Oder war es längst zu spät? Mir war klar, dass es an der Zeit war, einen Weg zu wählen. Einen eindeutigen Weg. Entweder ich zog mich tatsächlich zurück, und zwar vollkommen, oder ich ging diesen merkwürdigen Dingen, die auf mich einstürmten, mit aller Konsequenz nach, und nicht so halbherzig wie bisher. Mit einem Wort: Flucht oder Angriff. Aber noch, das spürte ich mit jeder Faser meines Körpers, hatte ich einfach nicht die Kraft, einen Weg zu wählen. SARAH hätte gesagt: *Die schwierigste Hürde ist immer die der Entscheidung. Alle anderen Hürden sind bedeutend niedriger.* Ganz abgesehen davon, dass ich SARAH noch nicht kannte: Wie trifft man eine Entscheidung, wenn man sich selbst nicht kennt?

Um halb sieben betrat ich die Pension *Oscar*. Ich rief zu Clarissa: »Einen wunderschönen Guten Abend!«, was sie, meinen Sarkasmus ignorierend, mit einem Handkuss über die Rezeption hinweg quittierte. Ich duschte, rasierte mich und zog ein frisches Hemd an. Humphrey neben dem Ankleidespiegel gönnte mir die Ohne-meine-Luger-gehe-ich-heute-nicht-aus-dem-Haus-Variante, was mir überhaupt nicht weiterhalf. Ich war unbewaffnet.

Um sieben kam ich wieder bei Clarissa vorbei. Sie betrachtete mich erstaunt, wie mir schien.

»Was ist los?«, fragte ich. »Wieso guckst du so?«

Sie nahm ihre Lesebrille ab, legte ihr Gesicht in beide Handflächen, die Ellenbogen aufgestützt, und sagte: »Du siehst heute so *gut* aus, Alexander.«

»Oh, danke ...«

»Wie kommt das?«

»Ich habe keine Ahnung, Clärri.«

»Hm.« Sie lehnte sich zurück, und der Stuhl ächzte laut. »Wirklich erstaunlich. Wenn ich es nicht besser wüsste, würde ich sagen, du hast dich verliebt.«

Ich machte, dass ich rauskam.

Um halb acht klingelte ich bei Yvonne. Sie war am Rotieren in der Küche, grüßte mich nur mit einem flüchtigen Kuss auf die Wange, so ging ich auf den Balkon, wo Max stand und eine Zigarette rauchte. Von den beiden weiteren Gästen, einem Chris (Disposition) und einer Heike (Maske), war noch nichts zu sehen.

Max musterte mich eigentümlich von oben bis unten, dann blickte er sinnend über die Balkonbrüstung hinweg und blies erhaben Rauch in den heißen Sommerabend. »Und? Mal wieder jemanden verprügelt?«

»Nein.«

»War ja auch nur ein Witz. Was die Kopie angeht …«

»Die brauche ich nicht mehr, Max.«

Er fuhr herum. »Was? Was soll das heißen?«

»Ich komme selbst an eine. Ohne Probleme.«

»Weißt du, was ich mittlerweile für Anstrengungen unternommen habe? Wen ich alles vollquatschen musste?«

»Sag bloß, du hast die Kopie schon?«

»Nein. Aber ich hätte sie wohl übermorgen bekommen.«

»Dann blas die Sache ab. Tut mir leid. Aber so riskierst du wenigstens nicht deinen Job, oder?«

Max wirkte aus irgendeinem Grund gekränkt. »Und woher bekommst du dann den Film? He?«

Es klingelte. Ich sagte, ich würde es ihm später erzählen, und verließ den Balkon. Chris und Heike kamen herein. Chris war mindestens vierzig, hatte kaum noch Haare und trug trotz der Hitze ein Sakko über seinem weißen Hemd. Er begrüßte mich mit kräftigem Handschlag und einem lauten »Soso, du bist das also«, was ich auf die Sache mit Hasso bezog, und Heike, ja, Heike trat auf mit einem Look, den ich am ehesten umschreiben möchte als Mischung aus Lori Petty als *Tank Girl* (Kampfstiefel, Lederjacke und platinblonde Haare) und Björk in *Dancer in the Dark* (dicke Brille, Blümchenrock und weiße Bluse), womit sie sich eindeutig in die Riege der potentiellen Intellektuellen begab. Ich sah der von Yvonne heute Mittag am Telefon erwähnten Filmdiskussion nun mit gemischten Gefühlen entgegen.

Yvonne fuhr die Speisen auf, Kalbsgeschnetzeltes mit Karottensalat und daumendicken Spätzle (ich hatte noch nie derartige Nudeln gesehen; in keinem einzigen Film, da war ich mir hundertprozentig sicher), und wir setzten uns um den Tisch in ihrem Wohnzimmer und aßen.

In der Folge verharrte ich erst einmal in der stillen Position, wurde doch der neueste Tratsch von *Die Frage des Blutes* ausgetauscht. So kurz vor der offiziellen Premiere schienen alle ein wenig überdreht. Chris gab sich zufrieden, dass ihm die Produktion bereits die Disposition für ihren nächsten Film angeboten hatte (»Sie meinten, sie hätten noch nie eine so reibungslose Terminplanung erlebt, wie bei mir, mein Gott, so was geht runter wie Honig!«), Max erzählte von einem Kulturintendanten des öffentlich-rechtlichen Fernsehens, der ihn schon seit Drehbeginn nerve, ihm doch ein Interview mit dem Regisseur zu arrangieren (»Was soll ich machen? Wenn es Peter nicht will, dann will er es eben nicht!«), und Heike beschwerte sich über die Allüren der Hauptdarstellerin (ich habe noch niemals erlebt, dass so an mir rumgenörgelt wurde! Diese Carla Tabori führt sich auf wie eine Hollywooddiva!«).

Was mich auf den Plan brachte. Ich sagte: »Diesen Eindruck macht sie aber gar nicht auf mich.«

Yvonne kniff ihre Holly-Hunter-Augen zusammen, und Heike sagte: »Auf der Party war sie ja auch ziemlich betrunken.«

»Nicht auf der Party. Ich habe gestern mit ihr geredet.«

»Ach ja?«, sagte Yvonne. Chris ließ eine Gabel voller tropfender Karottenschnipsel vor seinem offenen Mund zu einer plötzlichen Ruhe kommen.

»Ja. Sie hat mich in der Videothek besucht.«

»Sie hat *was*?«, fragte Chris.

»Wir haben uns ein bisschen unterhalten, ja.«

»Ihr habt euch ein bisschen unterhalten?« Chris legte die Gabel auf den Teller zurück. »Sie ist der Star des Films, weißt du das? Und du hast dich mit ihr in einer *Videothek* unterhalten?«

»In meiner Videothek. Ja.«

»Sie wollte seine Nummer von mir haben«, schaltete sich Yvonne ein. »Sie hat ihn auf der Party gesehen.«

»Oh je! Wenn das jemand erfährt!« Max hielt sich eine Hand vor den Mund. »Nicht auszudenken!«

Offenbar waren solche Vorkommnisse in der Crew alles anderes als alltäglich.

Ich sagte: »Himmel, wir sind hier nicht in *Notting Hill*. Erstens haben wir nur geredet, zweitens ist Carla kein Weltstar à la Julia Roberts. Sie ist ein Mensch wie du und ich.«

Chris kicherte nervös, und Max hielt sich immer noch die Hand vor den Mund.

Max sagte: »Weißt du, was auf mich zukommt, wenn rauskommt, dass sie andauernd einen Videothekar besucht? Dann ...«

»*Andauernd*? Max, hallo! Sie war *einmal* da!«

Er seufzte. Heike nahm mit geflissentlicher Nebensächlichkeit noch ein paar Spätzle.

Yvonne fragte: »Was wollte sie eigentlich von dir?«

»Sie wollte mit mir reden.«

»Über was?«

»Über Träume.«

»Bitte?«

»Ich komme in ihren Träumen vor.«

Die Reaktionen im Raum konnten unterschiedlicher nicht sein: Max öffnete den Mund sperrangelweit, sagte aber nichts. Heike zählte die Spätzle auf ihrem Teller. Chris hob eine Braue und schob seinen Teller weg. Und Yvonne machte einmal laut: »Ha!«

»Du kommst in ihren Träumen vor?«, vergewisserte sich Chris.

»Ja.«

»Ich sag ja, die spinnt«, kam es von Heike.

»Carla Tabori besucht dich aus freien Stücken, weil sie von dir träumt?«, vergewisserte sich Chris noch einmal.

Ich nickte. »Sagt sie. Ja.«

»Aber du hast sie vorher nie gesehen?«

»Nein.«

»Ja, und jetzt?«, fragte Yvonne.

»Was meinst du?«

»Ich meine, seht ihr euch jetzt öfter, oder was?«

Ich zuckte mit den Schultern. »Möglich. Erst mal wollen wir nur zusammen *Die Frage des Blutes* ansehen.«

Max rief: »Sie zeigt dir *unseren* Film?!«

»Ihr habt ihn doch auch schon alle gesehen, also ist doch nichts dabei.«

»Ich habe ihn noch nicht gesehen«, sagte Yvonne.

»Ich eigentlich auch nicht richtig«, sagte Chris.

Max schüttelte den Kopf. »Also deswegen brauchst du keine Kopie mehr ...«

Ich nickte schnell.

»Was für eine Kopie?« Yvonnes eigentlich schiefer Mund war seit einigen Minuten so gerade und dünn wie die Lippen von Sigourney Weaver.

»Ich wollte eine Kopie wegen der Frau, die ich gesehen habe. Habe ich dir doch erzählt.«

»Hast du?«

»Habe ich.«

»Und wieso hast du nicht *mich* gefragt?«

»Weil es jetzt ja auch so geklappt hat.«

Yvonne: »Gibt's du mir mal das Fleisch rüber, Max?«

»Und wo zeigt sie dir den Film?«, fragte Max, der Yvonnes Frage scheinbar überhört hatte. »Ich meine, im Studio oder was ...«

»Bei mir.«

»Bei dir.« Yvonne sah mich an, jetzt so ausdruckslos wie der *Terminator*. »In einem blöden Hotel. Naja.« Sie stand auf. »Ich jedenfalls habe noch Hunger. Will noch jemand Spätzle? Ich hab noch was da.«

Sie nahm die Schüssel, die noch halb voll war, und ging in die Küche.

Das Thema Carla wurde unter den Tisch gekehrt. Ich fragte einmal kurz, wie es Hasso ging, aber Chris und Max winkten nur ab. Max meinte sogar: »Schade, dass du ihn nicht härter erwischt hast.« Lediglich Heike fuhr auf: »Was? *Du* warst das?«, und in der Folge hatte ich den Eindruck, als hätte ich bei ihr plötzlich einen Stein im Brett.

Nach ein paar Magenbittern ging Chris los, Bier besorgen, und die Stimmung der anderen stieg (ich blieb als einziger trocken; die Tatsache, dass ich neuerdings eine Flasche Whiskey in Zimmer 9 hatte, bedeutete nicht, dass ich plötzlich ein anderer Mensch war). Auch Yvonnes Miene heiterte sich wieder auf, wenngleich sie bei dem, was folgte, nicht wirklich in ihrem Metier war: Die Filmdiskussion.

CHRIS (sich die Hände reibend): Also gut! Nennt mir euren besten … hmm … Filmanfang!

MAX: Am besten sind auf jeden Fall Plansequenzen, ganz klar.

ICH: Sehe ich auch so.

HEIKE: Was sind Plansequenzen?

CHRIS: Eine ungeschnittene Kamerafahrt über ein paar Szenen hinweg.

HEIKE: Und das am Anfang? Hab ich noch nie gesehen.

CHRIS: Der Meister ist ganz klar Brian De Palma. Da gibt es gar nichts. Habt ihr den Anfang von *Fegefeuer der Eitelkeiten* gesehen? Brillant!

ICH: Wird aber getoppt von *Snake Eyes*. Die Kamera folgt Nicolas Cage über eine Viertelstunde lang.

MAX: Stimmt. Bis zum Schuss, nicht wahr?

ICH: Bis zum Schuss.

YVONNE: Was für ein Schuss?

CHRIS: Irgendein Minister wird kalt gemacht. Während eines Boxkampfes.

MAX: Oh, ich habs! Robert Altman! *The Player*! Die Plansequenz auf dem Filmgelände, die Golf-Wägelchen, die hin und her fahren …

HEIKE: Golf-Wägelchen?

ICH: Und was ist mit *Touch of evil*?

MAX (aufspringend und eine Verbeugung ins Nichts andeutend): Oh ja, du mein Gott, Orson Welles! Das war es. (Sich wieder setzend): Untoppbar!

ICH: Und was ist mit *Rope* von Hitchcock?

MAX (erneut aufspringend): Oh ja, oh ja …

ICH: Und was ist mit *Russian Ark*, diesem russischen Film? Der ist eine einzige Plansequenz, von vorne bis hinten …

MAX: (sich setzend): Hä?

CHRIS: Also gut. Als Nächstes: Der beste Filmschluss!

ALLE: …Hmmm…

MAX: Ganz klar: *Apocalypse Now.*

CHRIS: Wieso?

MAX: Also, ich meine … na ja…

CHRIS: *Basic Instinct* hat den besten Filmschluss. Der Eispickel unterm Bett ist einfach delikat.

MAX: Bääh!

ICH: Gefällt mir auch nicht.

CHRIS: Oh, die Herren Experten, verzeiht, dass ich es gewagt habe …

MAX: Irgendwas von den Coens. Von den älteren Filmen, wartet mal …

CHRIS: Ja! *Barton Fink*!

MAX: Stimmt, das Gemälde wird lebendig, will sagen, wird real.

HEIKE: Das Gemälde?

ICH: *Blood Simple*. Der erste von den Coens. M. Emmet Walsh unterm Waschbecken und der Tropfen, der vom Abfluss hängt.

HEIKE: Waschbecken? Tropfen?

CHRIS: Weiß ich jetzt nicht. Aber *Millers Crossing* ist auch gut. Sie kommt von der Beerdigung und lässt ihn einfach stehen …

ICH: Ist aber eine Hommage.

CHRIS: Ach ja?

MAX und ICH: *Der dritte Mann*.

HEIKE: Der hat einen schönen Filmschluss, ja genau!

CHRIS: Also, ich finde ja auch nach wie vor den Schluss von *Terminator* Wahnsinn.

MAX: Von welchem?

CHRIS: Vom ersten natürlich.

MAX und ICH: Oh ja, stimmt, herrlich …

MAX (intonierend): Ein Sturm wird kommen …

CHRIS: Danke, die Herren.

HEIKE: Und was ist mit *Breaking the Waves*?

MAX: Ufff …

CHRIS (einen Blick mit mir und Max wechselnd): War ja klar … Die Glocken in den Wolken, uhuu…

HEIKE: Was?

MAX: Sogar ich als Schwuler muss sagen: Der totale Frauen-Film.

CHRIS und ICH: Genau.

HEIKE und YVONNE: Also, entschuldigt mal …

CHRIS: Ja, schon gut …

HEIKE (aufbrausend): Was soll denn das?! Zählt meine Meinung denn …

MAX: *Die üblichen Verdächtigen*. Was meint ihr?

ICH (mir auf die Fingerspitzen meiner sich öffnenden Hand blasend): Und weg ist er …

MAX: Die letzten beiden Minuten führen den gesamten Film ad absurdum. Herrlich!

CHRIS: Aber böse.
MAX: Sehr böse.
HEIKE: Apropos ad absurdum: Was haltet ihr von der Tennis-Szene …
CHRIS: Sag jetzt bloß nicht *Blow Up* und Antonioni, diese weich gekochte, langweilige Intellektuellen-Schwuchtel … Entschuldige, Max.
MAX: Kein Problem, du hast ja recht.
HEIKE (die Arme vor der Brust verschränkend): - - -
ICH: Der am meisten überschätzte Regisseur aller Zeiten?
CHRIS und MAX: Antonioni.
HEIKE: - - -
YVONNE: Komm, reg dich nicht auf …
CHRIS: Noch mal zu den Schlüssen zurück: Kennt ihr den Schlusslächler in *Es war einmal in Amerika*?
ICH: Robert de Niro, Kamera von oben, Opiumhöhle …
MAX: Herrlich …
ICH: In *Magnolia* ist das ähnlich …
CHRIS: Stimmt! Der Lächler der Kokain-Tante!
MAX: Herrlich!
CHRIS: Kennt ihr *Birdy*?
MAX: Den von Clint Eastwood?
CHRIS: Nein, den von Alan Parker mit Matthew Modine …
MAX und ICH: Oh ja! Der Sprung von der Mauer!
Etc.

Max, komplett betrunken, umarmte mich und lallte: »Übertreib mir nicht die Sache mit Carla …«, woraufhin ich nur ergeben nickte. Heike sagte: »Gut gemacht«, was ich auf die Sache mit Hasso bezog, und Chris zog die Braue in die Höhe und richtete lässig beide Zeigefinger auf mich, die Daumen ausgeklappt.

Ich war allein mit Yvonne.

Ihre vorher scheinbar wieder aufgeheiterte Miene fiel in sich zusammen wie eine Tapete ohne Wand.

»Jetzt erzähl mir erst einmal, was das mit dem Synchronsprecher sollte«, sagte sie eisig.

»Was ist los mit dir?«

»Erzähl schon!«

Ich setzte mich wieder an den Tisch. Was sollte ich ihr sagen? Ich entschied mich für die Variante, die für alle Beteiligten die beruhigendste war: »Da hat mich gestern jemand angerufen, der hatte genau dessen Stimme. Das wollte ich gegenprüfen. Jetzt ist klar, dass mich da nur jemand verarschen wollte. Das ist alles.«

Yvonne schnappte nach Luft. »Und deswegen musste ich zehntausend Leute anrufen?! Weil dich jemand verarscht hat?«

Ich zuckte die Achseln. »Ja.«

»Ich fasse es nicht ...«

»Jetzt setz dich doch auch erst einmal hierhin ...«

»Nein, ich werde mich nicht setzen!« Yvonnes Gesicht war jetzt so verzerrt, dass an Holly Hunter nicht einmal mehr im Traum zu denken war.

»Sag mal, was bist du denn so wütend?« Ich wusste es wirklich nicht.

Yvonne nahm die Schüssel Spätzle und donnerte sie an die Wand. (Spätzle sind kalt offenbar sehr klebrig, denn es gab merkwürdige Mehlspeisefiguren an der Tapete.)

»Das ist ja wirklich die Höhe!«, schrie sie.

Ich stand auf. »Ich gehe jetzt besser.«

»Ja, natürlich! Zuerst mich in die Bredouille reiten, und dann abhauen! Das sieht dir ähnlich!«

»Was für eine Bredouille? Was hab ich denn getan? Ist es etwa wegen Carla? Bist du ...« Ich zögerte einen Augenblick, dieses Wort auszusprechen, so *filmisch* fühlte es sich auf der Zunge an. »... eifersüchtig?«

Yvonne wurde bleich.

Ich wollte meine Jacke suchen, bemerkte dann aber, dass ich gar keine dabei hatte. Also ging ich so wie ich war zur Küchentür.

»Das sind meine Arbeitskollegen, verstehst du!«, schrie sie in meinem Rücken. »Ich bin die Produktionsassistentin! Die Produktionsassistentin des Films! Sagt dir das was? Sagt dir das was!?«

Ich drehte mich um. »Nein, das sagt mir nichts«, sagte ich.

Ein paar Sekunden lang sahen wir uns über die Länge der Küche an, ohne etwas zu sagen. Das Spätzle-Gebilde an der Wand starrte mich über Yvonnes Schulter hinweg an wie der Kopf der Medusa in einer erst noch zu produzierenden Herkules-Verfilmung.

»Ich habe dich viel zu sehr in mein Leben gelassen«, sagte sie dumpf. »Und damit ist es jetzt aus. Das war's. Scher dich raus!«

»Du hast mich … was?«

»Und so dankst du es mir.«

»Was?«

»Du sollst gehen«, sagte sie, jetzt ganz nebensächlich, so als hätte sie schon etwas ganz anderes im Kopf.

Ganz kurz zuckte mir der letzte Satz von Richard Gere in einer Szene von *Ein Offizier und Gentleman* durch den Kopf, die Szene, in der er die Freundin von Debra Winger zur Rede stellt: *Du Fotze!* Aber Yvonne hatte nicht den Selbstmord meines besten Freundes verschuldet. Yvonne hatte nichts verschuldet außer einer kaputten Servierschüssel, deswegen sagte ich: »Mach es gut.«

Dann verließ ich die Wohnung.

Wenn ich Ihnen beschreiben soll, was ich fühlte, als ich die verlassenen nächtlichen Straßen entlanglief – Richtung Pension *Oscar* –, ist das erste Adjektiv, das mir in den Sinn kommt, erneut *regungslos*. Alles in allem kam es mir so vor, als liefe nicht ich an den Hauswänden, geparkten Autos, Zäunen, Parkuhren, Ampeln, Schildern und unzähligen *The End*-Plakaten vorbei, sondern all diese Dinge an mir. Als wäre alles nur eine Kulisse, die auf mich zugeschoben wurde, an mir vorbei, während ich nicht einen Schritt tat.

(Oder um einen Film als Beispiel zu benutzen: *Top Secret*, die Szene, als Val Kilmer im Zug sitzt, an diesem ostdeutschen Bahnhof. Wir sehen, wie er im Abteil hockt und, als der Zug anfährt, auf den vorbeiziehenden Bahnhof draußen vor dem Fenster blickt. Dann eine Totale: Und wir sehen, nicht der Zug bewegt sich, sondern der Bahnhof. Der Bahnhof fährt weg. Nun gut, *Top Secret* ist eine Komödie, und jene Nacht war alles andere als das, aber ich hoffe, Sie haben das Prinzip verstanden.)

Als ich endlich vor dem *Sunset Boulevard* stand und einen Blick auf die Uhr warf (ich hatte eine gute halbe Stunde gebraucht), ließ das Gefühl nach. Ich legte den Kopf in den Nacken, betrachtete die paar wenigen funkelnden Sterne, die man in einer Stadt sehen kann, und ließ sie verschwinden, indem ich die Augen schloss. Ganz langsam sickerte die Information in meinen Kopf, dass mich etwas unter meinem rechten Schuh drückte. Ich öffnete die Augen, hob den Fuß und sah ein kleines gelbes Feuerzeug da auf dem Gehsteig liegen. Ich hob es auf, wog es in der Hand und hatte plötzlich Lust auf eine Zigarette. Ich überprüfte mein Kleingeld, stellte fest, dass es genug war, und ging zwanzig Meter die Straße runter. Da war ein Automat neben dem Haupteingang des Kinos. Ich studierte die Sorten, zur Hälfte waren das Marken, von denen ich noch nie etwas gehört hatte. Ich überlegte, welche Marke ich wohl früher, vor über zehn Jahren geraucht haben könnte (falls ich überhaupt geraucht hatte), aber es fiel mir nicht ein. Schließlich entschloss ich mich für eine, auf deren Fach als einzigem der Hinweis *Soft-Pack* stand. Ich fühlte mich keineswegs wie die Person, die oben in Zimmer 9 neben dem Ankleidespiegel stand, als ich eine Zigarette aus der Packung schüttelte. Ich fühlte mich mehr wie ein Mann in der Nacht, der soeben von seiner Partnerin verlassen worden war.

Die Zigarette schmeckte stark, aber das Kratzen im Hals hielt sich in Grenzen.

Ich ignorierte die Eingangstür zur Pension *Oscar* und betrachtete die Schaukästen des Kinos. Saal 1: *Blade Runner – The Directors Cut*. Saal 2: *Halloween I* und *II: Die Michael-Myers-Nacht.*

Halloween ließ mich kurz an Doc Brown denken. Denn die ersten drei Minuten des ersten Teils sind eine einzige Sequenz mit Subjektiver Kamera. Sogar der Mord wird in PoV-Shots gezeigt, und zwar aus der Sicht von Michael Myers, dem Mörder. (Eine Hand mit Schlachtermesser, die sich auf und ab bewegt und auf den nackten Körper einer jungen Frau einsticht.)

Ich rauchte und dachte nach. Wobei ich es nicht schaffte, mich auf diesen Abend und Yvonne zu konzentrieren. Meine Gedanken glitten immer ab zu Carla Tabori. Die große Nase, die breiten, dicken Lippen …

Ich hörte ein Geräusch hinter mir und drehte mich um.

Die Eingangstür zur Pension wurde zu beiden Seiten flankiert von zwei dicken Blumenschüsseln aus Waschbeton, aus denen mannshohe Ziersträucher mir unbekannter Art und Gattung wuchsen und eine Art Minispalier bildeten. Direkt vor diesem Spalier stand eine Gestalt mit einer weißen, konturlosen Maske auf dem Gesicht, einen Gegenstand in der rechten Hand, der im Licht der Straßenlaternen tückisch blitzte.

Michael Myers.

Ich war zu keiner Bewegung fähig.

Michael Myers rammte den Gegenstand in einen Waschbetontopf. Dann sagte er: »Wir haben mit unserer Vergangenheit abgeschlossen – aber die Vergangenheit nicht mit uns.«

Er hob die Hand, drehte sich um und lief mit schnellen, kleinen Schritten den Gehsteig entlang, bog in die nächste Querstraße ein und verschwand aus meinem Blickfeld.

Ich stand so lange bewegungslos auf dem Gehsteig herum, bis sich etwas in meinen rechten Zeigefinger brannte. Ich schmiss die Zigarette in die Nacht hinaus und näherte mich dem Topf. Ein runder Holzgriff ragte aus der Blumenerde. Ich legte meine Hand darum und zog das Ding heraus. Es war ein Eispickel.

Erneut stand ich an der Kreuzung: Flucht oder Angriff? Welchen Weg sollte ich wählen? Wie die letzten Tage vorher starrte ich lange Zeit das Telefon an. Wieder gab es keinen Ton von sich. Dix schien verreist zu sein. Somit stand ich ganz alleine an der Kreuzung.

8. Der Böse

Stark ist sie, die dunkle Seite der Macht.

Die Aussicht ist atemberaubend. Das nächtliche Berlin liegt unter mir, kleine, verwaschene Lichter im heraufziehenden Nebel. Das Panoramafenster, vor dem ich stehe, macht die ganze Wand aus, ich presse meine Hände und meine Wange gegen die Scheibe, das Glas fühlt sich warm an. Am linken Rand meines Blickfelds scheint eine gelb angestrahlte Kugel durch den Dunst, klein wie eine Murmel. Das Restaurant des Fernsehturms. Die riesigen Leuchtreklamen am Kurfürstendamm und am Ernst-Reuter-Platz schicken ihre unnatürlichen Lichter in den Nebel, blau und rot, von hier oben sieht es aus, als brenne dort die Stadt.

»Nicht schlecht, was?«, höre ich Ralfs Stimme in meinem Rücken.

»Wie lange wohnt ihr hier schon?«

»Ich wohne nicht hier. Das ist Freddys Suite. Meine ist zwei Stockwerke weiter unten.«

»Also gut: Wie lange wohnst du schon hier?«

»Ich nun gut ein halbes Jahr. Freddy feierte vor einer Woche sein Vierjähriges.«

Ich drehe mich um. Ralf sitzt lässig in einem riesigen schwarzen Herrensessel. Mit seiner schwarzen Lederweste, der schwarzen Lederhose und seinen schwarzen glänzenden Haaren verschwindet er beinahe darin. Seine Füße ruhen auf dem Glastisch vor ihm, und er balanciert einen Sektkelch auf der Handfläche.

»Vier Jahre?«

»Ja, wir werden gut behandelt. Unser Job ist ein Glücksfall.«

»Wollt ihr mir nicht endlich etwas über den Job erzählen?«

»Freddy ist der Chef«, sagt Ralf und leert den Kelch in einem Zug. »Wenn, dann soll er dir etwas erzählen.«

Wir schweigen eine Weile. Dann frage ich: »Auf was warten wir?«

»Auf einen Anruf.«

»Was für einen Anruf?«

Freddy kommt aus einem Raum zur Rechten, kurz sehe ich durch die offene Tür ein riesiges, in weinrotem Samt glänzendes Bett.

»Sie sind schon unterwegs«, sagt er. »Noch ein paar Minuten, dann können wir los. Mehr Probleme gibt es mit Sophia. Sie ist nicht zu Hause. Ich hoffe, sie haben sie bald.«

»Haben wir schon die Bestätigung von oben, dass der Pirat es wirklich ist?«

»Nein. Aber ich habe keine Zweifel.«

Er schmeißt sich Ralf gegenüber in die Ledercouch. Seine Jeans ist nun einer Hose aus grauem Leinen gewichen, der Poncho ist noch immer der gleiche. Seine goldenen Ohrringe sind verschwunden.

Ich setze mich ebenfalls an den Glastisch, wir bilden nun ein Dreieck. »Wer kommt?«, frage ich. »Wer bin ich wirklich? Und wer ist Sophia?«

»Hast du nicht gesagt, du stehst auf Mädchen?«, fragt mich Freddy mit überraschtem Gesichtsausdruck.

»Ja, habe ich …«

»Na also.«

»Er will was über den Job wissen«, sagt Ralf.

»Soso. Er will etwas über den Job wissen.« Freddy wirkt abwesend. Er reibt sich die Hände und schüttelt den Kopf, als genieße er das Gefühl von seinen fliegenden blonden Haaren auf seinen Wangen. »Natürlich will er das.«

»Ich dachte, bevor wir losgehen, könntet ihr mich zumindest grob ins Bild setzen, um was …«

Freddy sagt: »Wir sind aus dem Filmgeschäft, wenn man so will.«

Ich hätte alles erwartet, nur nicht das. »Aus dem Filmgeschäft?«

Freddy macht Bewegungen mit seiner Lippe, als wisse er nicht, wohin mit seinem Speichel. »Ich würde es am ehesten mit Casting umschreiben. Wir casten Gesichter.«

»Sei nicht so bescheiden.« Ralf zwinkert Freddy zu. »Du bist ein Künstler. Du bist der Regisseur. Das Casting ist mein Job.«

»Wenn du es sagst.« Freddy lächelt zufrieden.

»Ihr castet Gesichter?«

»Ja. Wir sind auf der Suche nach bestimmten Gesichtern. Nach zwei bestimmten Gesichtern. Eines haben wir schon länger. Und das andere ... Jetzt scheint es so, als sei mit dir unsere Suche beendet.«

»Ich bin das zweite Gesicht?«

In diesem Moment klingelt ein Telefon, das auf einem Schemel neben der Tür zum Schlafzimmer steht. Freddy steht auf und nimmt ab. Er hört ungefähr zehn Sekunden zu, legt dann auf und sagt: »O.K., die Bestätigung ist da. Wir können die Sektkorken knallen lassen.«

Ralf legt die Hände auf den Tisch. »Dann ist er es also?«

»Nicht hundertprozentig. Aber besser als alles, was wir vorher hatten. Das Konsortium hat die Suche soeben für beendet erklärt.«

Freddy setzt sich wieder. Ralf blickt auf seine Hände. Eine deutlich spürbare Anspannung liegt plötzlich über dem Raum. Wie auf Kommando sehen mich beide an.

»Was ist?«, frage ich.

Beide fahren fort mich anzustarren. Schließlich sagt Freddy: »Komisch. Irgendwie dachte ich, dieser Moment wäre spektakulärer. Da verbringt man über zwei Jahre mit einer Sache, und dann ist sie so plötzlich vorbei wie ein Regenschauer.«

Ralf nickt.

»Also, Pirat, hör zu.« Freddy sieht mich ernst an. »Bist du bereit, diese Nacht mit uns zu arbeiten? Aus freien Stücken?«

»Wenn ihr mir wirklich helft ...«

»Wir helfen dir aus deinem Dilemma. Wie versprochen.«

»Was muss ich tun?«

Freddy und Ralf wechseln einen Blick.

»Wir sollten uns erst einmal entspannen«, sagt Ralf.

Freddy nickt. »Warum nicht?« Er greift unter seinen Poncho und packt ein schwarzes Filmdöschen und eine Blechschatulle mit der Aufschrift *The Syndicate Loves You* auf den Tisch.

»Was ist das?«

Freddy blinzelt mir zu und öffnet die Filmdose. Er stellt sie auf den Kopf und eine Reihe kleiner, ovaler, knallgelber Pillen klackert über das Glas des Tisches.

»Das sind Wachmacher, nichts weiter«, erklärt er. »Aber nicht so ein billiger Scheiß wie Pep, mein Piratenfreund. Keine Stimmungsschwankungen, kein Herzrasen und kein übler Kopf nach ein paar Stunden. Und vor allem ...« Er blinzelt verschwörerisch. »Vor allem keine Probleme mit deinen Schwellkörpern, wenn du verstehst, was ich meine.«

Ich bin kein großer Freund von Drogen. Noch nie gewesen. Ich sage: »Ist das Teil des Jobs?«

Freddy nickt ohne die geringste Spur Ironie in seinen Augen. Er gibt Ralf eine Pille, und sie werfen sie sich gleichzeitig in den Mund und schlucken sie. Ich überlege kurz, dann nehme ich auch eine und mache es ihnen nach.

Freddy geht über zur Schatulle mit der Aufschrift *The Syndicate Loves You*. Er hebt den Deckel ab. Darin ist eine kleine Tüte aus durchsichtigem Plastik. Freddy nimmt sie und schiebt sie mir über den Tisch.

»Ganz behutsam«, sagt er. Ich nehme das Tütchen und erkenne kleine, kantige, glitzernde Kristalle darin. Die Farbe ist grün.

»Keine Angst, sind keine Smaragde«, sagt Ralf.

»Aber mindestens genau so wertvoll«, sagt Freddy.

Ich nehme das Tütchen und halte es gegen das Licht der Deckenlampe.

»Und was ist das? Auch ein Wachmacher?«

»Nein.«

»Was ist es dann?«

»Eine Rückversicherung.«

»Eine Rückversicherung?«

Freddy blickt mich mitleidig an. »Pirat, dieser Tag ist von einer derartig großen Wichtigkeit für uns, dass du es dir nicht im Entferntesten vorstellen kannst. Natürlich müssen wir uns da absichern.«

»Ich verstehe nicht.«

Freddy blickt zu Ralf, nickt ihm beschwichtigend zu, dann nimmt er mir das Tütchen aus der Hand. Er klaubt einige Kristalle aus dem Tütchen, bis noch genau zwei darin sind. Die Herausgenommenen legt er vorsichtig zurück in die *The Syndicate Loves You*-Schatulle. Dann zieht er mit der rechten Hand seinen rechten Schuh aus, einen schwarzen, halbhohen Lederstiefel, und lässt den Absatz auf das Tütchen hinabsausen. Es knallt laut, und Freddy zieht den Stiefel wieder an.

»Willst du auch, Pirat?«

»Erst will ich wissen, was das ist.«

»Was soll ich dich anlügen? Es ist Gift.«

Freddy zieht zwei Zigarettenpapierchen aus einem Päckchen, das er aus dem scheinbar unerschöpflichen Reservoir an Dingen unter seinem Poncho hervorgeholt hat, und häuft die grün glitzernden Kristallsplitter aus der Tüte auf die Blättchen. Dann faltet er die beiden Blättchen vorsichtig, dreht sie zu kleinen weißen Säckchen zusammen und gibt eines davon Ralf. Beide schlucken ihre Portion.

Mit einem abwesenden Lächeln sagt Freddy: »Genauer gesagt: Gegengift. Zu den Pillen.«

Ralf lacht leise und öffnet seine Lederjacke ein Stück, genau soweit, dass ich den Griff einer Pistole sehen kann, die in einem Halfter steckt. Freddy schließt die Schatulle, streicht einmal liebevoll über den Schriftzug und lässt sie irgendwo unter seinem Poncho verschwinden.

»Ihr nehmt mich auf den Arm«, sage ich. »Das ist ein Bluff.«

Beide schütteln den Kopf.

»Siehst du, jetzt kann ich dir vertrauen«, sagt Freddy. »Und nur zu deiner Beruhigung: Unser Deal von vorhin steht. Wir helfen dir, was dein Dilemma angeht. Aber mir erschien es sicherer, dir neben der Aussicht auf einen Lohn auch ein wenig Angst zu machen. Aber keine Sorge: Mach du deinen Job, und wir machen den Rest.«

Es klopft an der Tür. Freddy reibt sich die Hände und sagt: »Die Mädchen. Das nenne ich perfektes Timing, was?« Er dreht sich zu mir: »Ach ja. Dir bleiben genau fünf Stunden. Jetzt ist es zwei Uhr. Also um sieben … Aber fünf Stunden sind mehr als genug. Bis dahin ist schon alles vorbei.« Er steht auf und geht zur Tür.

Ich schließe die Augen. Ich war nur einen Hauch davon entfernt, alles hinter mir zu lassen. *So etwas* hinter mir zu lassen. Beinahe hätte ich ein neues Leben gehabt. Und jetzt geht alles wieder von vorne los. In der Dunkelheit tauchen plötzlich Bilder aus der Vergangenheit auf. Wie immer seit ein paar Monaten, wenn ich die Augen schließe. Ich sehe Schlaglichter von verschiedenen Personen, von sehr vielen verschiedenen Personen. Darunter auch die Bahnhofsputzfrau und Herr Schmidt. Als ich spüre, wie sich, wie so oft, brennende Säure ihren Weg von meinem Magen in meinen Hals bahnt, unterbreche ich schnell den Bilderstrom: Ich öffne die Augen.

Freddy hat recht: Ich befinde mich in einem Dilemma. Im Grunde habe ich nichts zu verlieren. Ich sage: »Das hätte es nicht gebraucht, Freddy. Ich hätte auch so mitgemacht.«

»Wer weiß.« Freddy öffnet die Tür. »Wer weiß.«

Erneut die Limousine. Serena, die links neben mir sitzt, trägt ein hochgeschlossenes dunkelrotes Kleid, das ihr selbst im Sitzen bis zu den Knöcheln geht, silberne Kreolen, die ihr fast bis auf die Schultern hängen, und einen silbernen Armreif, der sich schlangenförmig vom Ellbogen bis über den bronze schimmernden Bizeps windet. Sie ist barfuß, ihre Schuhe, filigrane, offene, riemchenbewehrte Cocktailtreter liegen achtlos hinter ihr auf der Ablage. Ihre hochgesteckten schwarzen Haare verleihen ihr etwas Hellenisches. So oder so ähnlich müssen die Frauen ausgesehen haben, wegen denen Königreiche zu Asche wurden, die funkelnden schwarzen Augen inklusive.

Rechts neben mir sitzt Ralf und uns gegenüber Freddy und Hannah. Hannahs Kleid verschwindet im Sitzen vollständig von ihren Beinen. Da ist nur nackte, helle Haut, die in pinkfarbenen Pumps endet, mit Absätzen, so hoch wie ein Fuß lang ist. Das Kleid ist eng. Der hellblaue, in sich Falten werfende Stoff spannt um ihren schlanken, aber muskulösen Körper wie ein gut sitzender Mullverband. Ihre langen blonden Haare trägt sie offen, die Lippen leuchten – ebenso wie Fuß- und Fingernägel – in einem glitzernden Karminrot, das in dem weichen Licht der Innenbeleuchtung wirkt wie echtes, dickes Blut.

Ich bemerke, wie ich den beiden Mädchen mehr Beachtung schenke als ich will. Ist das Teil der Wirkung des Gifts? Um mich abzulenken, sage ich: »Sind wir nicht zu auffällig? Es erscheint mir nicht sinnvoll, auf diese Weise einen Job anzugehen, was auch immer das für ein Job …«

Freddy hebt die linke Hand, die Handfläche mir entgegen gestreckt, die rechte spielt mit Hannahs nackter Schulter. »Merk dir eins, Pirat«, sagt er, und es klingt beinahe mitleidig. »Mit Freddy gibt es keine Probleme in dieser Stadt. Nirgendwo. Und wenn wir noch so *auffällig* sind, wie du sagst. Alles klar?«

Ralf sagt: »Job ist nicht gleich Job, Pirat. Ich weiß, was *du* darunter verstehst. Das hier ist aber ein etwas anderes Geschäft als das, das du gewohnt bist.«

»Nur ein *etwas* anderes Geschäft. Keine Sorge, Pirat.«

Beide lachen, und auch wenn ich es gar nicht will, so muss ich doch mitlachen.

Serena neben mir kichert, ich spüre ihre Finger in meinem Nacken, wie sie mit meinem Haaransatz spielen.

»Keine Sorge, Pirat«, sagt Ralf und tätschelt mir das Knie. Er wirkt jetzt viel zugänglicher als noch vor fünfzehn Minuten in der Suite. »Das wird der Geburtstag deines Lebens. Denk dir einfach, du bist für die nächsten Stunden unter Protektion von Don Corleone. Dann kommt das ziemlich gut hin.«

»Don was?«

»Corleone. Nie *Der Pate* gesehen?«

Ich schüttle den Kopf.

Freddy fragt entgeistert: »Du kennst *Der Pate* nicht?«

»Für Filme habe ich mich noch nie interessiert. Habe keine Ahnung.«

Freddy seufzt, und Ralf sagt: »Der erste Minuspunkt in der Bewerbung, Pirat.«

»Was sie sagen wollen, ist: Entspann dich!«, flüstert Serena in meine Ohrmuschel, aus einer Nähe, dass ich ihre Lippen auf meiner Haut spüre. Eine dicke Gänsehaut breitet sich ausgehend vom Ohr über meinen Nacken aus, wandert den Rücken hinab und bleibt irgendwo in Höhe meines Steißbeins stehen.

»Ich bin entspannt«, sage ich.

»Das sieht man«, kichert Hannah und deutet mit einem langen, rot gelackten Finger auf meine Hose.

»Ach du Scheiße!«, ruft Freddy.

Ich sehe nach unten: Ich habe eine Erektion in einem Ausmaß, das mich selbst überrascht. Es fehlte nur noch, dass ein Leuchten durch den Stoff der Hose dringt. Schnell schlage ich die Aufschläge meines Anzugs über den Schoß.

»Du hast nichts gegessen, nicht wahr?«, Freddy schmunzelt. »Da gibt es dann einige Nebenwirkungen.«

Serena lacht laut, ich spüre jeden einzelnen ihrer heißen Speicheltropfen in meiner Ohrmuschel. Hannah macht »Harr!« und leckt Freddy über die Wange.

»Wieso nennt ihr ihn eigentlich andauernd *Pirat*?«, will Hannah wissen. Freddy und ich sagen gleichzeitig: »Nur so.« Kurz herrscht Stille, dann beginnen alle zu lachen.

»Und, Pirat?«, haucht mir Serena ins Ohr. »Magst du mich?«

»Hältst du die Taschenlampe in meiner Hose für Zufall, oder was?«

Wieder schallt Gelächter durch die Limousine. Ganz kurz zieht mir der Gedanke durch den Kopf, dass ich in den letzten zehn Minuten mehr gelacht habe als vorher in meinem ganzen Leben, schaffe es aber nicht, diesen Gedanken festzuhalten. Etwas in meinem Hirn funktioniert nicht richtig.

Serena zieht ihre Beine an, dreht sich zu mir und schiebt ihre nackten Füße unter meine Mantelaufschläge, einen unter meinen Hintern, einen darüber. Während der obere Fuß seine Zehen zwischen meine Hemdknöpfe schiebt, so dass die Nägel in der Nähe meines Nabels leicht auf der nackten Haut kratzen und gleichzeitig die Ferse mit wippenden Bewegungen auf meinen Unterleib drückt, sagt sie: »Na, dem Himmel sei Dank. Ich dachte schon, ich hätte Pech gehabt …«

Ihr anderer Fuß, der unter mir, beginnt vorsichtig durch den Hosenstoff mit meinen Hoden zu jonglieren. Ich sage: »Nein, ich …«, breche aber sofort wieder ab.

Der Wagen hält mit einem kaum wahrnehmbaren Ruck. Der kahle Kopf im Fahrerraum, der gut zwei Stunden vorher noch Haarbüschel über den Ohren besessen hat, dreht sich um und nickt genau einmal.

»Also schön, meine Damen und Herren«, sagt Freddy und reibt sich die Hände. »Wir holen nur kurz Sophia, unsere Diva.« Er hebt die Stimme und ruft: »Auf geht's! Was für eine Nacht!«

»Denkst du nicht, wir sollten sie hier im Wagen lassen, Freddy?«, fragt Ralf mit einer Bewegung seines Kopfes zu mir und Serena.

»Oh ja«, sage ich. *Ich* denke das auf jeden Fall.

Freddy grinst, dann klopft er gegen die Scheibe. Der haarlose Kopf schaut wieder zu uns herein, und Freddy macht eine Bewegung mit der rechten Hand, als betätige er eine Luftkurbel. Der Kopf nickt und eine schwarze Trennwand beginnt sich langsam vor die Scheibe zu senken.

Zu Serena gewandt sagt Freddy: »Zwanzig Minuten.«

Sie nickt und legt mir eine Hand auf den Schenkel.

»Dann viel Spaß, meine Freunde«, sagt Ralf und steigt aus.

Hannah sagt zu Freddy: »Kann ich noch hier bleiben und zugucken?«

»Da musst du unser Geburtstagskind fragen.«

Hannah sieht mich und Serena mit einem flehentlichen Blick an. »Bitte«, sagt sie leise.

Ich bin mir nicht ganz sicher. Nein, falsch: Ich bin mir ganz sicher: »Von mir aus.«

Serena greift mit ihrer freien Hand nach Hannahs Arm und drückt ihn.

Freddy schüttelt den Kopf und grinst. »Denk an das Gift«, sagt er, steigt aus und schmeißt die Tür hinter sich zu.

Ohne zu zögern kniet sich Serena neben mich auf den Sitz. Durch das getönte Fenster sehe ich die vagen Gestalten von Freddy und Ralf. Sie entfernen sich, und reflexhaft gehe ich die Möglichkeiten durch: Wie schnell wäre ich aus dem Auto? Hat der Chauffeur vorne eine Waffe? Wie weit komme ich ohne meinen Ausweis? Habe ich wirklich Gift in meiner Blutbahn? Ich schließe die Augen, und sofort überschwemmen mich wieder die Gesichter unzähliger Personen, von Männern und Frauen, von Alten und Kindern, manche wütend, manche anklagend, aber alle unbeweglich und tot, und dann ist da dieser Satz, der vor über einer Stunde an eben dieser Stelle ausgesprochen wurde: *Wir werden dir einen Ausweg aus deinem Dilemma zeigen.* Das ist es. Das ist das Einzige, was jetzt noch zählt. Ich öffne die Augen.

Serena greift nach dem Saum ihres roten Kleides und zieht es nach oben, zuerst über ihre Knie, dann langsam über die Schenkel. Hannah schiebt in der Zwischenzeit meinen Mantel zur Seite und öffnet meine Hose.

»Tu deine Beine hier hin«, sagt Serena und deutet auf den Sitz.

Ich gehorche und schwinge meine Beine auf den Sitz, sie hebt kurz ihr rechtes Knie, so dass ich unter sie komme.

»Heb kurz deinen Hintern«, sagt sie.

Ich tue es, und Serena zieht mir vorsichtig die Hose samt Unterhose von der Hüfte. Mein Ständer wippt ins Freie wie eine purpurrote Springfeder.

Serena kniet sich über meine Hüfte, ergreift unter ihrem Kleid den Rand ihres winzigen weißen Slips und zieht ihn zur Seite. Dann lässt sie sich langsam auf mich herab.

Dein Dilemma ist, du willst dich töten und willst doch leben. Und wir können dir aus diesem Dilemma helfen.

»Glückwunsch zum Geburtstag, Pirat«, sagt Serena.

9. Der Gute

Mein Baby gehört zu mir.

Immer wenn mir Dix am Telefon über seine Arbeit als Drehbuchautor erzählt hatte, war in seiner Stimme ein verächtlicher Unterton zu hören gewesen.

»Das Drehbuch, mein Sohn«, hatte er gesagt, und ich hatte die zu einem abfälligen Lächeln verzogenen Mundwinkel förmlich vor mir gesehen, »… das Drehbuch ist die mit Abstand ärmste und am meisten eingeschränkte Form, sich kreativ zu betätigen. Der Drehbuchautor ist so etwas wie der Mathematiker der schreibenden Zunft, verstehst du? Alles, worauf du achten musst, sind Struktur und Aufbau, Formeln und Axiome. Du kannst noch so eine gute Geschichte im Kopf haben – alles worauf es ankommt, ist der Ablauf. Das Wann. Nicht von ungefähr gibt es seit Jahren eine Software für Drehbücher. Erkennst du den perversen Gedanken dahinter? Eine Software für ein Kunstwerk!«

Dann begann er sich oft auszulassen über die vorgegebene Struktur, an die sich jedes Drehbuch zu halten habe. »Im Grunde könnte das jeder, der mit Disziplin und einem langen Atem gesegnet ist, ich schwöre es dir, mein Sohn. Da ist nichts, was mit Inspiration oder Talent zu tun hat. Sogar du könntest das, wenn du dich zusammenreißen würdest.«

Und so sieht es aus, das handelsübliche Drehbuch:

Über allem steht die Einteilung in die drei Akte Exposition, Konfrontation und Auflösung. Im Detail: Die Exposition beinhaltet die Vorstellung des Helden und seiner Umgebung. »Held und Welt«, wie Dix sagte. Gleichzeitig muss der Zuschauer an den Helden herangeführt werden, sich mit ihm identifizieren, was man auch Erzeugung von Empathie nennt. Die Exposition endet dann in der Regel mit dem Einbruch des Unüblichen, Überraschenden, auch »Anstoß« oder »Erster Wendepunkt« genannt. Es folgt die Konfrontation, von der Dix sagte, dass diese eigentlich aus nichts Anderem bestehe als einer dauernden Abfolge von Krisen, wobei jede Krise die vorherige an Schwere noch übertreffen sollte. Das Klimax-Axiom. Am besten sei es, wenn so manche Krise noch einmal einen Wendepunkt darstellt, also Wendepunkt zwei, Wendepunkt drei und so weiter. Die Konfrontation endet in der schwersten aller Krisen, dem Schlusswendepunkt, dem ersten Höhepunkt. Und nun folgt die Auflösung. Die Fronten sind abgesteckt, die Geheimnisse gelöst, die Plätze zugewiesen. Der Held macht sich auf zur Entscheidung, dem Zweiten Höhepunkt: der letzten Schlacht, der Liebeserklärung, dem finalen Mord, dem Showdown. Ist die ganze Sache schließlich gelaufen, ist es dem Drehbuchautor freigestellt, dem Helden noch ein »Kiss-Off« zu gönnen, ein Schlussbonbon, was aber nur ratsam ist, wenn es eine Art Happy End gibt. Bei ernsten Filmen – das ist meine Meinung – geht ein versöhnliches Anhängsel meistens in die Hose (siehe die erste Version von *Blade Runner*).

Anzufügen wäre noch, dass es innerhalb der Scriptstruktur noch eine weitere Ebene gibt, die Dix die »Emotionale Reise« des Helden – und bei guter Identifikationsarbeit auch des Zuschauers – nannte. Im Grunde ist das nichts anderes als der Weg des oder der Protagonisten zur Katharsis und diese selbst.

Nehmen wir ein Beispiel, das hoffentlich jeder von Ihnen kennt: *Pretty Woman*. Wir sehen Richard Gere, wie er in einem riesigen Bürohochhaus mit weiten, von Stahl glitzernden Sitzungssälen souverän und aalglatt Millionen von Dollars hin und her schiebt. Dann sehen wir Julia Roberts in einem zweifelhaften Hinterhofklub mit ihrer witzigen Nuttenfreundin, wie sie über ihr Lebenslos jammern (die Freundin hat die Monatsmiete für Gras auf den Kopf gehauen). Klassische Exposition, wenn auch mit zwei Charakteren.

Die Exposition endet, als Richard Gere mit seiner geliehenen Karre Scheiße baut (Amerikaner und 5-Gang-Schaltung, eine schwere Beziehung) und genau neben Julia Roberts – im blauen Frottee-Mini und mit platinblonder Perücke – zum Stehen kommt.

Die Konfrontation: Die beiden raufen sich zusammen. Krisen gibt es zuhauf, Wendepunkte auch, bis schließlich die Hauptkrise geschieht, der erste Höhepunkt: Richard Geres Geschäftsfreund Jason Alexander versucht unsere liebenswerte Nutte zu vergewaltigen. Bumm. Alles geht in die Brüche, Julia verlässt Richard. Dann die Auflösung: Richard besinnt sich, er erkennt, dass im Leben nur die Liebe zählt, konkreter nur die Liebe zu Julia Roberts, steigt in seine Limousine, fährt zu den Klängen von Roxette (»It must have been love«) durch Downtown L. A. und schließt sie schließlich, rote Rosen im Arm, Millionen weiße Tauben aufscheuchend und – Hallo! Symbolismus! – seine Höhenangst besiegend, in die Arme.

Einen wirklichen Kiss-Off gibt es hier nicht, ist auch nicht wirklich nötig, man könnte höchstens den schwarzen Straßentypen, der mit der Soundmaschine auf der Schulter durch das Bild läuft und ruft: »Das ist Hollywood, das Land der Träume! Also hört nicht auf zu träumen!«, als eine reduzierte Form davon bezeichnen, jedenfalls gehen auch so alle aus dem Kino und denken, naja, vielleicht ist die Welt doch nicht so beschissen, wie sie immer tut.

Und nun zu mir: Wenn dies, was Sie hier lesen, ein verdammtes Drehbuch wäre, dann befänden wir uns jetzt, am Morgen des 27. Juni, mitten in Akt zwei, der Konfrontationsphase. Ich hoffe, darüber sind wir uns einig.

Ich hatte erneut den Traum mit Sophia und meinem bandagierten Ich gehabt, und wie die Tage vorher verdrängte ich das dumpfe Gefühl von Bedrohung, das von dem Traum ausging, mit der Erinnerung an einen anderen Traum: Diesmal war ich zusammen mit Kirk Douglas durch schlammige Schützengräben gerobbt, hatte an die zwanzig Wehrmachtssoldaten mit meinem Bajonett durchlöchert, um schließlich mit blutverschmiertem Gesicht auf dem nackten Körper von Jane Fonda die verdiente Ruhe zu finden. »Mein Held«, hatte Jane gesagt und mir sanft mit ihren schlanken Fingern durch die Haare gestrichen. »Mein tapferer, tapferer Held.«

Den Eispickel hatte ich unter mein Bett gelegt und vielleicht mal kurz mit der Stirn gerunzelt, aber mehr war nicht drin. Dennoch: Etwas war anders als die Tage vorher. Etwas, was nichts mit Julia Roberts oder Michael Myers zu tun hatte. Auch nichts mit durchsichtigen Spiegeln, sich am Ohr zupfenden Idolen oder zwinkernden Diven. Und erst recht nichts mit PoV-Shots.

»Was ist denn bloß mit dir los?«, fragte mich Clarissa, als ich an der Rezeption vorbeikam. Und wie gestern sagte sie: »Du siehst ja richtig gut aus!«

»Ich fühle mich auch gut«, sagte ich und stellte fest, dass das voll und ganz der Wahrheit entsprach. »Bis heute Abend!«

»Bis heute Abend …«

Ich trat auf die Straße, atmete tief durch und steckte mir eine Zigarette an. Sie schmeckte wunderbar. Ich blinzelte in die Sonne. Das war der erste Tag, an dem ich die anhaltende Hitzewelle wirklich genoss.

Eine Querstraße vor dem *Zero-Zone* war ein kleiner Flohmarkt. Da ich ein wenig zu früh dran war, schlenderte ich gemächlich die Stände entlang, um die Zeit herumzukriegen. An einem Stand ganz am Ende der Straße sah ich ein schwarzes, schmalkrempiges und mit braunem Samt ausgeschlagenes Kleidungsstück, das mich über alle Maßen faszinierte. Ich zögerte keine Sekunde.

Fünf vor zwölf betrat ich das *Zero-Zone*. Gregor war schon da, er hing am Telefon und wirkte aufgeregt. Als er mich sah, hob er nur kurz die Hand, sagte: »Toller Hut, Mann«, dann eilte er mit dem Hörer am Ohr ins Kabuff und schloss die Tür hinter sich. Ich hörte Fetzen wie »konzentrische Lichtwellen«, »verdammte Quintenschwemme« und »unverfrorene Perversion« durch die Tür und ließ mich in meinen Sessel fallen.

Kurz nach zwölf klingelte mein Handy. Ich nahm das Gespräch an und hörte die Stimme von Carla.

»Und alles klar, Herr Videothekar?«

»Ja. Ja.«

»Steht unser Filmabend noch?«

»Ja, was mich angeht …«

»Sehr schön. Also, du wohnst in einem Hotel?«

»In einer Pension, ja.«

»Sind da überhaupt Zimmerbesuche erlaubt?«

»Ja, natürlich.«

»Das war ein Witz.«

»Äh…«

Sie lachte. »Was hältst du von acht Uhr?«

»Wäre in Ordnung.«

»Also gut, dann sag mir, wo deine Pension ist!«

Ich erklärte es ihr und sie sagte: »Ich bringe ein paar Flaschen mit. Bis dann!«

Ich legte auf und blickte durch die offene Tür auf die sonnenüberflutete Straße hinaus. Im Grunde lag es auf der Hand, weshalb ich mich heute so gut fühlte. Es war der älteste Grund der Welt, der dafür sorgte. Ich ertappte mich dabei, wie ich vor mich hin pfiff. Ich brauchte geschlagene zehn Minuten, um mich zu erinnern, was ich da eigentlich pfiff, dann fiel es mir ein: Es war der Marsch aus *Die Brücke am Kwai*. Und dies ist kein symbolischer Hinweis auf eine eventuelle Brechung meines Charakters. Es war einfach so.

Irgendwann stellte ich fest, dass ich, wenn ich nach einer Empfehlung gefragt wurde, nur Good-Feel-Movies an den Mann brachte. Die Horrorfraktion dagegen ließ mich heute gänzlich kalt, ich versuchte nicht einmal, den Leuten solch üble Machwerke wie *Haunted Hill* oder *Blair-Witch-Project 2* auszureden. Sollten sie nur machen. Eine dickere Intellektuelle (auf ihrem Ausleihkonto standen hauptsächlich Werke von Cassavetes und seinen Freunden) bemitleidete ich regelrecht, dass sie sich an einem solch strahlenden Tag für Pasolinis *Saló* entschied, aber ich tat nichts dagegen. Fast empfand ich Schadenfreude, als sie, die DVD in der Hand, von dannen zog.

Als gegen zwei die Hitze ihren Höhepunkt erreichte und Gregor wortlos das Kabuff verließ und nach draußen in die Sonne stürmte, tat ich etwas, was ich in den neun Wochen, die ich jetzt schon hier arbeitete, noch nie getan hatte: Ich legte die Füße auf den Tisch. Meinen neuen Hut aber behielt ich auf.

Um halb drei kam der weiße Victor. Er sah sich kurz um, offenbar auf der Suche nach Gregor, dann zog er laut die Luft durch die Nase und kam zu mir an die Theke. Er brachte mir Welles' *Die Lady von Shanghai* zurück, lieh sich aber nichts Neues aus. Ich sah auf dem Bildschirm, dass bereits alles bezahlt war (und dass er sich den Film schon vier Mal ausgeliehen hatte), und sagte: »Alles klar.« Der weiße Victor aber blieb vor mir stehen.

Ich hatte nicht die geringste Lust auf ein ähnliches Gespräch wie letzte Woche, also fragte ich ziemlich barsch: »Ist noch was?«

»Es tut sich was, oder?«, sagte er mürrisch und strich sich seinen weißen Anzug glatt. »Es tut sich eine ganze Menge, oder?«

»Was meinst du?«

»In der Filmwelt. Es ist, als ob … als ob ein Erdbeben im Anzug ist.«

»Meinst du, es gibt ein paar neue Projekte, die …«

»Das meine ich nicht. Ich meine etwas Anderes. Und es hat mit *The End* zu tun.«

»Was ist mit *The End*?«

»Ich weiß es nicht. Aber ich habe kein gutes Gefühl, wenn ich diese Plakate sehe. Hast du die Produktionsfirma schon mal gehört? *Epimeth-Pictures*?«

»Nein. Ich habe zwar das Gefühl … aber nein.«

Victor sprang mit einer Schnelligkeit, die ich ihm nicht zugetraut hätte, hinter die Theke und packte mich am Arm. »Was für ein Gefühl hast du?«

»Ich … mir kommt es vor, als hätte ich den Namen schon mal irgendwo gehört. Weiß aber nicht, wann oder wo.«

»Sicher?«

»Ja.«

»Mir geht es genauso. Irgendwo ist mir dieser Name schon mal begegnet. Weißt du aber wenigstens, woher er etymologisch kommt?«

»Etymologisch? Wie meinst du das?«

»Na, das ist doch Griechisch, oder etwa nicht? *Epimeth*. Soll ich es dir erklären?«

Ich zuckte mit den Schultern.

Der weiße Victor trat einen Schritt zurück, starrte mich aber weiter an. »Kennst du die Sage von Prometheus und Pandora?«

»Prometheus hat den Göttern das Feuer geklaut, oder?«

Victor nickte. »Weiter.«

»Und dann kam Pandora und hat irgend etwas Schlechtes auf die Erde gebracht …«

»Sie hat den Menschen eine Büchse mitgebracht, die Büchse der Pandora. In dieser Büchse war alles Übel, das du dir vorstellen kannst. Krankheiten, Schmerzen, Leiden, was weiß ich nicht alles. Aber sie hat die Büchse nicht Prometheus selbst gebracht, sondern seinem nichtsnutzigen, kleinen, leichtgläubigen Bruder. Und der hat, trotz allerlei Warnungen, die Büchse geöffnet und somit das Übel über die Welt gebracht. Und dieser Bruder hieß Epimetheus.«

»Hm.«

»Toller Name für eine Produktionsfirma, oder nicht?«, sagte Victor düster.

Ich nickte.

»Irgendetwas geht vor sich.« Er schüttelte den Kopf. »Ich spüre es ganz genau. Jedes Mal, wenn ich einen Film ansehe, kommt dieses Gefühl über mich. Das Gefühl kommt direkt aus meinem Bildschirm. Manchmal denke ich sogar, der Film … nein nicht der Film, die *Figuren*, genau, die Figuren wollen mir etwas sagen …« Er brach ab und sah zu Boden. »Und ich denke, es hat auch mit dieser Videothek zu tun. Mit dem *Zero-Zone*.«

»Was? Wieso das denn?«

Er hob den Kopf und sagte: »Weil ich das Gefühl hier auch habe. Ganz stark.« Der weiße Victor drehte sich um und ging zur Tür. Dort drehte er sich noch einmal zu mir um und sagte: »Ich werde es herausfinden. Keine Angst. Toller Hut, übrigens.«

Dann verschwand er in der gleißenden Sonne.

Der Tag zog sich hin wie ein Film von Wim Wenders. Um vier kam Gregor zurück. Während er weiterhin zwischen Telefon und Kabuff hin und her flitzte, hielt ich die Stellung hinter der Theke. Gegen fünf hatte ich keine Lust mehr, bei jeder Zigarette aufzustehen und vor die Tür zu gehen, und fragte Gregor zwischen zwei Telefonaten, ob er etwas dagegen hätte, wenn ich in der Videothek rauchte.

Gregor schnalzte mit der Zunge. »Du rauchst, Mann?«

»Ja. Neuerdings.«

»Wieso denn das?«

Ich wusste, dass Gregor kein Problem mit Rauchern hatte. Er sagte nie etwas, wenn Leute mit einer brennenden Zigarette hereinkamen. Sein Zahnstocher hatte nichts damit zu tun, dass er vor kurzem aufgehört hätte oder dergleichen; es war vielmehr seine persönliche Hommage an gut vierzig Prozent aller Gangsterfiguren Hollywoods der 30er und 40er Jahre (sechzig Prozent rauchen).

»Weiß nicht. Einfach so. Es hilft mir.«

Gregor sah mich einige Augenblicke durchdringend an, dann ging er ins Kabuff. Er kam zurück, stellte eine Tasse vor mir ab und sagte: »Aus der Tasse würde sowieso niemand von uns trinken.« Er grinste mich an. Ich musste gar nicht erst hinsehen, um zu wissen, dass Luke Skywalker darauf war.

Kurz vor sechs kam Nina Sost, die Filmstudentin. Diesmal ohne ihre Freundin. Ich war eigentlich gar nicht mehr da, nur noch meine körperliche Hülle klemmte hinter der Theke, dennoch sagte ich: »Sag mal, hast du einen Dozenten, der Braun heißt und genauso aussieht wie Doc Brown aus *Zurück in die Zukunft*.«

Ihre Reaktion war überraschend. Sie senkte den Kopf, rieb sich mehrmals über ihren Nasenstecker und begann heftig zu schlucken. »Blöd«, presste sie zwischen ihren Lippen hervor.

»Was ist blöd?«

»Doktor Braun ist tot.«

»Bitte? Was? Ich meine …«

»Er hatte einen Autounfall. Gestern. Er ist tot. Er … er ist tot. Tot. Einfach nur tot.«

Ich wusste nicht, was ich sagen sollte. Dann entschied ich mich für das, was man in Filmen üblicherweise auf solch überraschende Eröffnungen sagt: »Das tut mir leid. Das wusste ich nicht.«

Wir schwiegen eine Weile. Ich suchte nach einem Gefühl in mir, fand aber nichts Eindeutiges. Ich war höchstens ein wenig erschrocken.

Ich fragte: »Wie ist es denn passiert?«

Nina schrie: »Können wir das Thema lassen!?«

»Natürlich.«

»Ich bin heute für einen anderen Kurs da. Ich brauche Slapstick. Aber nichts Neues. Spätestens Sechziger oder frühe Siebziger.«

»Slapstick?«

»Ja! Da stirbt unser Dozent, und ich muss Slapstick-Filme sichten! Zum Kotzen, was?«

Aus irgendeinem Grund hatte ich ein schlechtes Gewissen. Ich entschloss mich, Nina die beste Beratung angedeihen zu lassen, zu der ich fähig war. Ich senkte meine Stimme und sagte, so sanft ich konnte: »Der beste Slapstick der frühen 70er: *Is' was, Doc?* Mit Barbra Streisand. 60er: *The Party* mit Peter Sellers. 50er, ein ganz großer Klassiker: *Mein Onkel* von Jacques Tatí. Und vorher hast du die Wahl zwischen Laurel und Hardy, den Marx-Brothers und deren direkten Screwball-Erben wie meinetwegen *Leoparden küsst man nicht* von 38, glaub ich. Was darf es sein?«

Während sich Nina weiter um Fassung bemühte, bemerkte ich Gregor an der Tür zum Kabuff. Er beobachtete uns, schüttelte den Kopf, ein leichtes Lächeln auf den Lippen.

»Gib mir *The Party*«, schluchzte Nina.

»Gute Wahl«, sagte ich.

Clarissa riss die Augen auf und schlug sich die Hände an die dicken Backen. »Ja, was ist das denn? Bist du jetzt unter die Cowboys gegangen?«

»Das ist kein Cowboyhut, Clarissa. Das ist ein Dreißiger-Jahre-Borsalino-Filzhut. Schmale Krempe, eingekniffener Kopf. Ein Stadthut, kein Cowboyhut.«

»Ja, ja, ist ja gut.«

»Clarissa, hör zu. Ich bekomme heute wichtigen Besuch. Bist du um acht noch an der Rezeption?«

Clarissa sah mich verständnislos an. »Natürlich. Ich gehe nie vor zehn, das weißt du doch, außer das Mädchen ist da.«

»Ich wollte nur sicher sein. Ist sehr wichtig, weißt du.«

Sie bedachte mich mit einem mütterlichen Lächeln. »Wer kommt denn? Yvonne?«

»Nein, eine Frau. Eine andere Frau.«

Clarissa rollte auf ihrem Stuhl hinter dem Bildschirm hervor, so dass sie mich besser sehen konnte. »Aha! Und wer?«

»Eine Frau eben!«

»Und wer?«

»Eine Schauspielerin.«

»Oh, eine Schauspielerin! Wer denn?«

»Was soll ich dir sagen, du kennst sie doch ohnehin nicht.«

Clarissa wirkte nicht im Geringsten gekränkt. »Es ist wirklich erstaunlich, Alexander. In der letzten Zeit machst du eine Veränderung durch, die ich so nicht für möglich gehalten hätte. Vor allem in dieser Geschwindigkeit. Was ist denn los mit dir?«

»Nichts ist los. Ich bekomme nur Besuch, das ist alles.«

Clarissa schüttelte den Kopf. »Versteh mich nicht falsch, Alexander. Ich kenne dich schon so lange. Und glaub mir: Mir gefällt, was ich sehe! Es wird Zeit, dass du aus deinem Bau kriechst! Mich wundert nur, dass jetzt auf einmal alles so schnell geht.«

»Ja, ich wollte nur wissen …«

»Ja, beruhige dich, ich bin da. Ich werde jeden deiner Gäste empfangen wie meine eigenen Gäste. Zufrieden?«

Ich nickte.

»Aber versprich mir eines, in Ordnung?«

Die Güte, die aus ihrem Gesicht sprach, machte mich ein wenig nervös. »Was denn?«

»Du gehst morgen Abend endlich mal mit mir essen.«

Ich zögerte ein, zwei Sekunden, dann sagte ich: »Natürlich.«

»Na siehst du. Ich freue mich.«

»Ich freue mich auch«, sagte ich.

Zimmer 9 war sauber und aufgeräumt, dennoch machte ich sauber und räumte auf. Mir schwirrten unzählige Teenie- und College-Filme durch den Kopf, in denen dieses Klischee ausgewalzt wurde, dennoch kam ich mir nicht im Geringsten lächerlich vor. (Allerdings fiel mir auf, dass ich die wenigen Male, die mich Yvonne besucht hatte, nicht im Traum auf die Idee gekommen war, ich müsste sauber machen.)

Humphrey präsentierte währenddessen seine So-was-habe-ich-wirklich-nicht-mehr-nötig-Variante, aber ich ignorierte ihn. Als ich an den Eispickel unter meinem Bett geriet, hatte ich kurzzeitig ein Problem, schließlich gab es in Zimmer 9 weit und breit kein Eisfach. Ich ging zur Rezeption.

»Clarissa, eine Bitte noch: Kannst du bitte dieses Ding irgendwo aufbewahren? Ist auch nur für heute Abend.«

Clarissa drehte den Eispickel in den dicken Händen und zog eine Grimasse des Misstrauens. »Wofür brauchst du den denn?«

»Ich brauche ihn gar nicht. Das ist es ja.«
»Und was soll ich damit?«
»Aufheben.«
»Schenk ihn mir doch einfach«, meinte sie.
Ich überlegte nicht lange. »O.K.« Ich eilte zurück in Zimmer 9.

Als ich gegen sieben beim besten Willen nicht mehr wusste, was ich noch sauber machen sollte, war ich kurz davor, einen Film einzulegen. Vorher hatte nicht viel gefehlt, und ich hätte das Poster von *The Last Boy Scout* abgehängt, der einzige der sechs Filme, der mir problematisch erschien, mich dann aber mit Hilfe von Humphrey zusammengerissen. Als ich bereits einen Fingernagel unter dem ersten Reißnagel hatte, blickte er mich mit der Ich-verbiege-mich-niemals-für-einen-Rock-mein-Freund-Variante an (SARAH würde sagen: »Sich zu verstellen ist so ziemlich die dümmste Art, sich selber eine Grube zu graben«), und ich nahm schnell die Finger von Bruce Willis' unrasiertem Gesicht. Damit mir das nicht noch einmal passierte, kam ich auf die Idee mit dem Film, aber was für einen Film soll man sehen, bei nicht mal einer Stunde Zeit?

Es war genau vier Minuten vor acht, als ich Stimmen im Gang hörte, und kurz darauf klopfte es an der Tür. Ich öffnete, und da stand Carla Tabori. Sie sagte: »Hey, Videothekar, alles klar?«, gab mir ein schmatzendes Küsschen auf die Wange, drängte sich an mir vorbei und ließ sich dann mit einem lauten Seufzer auf mein Bett fallen.

»Scheiße, war das ein Verkehr«, sagte sie, stellte zwei Flaschen Rotwein auf den Boden, legte ihr dünnes Strickjäckchen ab und schüttelte sich die Flip-Flops von den Füßen. »Es ist unglaublich, wie die Leute in der U-Bahn manchmal glotzen. Als ob es in dieser Scheiß-Stadt nicht genug Schauspieler gibt, die in der Gegend rumlaufen!« Sie winkelte die Beine unter und sah mich an. Der knielange rote Rock war bis zur Mitte der Oberschenkel gerutscht, ihr schwarzes, zu klein gewaschenes T-Shirt spannte sich an ihren Oberarmen und anderswo. »Bin echt froh dich zu sehen, Videothekar«, sagte sie.

Zum ersten Mal bemerkte ich, dass Humphrey auch ein mitleidiges Grinsen in seinem Repertoire hatte.

»Ich auch«, sagte ich und schloss die Tür.

Was soll ich jetzt groß erzählen? Davon, wie sich Carla Tabori über ihre großen, breiten Lippen leckt, bevor sie ihr Glas an den Mund führt? Über die Art und Weise, wie ihre riesigen braunen Augen strahlen, wenn sie heftig nickend versichert, sie sei absolut der gleichen Meinung? Über ihr schier endloses Mienenspektrum? Über die winzigen Poren über ihren braunen Knien? Soll ich all die Zwischenschritte von Humphreys Variationen aufzählen, bevor er sich schließlich auf ein deutliches Du-bist-ein-gottverdammter-Glückspilz-mein-Freund einpendelte? Wie sich Zimmer 9 kurzzeitig in eine Bühne verwandelte, jedes Mal, wenn sie aufstand, um auf die Toilette zu gehen?

Zunächst einmal war ich wie vor den Kopf gestoßen, als sich herausstellte, dass es zwischen uns in der wichtigsten Sache nahezu keine Meinungsverschiedenheit gab: »Himmel, *Once upon a time in America* ist auch einer meiner Lieblingsfilme!«, rief sie, und ihre Augen machten aus Zimmer 9 einen Zweimannmikrokosmos des uneingeschränkten Einverständnisses. »Als ich ihn zum ersten Mal sah, wusste ich, wo ich hin wollte. Die Szene, in der der Junge Jennifer Connelly durch das Loch in der Wand beobachtet … mein Gott! Magst du Jennifer Connelly?«

»Ich liebe sie.«

»Ich auch! Ich auch! Ich weiß, dass viele Frauen nichts mit dem Film anfangen können, ist ja auch ein Männer-Film. Aber ich … Videothekar, ich sage dir, ich war hin und weg.«

Und das war nicht alles: »Was bin ich froh, dass du nicht die üblichen Ich-kenne-mich-aus-in-der-Filmgeschichte-Poster an der Wand hast«, erklärte sie, legte eine Hand auf meinen Unterarm und drückte ihn. »Die Tatsache, dass du zum Beispiel *The*

Last Boy Scout hier hängen hast – oder *Angel Heart* – zeigt mir, dass du nicht so ein verdammter Klugscheißer bist, der in Wirklichkeit keine Ahnung hat. Weißt du, was ich am meisten hasse?«

»Was?«

Und ob Sie es glauben oder nicht, sie sagte: »Diese Buden, in denen *Zabriskie Point* an der Wand hängt. Oder *Blow Up*, am besten noch direkt über der Kloschüssel. Oder Fellini. Überall Fellini! Diese Buden sagen dir nur eines: Der Bewohner hat keinen Charakter. Er ist ein Möchtegernmensch, der sich Mühe gibt, den allgemeinen Erwartungen an einen Bildungsbürger zu entsprechen, und der darüber seinen eigenen Geschmack vergessen hat. Und Fellini: Ich meine, Fellini hat stellenweise Maßstäbe gesetzt, kann schon sein, aber alles in allem war er ein selbstverliebtes, kleines, nationales Vermarktungsprodukt, von allen Intellektuellen in der Welt hochgejubelt, der sich ab einem gewissen Zeitpunkt um seine Zuschauer einen Dreck geschert hat! Das ist meine Meinung!«

(Kennen Sie die Szene in *Pretty Woman*, in der Julia mit Walkman in der Badewanne sitzt und mit geschlossenen Augen schief und schrill vor sich hin trällert? Können Sie sich vorstellen, wie sich wohl Richard Gere fühlt, als er hereinkommt und dem Schauspiel einige Augenblicke sprachlos beiwohnt?)

Sie griff sich an einen nackten Fuß und zog gedankenverloren an einer schlanken, sonnenverbrannten Zehe. »Weißt du, ich habe nichts gegen Kunst- und Autorenfilme. Aber oftmals verlieren diese Filme das Ziel aus den Augen, und dieses Ziel ist nun mal der Zuschauer! Ich bin immer so wütend, wenn ich wieder eines dieser symbolhaften, verrätselten, kryptischen Machwerke sehe und wieder einmal feststellen muss, dass den Machern offenbar nichts anderes am Herzen lag, als ihren ureigenen, stinkenden Sermon in die Welt zu schleudern!«

Ihre Brust hob und senkte sich. »Weißt du eigentlich, dass per definitionem *Titanic* auch ein Autorenfilm ist?«

»O ja.«

»Eben, verdammt noch mal, da sollten sich die kleinen Künstler mal ein Beispiel daran nehmen!«

Sie sprach das Wort Künstler aus, dass man unwillkürlich an Kotzen dachte.

»Aber eigentlich dürfte ich nicht so sprechen«, sagte sie, leiser als vorher. »Die Filme, die ich gemacht habe, geben mir nicht das Recht, mich so auszulassen. Die sind auch nicht alle Zucker. Manche finde ich mittlerweile richtig peinlich.«

»Welche? Wieso?«

Sie nahm meine Hand, drehte sie und fuhr nachdenklich mit einem langen, schwarz lackierten Fingernagel über die Linien meiner Handfläche.

»Da waren auch manchmal Filme dabei, die eigentlich unerträglich sind. Aufgeblasene Nichtigkeiten, ohne den geringsten Unterhaltungswert. Filme, die du einmal gesehen hast und wo du schon beim Abspann weißt: Den sehe ich nie wieder an.«

»Hmm.«

»Sei ehrlich.« Ihre Augen, groß und traurig. »Du würdest dir auch keinen Film mit mir ein zweites Mal ansehen, oder?«

»Doch. Jetzt schon.«

All die großen Dinge in ihrem Gesicht rückten etwas näher zusammen, als sie plötzlich lächelte. Sie drückte mir die Hand und küsste mich auf die Wange. Aber nicht kurz: Sie hielt ihre Lippen auf meine Haut gedrückt, so wie eine Fliege ihren Mundrüssel auf einem Kuchenkrümel platziert (das hatte ich einmal in *Die Fliege* von David Cronenberg gesehen).

»Wollen wir jetzt *Die Frage des Blutes* ansehen, Videothekar?«, hauchte sie mir auf die Wange.

Ich nickte ganz, ganz vorsichtig.

Wir legten uns parallel nebeneinander auf mein Bett, jeweils ein Kissen unter den Kopf geschoben. Ihr linker Fuß begann mit meinem rechten Fuß zu spielen, und um nun einmal etwas deutlicher zu werden: Das letzte Mal hatte ich so eine Erektion gehabt, als ich die Liebesszene zwischen Naomi Watts und Laura Elena Harring in *Mulholland Drive* gesehen hatte.

Als der Vorspann einsetzte, wurde Carla still. Auch der Fuß kam bald zur Ruhe. Und ich, ich tauchte ebenfalls sehr schnell ab.

Ich musste ganz kurz an Dix denken, wie er einmal gejammert hatte, dass es für ihn unmöglich sei, mit einer Frau ins Kino zu gehen. Sie verstünden einfach nicht, dass es Momente gibt, in denen man kein Wort hören, keine Hand spüren und keine Bewegung vollführen wolle oder könne. Ich hatte da keine Erfahrung, ich war nie mit einer Frau im Kino gewesen, nicht einmal mit Yvonne, aber in diesem Moment in Zimmer 9 war ich mir sicher, dass es mit Carla möglich wäre.

Die Frage des Blutes war eine Tragikomödie. Wir sehen das Schicksal zweier Dreipersonenfamilien. Familie Eins: Der Sohn – erfolgreicher Schriftsteller – und die Tochter – getrennt lebende Bibliothekarin – ziehen zurück ins Haus ihrer verwitweten Mutter, da sie einen Schlaganfall hatte und nun umsorgt werden muss. Sie sitzt im Rollstuhl. Familie Zwei: Der Sohn – biederer Bankangestellter – und die Tochter – Sängerin bei einer Jazz-Band – ziehen zurück ins Haus ihres verwitweten Vaters, der an Parkinson leidet und ebenfalls umsorgt werden muss. Die beiden Familien wohnen direkt nebeneinander, und so lernen sich die sechs Personen kennen. Ein munteres Viereckspiel beginnt unter den Kindern, während die Eltern – quasi als dramatischer Gegenpol – gesundheitlich mehr und mehr abbauen.

Selén, die Schwarze von der Party, war die Jazzsängerin. Da der Vater weiß ist, ist sie natürlich ein Adoptivkind. Ihre Rolle ist angelegt als die lebensfrohe, sensible Musikerin, die ihren biederen Bruder mehr als verachtet. Hasso von Titz ist der Hausarzt, der sich sowohl um die Mutter als auch den Vater kümmert. Er läuft über die ganze Länge des Films mit einem Gesicht herum, auf dem steht *Was ist denn hier los?*, er versteht die Ränke nicht, die da gesponnen werden, und sein planloses Gesicht soll offenbar für einige Lacher sorgen, aber was mich anging, schlug das vollkommen fehl: Es war eindeutig *overacting*, und so war ich verdammt froh, dass er im Film nicht eine einzige längere Szene mit Carla hatte: Er hätte sie todsicher versaut (die Szene).

Carla ist die Bibliothekarin. Ungeschminkt und in grauen Klamotten geistert sie durch den Film, eine Brille auf der großen Nase und die fettigen Haare stets zum Zopf gebunden. Ihre Haut ist bleich, so ganz anders als die Haut, die jetzt neben mir auf der Tagesdecke im Licht der Leinwand schimmerte wie mit Karamell überzogen. Und ihr Spiel: Ich war hingerissen. Die Art und Weise, wie sie sich bewegte, so zurückhaltend und langsam, wie sie ihre Mimik einsetzte, so reduziert und auf den Punkt genau, wie sie manchmal mit vollkommen erstarrtem Gesicht in die Kamera blickte, nur die großen Augen sprechen lassend, all das ließ mich mehr als einmal in Ehrfurcht erstarren. Ehrfurcht und Angst, dass dieser Körper neben mir auf einmal beginnen könnte, an die Decke zu schweben wie der Körper des Mädchens in *Der Exorzist* –, nur dass Carla nicht von einem bösen Dämon besessen war, sondern von etwas Anderem, Reinem, das aber ebenso wenig von dieser Welt war.

Einmal, bei einem Dialog zwischen ihr und ihrer halbseitig gelähmten Mutter, bemerkte ich, wie sie mich von der Seite beobachtete. Es war eine tragische Szene, die Szene, in der die Mutter sabbernd und stotternd erklärt, dass sie lieber sterben würde, als ihren Kindern zur Last zu fallen, woraufhin Carlas Figur zu weinen beginnt. Ich spürte, wie der Blick der echten Carla währenddessen auf meiner Wange ruhte, aber ich hätte es im Leben nicht geschafft, sie jetzt anzusehen, noch dazu, da ich selber den Tränen nahe wahr. Aber irgendwie – zur Hölle mit Dix und seinen Ansichten – schaffte es meine Hand, die ihre zu finden, wir verschränkten die Finger, und erleichtert stellte ich fest, dass sie wieder in Richtung Leinwand sah. Wir hielten uns so weitere lange Minuten fest, und irgendwann lösten sich unsere Hände wieder voneinander, und die Mutter schluchzte: »Was habe ich nur an dir! Wie Gott mich doch trotz allem lieben muss!«

Später gab es eine Nacktszene von Carla. Es schien wirklich keinen Film zu geben, in dem sie sich nicht auszog. Sie steht im Badezimmer, es ist nachts, und sie hat vergessen, die Jalousien runterzulassen. Im Haus nebenan steht der Bankangestellte wie festgenagelt am Fenster und guckt sich die Augen aus.

Die Szene dauerte. Die Kamera umkurvte Carla mehrmals, sie hat nicht einmal mehr einen Slip an, dann springt die Szene hinüber zum anderen Haus, und man sieht Carla von außen im Badezimmer aus dem Blickwinkel des Typen (PoV-Shot).

Ich konnte es nicht verhindern, ich wurde etwas nervös. Carla schien das zu bemerken, denn plötzlich sagte sie leise: »Unterstehe dich, jetzt wegzugucken.«

»Hatte ich nicht vor.«

Sie gab ein zufriedenes Brummen von sich. »Gut so.«

Carlas Körper war durchtrainiert. Deutliche Muskelpartien zeichneten sich an den Oberschenkeln, den Waden und den Armen ab. Das, und die Tatsache, dass trotz der Muskeln sowohl ihr Hintern als auch ihre Brüste bei jedem Schritt ausladend wippten, erzeugte in mir ein Glaubwürdigkeitsleck: Jemand mit so einem Körper arbeitet doch niemals in einer Bibliothek, dachte ich mir. Andererseits: Was wusste ich schon von Bibliotheken?

Und dann, kurz vor Schluss, geht Carla in eine Apotheke, um Medikamente für ihre Mutter zu kaufen – unter anderem eine ganze Menge Schlaftabletten –, und ich sagte: »Das ist sie.«

Ich hatte gar nicht mehr daran gedacht. Verdammt, *ich hatte gar nicht mehr daran gedacht!*

Aber kein Zweifel: Die Frau, die da mit unbewegtem Gesicht hinter einem Drehständer voller Gesundheitsbroschüren stand, während der Apotheker Carla die Medikamente über den Tresen schob, war Sophia.

»*Das* ist die Frau, von der du träumst?«, fragte mich Carla ungläubig. »Eine Komparsin?«

Ich nickte und drückte auf die Standbild-Taste der Fernbedienung.

»Du hast recht«, sagte sie. »Wenn das kein Allerweltsgesicht ist, dann weiß ich auch nicht.«

Wir setzten uns auf, näherten uns beide der Leinwand, auf der Sophias Gesicht oben links im Hintergrund festhing. Sie tat etwas, was man als Komparse eigentlich niemals tun sollte: Sie starrte direkt in die Kamera. Ein Schwindel befiel mich, und ich schloss die Augen, nur um das gleiche Gesicht wieder vor mir zu sehen, diesmal in den Tiefen eines Spiegels mit schwerem Kupferrahmen.

»Aber woher wusstest du das? Ich meine, nicht einmal der Regisseur weiß, wann welcher Komparse einen Auftritt hat … niemand weiß das. Die werden angekarrt an das Set, dann sucht man sich welche aus, lässt sie herumhopsen, sagt Danke und Tschüs. Und außerdem: Komparsen wurden gar nicht auf die Präsentationsparty eingeladen! Die werden niemals zu irgendetwas eingeladen.« Carlas Gesicht zeigte Bestürzung. »Du träumst von einer Komparsin!«

Ich drückte wieder auf Play. Während der gesamten Szene steht Sophia bewegungslos hinter dem Drehständer und blickt starr in die Kamera. Als Carla mit den Medikamenten die Apotheke verlässt und ihr die Kamera bis zur Tür folgt, dreht Sophia den Kopf, sucht mit ihren Blicken die Kamera, und erst als Carla die Tür erreicht, verschwindet Sophia aus dem Bildausschnitt. Ich hielt den Film wieder an.

»Das ist merkwürdig«, sagte Carla leise. »Nein: Du bist merkwürdig.«

»Kann man herausfinden, wer das ist? Woher sie kommt?«

»Denke schon. Wir hatten nur eine Agentur für Komparsen. Wir sehen nach, welcher Drehtag das war, sehen dann nach, welche Komparsen an dem Tag da waren …«

»Du selbst erinnerst dich nicht an sie? Ich meine, es ist deine Szene.«

»Videothekar, ich erinnere mich nie an Komparsen. Es sei denn, sie stellen sich so blöd an, dass wir wegen ihnen die Szene wiederholen müssen. Aber in diesem Fall ... ehrlich gesagt, weiß ich nicht einmal mehr, dass da *überhaupt* ein Komparse in der Szene war.«

»Und sie über die Agentur finden ... kannst du das? Ich meine, kannst du das einigermaßen schnell? Bis morgen?«

»Warum fragst du nicht Yvonne? Das fällt eher in ihren Zuständigkeitsbereich als in meinen.«

Ich versteifte mich unwillkürlich. Carla schien das zu bemerken, denn eine Hand landete sanft auf meinem Kopf.

»Macht dir das zu schaffen?«, fragte sie mich.

Ich dachte darüber nach. »Irgendwie schon, ja. Andererseits hat es mir damals auf der Party viel mehr zu schaffen gemacht. Das war damals ein echter Schock. Jetzt ist nur noch so etwas wie ein leises Bohren im Kopf.«

»Vielleicht, weil der Überraschungseffekt weg ist?«

»Vielleicht. Vielleicht aber ist mir die Sache jetzt einfach nicht mehr so wichtig.«

»Wollen wir den Film zu Ende sehen? Wir können ja danach weiterreden.«

Ich nickte und drückte auf Play.

Nach vielen Liebeswirrungen kommen am Ende die beiden Frauen zusammen, und die beiden Männer gehen leer aus. Die Szene, in der sich Selén und Carla küssten, war hocherotisch, natürlich, aber für meinen Geschmack zu plakativ. Manchmal ist eine Nahaufnahme eines Kusses schlicht unnötig, da erzähle ich wohl nichts Neues. Mutter und Vater sterben, der Vater eines natürlichen Todes, die Mutter vergiftet sich mit den Schlaftabletten, die Carla gekauft hat. *Fin*.

Aus irgendeinem Grund war ich auf einmal wütend.

»Ist wohl nicht der richtige Zeitpunkt, dich zu fragen, wie du den Film findest, was?« Carla klang skeptisch.

»Ich fand ihn ganz nett.«

»Ganz nett?«

»Ja.«

»Alex, ich weiß nicht, wie du dir das vorstellst, aber ich brauche mehr Information. Ich spiele in dem Film mit, falls du es vergessen haben solltest. Ein ganz nett ist da ganz und gar nicht ausreichend.«

Ich griff nach der Flasche Cheavas Regal und schenkte mir ein Glas voll. Ich nahm einen großen Schluck und schüttelte mich. Carlas Rotwein hatte ich im Übrigen nicht angerührt.

»Also gut.« Sie seufzte. »Ich kann dir morgen Sophias Adresse oder ihre Nummer geben, Videothekar. Ich rufe ein paar Leute an, schätze mal, dass das nicht lange dauert. Dann kannst du zu ihr gehen und sie in die Mangel nehmen. Aber ich wäre wirklich froh, wenn du jetzt wieder anwesend wärst, ist das in Ordnung für dich? Hat doch keinen Sinn, jetzt vor sich hin zu grübeln.«

Natürlich hatte sie Recht. Aber diese Erkenntnis half auch nicht, die Wut in mir zu verscheuchen.

»Videothekar? Das mit Sophia ist nicht alles, was? Da ist noch mehr, oder?«

Ich war nur einen Windhauch davon entfernt, Carla alles zu erzählen. Zu erzählen von Leuten, die aussahen wie bekannte Filmfiguren, anderen Leuten, die wie Synchronsprecher klangen, und wieder anderen Leuten, die glaubten, mich aus berühmten Filmen zu kennen, da fing ich einen Blick von der Person auf, die sich vor über zwei Monaten (vielleicht) zweimal am Ohr gezogen hatte. Es war die Variante: Ein-richtiger-Mann-zieht-niemals-sein-Mädchen-mit-in-seine-Probleme-hinein-mein-Freund. Ich war ganz seiner Meinung.

Ich kippte das Glas und schenkte mir nach. Dann schüttelte ich mir eine Zigarette aus der Packung und zündete sie mir an. Ich schloss die Augen: Tabula rasa in der Dunkelheit. Ich öffnete die Augen, und Humphrey bedachte mich mit der Variante: He, mein Freund, ich bin ein Pappkarton, mehr nicht.

»Alles in Ordnung«, sagte ich. »Bin wieder da.«

Carla sah mich forschend an. »Bist du das?«

»Ja. Bin ich. Voll und ganz.«

Offenbar beruhigte sie das, was sie in meinem Gesicht fand, denn sie sagte: »Also schön. Kann ich dir ein paar Fragen stellen?«

»Nur zu.«

»Schön. Erstens: Wie fandest du den Film?«

»Den Film fand ich mäßig. Dich fand ich toll.«

Keinerlei Reaktion in ihrem Gesicht. »Wieso fandest du den Film nur mäßig?«

»Liegt wohl in erster Linie am Drehbuch. Die Regie ist ja nicht sonderlich auffällig, bestenfalls solide. Erstens ist das Buch zu sehr konstruiert. Es sind ganz klare, klinisch sauber gezeichnete Personenkonstellationen, die sich in ebenso klaren, klinisch sauber vorgezeichneten Handlungsabläufen bewegen. Mit einem Wort: zu sehr Film, zu wenig Leben.« (Ganz kurz hatte ich Angst, Carla könnte mich mit der Frage unterbrechen, was denn bitteschön *ich* vom Leben wisse, aber der Moment ging vorüber, ohne dass es peinlich für mich wurde.) »Zweitens: Die Dialoge. Dieses andauernde Pathos funktioniert nur, wenn du sie einem wirklich begnadeten Schauspieler in den Mund legst – ansonsten wird es unfreiwillig komisch.«

»Na schön. Aber aus meinem Mund hast du die pathetischen Sätze gut gefunden?«

»Sagte ich doch. Wenn der Schauspieler begnadet ist, funktioniert es.«

Für einen Moment erschien ihre Zungenspitze zwischen den dicken Lippen.

»Nun zu dir«, sagte sie.

»Zu mir?«

»Was war das mit Hasso?«

Na endlich, dachte ich erleichtert. »Ein Blackout. Ist mir vorher noch nie passiert. Ich habe keine Ahnung, was da mit mir los war. Ehrlich.«

Sie legte mir einen Finger auf die Wange und strich langsam die Linien meines Gesichtes entlang. »Seltsam«, sagte sie.

»Wem sagst du das.«

Sie nahm den Finger weg und legte den Kopf schief. »Darf ich weiterfragen?«

»Was immer du wissen willst.«

»Du bist mit Yvonne zusammen, nicht wahr?«

»Nicht mehr. Aber eigentlich waren wir nie richtig zusammen.«

»Was heißt das?«

»Ich … wir haben miteinander geschlafen. Ungefähr zwei Monate lang. Und jetzt ist Schluss.«

»Seit wann?«

»Gestern.«

»Und wieso?«

»Weiß ich nicht genau. Sie war stinksauer.«

»Vermisst du sie?«

»Nein. Kein bisschen.«

»Du bist schon ein komischer Mensch, Videothekar, weißt du das?«

»Zeig mir einen nicht-komischen Menschen, und ich sage dir, was ich davon halte.«

Carla Tabori lächelte. Sie löste sich aus dem Schneidersitz, schlang die Beine um meine Hüfte und umarmte mich. Ich brauchte eine Weile: Ich spürte, wie meine Muskeln ganz langsam, einer nach dem anderen, die Verkrampfung aufgaben. Dann presste ich sie an mich. Oder sie presste mich an sich. Weiß nicht. Jedenfalls schloss ich die Augen. Und plötzlich sagte ich in die Luft über ihrer Schulter: »Ich weiß nicht, woher ich komme oder was ich gemacht habe, bevor ich hier in der Pension gelandet bin. Ich habe nicht die geringste Ahnung. Es ist, als sei ich erst zehn Jahre alt.«

Carla hielt mich fest. Sie sagte: »Weiter.«

»Nichts weiter. Ich kam hier vor zehn Jahren an, nahm mir ein Zimmer, kaufte mir meine Geräte und begann Filme zu sehen. Alle Filme, die ich kriegen konnte. Einen nach dem anderen.«

»Warum?«

»Weiß nicht genau. Es war einfach genau das, was ich machen wollte. Außerdem war mir klar, dass ich mit der Welt da draußen nichts zu tun haben wollte.«

»Warum?«

»Weil ich sie abstoßend fand. Langweilig.«

»Warum?«

»Weiß nicht. Es war so. Und im Grunde ist es immer noch so.«

»Aber du wusstest, was die Welt war?«

»Wie meinst du das?«

»Ich meine, du hattest zwar keine Ahnung, wer du bist, aber du wusstest, was das alles um dich herum ist. Also Autos, Straßen, Häuser ...«

»Ja.«

»Und woher hast du deinen Namen?«

»Ich hatte eine Tasche bei mir. In der Tasche waren Geld und ein Ausweis. Auf dem Ausweis war mein Foto, der Name Alexander Gast, und ein Geburtsdatum: der 30. Juni 1970.«

»Geld? Viel Geld?«

Ich nickte.

»Und du hast nie versucht, herauszufinden, woher ...«

»Nein. Es war mir nicht wichtig. Außerdem sagte mir irgendetwas in mir, dass es ... dass es besser sei, nichts davon zu wissen. Dass es richtig war, nichts mehr zu wissen.«

»Du hast in drei Tagen Geburtstag?«

»Ja. Sieht zumindest so aus.«

Wir schwiegen, hielten uns aber weiter umklammert. Ich spürte ihren Brustkorb bei jedem Atemzug gegen meine Schulter drücken. Irgendwann sagte sie: »Danke.«

»Für was?«

»Für dein Vertrauen.«

»Keine Ursache.«

Ich hörte sie kichern, dort an meinem Ohr. »Ich weiß nicht, wieso …«, flüsterte sie in meine Haare, »… aber grrrrrr.«

»Grr?«

Sie ließ mich los, sprang auf, streifte sich die Flip-Flops über die Zehen und schnappte sich ihr Jäckchen.

»Willst du mich nicht wenigstens zur Tür bringen?«, fragte sie mich, die Arme in die Seiten gestemmt.

Um ein Haar hätte ich gesagt: »Aber die Tür ist doch gleich da.« Doch ich umschiffte die Klippe: »Natürlich.«

Während wir den Gang entlanggingen, sagte sie: »Zwei Dinge noch: Erstens: Vielleicht mache ich einen etwas impulsiven oder unberechenbaren Eindruck auf dich, kann sein, zumindest sagen mir das viele Leute. Dass ich sprunghaft sei. Wie die Bachmann in *Die Passion der Frau Bachmann*. Das kann schon sein. Aber ich sag dir was: Genau wie die Bachmann bin ich, wenn ich mich erst einmal für etwas entschieden habe, gar nicht mehr sprunghaft. Dann bin ich so ruhig und berechenbar wie ein stiller, tiefer Bergsee, das musst du mir glauben.«

Wir kamen an der Rezeption vorbei, an der Clarissa gerade aufräumte.

»Hallo, ihr beiden!«, flötete sie.

»Bis zum nächsten Mal«, sagte Carla.

»Gerne«, sagte Clarissa und grinste unverschämt.

Wir liefen die Treppe hinab, die zum Ausgang führte.

»Glaubst du mir das?«, hakte sie nach. »Glaubst du mir, dass ich ein Bergsee sein kann?«

Meine Antwort war: »Ich glaube, ich muss mir diesen Bachmann-Film noch mal ansehen.«

Sie ergriff meine Hand. »Zweitens: Sag mir, was ist dein Lieblings-Filmkuss?«

Wir waren an der Tür. »Oh, das ist schwer …«

»Was dir einfällt. Schnell.«

»Meistens gefallen mir besonders Küsse in Nicht-Liebesfilmen. Die sind spektakulärer, weil seltener.«

»Ja, und?«

»*Strange Days* am Ende. Ralph Fiennes und Angela Basset …«

»Kenne ich nicht. Einen anderen!«

»Also gut … ach ja … Michael Douglas und Kate Capshaw in … «

Auf den Zehenspitzen schnappte sie sich meine Lippen. Mit ihren Lippen. Sie schickte ihre Zunge auf eine komplette Rundreise durch meinen Mund, dann löste sie sich von mir. Sie sah mich an mit einem Blick, pendelnd zwischen prüfend und amüsiert, den Kopf schräg gelegt, während ihre Zunge hinter ihren Lippen Bewegungen machte, als schmecke sie meinem Geschmack nach. »… in *Black Rain*«, sagte sie.

»Perfekt«, sagte ich.

»Dafür, dass du dich entschieden hast«, sagte sie und öffnete die Tür. »Bis morgen.«

»Bis morgen.«

Ich stand allein im Treppenhaus der Pension *Oscar*. Wie heute Mittag begann ich leise etwas vor mich hin zu pfeifen, und wie heute Mittag brauchte ich einige Zeit herauszufinden, was ich da eigentlich pfiff. Diesmal war es kein Marsch aus einem Kriegsfilm. Diesmal war es *The Time of my Life* aus *Dirty Dancing*.

Ich schlug mir die Hand vor den Mund und ging zurück nach oben.

Clarissa zog gerade die Staubschutzhülle über den Bildschirm.

»Clarissa, anstatt morgen essen zu gehen … was hältst du davon, wenn ich einen guten Whiskey hole und wir gemeinsam die Flasche leeren?«

Sie war fassungslos. »Was? Jetzt? Whiskey? Warum? Seit wann trinkst du?«

»Komm schon, wir haben gerade erst elf.«

Sie blickte auf ihre Armbanduhr, so als glaube sie mir nicht.

»Wir können auch in Zimmer 9, wenn du magst.«

Clarissas erschrockene Miene verwandelte sich langsam in ein Schmunzeln.

»Gibt es was zu feiern?«

»Sagen wir so: Ich denke, ich kann jetzt auf keinen Fall schlafen. Geschweige denn einen Film ansehen.«

»Also soll ich jetzt als dein Notnagel herhalten?«

»Als ein sehr angenehmer, ja.«

Sie feixte. »Aber ich setze keinen Fuß in dein Zimmer. Himmel, ich mache da manchmal sauber!«

»Und in welchen Filmen hat sie mitgespielt?«

»Der bekannteste ist *Die Passion der Frau Bachmann*. Dann in Kostümschinken, da sind glaube ich auch einige französische Produktionen dabei. Nichts wirklich Großes.«

»Sie kommt mir nämlich schon bekannt vor … sag mal, dieser Bachmann-Film, war das nicht so ein Skandalding?«

»Ja, das kann man so sagen. Ziemlich viel Nacktheit eben.«

Clarissa hielt mir ihr Glas entgegen, und ich schenkte nach. »Und das stört dich nicht?«

»Wieso soll mich das stören?«

»Na, Eifersucht, Alexander! Alle Welt weiß jetzt, wie sie nackt aussieht!«

»Ich weiß nicht, wenn ich so darüber nachdenke, fühle ich eher so etwas wie Stolz.«

Clarissa angelte sich eine meiner Zigaretten. »Stolz?«

»Ja … Ich kann dir nicht genau sagen, wieso. Vielleicht weil ich gesehen habe, wie sie damit umgeht. Für sie ist es das Selbstverständlichste auf der Welt, verstehst du? Sie ist sehr professionell.«

Sie blies die Backen auf. »Also ich wäre eifersüchtig, das kann ich dir sagen!«

Clarissa hatte sich einen der beiden Wartesessel herangeschoben und fläzte darin wie eine dickere weibliche Ausgabe des *Dude*. Ich hatte ihren Bürostuhl in Beschlag genommen, meine Füße ruhten auf der Rezeptionstheke. Die Flasche Whiskey und ein Aschenbecher standen zwischen uns auf dem abgewetzten Läufer.

»Und du bist sicher, dass wir niemanden wecken?«, fragte ich, denn die glasigen Augen von Clarissa machten den Eindruck, als sei sie nicht mehr ganz auf der Höhe der Dinge.

»Ja, ja.« Sie seufzte. »Im anderen Flügel sind drei Zimmer besetzt, in diesem Flügel bist du der einzige. Keine Sorge.«

»Wie läuft es eigentlich?«, fragte ich.

»Frag nicht«, sagte sie und nahm einen großen Schluck.

Ich setzte zu einem erneuten Themenwechsel an, da sagte sie: »Beschissen läuft es, Alexander. Beschissen. Weißt du, ich bin keine große Geschäftsfrau. Und auf dem Laufenden bin ich auch nicht.« Sie drehte träge den Kopf und sah mich an. »Man hat mir gesagt, dass ich mich entscheiden müsse. Entweder ich mache die Pension jugendlicher, also so eine Art gehobene Jugendherberge, oder ich investiere eine Menge Geld und mache aus dem *Oscar* ein elegantes kleines Zentrumshotel. Ich weiß selber, dass die Lage perfekt ist. Dass man eine Menge aus dem Ding machen könnte. Den dritten Stock habe ich schon vor fünf Jahren aufgekauft, und die linke Seite des ersten auch … aber … aber ich habe einfach Angst. Ich bräuchte einen Riesenkredit, verstehst du, und ganz zu schweigen von der Frage, ob ich den überhaupt bekomme, fühle ich mich einfach zu alt, jetzt noch einmal von vorn anzufangen. Und weißt du was, eigentlich ist mir das alles auch vollkommen egal.« Sie bückte sich mühsam zur Seite und drückte die Zigarette aus. »Wenn ich Kinder hätte, würde ich mich wahrscheinlich mehr reinhängen. Dann sähe ich einen Sinn darin. Aber wenn ich erst einmal weg bin, Alexander, dann kümmert sich doch ohnehin keiner mehr um das *Oscar*. Wieso soll ich mich für etwas aufopfern, wenn es früher oder später zu nichts mehr nütze ist?«

»Dann verkauf es doch einfach und setz dich zur Ruhe.«

Clarissa verdrehte die Augen und streckte mir erneut das Glas entgegen. Ich tat meinen Job.

»Ich würde das so machen«, sagte ich.

»Erzähle mir nichts. Sieh dich an. Du arbeitest doch auch. Als Videothekar! Und du hättest das auch nicht nötig. Oder ist dein Geld etwa endlich alle?«

»Nein. Aber ich muss sagen, dass das Arbeiten als Videothekar etwas ist, was mir Spaß macht. Es tut mir gut, dort zu arbeiten. Und in meinem Leben gab es außer Filmen nicht viele Dinge, die mir Spaß gemacht haben. Eher gar keine.«

»Siehst du? Das meine ich.«

Clarissa ließ sich tief in den Sessel gleiten. »Ich kann mich noch genau an den Tag erinnern, als du zum ersten Mal hier an der Rezeption gestanden hast. Nie im Leben wäre ich auf die Idee gekommen, dass du heute, zehn Jahre später, immer noch hier sein würdest. Ich wäre auch nie im Leben auf die Idee gekommen, dass wir einmal hier sitzen und Whiskey trinken würden. Ehrlich gesagt: Am liebsten hätte ich dir gar kein Zimmer vermietet. Ich hätte dir am liebsten gesagt, dass du abhauen sollst. Aber dann hast du ...« Sie unterbrach sich und wurde noch eine Spur röter.

»Die Tasche voller Geld, nicht wahr?«

Sie nickte zögerlich. »Ja. Du hast hineingegriffen und einen Monat im Voraus bezahlt. Ich muss ja auch sehen, wo ich bleibe.«

»Ist ja nicht schlimm. Beruhige dich.«

Wieder landete eine meiner Zigaretten zwischen ihren dicken Fingern, und ich gab ihr Feuer.

»Du sahst damals wirklich Furcht erregend aus, weißt du?«, fuhr sie fort. »Du hattest einen Ausdruck im Gesicht ... nein, der Punkt war, du hattest *gar keinen* Ausdruck im Gesicht. Ich weiß noch ganz genau, du hast genau hier gestanden ...« Sie schwenkte ihr Whiskeyglas über ihrem Kopf. »... genau hier vor mir, und das Erste, was ich dachte, war, oh mein Gott, ich spreche mit einem Toten, einem Geist, einem Menschen, der gar nicht da ist ... dein Gesicht war so leer, weißt du? Da war nichts in deinem Gesicht, kein Charakter, keine Persönlichkeit. Du wirktest so kalt. So unmenschlich. Wie eine Maske oder eine Schablone … oder … oder wie ein … wie ein unbewohntes Zimmer.«

Ich schwieg.

»… dann wolltest du noch einen Monat bleiben, und dann noch einen, und ganz allmählich tat sich etwas, ganz allmählich. Wie in einem Zimmer, in dem ein Gast längere Zeit wohnt. Wie dein Zimmer. Irgendwann hast du den Sekretär vom Speicher geholt. Hast dein Regal aufgebaut. Hast deine Geräte aufgebaut. Dann kam dieser Pappkarton. Und die Poster. Dein Zimmer ist jetzt bewohnt.« Sie sah mich an. »Und du bist jetzt auch bewohnt.«

Ich schwieg weiter.

»Ich weiß, dass ich irgendwann die Angst vor dir verlor …«

»Du hattest Angst vor mir?«

»Oh ja, die hatte ich! Natürlich! Hättest du keine Angst vor jemandem, der keine eigene Persönlichkeit besitzt? Vor einem Menschen, der so gesehen gar nicht existiert?«

»So habe ich mich nie gesehen …«

»Natürlich nicht! Wie denn auch! Du hattest ja auch keinen Kontakt, zu niemandem! Klar, du hast dir dein elektronisches Zeug gekauft, du bist ins Kino gegangen, in Videotheken … aber wenn du mich fragst, Alexander: Wenn sich dein Kontakt auf Kartenabreißer und eine alte Pensionschefin beschränkt und du ansonsten nur in deinem Zimmer sitzt und Filme ansiehst, dann kannst du doch gar nicht, gar nicht … Gar nicht bewohnt werden! Oder siehst du das anders?«

»Ich weiß nicht. Ich denke schon, dass ich bewohnt bin …«

»Mittlerweile bist du es. Oh ja. Ich habe das genau verfolgt, Alexander, und wahrscheinlich bin ich die einzige Person auf dieser Welt, die das verfolgen konnte. Schließlich habe ich dich die ganzen Jahre tagein, tagaus gesehen. Aber es hat gedauert. Du warst lange nicht der, der du heute bist. Der Alexander, der heute vor mir sitzt und mit mir Whiskey trinkt, der ist ganz neu. Den gibt es erst einige Tage. Oder Stunden. Weißt du noch, als ich zu dir sagte, du sähest so gut aus?«

»Ja.«

»Nun, das habe ich damit gemeint. Ich denke, du hast es geschafft. Ich denke, du bist endlich du selbst. Endlich siehst du aus wie einer, der jemand ist.«

Sie rülpste leise und hielt mir das Glas hin. Ich schenkte ihr nach.

»Und ich denke mal, dass da diese Schauspielerin dran schuld ist. Oder?«

»Möglich.«

Ich schluckte einigen plötzlich aufgetauchten Rotz, und als Folge wurde mir bewusst, dass ich den ganzen Tag nicht ein einziges Mal eine Sodbrennenattacke gehabt hatte. Nicht mal den Anflug davon. Überaus erstaunlich …

»Ich fasse es nicht.« Clarissa lächelte verträumt und schnaufte schwer. »Eine Schauspielerin …«

Sie machte jetzt einen sehr erschöpften Eindruck. Ihr Kopf ruhte reglos auf der Lehne, als sie fragte: »Verzeihst du mir diesen Vortrag, Alexander?«

»Verzeihen? Warum denn?«

»Ich wollte nicht töricht klingen. Ich bin betrunken, glaube ich.«

Ihr Arm baumelte kraftlos über den Rand des Sessels, und ich beugte mich nach vorne und nahm ihr vorsichtig das Glas und die brennende Zigarette aus der Hand.

»Weißt du, Alex, ich weiß im Grunde immer noch nicht, was ich von dir halten soll …«, murmelte sie. »Aber wie auch immer: Ich denke, du bist auf dem richtigen Weg … Es gefällt mir, was ich sehe …«

»Willst du hier schlafen?«

»Hmm …«

»Wirklich?«

»Hmm …«

Ich stand auf. Ich holte den Schlüssel von Zimmer 8 vom Brett hinter der Rezeption, dann winkelte ich ihre Beine an und klemmte ihre Füße unter die Armlehne. Ich schob Clarissa langsam und vorsichtig den Gang entlang. Ich dankte Gott oder wem auch immer, dass der Sessel Rollen hatte. Ich weiß nicht wie, aber ich schaffte es, sie vom Sessel auf das Bett von Zimmer 8 zu wuchten, dann löschte ich das Licht und schloss leise die Tür.

In Zimmer 9 stellte ich fest, dass ich immer noch nicht müde war. Die Energie, die ich schon am Morgen verspürt hatte, hatte sich nahezu verzehnfacht, und ich war klug genug, einzusehen, dass das nichts war, worüber ich mir Sorgen machen musste. Ich sah noch einen Bodensatz in der Flasche und schenkte mir ein Glas voll, nahm meinen Aschenbecher und meine Zigaretten vom Sekretär und setzte mich aufs Bett. Ich zog die Schuhe aus, legte die Füße hoch und lehnte mich mit geradem Rücken an die Wand. Normalerweise meine übliche Position, um Filme auf der Leinwand gegenüber zu sehen. Jetzt die ideale Position, um nachzudenken. Ich klopfte mir eine aus der Packung und steckte sie an. Erneut zog mir die Frage durch den Kopf, weshalb ich nicht früher angefangen hatte. Das Rauchen kam mir so selbstverständlich, so natürlich vor, als hätte ich mein Leben lang nichts anderes gemacht. Auch das Trinken erschien mir goldrichtig. Und obwohl ich mittlerweile mindestens ein Drittel des Flascheninhalts intus hatte, waren meine Gedanken klar. Beinahe war ich versucht zu sagen: so klar wie nie. Ich hob das Glas, prostete Humphrey zu und rief laut: »Ich glaube, ich verstehe dich jetzt endlich, Marlowe!« Doch der blieb bei seiner Aussage von vorhin: Ich bin ein Karton, mehr nicht.

Ich ließ die letzten Wochen Revue passieren. Ich fing an mit dem Tag, als Humphrey sich am Ohr gezupft hatte, passierte meine Wochen im *Zero-Zone*, die Wochen mit Yvonne und gelangte zu dem Abend auf der Party, als ich Sophia gesehen und Hasso verprügelt hatte. Patricia Watson/Julia Roberts und ihre Tasche mit dem Springmesser darin. Die Stimme von Bruce Willis. Doc Braun. Sein plötzlicher Tod. Die Sache mit dem Spiegel im *Kolibri*. Mein Traum. Das seltsame Verhalten des weißen Victor. Der Mann mit der Michael-Myers-Maske. Schließlich Carla. Und während sich meine Gedanken so verselbständigten und mein Blick unwillkürlich auf das Telefon fiel, gingen mir aus irgendeinem Grund Dixs Ausführungen über Drehbücher durch den Kopf. Eine Idee kristallisierte sich plötzlich heraus, ein Gedanke, der alle anderen überragte und zusammenführte, ein Gedanke, der zwar schon öfter aufgetaucht war, allerdings nur in einzelnen Situationen und nicht so klar und strahlend und vor allem nicht so *umfassend* wie in diesem Augenblick: Der Gedanke war: Ich war in einem Film.

Das Telefon klingelte.

Aus irgendeinem Grund zögerte ich. Doch dann stellte ich mein Glas auf den Sekretär und hob ab.

»Hallo, Alex.«

»Hallo, Dix. Wo warst du denn?«

»Egal. Es ist einiges passiert, oder?«

»Kann man so sagen.«

»Habe ich mir gedacht. Dann leg doch mal los.«

»In Ordnung.« Ich setzte mich aufrecht und konzentrierte mich. »Ich würde gerne eine Idee mit dir durchgehen, Dix. Die Idee ist: Ich bin ein Film-Held. Ich bin in einem Film ...«

»Ich verstehe dich nicht richtig, glaube ich ...«

»Sieh es als Theorie, Dix. Also: Theoretisch: Ich befinde mich in einem Film. Ich bin ein Filmheld, ja?«

»Ein Filmheld? Aber real?«

»Genau.«

Er lachte leise. »In Ordnung.«

»Schön: ein normales Hollywoodszenario. Wer bewegt sich um mich herum? Worauf muss ich achten? Wer bin ich?«

»Das weißt du doch ebenso gut wie ich. Du hast wahrscheinlich noch mehr Filme gesehen als ich.«

»Ich blicke aber nicht mehr richtig durch ... ich brauche jemanden, der mir von außen hilft ...«

»Also schön. Thriller? Liebesfilm? Horrorfilm? Komödie?«

»Von allem ein bisschen, denke ich. Und außerdem: Hast du nicht selbst gesagt, dass das Genre komplett egal ist, was die Grundstruktur eines jeden Drehbuchs angeht?«

»Du hast recht. Das habe ich. Na schön: Wir brauchen zunächst einen Einbruch des Unnormalen, Überraschenden in das normale, geregelte Leben des Helden …«

»Nein, Dix, stopp. Es geht mir weniger um den Aufbau eines Drehbuchs. Diese Strukturen hast du mir schon oft genug erklärt. Es geht mir um die Figuren. Die Menschen. Die Menschen um mich herum.«

Wieder lachte er leise. »Also gut. Die Figuren. Womit fange ich an?«

»Mit mir. Dem Helden.«

»Darf ich *du* sagen oder soll ich *der Held* sagen?«

»Lass die Witze. Leg los.«

»Der Held … du … du arbeitest … das geht so nicht.«

»Versuch es.«

»Ich kann doch nicht hier und jetzt versuchen, dein Leben in ein Drehbuch zu pressen! Nein, Alex! Ich weiß ja nicht mal, wieso du mir diese Fragen stellst! Du musst mir zuerst sagen, was denn passiert ist!«

»Gut. Versuchen wir es anders. Was ist mit Leuten aus seiner Vergangenheit? Was ist, wenn der Held Träume hat, die offenbar mit seiner Vergangenheit zu tun haben? Was ist, wenn eine Figur auftaucht, die …« Ich versuchte, in Worte zu fassen, was Sophia eigentlich für mich darstellte, musste aber feststellen, dass das nicht so einfach war. »… die *scheinbar* wichtig in seiner Vergangenheit war?«

Dix schwieg eine Weile. Dann sagte er: »Ist doch ganz einfach: Wenn Figuren auftauchen, die in der Vergangenheit des Helden eine Rolle gespielt haben, dann spielt auch die Vergangenheit selbst eine Rolle. Dort liegt dann wahrscheinlich der Schlüssel zu dem, was den Helden heute ausmacht. Erst recht, wenn der Held auch noch davon träumt.«

»Gut. Klar.« So weit war ich auch schon. »Was ist mit den größeren Nebenrollen?«

»Den größeren Nebenrollen?«

»Na, die Frau, die der Held liebt. Oder sein bester Freund.«

»Die Frau, die er liebt, das ist einfach. Ist sie vorher, also vor Beginn der eigentlichen Handlung, schon da, ist sie meistens der Grund, dass der Held darum kämpft, sein aus den Fugen geratenes Leben wiederherzustellen. Taucht sie dagegen erst im Laufe des Films auf, ist sie der Grund, dass er sein Leben ändert.«

»Und wie?«

»Na, ist doch klar: Sie ist die erste Motivation, die Motivation, aus der alle anderen entspringen. Er will *für sie* ein besserer Mensch werden. Er will *für sie* ein letztes großes Ding durchziehen. *Wegen ihr* beginnt er endlich über sein Leben nachzudenken. Das einfachste ist: Er will sie retten. Aber das mit der Liebe dürfte für dich ja nicht von Belang sein, was, mein Sohn?«

»Sag das nicht.«

»Ich meine, das wenige, dass du mir von Yvonne erzählt hast, erschien mir nicht gerade als ... entschuldige jetzt bitte, aber nicht gerade als die große Liebe ...«

»Es gibt da jemand anderen.«

»Was? Was?«

»Was ist mit dem besten Freund?«

»Was? Was? Wer? Welche Liebe?«

»Was ist mit dem besten Freund, Dix?«

»Ich glaube, ich spinne.«

»Dix! Nicht jetzt!«

»Ich ... na gut. Der beste Freund. Ist eine ziemlich langweilige Rolle. Bin ich das übrigens?«

»Natürlich bist du das. Wer denn sonst.«

Ich musste etwas warten. Dixs Stimme war leicht belegt, als er weiter sprach. »Meistens nur Stichwortgeber. Nur unterstützend, aber nur ganz selten für eine Änderung des Helden verantwortlich. Sehr oft ist der beste Freund sogar das konservative

Element in der Entwicklung des Helden, das Element, das der Katharsis im Wege steht. Interessant wird diese Figur eigentlich nur, wenn sie etwas Tragisches besitzt.«

»Wie meinst du das?«

»Nun, entweder sie wird am Ende vom Helden verlassen, bleibt verbittert alleine am Ausgangspunkt der Entwicklung zurück oder – oder sie ist Teil der größten Krise.«

»Das heißt?«

»Drei Möglichkeiten: Der beste Freund wird verletzt oder getötet oder entführt. Bei den beiden ersten Möglichkeiten ist das Schicksal des besten Freundes der Grund zur wohl reinsten und unmittelbarsten aller filmischen Motivationen: Rache. Bei Version drei, der Entführung, ist die Motivation Rettung. Wenn aber schon jemand entführt wird, dann ist es doch meistens die große Liebe. Oder Kinder. Aber die hast du ja nicht, oder?«

Das brachte mich nicht weiter. »Noch zu den kleineren Nebenfiguren … du hast mal gesagt, dass die auch eine gewisse Katharsis durchmachen sollten.«

»Nein, nicht alle. Nur die größeren. Aber eines kann man deutlich sagen: Alle Figuren, die mehr als eine Szene haben, sollten direkt zur Handlung beitragen. Also …«

»Was wäre beispielsweise mit Yvonne?«

»Oh, das ist ein Sonderfall. Sie ist, wenn ich dich gerade eben richtig verstanden habe, die Frau, die einer anderen, besseren Frau Platz machen musste, oder?«

»Das hast du richtig verstanden.«

»Dann ist sie raus. Muss nicht mehr vorkommen.«

»Raus? Ganz raus? Sie hat keine Bedeutung mehr?«

»Ja. Es sei denn, sie ist eine wirklich böse oder wirklich gute Person, also ein Extrem in deinem Leben, etwas …«

»Nein. Nein. Das ist es ja: Sie war vollkommen … *normal*.«

Dix sagte: »Raus.«

»Gut.« Ich atmete tief durch. »Sehr gut. Was wäre dann … mit Max? Oder … oder, wie hieß er noch gleich … Chris?«

»Wer soll das sein? Die kennst du doch gar nicht, oder?«

»Naja, von einem Abendessen …«

»Blödsinn. Solche Leute liefern ein paar Gags, das war's. Außerdem ist dieser Max schwul, hast du mir zumindest erzählt, also passt er perfekt als Hintergrundstaffage für einen Hetero-Film.«

»Was ist mit Clarissa? Und Gregor?«

»Du kannst dich nicht um *alle* Charaktere kümmern, mein Sohn. Ein paar sind einfach nur Beiwerk, nichts weiter.«

»Aber Gregor ist mein Arbeitskollege.«

»Nun, richtig. Der Arbeitskollege ist meistens wichtig. Sollte zumindest ein bisschen zur Entwicklung des Helden beitragen. Meistens tut er das als intellektueller Gegenpol, und wenn nicht das, so sollte er wenigstens wichtige Informationen liefern.«

»Wichtige Informationen?«

»Ja. Informationen, die zur Lösung der jeweiligen Problemstrukturen beitragen.«

»Gut. Was ist mit Erscheinungen?«

»Erscheinungen?«

»Nimm an, Julia Roberts wäre so eine gewesen.«

»Es gibt also mehr als eine *Erscheinung*?«

»Ja.«

»Das macht es einfacher. Wenn verschiedene, aber ähnlich gezeichnete Personen *erscheinen*, dann stehen sie in hundert Prozent aller Fälle für etwas Größeres. Etwas Großes im Hintergrund, das mit dem Helden … mit dir etwas vorhat.«

»Und was?«

»Suche einfach die Gemeinsamkeit dieser Erscheinungen. Dann hast du das, was dahinter steht. Und dann wiederum hast du das, was man von dir will.«

»Klingt einfach.«

»Ist einfach. Sind wir jetzt fertig, mein Sohn?«

»Fast. Ich brauche noch etwas … einen Hinweis. Stell dir vor, es wäre ein Drehbuch von dir. Wie kommt der Held hinter das Geheimnis? Was oder wer kann ihm Hinweise geben?«

»*Das* Geheimnis? Also so etwas wie *Was geht hier eigentlich vor?*«

»Genau.«

»Hm. Da sind vor allem zwei Dinge beliebt. Erstens: die Szene in der Bibliothek beziehungsweise im Archiv. Gibt es in deiner Umgebung so etwas wie eine alte Bibliothek oder ein verstaubtes Archiv, in denen du stöbern könntest?«

Ich dachte nach. Nun gut, es gab das *Zero-Zone*, und die Unmengen an alten Filmen dort. Aber erstens hatte ich die Filme schon alle gesehen und zweitens war ich dort jeden Tag. Ich sagte: »Nein. Und zweitens?«

»Der zweite Kniff, der sehr beliebt ist, ist das Auftauchen einer Figur, die alt und weise ist. Du weißt schon, der bärtige Greis, der dem unwissenden Jungen die Augen öffnet. In jedem B-Horror gibt es diese Figur. Van Helsing zum Beispiel ist nichts Anderes. Aber auch in großen Filmen: Nimm Gandalf im *Herr der Ringe*. Oder auch Obi-Wan in *Krieg der Sterne*. Beziehungsweise Yoda, nur hat der natürlich keinen Bart. Gibt es so eine Figur in deiner Umgebung?«

Die einzige Person, auf die diese Beschreibung zutraf, war (abgesehen von Doc Braun, aber der war ja tot) der weiße Victor. Ob der mir weiterhelfen konnte? Ich bezweifelte es.

»Kann sein«, sagte ich.

»Gut. Kann ich dann endlich fragen, was das mit der großen Liebe sollte? Wen gibt es da Neues in deinem Leben?«

»Es ist noch gar nichts passiert, Dix, also lass erst einmal ...«

»Wer, mein Sohn?«

»Es ist eine Schauspielerin.«

»Du sprichst doch nicht von diesem Julia-Roberts-Double? Das wäre aber töricht ...«

»Nein. Kennst du Carla Tabori?«

»Tabori, Tabori ...«

»Ihr größter Erfolg war die Bachmann in *Die Passion der Frau Bachmann*.«

»Die Bachmann! Ich fasse es nicht! Die Bachmann!«

»Sie heißt Carla, Dix.«

»Ja, ja, klar, schon gut.« Plötzlich klang Dixs Stimme besorgt: »Und woher willst du wissen, dass es … ich meine, wieso benutzt du das Wort *Liebe*?«

»Ich … wie war dein Satz vorhin? *Wegen ihr* denke ich endlich über mein Leben nach. *Wegen ihr* komme ich aus der Deckung. *Wegen ihr* habe ich … *Motivation*. Mehr will ich jetzt nicht sagen.«

Dix schwieg lange. Die Besorgnis war noch nicht ganz aus seiner Stimme verschwunden, als er sagte: »Klingt plausibel, ja.«

»Plausibel. Himmel, Dix. Lass uns jetzt Schluss machen, ja?«

»Schön, in Ordnung. Aber willst du mir nicht sagen, was es mit dieser Fragerei auf sich hat?«

»Sagen wir: Die Ereignisdichte in meinem Leben in den letzten Tagen lässt mich auf merkwürdige Gedanken kommen.«

»Die Ereignisdichte? Was für …«

»Nein, Dix. Nicht jetzt.«

»Na schön. Aber ich bleibe dir im Nacken sitzen, das weiß du doch, oder? Ich bin schließlich dein bester Freund, mein Sohn. Und noch etwas …«

»Was?«

»*Je nebulöser die Bedrohung, desto mächtiger der Feind.* Dieses Axiom ist dir klar, ja?«

Ich konnte nicht mehr antworten. Er hatte aufgelegt.

Ich nahm die Flasche Whiskey, die Zigaretten und das Glas und ging nach draußen auf den Balkon. Ich setzte mich in die heiße, stehende Luft des Innenhofs und starrte die dunklen Fenster um mich herum an. *Die Frau, die der Held liebt, ist die erste Motivation, die Motivation, aus der alle anderen Motivationen entspringen.* Flucht oder Angriff? *Wegen ihr beginnt er endlich über sein Leben nachzudenken.* Ich hatte nun eine Motivation. Endlich hatte ich eine Motivation. Und somit hatte ich endlich die Kraft, einen Weg zu wählen: Angriff. Es gab keine andere Möglichkeit.

Ich blickte durch die Balkontür hinein ins dunkle Zimmer 9 und entzifferte die rot blinkende Anzeige des Videorekorders: Es war drei Uhr morgens am 28. Juni. In zwei Tagen hatte ich Geburtstag. Dann musste ich plötzlich an Doc Braun denken. Ohne genau zu wissen warum, begann ich zu weinen.

10. Der Böse

Wir brauchten keine Dialoge. Wir hatten Gesichter.

Nach zwanzig Minuten klopft es an der hinteren Wagentür. Dumpf ertönt Ralfs Stimme von draußen: »Fertig? Angezogen?«

Serena und Hannah kichern. Fertig sind wir, aber angezogen bin ich noch nicht. Ich ändere das und rufe: »Jetzt!«

Die Tür wird geöffnet, und Ralf setzt sich den Wagen. Eisige Luft kommt mit ihm herein, kurz zuckt mir das Wort *Nordwind* durch den Kopf. Obwohl ich erst vor ein paar Stunden in Berlin angekommen bin, habe ich den Eindruck, schon seit Wochen hier zu sein. Kalt aber ist es immer noch.

Ralfs Gesicht ist ernst. Kaum hat er die Tür geschlossen, setzt sich die Limousine mit einem Ruck in Bewegung. Ich versuche durch die getönten Scheiben zu sehen, aber außer einigen verwaschenen Lichtschlieren ist nach wie vor nichts zu erkennen. Ralf öffnet die Minibar und mixt sich einen Gin-Tonic.

»Was ist?«, fragt Hannah.

Ralf nimmt einen tiefen Schluck und sagt dann, den Blick ins Getränk vertieft: »Freddy fährt selbst. Er ist schon unterwegs.« Er sieht auf und blickt mich an. »Er dachte, es sei keine gute Idee, wenn ihr beide euch schon vor dem Dreh seht. Ich glaube, er hat recht. Er bringt Sophia direkt ins Studio.«

Serenas Hand ruht auf meinem Oberschenkel, und Hannahs Füße liegen halb unter mir. Noch während ich bemerke, dass mich derartige Berührungen nun stören, rücken beide von mir ab. Sie setzen sich neben Ralf und blicken aus den schwarzen Fenstern.

Geistesabwesend sagt Ralf: »Eine seltsame Nacht. Ich habe mich gerade erst an diese Arbeit gewöhnt, und jetzt ändert sich alles. Auf einen Schlag. Da haben sie mich erst vor einem halben Jahr in die Zentrale versetzt und schon …« Er bricht ab und räuspert sich leise. »Gut, dass du nicht erneut versucht hast, abzuhauen, Pirat. Du hättest es nicht geschafft.«

Gedanken dieser Art habe ich hinter mir, Gift hin oder her. »Wieso Zentrale?«, entgegne ich.

»Berlin. Berlin ist die Zentrale. Hier laufen die Fäden zusammen. Nicht umsonst hat mich das *Konsortium* hier eingesetzt. Ich bin einer ihrer besten Männer. Ich und Freddy. Das haben sie uns genau so gesagt.«

Offenbar ist Ralf jetzt gesprächiger, was seine Arbeit angeht. Ich frage: »Wieso Berlin? Ist es hier wichtiger als anderswo?«

»Je größer und chaotischer und vor allem oberflächlicher die Stadt, desto mehr Arbeit gibt es. Oder besser: *Gab* es. Scheiße. Vorher, als das *Konsortium* noch nicht so großes Vertrauen in mich setzte, als man mich gerade rekrutiert hatte, wurde ich in Zürich und Genf eingesetzt. Ich musste pendeln, andauernd. Dort konnten wir gerade mal ein Gesicht im Monat casten. Aber dann, als sie erkannten, was ich kann, dass ich genau der richtige Mann für diesen Job bin, haben sie mich nach London versetzt. Dort casteten wir jede Woche ein Gesicht, mindestens, manchmal sogar häufiger. Und dann fanden sie Sophia. Hier in Berlin. Somit wurde Berlin zur Projektzentrale. Und zwei Wochen später wurde ich hierher versetzt. Zu Freddy.«

Serena, die sich wortlos an der Minibar zu schaffen gemacht hat, reicht mir einen Drink. Er ist tiefgrün, genauso grün wie die Kristalle in der Schatulle mit der Aufschrift *The Syndicate Loves You*, und er schmeckt sehr süß.

»Wo arbeitet ihr denn? In ganz Europa?«

Ralf nickt. »Und in Nordamerika. Den Orten der weißen, westlichen Physiognomie. Aber natürlich nur in Städten, wo ein Auftauchen solcher Gesichter in Mengen wahrscheinlich ist. Das heißt, in Städten, in denen es entweder eine Film- oder Modeindustrie gibt oder irgendeine andere Form von öffentlicher Zurschaustellung menschlicher Perfektion. Ein Satz des *Konsortiums* lautet: Es ist nicht anzunehmen, dass ein perfektes Gesicht nicht irgendwann selbst feststellt, dass es perfekt ist. Deswegen ist davon auszugehen, dass die Person früher oder später versucht, das ihr gegebene Geschenk auszunutzen. Soweit das *Konsortium*. Und das Ausnutzen geht eigentlich nur via visuelles Medium, schlimmstenfalls in der Modeindustrie. Aber die Leute, die für das Konsortium Kataloge und Setcards in Modelagenturen sichten, wissen ja gar nicht, um was es geht. Das sind nur die niedrigsten Handlanger.«

»Aber du weißt, um was es geht?«

»Bis zu einem gewissen Grad, ja.«

»Und was heißt, was die weiße, westliche Physiognomie angeht?«

»Das heißt, ich habe keine Ahnung, ob es auch ein ostasiatisches, ein schwarzafrikanisches oder ein Maoriprojekt gibt.«

»Du meinst ...«

»Die Gesichter, die wir hier suchen, oder besser: gesucht *haben*...« Ralf lächelt traurig. »... diese Gesichter gelten nur für den europäischen Weißen und dessen Ableger. Von den Briten und den Norwegern bis zu den Spaniern. Und deren Bastarden, den Amerikanern. In manchen Städten suchten wir die männliche Version. Rom, Prag, München und Madrid sind oder waren solche *männlichen* Städte. In anderen suchten wir das *weibliche* Gesicht. London, Paris oder Barcelona sind weibliche Städte. Berlin, wo seit dem Auftauchen Sophias alles zusammenläuft, war zuerst eine *weibliche* Stadt und dann die einzige, die sowohl männlich als auch weiblich ist. Wie es auf der anderen Seite des Atlantiks aussieht, weiß ich nicht. Ich kenne mich nur in Europa aus.« Er lacht laut auf und schüttelt den Kopf. »Irgendwie war es mir klar, dass das männliche Gesicht in der gleichen Stadt zu finden sein würde wie das weibliche. Die Symmetrie des Schicksals. Glaubst du an das Schicksal, Pirat?«

Ich versuche mich zu konzentrieren, was mir keine Schwierigkeiten mehr bereitet. Jetzt, wo meine sexuelle Erregung vorbei ist, bleibt nur eine sehr angenehme Mischung aus Euphorie und

Klarheit im Kopf zurück. Auch wenn sich mir die Frage, ob ich wirklich ein tödliches Gift in mir trage, vorübergehend nicht mehr stellt, so zweifle ich doch mehr und mehr daran. Ich versuche, das Thema auf meinen Job zu lenken, indem ich sage: »Also, ich finde, dass mein neues Gesicht komplett durchschnittlich ist.«

Hannah kichert.

Ralf sieht mich mitleidig an. »Genau das ist es ja, Pirat! Es ist nun einmal so, dass für das menschliche Auge das Durchschnittliche auch als das Perfekte gilt.«

Ich spiele den Naiven: »Das verstehe ich nicht. Ich finde Frauen mit großen Nasen und breiten Lippen toll ...«

»Es geht hier nicht um deine persönlichen Vorlieben, Pirat. Worum es hier geht, ist Perfektion. Makellosigkeit. Es geht hier um das Wort *durchschnittlich* in seiner ursprünglichen, wertfreien Bedeutung. Der *Durchschnitt* von etwas. Kennst du den Überlappungstest?«

»Ich ...«

»Natürlich nicht. Hör zu: Man hat sich die Mühe gemacht, mit Hilfe von Computern Fotos von Gesichtern übereinander zu legen. Man hat zehn, hundert, zweihundert Gesichter einfach so übereinander gelegt, dass sich die Merkmale jedes Gesichts neutralisieren, sprich, in einer Mitte finden. Man hat also den Durchschnitt der Gesichter gebildet. Je mehr Gesichter du übereinander legst, desto durchschnittlicher ist das Summen-Gesicht. Stell dir Farben vor: Wenn du alle Farben mischst, die es gibt, bekommst du ein reines, tiefes Schwarz. Also, um bei diesem Bild zu bleiben: Je *schwärzer* ein Gesicht, desto durchschnittlicher, und je durchschnittlicher, desto perfekter ist es. Kein Makel. So weit klar?«

»Ja.«

»Nun hat man diese Gesichter einem Testpublikum vorgeführt. Man hat Leuten ein Zehner-Gesicht gezeigt, also ein Gesicht, das aus zehn anderen generiert wurde. Dann ein Zwanziger-, ein Dreißiger-, ein Hunderter-, ein Fünfhunderter-Gesicht.

Dann hat man die Testpersonen gefragt, welches Gesicht sie für vertrauenswürdiger hielten, welches für schöner, welches für attraktiver und so weiter. Je mehr Gesichter übereinander lagen, desto mehr Testpersonen waren der Meinung, dieses Gesicht ziehe sie an. Und zwar in jeder Hinsicht. Bei einem Fünfhunderter-Gesicht waren weit mehr als neunzig Prozent der Meinung, dieses Gesicht, also im Endeffekt diese *Person*, ziehe sie weitaus mehr an als jedes andere, das man ihnen vorher gezeigt hat. Und da alles einander bedingt, kannst du davon ausgehen, dass es eine Person mit einem *schwärzeren* Gesicht in dieser unserer kranken Welt viel weiter bringt als eine Person mit einem *weißeren* Gesicht. So ist das nun mal.«

»Dann ist es also das, was ihr tut? Ihr sucht ein lebendes Fünfhunderter-Gesicht?«

Ralf streicht sich mit der rechten Handfläche über sein glänzendes schwarzes Haar. »Das ist es, was wir taten. Bis wir dich fanden. Und Sophia.«

»Ich habe also ein Fünfhunderter …«

»Nein, nein. Das ist viel zu wenig. Du hast mindestens ein Hunderttausender-Gesicht. Wenn nicht noch mehr. Noch einmal: Es geht um Perfektion, Pirat!«

»Aber Perfektion ist in der Natur …«

»Eigentlich unmöglich, ja, das wissen auch wir. Dein Gesicht ist auch nicht perfekt. Aber es ist es annähernd. Sophias Gesicht ist noch weniger perfekt als deines, aber bei ihr kommt etwas hinzu, das das ausgleicht.«

»Und zwar?«

Ralf schaut eine Weile auf den Grund seines Gin Tonic. »Das kann ich dir schlecht beschreiben. Du musst es sehen.«

»Versuch es.«

Er sieht mich an. »Bewegungen, Pirat. Bewegungen von solcher Schönheit, dass du innerhalb einer Sekunde süchtig nach mehr wirst.«

»Wie soll ich mir das vorstellen?«

»Wie gesagt: Du musst es sehen. Alles, was sie macht, von ihrem Gang bis hin zu einem kleinen Zwinkern: Ich habe niemals zuvor eine derartige motorische Anmut gesehen. Stell dir vor, der Wind nähme menschliche Gestalt an: Das ist Sophia.«

Wir schweigen einen Moment. Dann setzt Ralf hinzu: »Aber auch das ist kein Zufall, denke ich.«

»Was?«

»Stell dir vor, du hättest schon dein ganzes Leben lang dieses Gesicht besessen, Pirat, von klein auf. Was wäre wohl passiert?«

»Keine Ahnung. Ich habe es erst seit wenigen Stunden.«

»Was habe ich dir vorher erzählt? Der Überlappungstest? Nun, auch im normalen Leben verhalten sich die Menschen dir gegenüber so wie in dem Test. Alle fühlen sich zu dir hingezogen. Vertrauen dir. Mögen dich. Starren dich an. Und nun stell dir vor, du bist eine Frau! Also das Geschlecht, das, zumindest bei den Menschen, naturgemäß mehr…nun, sagen wir: visuellen Beobachtungsmaßstäben unterworfen ist als der Mann. Wie würdest du werden?«

»Ich war noch nie ein Freund von Theorie-Spielchen, Ralf …«

»Ich denke, es bleiben nur zwei Möglichkeiten: Entweder du lernst, dieses Verhalten deiner Umgebung auszunutzen, also den größten Nutzen daraus zu schlagen, davon bewusst zu profitieren, bewusst die Menschen durch das dir gegebene Geschenk zu manipulieren. Oder du wirst dir deiner Verantwortung bewusst, der Gefahren, die deine Macht mit sich bringt, und versuchst, mit allen Mitteln deine Gabe zu unterdrücken. Zu verheimlichen. Möglichkeit eins macht dich, davon bin ich überzeugt, unweigerlich zu einem bösen Menschen. Möglichkeit zwei zu einem guten.«

Ich weiß nicht, was ich davon halten soll. Ich frage: »Was hat das mit ihren Bewegungen zu tun?«

»Die innere Haltung beeinflusst dein gesamtes Sein, Pirat. Wenn deine innere Haltung voller Güte und Sanftmut ist, sind es deine Bewegungen auch.«

»Also ist Sophia … ein guter Mensch?«

Ralf sieht aus dem Fenster. »Sophia hat allein gewohnt, in einem kleinen Haus am Stadtrand. Sie ist niemals ausgegangen. Sie hat gearbeitet bei einem telefonischen Auftragsdienst. Sie hat sich versteckt.«

»Also ist sie ein guter Mensch.«

»Sie ist der beste Mensch, den ich je gesehen habe. Aber damit auch der traurigste.« Ralf sieht mich wieder an, selbst einen traurigen Schimmer in den Augen. »Und genau das macht sie so perfekt für unser Projekt.«

»Wie habt ihr sie dann gefunden?«

»Das *Konsortium* findet alles und jeden, Pirat. Nur bei dir hat es gedauert.«

Ich blicke zu Hannah und Serena, um in ihren Gesichtern eine eventuelle Reaktion auf die seltsamen Reden Ralfs zu sehen, aber sie sehen beide abwesend aus den dunklen Wagenfenstern. Entweder haben sie gar nicht zugehört oder sie haben Ähnliches schon so oft zu Ohren bekommen, dass es sie langweilt.

Ralf steckt sich eine Zigarette an, bläst den Rauch durch die Nase und verzieht dann verächtlich das Gesicht. »Ich habe schon vor einem Jahr den Vorschlag gemacht, es operativ zu versuchen. Aber das *Konsortium* war dagegen. Zu umständlich. Zu unsicher. Angst vor Narben. Und jetzt haben wir dich: einen Mann, der sein Gesicht operieren ließ. Welch Ironie!«

»Wieso habt ihr es nicht am Computer versucht? Du hast doch selbst gesagt, dass man schon Tests am Computer damit gemacht hat.«

»Wir haben es versucht. Aber im Zusammenhang mit unserem Projekt funktioniert es nicht. Wir brauchen echte, lebendige Gesichter.«

»*Was* funktioniert nicht?«

Ralf antwortet nicht.

Ich versuche es anders: »Ihr ... also das Konsortium hat überall in Europa und Nordamerika nach perfekten Durchschnittsgesichtern gesucht. Wozu? Was ist der Zweck?«

Ralf hebt den Kopf und sieht mir direkt in die Augen. »Um den perfekten Film zu drehen, Pirat.«

Plötzlich bewegt sich der Sichtschutz leise surrend nach oben. Der kahle Kopf des Chauffeurs blickt zu uns herein und nickt einmal. Durch die Windschutzscheibe kann ich eine menschenleere Straße und die schwarzen Fassaden von Fabrikhallen erkennen.

»O.K. Wir sind fast da.« Ralf strafft sich. Ich höre seine Lederjacke knarzen.

»Der perfekte Film? Und was hab ich damit zu tun?«

Ralf schüttelt den Kopf. »Das soll dir Freddy erklären. Er ist der Regisseur. Ich habe dir ohnehin schon viel zu viel erzählt.«

Der Chauffeur lässt den Wagen rechts ausscheren, die Fahrbahn überqueren und vor einem flachen, aber breiten, schwarz glänzenden Garagentor in einem hohen Backsteingebäude halten. Das Tor beginnt sich langsam in die Wand zu schieben. Ein Blick auf Ralfs Armbanduhr sagt mir die Zeit: kurz vor drei Uhr morgens. Sollte ich tatsächlich ein Gift in mir haben, blieben mir noch vier Stunden.

Eine große, etwa einen Meter unter Straßenniveau gelegene Halle wird sichtbar, vier weiß gekalkte Säulen leuchten in grellem, kaltem Neonlicht. Der Chauffeur wartet, bis das Tor eingerastet ist, dann lenkt er die Limousine langsam eine kleine Rampe hinab in die Garage hinein und bleibt schließlich genau zwischen den vier Säulen stehen. Das leichte Vibrieren unter meinem Sitz erstirbt.

Ralf steigt aus, ich und die Mädchen folgen ihm. Ich blicke mich um. Die Garagenhalle ist leer bis auf die vier Säulen und einen eingerollten gelben Schlauch, der an einem Hahn an der Wand hängt. Nicht ein Stäubchen liegt auf dem Boden. Die Wand aus unverputzten roten Backsteinen wird nur durch zwei nebeneinanderliegende Türen auf der rechten Seite unterbrochen. Eine ist weiß gestrichen und aus Holz und die andere aus glitzerndem Stahl mit einer Schalttafel daneben. Offensichtlich eine Aufzugstür.

Ralf stellt sich direkt vor mich hin und starrt mich an. »Wir sind jetzt in unserem Allerheiligsten, Pirat. Deswegen noch einmal der Hinweis: Reiß dich zusammen. Mach keinen Ärger. Hilfst du uns, helfen wir dir. Ist das klar?«

»Ja, klar.«

»Können wir dir vertrauen?«

Ich bin selbst ein wenig überrascht, aber ich spüre, dass es die volle Wahrheit ist: »Ja, das könnt ihr.«

Etwas piept. Die Aufzugtür gleitet zur Seite und gibt den Blick frei auf eine voll verspiegelte Kabine. Freddy, groß, breit und blond, steht darin und blinzelt uns zu. »Na, bereit für die große Schlussszene?«

11. Der Gute

There's no place like home.

Erneut war das Poster von *Dark Passage* größer als die anderen. Wieder sagte mir eine Stimme: »Das ist die Spiegelszene!« Wieder sah ich Sophias Kopf zerplatzen. Der Unterschied zu den Tagen davor bestand darin, dass ich diesmal keinen Filmtraum gehabt hatte, also keine beruhigende Erinnerung, um die Nachwehen dieses Albtraums zu vertreiben. Zum ersten Mal, seit ich denken konnte, hatte ich im Schlaf weder die Welt gerettet, noch einen Filmstar gevögelt, noch einen Bösewicht getötet. Die Klappe war gefallen, und ich war nicht da gewesen.

Als ich aus der Dusche kam, klingelte das Telefon. Ich sah aufs Display: *Extern*.

Ich hob ab und sagte: »Na, Dix, was gibt es denn so früh?«

»Guten Morgen, Herr Gast. Hier ist nicht Dix. Entschuldigen Sie die frühe Störung, aber es ist wichtig.«

Es war die deutsche Stimme von Bruce Willis.

Nackt wie ich war richtete ich mich zu ganzer Größe auf. »Hören Sie, wer immer Sie auch sind, ich habe keine Lust mehr auf diese Spielchen. Keine Ahnung, was Sie wollen, aber so langsam geht es zu weit. Sind diese Leute ... diese Doppelgänger Freunde von ihnen? Patricia Watson, Michael Myers, Himmel, ich lach mich tot. Wen sollen Sie eigentlich darstellen? John McClane?«

Die Stimme zögerte. »Schön wäre es.«

»Wer sind Sie dann? Etwa dieser Ölbohrtyp, wie heißt er noch gleich ...«

»Nein, der bin ich nicht. Nennen Sie mich Joseph. Nein, Joe reicht.«

»Joseph ... Joe ...« Mein Blick wanderte zur Wand, zu dem Poster neben Humphrey. *The Last Boy-Scout.*

Ich rief in den Hörer: » Sie sind Joe Hallenbeck? Sie sind der *Last Boy-Scout*?«

»Ist doch jetzt egal. Hören Sie mir nun zu?«

»Sie wollen ein Ex-Bodyguard sein, der einen Menschen mit einem einzigen Schlag töten kann?«

»Ich ... nun ... ja ...«

»Scheiße, Joe Hallenbeck ist so ziemlich der coolste Hund, den es je in der Filmgeschichte gegeben hat! Sie dagegen klingen wie eine verweichlichte Flasche, die keinen klaren Satz mehr über die Lippen bringen kann!«

Leiser: »Wissen Sie noch, wie der Film ausgeht?«

»Er kehrt zurück zu seiner Frau und seiner pubertierenden Tochter und... O nein. Sie *sind* nun eine verweichlichte Flasche, die keinen klaren Satz ...«

»Seien Sie still!«

»Ich glaube es nicht! Joe und ein Vorstadtvater, eine Memme, ein Multivitaminsafttrinker ...«

»Seien Sie still!«

»Hat Ihre Tochter immer noch diese Spange, Daddy?«

»Sie sollen still sein!«

»Was machen Sie nun? Vorsitzender im Elternbeirat an der Highschool? Gründungsmitglied einer Bürgerwehr gegen Cannabiskonsum?«

»HALTEN SIE DEN MUND!«

»Halten Sie das eigentlich aus ohne den üblichen Schluck? Wo ist die Flasche? Unter der Spüle versteckt? Oder im Keller in der Bastelwerkstatt?«

Es klickte. Joe Hallenbeck hatte aufgelegt.

Ich betrachtete eine Weile sein Gesicht auf dem *The Last-Boy-Scout*-Poster. Den Dreitagebart über dem kräftigen Kinn. Die stahlharten Augen. Die Knarre in seinen Händen. Dann dachte ich wieder an Doc Braun und seinen plötzlichen Tod.

Wer auch immer mich die letzten Tage verfolgt hatte, was auch immer man mit mir beabsichtigte, was für ein Ende man für *mei-*

nen Film vorgesehen hatte: Nun hatten sie es mit einem anderen Alexander Gast zu tun. Mit einem, der sich nichts mehr gefallen ließ. Ich betrachtete mich im Ankleidespiegel und versuchte ein Gesicht wie Humphrey Bogart, vorzugsweise als Sam Spade in *Der Malteser-Falke* oder als Philip Marlowe in *The Big Sleep* (der ja direkt neben dem Spiegel hing), brach den Versuch aber sofort wieder ab. Nicht, weil ich mich dem Vorbild nicht gewachsen fühlte, sondern einzig und allein, weil ich nackt war.

Clarissa sah schrecklich aus. Sie saß hinter ihrer Rezeption wie Jane Fonda am Morgen danach in *Der Morgen danach* und hielt sich den Kopf.

»Hast du mich in Zimmer 8 getragen?«, fragte sie.

»Ja, habe ich.«

»Wie hast du das geschafft?«

»Das ging schon. So schwer bist du auch nicht.«

Sie meinte, ich solle mich zum Teufel scheren, also ging ich hinunter zum Frühstücksbuffet und aß drei Toasts mit Erdbeermarmelade, über den Schnittfehler in *Pretty Woman* nachsinnend. (Julia beißt in den Toast – Schnitt auf Richard – Schnitt zurück, und der Toast ist wieder unversehrt.)

Danach setzte ich meinen neuen Hut auf, trat auf die Straße und sah blinzelnd die sonnenüberflutete Straße entlang. Ich wusste nicht mehr, wie lange genau nun schon der Sommer so gnadenlos über der Stadt hing, aber drei Wochen waren es in jedem Fall. Drei Wochen lang nicht ein Regentropfen, nicht eine Wolke, ja nicht mal ein Windhauch. Ich war kein großer Wettertyp, ich nahm es meistens, wie es kam, aber sogar mir fiel so langsam auf, wie die Leute ächzten, wie die Luft sirrte und der Teer zornig blubberte. Nachts fiel die Temperatur nicht mehr unter 22°.

Im Film ist das oft ein Stilmittel: Über die ganze Länge des Streifens bleibt das Wetter gleich, egal ob Regen, Schneefall oder Sonnenschein, um dann am Ende, bei der Auflösung, beim Showdown, ins Gegenteil umzuschlagen. (*Sieben*: zuerst nur Regen, am Ende Sonne. *American Beauty* oder *Die Zwölf Geschworenen*: zuerst heiter bis wolkig, am Ende strömender Regen. *Magnolia*: zuerst Regen und Sonne, am Ende Frösche.) Besonders beliebt beim Showdown sind Gewitter, vor allem bei Horrorfilmen. Ich schnupperte in die Luft, ob Anzeichen dafür auszumachen wären, fand aber keine.

Ich kam fünf Minuten zu früh, doch Gregor war schon da. Kaum sah er mich, schnappte er sich das Telefon und verzog sich wie gestern ins Kabuff.

Später kam er wieder heraus, raufte sich die Haare und ließ seinen Zahnstocher so schnell zwischen den Lippen hin- und herflitzen, dass ich mir Sorgen machte, er könne sich verletzen. Wenn Kunden kamen, überließ er mir die Arbeit und zog brütend den Kopf ein.

Um zwei allerdings betrat eine Person das *Zero-Zone*, die ihn von seinem Stuhl hochfahren ließ. Der Zahnstocher fiel ihm aus dem Mund und landete auf dem Tisch, dort, wo vor über zwei Monaten noch der Zettel *Aushilfe gesucht* geklebt hatte.

»Aber, hallo, Mann!«, rief er.

Carla, heute in Bluejeans und einem winzigen rosa T-Shirt, lachte und verkündete: »Schön, dass ich mal den Chef kennenlerne!« Und sie packte Gregor über die Theke hinweg an den Schultern und gab ihm Küsschen auf die Wangen. Gregor guckte so wie Hugh Grant in neunzig Prozent seiner Filme guckt.

»Und wie geht es meinem Lieblingsvideothekar?«, wandte sie sich an mich.

»Oh, ganz gut …«

Sie ergriff meine Hand, die reglos neben der Tastatur gelegen hatte, und drückte sie. Ließ sie nicht wieder los. Ich stand auf, Carlas große braune Pupillen bohrten sich in meine, und ihr Gesicht nahm einen ernsten Zug an. Wir standen wohl ziemlich lange so herum, denn Gregor sagte irgendwann: »Kann ich euch irgendwie helfen, Mann?«

»Willst du einen Kaffee?«, fragte ich.

Carla nickte starr.

Ich führte sie an der Hand um die Theke herum, und wir gingen ins Kabuff. Ich schloss die Tür hinter mir.

Ich fragte: »Willst du noch eine Kussszene nach…«

»Sei still.«

Ich fiel mit ihr nach hinten, gegen die Tür. Das Holz ächzte.

»Bei so etwas eine Szene nachzuspielen, ist nur *einmal* witzig«, erklärte sie, noch ganz außer Atem als wir uns voneinander lösten. »Irgendwann ist es ein Armutszeugnis. Oder denkst du nicht?«

Mir war gerade nicht nach Denken zumute. Die Augen ganz verklebt nickte ich.

»Ich hätte eigentlich gar keine Zeit«, flüsterte sie. »Aber ich habe dich vermisst.«

»Ich dich auch …«

»Auch-Sätze sind auch irgendwann armselig, Videothekar.«

»Oh … ich …«

Sie schloss mir den Mund mit einem erneuten Zungenschlag. Diesmal war ich danach fast blind.

»Ich muss jetzt gleich weiter. Aber ich wollte dir persönlich sagen, was ich herausgefunden habe.« Carla presste ihre dicken Lippen aufeinander, und ich wusste sofort, dass sie keine guten Neuigkeiten hatte.

»Du weißt nicht, wer Sophia ist, was?«

Sie schüttelte den Kopf. »Es ist seltsam. Niemand weiß es. Zuerst habe ich die alten Drehpläne eingesehen, und darin stand, dass für die Szene in der Apotheke gar kein Komparse vorgesehen war. Dann habe ich bei der Agentur angerufen, die für das Additional Cast zuständig war, und auch die sagten mir, dass sie für den entsprechenden Tag niemanden an unseren Set geschickt hätten. Am Ende habe ich sogar Peter angerufen, habe ihn genötigt, seinen eigenen Film noch mal anzusehen, zumindest diese Szene, und weißt du was? Er ist beinahe ausgeflippt! Nicht genug, dass er nicht gemerkt hat, dass sich ein Gesicht ohne sein Wissen in seinen Film geschlichen hat, nicht genug, dass es ihm bei der ganzen Schneidearbeit und bei der Präsentation nicht einmal aufgefallen ist, sondern jetzt guckt diese Person auch noch ohne Unterlass in die Kamera! Er ist wirklich stinksauer.«

»Also, niemand weiß, wer das ist und wie sie auf das Bild kam?«

»Nicht ganz.«

»Was heißt das?«

»Als ich bei Peter anrief, war auch unser Spezialist für die Bildbearbeitung da. Und dem ist etwas aufgefallen.«

»Was denn?«

»Er hat das alles überprüft, hat die Sequenz in ihre einzelnen Bilder zerlegt ... Naja. Deine Sophia ist ein Gespenst.«

»Was heißt das, ein *Gespenst*?«

Carla blickte mich stolz an. »Sie war gar nicht da. Sie ist hineinkopiert.«

»Und das heißt?«

»Sie ist nachträglich digital ins Bild eingefügt worden. Das fällt nur kaum auf, weil sie sich nicht bewegt. Sie steht nur da, in immergleicher Pose und sieht in die Kamera.«

Ich überlegte. »Wer kann so etwas tun? Wer hat die Möglichkeiten dazu?«

»Im Grunde jeder, durch dessen Finger die letzte Schnittfassung ging. Ein großer Teil der Bild- und Tontechniker, die Leute vom Schnitt und natürlich Peter selbst. Aber der hat sich dermaßen aufgeregt, der war es sicher nicht.«

»Geht das überhaupt? Ich meine, so etwas muss doch jemand bemerken!«

»Überlege doch mal: Beachtest du in einem Film die Komparsen? Natürlich nicht. Komparsen fallen nur auf, wenn sie nicht da sind. Oder wenn sie Scheiße bauen, über irgendwelche Kabel stolpern, was weiß ich. Auch mir wäre nie aufgefallen, dass da eine Person in der Apothekenszene im Hintergrund steht und in die Kamera glotzt, wenn du mich nicht darauf hingewiesen hättest.«

»Aber was für einen Sinn macht so ein Hineinkopieren einer Figur?«

»Was soll ich dir sagen, vielleicht war es ein Scherz der Special-Effects-Crew, vielleicht hat ein Typ im Schneideraum eine Wette verloren, ich weiß es nicht. Jedenfalls: Peter rollt gerade die ganze Produktion auf. Wenn es jemand herausfindet, dann er.«

Ich nickte.

»Bist du jetzt enttäuscht?«, fragte sie.

»Nicht wirklich. Ich hatte so etwas erwartet.«

»Du hast so etwas erwartet? Wieso?«

Ich wusste es nicht. »Es war so ein Gefühl. Jedenfalls: Noch mal Danke.«

Carla gab mir einen schnellen Kuss auf die Wange. »Keine Ursache, Videothekar. Bringst du mich noch raus?«

Als wir die Tür öffneten, bedachte uns Gregor mit einem Blick, so schießschartig, dass Clint Eastwood vor Neid erblasst wäre.

»Tschüs!«, rief Carla und riss einen Arm in die Luft, so dass ihr rosa Mini-Shirt bis zur fünften Rippe hochrutschte.

»Jou«, brummte Gregor.

Ich folgte ihr noch bis auf die Straße.

»Ich weiß noch nicht, ob ich heute Abend Zeit habe«, sagte sie, indem sie nach meiner Hand griff. »Wir haben eine Scriptbesprechung. Sie wollen mich für einen *Tatort*. Was meinst du?«

»Keine Ahnung. Ich sehe kein Fern.«

»Ich bin mir auch nicht sicher. Ich wollte eigentlich mit Fernsehen nichts mehr zu tun…«

Ich fiel über ihren Mund her. Sie gönnte mir zwei oder drei Minuten, dann sagte sie kichernd: »Wenn das jetzt ein Fotograf mitbekommen hätte, der hätte für die nächsten Monate ausgesorgt.«

»Mir egal«, erklärte ich trotzig.

Sie musterte mich, jetzt wieder ernst. »Das ist wohl die Stunde der Auch-Sätze.«

Sie blinzelte, drehte sich um und hüpfte die Straße entlang wie Pippi Langstrumpf, Hihahopsasa.

Ich tat das einzig Richtige: Ich lehnte mich an die heiße Hauswand und rauchte eine.

»Himmelherrgottnochmal, das ist ja nicht zu fassen, Mann, spinn ich jetzt total, oder was, haben sie mir in mein altes Hirn gekackt, leide ich an einer Realitätsverschiebung sondergleichen, oder war das da gerade eben gottverdammtnochmal CARLA TABORI, die du vor meiner Videothek und in meiner Kaffeeküche abgeknutscht hast, als sei es zum Teufel noch mal das Selbstverständlichste auf der Welt, verdammte Scheiße, Mann!«

»Ja, sie war es.«

»SCHEISSE! DAS GIBT ES DOCH GAR NICHT!«

»He, Gregor, hör zu, ich weiß doch auch nicht, wie das passiert ist, jedenfalls …«

»Warte!«

Gregor ging zur Tür, drehte das Schild auf *Geschlossen* und schloss ab. Ich hatte den Eindruck, dass die Ladenöffnungszeiten in der letzten Zeit ziemlich durcheinander gerieten.

»Was tust du?«, fragte ich, als Gregor unter dem Tresen verschwand. Er antwortete nicht. Ich hörte ihn in ein paar Kartons herumwühlen, dann kam er wieder zum Vorschein, zwei Gläser und eine Flasche in der Hand. *Wild Turkey*, randvoll.

»Trinkst du, Mann?«, fragte er böse.

»Neuerdings wieder, ja.«

»Na, dein Glück.«

»Was hast du vor?«

»Wir, mein Freund«, sagte er, ließ sich in seinen Stuhl fallen, schenkte zwei große Gläser voll und grinste mich gefährlich an. »Wir beide werden uns jetzt mal unterhalten. Wird höchste Zeit, denke ich.«

Ich dachte an gestern, an das Gespräch mit Dix. *Der Arbeitskollege trägt entweder zur Entwicklung des Helden bei, meistens als Gegenpol, oder er liefert wichtige Informationen.* Ich hatte nicht den Eindruck, dass Gregor ein Gegenpol von mir war. Schnell sagte ich: »Gute Idee. In Ordnung.«

»Also setz dich und mach den Mund auf, Mann!«

Ich setzte mich neben ihn, und er schob mir ein Glas vor die Brust.

»Was willst du denn wissen?«

»Was ich wissen will, fragst du? Was ich wissen will? Scheiße, ich will wissen, wie du dazu kommst, einen der größten deutschen Film-Stars in meiner Kaffeeküche flachzulegen!«

»Wir haben uns nur geküsst, Gregor.«

»Vollkommen nebensächlich, Mann. Also was ist nun?«

»Ich erzähle dir nur von Clara, wenn du mir danach etwas von dir erzählst.«

Gregor bewegte seine Lippen auf der Suche nach einem Zahnstocher. »Was soll das? Das hier ist kein Doktorspiel, Mann.«

»Nein, das ist ein Gespräch unter Kollegen, ich weiß. Dennoch machst du dann auch mal den Mund auf, in Ordnung?« Ich hielt ihm mein Glas hin.

»Ich weiß zwar nicht, was dieses Getue soll...« Er hob sein Glas und stieß es an meines. »Aber bitte.«

Ich erzählte ihm die Geschichte mit Carla, was gerade mal bis zur Neige meines Glases dauerte. Danach schüttelte er den Kopf. »Ich glaube es immer noch nicht.«

Er schickte sich an, mir nachzuschenken, aber ich schob die Hand über das Glas. »Ich habe gestern Nacht schon getrunken, Gregor.«

Gregor knurrte, in der Bewegung eingefroren. Ich seufzte und zog die Hand weg, er senkte den Flaschenhals, und mein Glas füllte sich zum zweiten Mal.

»Na dann. Jetzt bin also ich dran.« Er fand einen Zahnstocher neben der Tastatur und führte ihn seiner Bestimmung zu. »Was willst du wissen, Mann?«

Ich wusste nicht, wo genau in Gregors Leben ich nach einer

wichtigen Information für mich suchen sollte. Ich kannte nur sein *Zero-Zone*-Leben.

»Wie alt bist du?«

»Was bringt dir zu wissen, wie alt ich bin, Mann?«

»Ich bin sechsunddreißig.«

»Na schön. Zehn Jahre mehr. Ungefähr.«

»Was hast du vor dem *Zero-Zone* gemacht?«

»Gib mir mal so eine Zigarette.«

Ich gab ihm eine. Er nahm seinen Zahnstocher aus dem Mundwinkel und legte ihn sorgfältig zurück an seinen Fundort. Dann hielt er sich die Zigarette vor die Lippen und leckte sie von allen Seiten an, wie eine Zigarre. Schließlich gab er sich Feuer, schickte einen perfekten Kringel gen Himmel und sagte: »Dann hör mal gut zu, Kleiner!«

Ich markierte ein ernstes Gesicht und sagte: »Bin ganz Ohr, Mann.«

»Also: Vor dir sitzt ein Kind des Films. Ich hatte schon immer mit Film zu tun, so lange ich denken kann. Meinen ersten Fotoapparat hatte ich mit sechs, meine erste 8-Millimeter-Kamera mit vierzehn. Mit sechzehn begann ich zu arbeiten als Filmvorführer. Ich brauchte kein Geld oder so; ich tat das aus Interesse. Das machte ich bis ich aus der Schule raus war. Dann begann ich zu studieren. Und was studierte ich?«

»Etwas mit Film?«

»Richtig, Mann. Ich studierte an einer Filmakademie. Kamera und Regie. Doch irgendwann merkte ich, dass ich trotz aller Erfahrung nicht der Mann fürs Praktische war. Es zog mich zur Theorie. Ich brach ab und begann ein neues Studium: Filmwissenschaften. Da war ich bereits Mitte zwanzig.« Er hielt kurz in der Erzählung inne und klatschte in die Hände. »Weißt du, wer da mit mir studiert hat?«

»Nein, wer ...«

»Konstanze Nicht! Mann, war ich verliebt. Scheiße, ich glaube, ich bin es immer noch.« Er strich sich durch seine wirren Haare uns sah hinauf zur Decke der Videothek. »Jedes Mal, wenn ich sie sehe, wird mir ganz anders.«

»Wer ist Konstanze Nicht?«

»Du kennst Konstanze Nicht nicht?«

»Nein, wer …«

»Sie ist die bekannteste Film-Expertin im deutschen Fernsehen, Mann! Sie hat eine eigene Sendung! Immer, wenn ein Bericht von einem roten Teppich kommt, Hollywood, Cannes, Venedig, ist sie vor Ort! Ein Prachtweib, Mann, ich schwöre es, ein Prachtweib …«

»Ich sehe kein Fern, Gregor.«

Er senkte den Blick, sah mich an und schluckte. Er sah sich um, nach links und nach rechts, dann räusperte er sich. »Vielleicht kann Carla ja mal was klarmachen?«

»Klarmachen?«

»Na, sie kennt Konstanze doch sicher. Wie wäre es mit einem Bier zu viert, oder so?«

»Ich werd sie fragen.«

»Gut, Mann. Gut, Mann.« Gregor straffte sich und nahm einen Schluck. »Wo waren wir? Theorie. Also: Ich merkte bald, dass auch das nicht wirklich mein Ding war, aber diesmal entschloss ich mich, das Studium durchzuziehen. Ich verließ die Uni mit zweiunddreißig, wenn ich mich recht entsinne. Das war irgendwann Anfang der Neunziger. In der Folge arbeitete ich als Kritiker für ein paar Magazine, stieg auf zu einer überregionalen Tageszeitung. Doch auch dort fühlte ich mich nur bedingt wohl. Im Grunde war das schon das, was ich wollte: meine Meinung zu einem Film öffentlich kundtun…«

»*Öffentlich kundtun.* Was ist denn mit dir auf einmal los?«

Er grinste. »Hättest du mir nicht zugetraut, was? Wenn ich will, habe ich eine Rhetorik drauf, Mann, da bleibt dir die Spucke weg. Wart nur ab! «

Ich hob die Hände.

»Gut, weiter. Aber die Umstände dieses Jobs gingen mir mit

der Zeit mehr auf den Sack als alles andere. Damals hatten die Chefetagen in den Zeitungen noch nicht verstanden, dass das Medium Film eine eigenständige und nicht mit den üblichen Mitteln fassbare Kunstform darstellt. Was sage ich, das haben sie heute auch noch nicht. Jedenfalls: Andauernd wurde ich dazu angehalten, mich den anderen Seiten des bekackten Feuilletons anzupassen, das heißt, ich wurde dazu gezwungen, den jeweiligen Film in einen blöden allgemein-gesellschaftlichen Kontext einzubauen, Vergleiche mit dieser oder jener Kunstrichtung anzustellen, eine sozial oder politisch relevante Aussage des Films zu finden, selbst wenn es sich um einen Film handelte, der per se nichts Anderes wollte als unterhalten. Per se. Das ist Latein, Mann.«

Ich hustete. »Was auch immer.«

»Was soll ich sagen, was das Inhaltliche anging, bereitete mir das keine großen Probleme. Du kannst in jedem Mist eine gesellschaftliche Relevanz finden – musst es nur wollen. Ich machte mir sogar manchmal einen Spaß daraus, einen Sinn zu finden, wo es keinen gab und brauchte. Ich kann mich erinnern, dass ich – 92 oder so –, als *Das Schweigen der Lämmer* anlief, geschrieben habe, dass der Kannibalismus von Doktor Lector den Neo-Kapitalismus der Post-Reagan-Ära in Amerika und der Post-Thatcher-Ära in Europa darstelle, und dass im Gegensatz dazu der Killer, der Hautfetzen aus seinen Opfern schneidet, den untergegangenen Kommunismus darstelle. Und weißt du was, Mann? Das war der Artikel, der dafür sorgte, dass man mich von dem Magazin abwarb und für die Zeitung schreiben ließ. Jetzt kannst du dir also vorstellen, was für Leute in den großen Zeitungen sitzen. Im Gegensatz zu mir verzapfen die aber wahrscheinlich unabsichtlich solche Scheiße, Mann.«

»Und weiter?«

»Wie gesagt, das Inhaltliche bereitete mir keine großen Probleme. Ich lachte mich manchmal halb tot, wenn wieder so ein Artikel von mir ohne Beanstandung durch die bekackte Redaktionssitzung ging. Was mir aber wirklich Probleme bereitete, war der Stil. Der Ton, den ich beibehalten sollte.«

»Kann ich mir vorstellen«, sagte ich. »*Per se* sozusagen.«

»Witzbold, was? Damit meine ich aber nicht nur den Stil, in den ich den Mist verpacken musste, den ich in den Artikeln von mir gab. Ich meine auch den Stil dieser ... dieser Meinungs-Snobs untereinander, dieser widerwärtigen ... lassen wir das. Lange Rede, kurzer Sinn: Eines Tages kam zum wiederholten Mal der bekackte Chefredakteur zu mir und sagte, meine Schreibe gehe so nicht durch. Ich weiß noch wie heute, es handelte sich um einen Artikel zu irgendeinem Todestag oder Post-Mortem-Geburtstag von Fassbinder. Andauernd wird Fassbinder gefeiert, der Typ hat irgendwie ständig Todestag oder Geburtstag. Jedenfalls war das damals ein ziemlich wichtiges Datum. Das war 95, glaube ich. Du magst Fassbinder nicht sonderlich, was?«

»Nicht sonderlich.«

»Jaja, weiß schon, du bist so ein Blockbustertyp. Jedenfalls: Ich mag Fassbinder, und ich gab mir Mühe, auch wenn das bestimmt der dreißigtausendste Todestags- oder Geburtstagsartikel war, den er bekam. Inhaltlich musste ich mir diesmal auch nichts aus den Fingern saugen, denn Fassbinder war ja tatsächlich ein politischer Regisseur, also jemand, der gesellschaftlich relevante Filme machen *wollte*. Genau das ist nämlich der Punkt: Wenn der Regisseur es *will*, kann man durchaus auch entsprechende Artikel schreiben, aber nicht alle wollen es, verdammt noch mal, die meisten wollen nur eine Geschichte erzählen, etwas bebildern ... wo war ich?«

»Fassbinder. Der Artikel.«

»Ich setzte mich also hin und schrieb einen Artikel, in dem ich das Werk Fassbinders...«

»Sein Œuvre.«

»Vorsicht, du bewegst dich auf dünnem Eis, Mann. Ich schrieb also einen Artikel, in dem ich sein Werk mit seinem Leben verknüpfte. Es hagelte Worte wie gesoffen, besoffen, rumhuren, vollgekokst, kotzen, fett, Titten, Schwänze, was weiß ich noch alles.«

»Eine Zeitung ist eine Zeitung, Gregor. Da ist die Sprache nun mal anders.«

Er sah mich an, als hätte ich ihm ins Gesicht gespuckt. Innerhalb einer Sekunde wurde er hochrot.

»Aber es geht um Filme! Es geht nicht um Aristoteles oder Shakespeare oder den gottverdammten Goethe! Es geht um Filme, Mann! Es geht um Filme, in denen genau so gesprochen wird, verstehst du, schon seit den späten Sechzigern so gesprochen wird, wie man *wirklich* spricht! Und in den Neunzigern regt sich ein Seitenscheitel und Schlips tragender Yuppie auf, wenn ich Titte schreibe und nicht Brust! Und außerdem: Was weißt denn du schon von Zeitungen!«

Ich schwieg, denn er hatte recht. Gregor kippte seinen Drink und schenkte sich nach. Diesmal vergaß er mein Glas.

»Dann kam er mit dem Argument, dass Fassbinder ein nationales Monument darstelle und dass deswegen auch Leute, die normalerweise nur die Literatur- und die Theaterseite lesen, sich für den Artikel interessieren würden. Na und? Na und, habe ich gesagt! Erstens wird im modernen Theater und in der modernen Literatur noch mehr auf die sprachliche Kacke gehauen als im Film, und zweitens habe ich nur Worte benutzt, die auch in den Filmen vorkommen, um die es geht!«

Gregor redete sich in Rage. Er wurde allgemeiner, verurteilte schließlich den gesamten Journalistenverband, schickte allen Feuilletonisten der Welt die Pest an den Hals, und ich fragte mich, ob ich aus diesem Geschrei wirklich eine brauchbare Information für mich herausziehen könnte. Es sah nicht so aus. Ich beschloss, die Sache abzukürzen.

»Komm zu einem Ende, Gregor! Was ist dann passiert mit diesem Artikel und diesem Redakteur?«

»Ich habe ihm auf sein verdammtes Klugscheißer-Maul gehauen, flog in hohem Bogen raus und habe nie wieder eine Zeile geschrieben.« Er leerte ein weiteres Glas und knallte es auf den Tresen zurück. »War wohl das Beste, was ich je gemacht habe. Ich nehme mir noch so eine Zigarette.«

»Du hast ihn geschlagen?«

»Zwei Zähne waren weg. Hoffe, das war ganz im Sinne von Rainer Werner, hehe.«

Wir schwiegen eine Weile. Ein Blick auf die Flasche zeigte mir, dass Gregor heute wohl nicht mehr vorhatte, das Schild an der Tür auf *Geöffnet* zu drehen. Ich überlegte, wie ich es am Geschicktesten anstellte, jetzt ohne große Diskussion nach draußen zu kommen, da nahm das Gespräch eine Wendung.

Kennen Sie folgendes Dialogschema? Meistens tritt es irgendwann am Ende des zweiten Drittels des Films auf, der Held und sein Partner machen eine Verschnaufpause und zerbrechen sich bei einer Flasche Hochprozentigem den Kopf, was hier vorgeht (»Baseball«, »Mörder« und »Kind« sind hier frei ersetzbare Variablen):

Person A (verzweifelt): »Wenn ich nur wüsste, was das alles zu bedeuten hat!«

Person B (gedankenverloren): »Hach ja! Das ist wie in meiner Kindheit, auf der Schule, als ich einmal nach dem dritten Inning den Ball im Flug aus der Luft pflückte ...«

Person A stutzt.

Person B: »Ich warf den Ball schon zurück, da flog ich noch. Der Ball kam genau zu meinem Mann, der Spieler der anderen Mannschaft, der schon losgelaufen war, war raus, doch ich krachte auf meine Schulter und hatte mir den Arm ausgekugelt ...«

Person A (aufgeregt): »Was hast du gerade eben gesagt?«

Person B (weiterhin verträumt): »Ich habe meinen Arm ausgekugelt, als ich ...«

Person A (noch aufgeregter): »Nein, davor! Davor!«

Person B: »Ich weiß nicht ... was habe ich denn gesagt....in meiner Kindheit, auf der Schule ...«

Person A (aufspringend): »Das ist es! Das ist es! Der Mörder ist ein Kind!«

Gregor sagte (gedankenverloren): »Ich habe eben ein Problem mit Zensur. Bei Filmen und bei mir. Das hat wohl angefangen mit meiner Abschlussarbeit und dem PoV-Shot-Kurzfilm. Und zieht sich über diesen Schreiberyuppie bis hin zu meinen Eltern ...«

Ich (stutzend): »Was ...«

»Wer weiß, wo ich heute wäre, hätte ich nicht so einen miesen Vater gehabt...«

»Was hast du gesagt ...«

»Na, hätte ich nicht so einen miesen...«

»Nein, vorher!«

»Das mit dem PoV-Shot-Kurzfilm?«

»Ja! Ja!«

»War Teil meiner Abschlussarbeit an der Uni. Und mein Vater hat mich zensiert. Verstehst du? Scheiße, Mann, dein eigen Fleisch und Blut zensiert dich.«

Ein Blick in Gregors verzerrtes Gesicht zeigte mir, dass ich jetzt äußerst behutsam sein musste, um etwas zu erfahren. Ich entschloss mich zu schweigen. Es funktionierte schneller als gedacht.

»Weißt du, wer mein Vater ist? Sagt dir Hans Linde etwas?«

»Was?! Das ist dein Vater?«

»Das ist mein Vater. Ja, Mann. Haut dich um, was?«

»Das ist einer der größten Produzenten Deutschlands! Was sage ich! Europas!«

»Jetzt ist leicht verständlich, wieso ich schon immer mit Film zu tun hatte, was?«

»Aber wieso arbeitest du in einer Videothek? Dein Vater hat doch Geld und Einfluss ...«

Gregor sagte leise: »Weil ich will, Mann. Weil ich will. Stell noch einmal so eine Frage und du bist längstens hier Videothekar gewesen. Alles klar?«

Ich hob erneut die Hände. »Was ist passiert? Was für ein Kurzfilm?«

Gregor betrachtete mich über seine Kastenbrille hinweg, als wolle er überprüfen, ob ich es wert sei, dass er auch nur noch ein Wort sage. Dann nahm er die Flasche und schenkte mir nach. Ich wehrte mich nicht.

»Ich hatte noch einen Freund an der Akademie, wo ich vorher war, und der wollte mir bei meinem Projekt helfen. Der Titel dieser Arbeit sollte sein: *Film als Medium der Massenbeeinflussung – Möglichkeiten und Gefahren*. Ich war zuständig für die Theorie, das heißt, ich suchte in der Filmgeschichte für Beispiele von Massenmanipulation und versuchte diese zu erklären, und mein Freund, Dan hieß er, sollte ein praktisches Beispiel liefern. Diesen Kurzfilm. Oder besser: eine Studie. Nicht länger als fünfzehn Minuten. Aber es kam gar nicht so weit.«

»Erzähl mir von der Studie!«

Gregor sah mich böse an. »Willst du die Geschichte nun hören oder nicht?«

»Ja, ich …«

»Dann unterbrich mich gefälligst auch nicht, Mann!«

»Schon gut, schon gut.«

Gregor drückte mit unbestreitbarer Grazie die Zigarette in der Luke-Skywalker-Tasse aus.

»Es ging in der Arbeit um die Manipulation des Zuschauers, wie gesagt, beabsichtigt oder nicht, deswegen auch *Beeinflussung*. *Manipulation* setzt ja immer einen Willen voraus, dies zu tun. Ich wollte die Entwicklung von Effekten dokumentieren, die Perfektionierung der CGI's, den Einsatz von Musik und Ton, von Lichtgebung, und all das unterfüttert von Beispielen aus der Filmgeschichte, als es schon einmal Massenphänomene wegen eines Films gegeben hat. Schließlich wollte ich zeigen, was möglich *wäre*, heutzutage, und das war der Punkt, wo Dan und der Kurzfilm ins Spiel gekommen wäre. Heutzutage heißt in diesem Fall Anfang der Neunziger; wenn ich die gleiche Arbeit heute noch einmal schreiben müsste, käme ich aus der technisch-elektronischen Ecke wahrscheinlich gar nicht mehr heraus. Mann, du guckst wie ein Kaninchen. Weißt du überhaupt, was CGI's sind?«

»Computer Generated Images. Sprich weiter!«

Gregor nahm den Zahnstocher vom Tisch und steckte ihn in den äußersten linken Rand seines zu einem souveränen Lächeln verzogenen Mundes. Sein Zorn schien verflogen.

»Weißt du, ich denke, alles, was bisher auf dem Sektor der visuellen Manipulation geleistet wurde, war nur halbherzig. Oder was heißt halbherzig. Sagen wir: Es war entweder zu früh oder die Mittel wurden nicht voll ausgeschöpft oder beides. Dennoch wurde es versucht, über die Jahre hinweg. Kannst du dir überhaupt vorstellen, was ich meine mit Massenbeeinflussung?«

»Weiß nicht. Mädchen, die sich anziehen wie Kate Winslet, oder Kinder, die sich Darth-Vader-Figuren kaufen?«

»Da haben wir es schon! Das mit den Klamotten ist Beeinflussung. Das mit den Figuren ist Merchandising. Das musst du trennen, Mann!«

Ich wurde ungeduldig: »Haarspalterei, Gregor.«

»Haarspalterei? Diese Haarspalterei wurde zensiert! Verboten!«

Ich riss mich zusammen. »In Ordnung.«

Der Zahnstocher wanderte, gelangte an sein neues Ziel, den rechten Mundwinkel. »Also, Beispiele für Massenbeeinflussung durch Film...Ich weiß nicht, ob ich noch alle Filme aus dem Gedächtnis kramen kann, aber ich versuche es. Als erstes war da natürlich *Top Gun* von 1986. Denn was mittlerweile fast alle wissen, die sich mit Film beschäftigen: Der Film wurde vom US-Verteidigungsministerium mitfinanziert. Der Film war konzipiert als reine Werbemaschine – und es hat funktioniert. Die Quote der Anträge für Neuaufnahmen in die US Air Force hat sich nach *Top Gun* mehr als verdoppelt. Weißt du, was das heißt? Verdoppelt, Mann! Und dazu hat es nicht mehr gebraucht als überdurchschnittlich gut aussehende Darsteller, Tom Cruise, Val Kilmer und so weiter, einen ehemaligen Werbefilmer wie Tony Scott als Regisseur, der wusste, wie man so simple Dinge wie Flugzeuge zeigt als wären es perfekte fliegende Schwänze, und eine Handlung, die den harten Alltag zwar andeutet – es stirbt der beste Freund des Helden –, aber niemals bis in alle Konsequenz fortführt. Will sagen: Der Zuschauer darf kurzzeitig geschockt sein, sich aber niemals länger als ein paar Minuten unwohl fühlen. Feel-Good-Movie, eben.«

»Du meinst, Good-Feel.«

»Was, Mann?«

»Egal.«

Kurz wirkte Gregor orientierungslos. Dann fand er sein Glas, tauchte den Zahnstocher hinein und steckte ihn zurück in den Mund.

»*Top Gun* … Ja, nun brauchte es nur noch eine akustische Untermalung, sprich Musik, die vor heroischen Dreiklängen und Quinten nur so wimmelt, eine geniale Licht- und Farbgebung – der Filtereinsatz in *Top Gun* ist unbestreitbar bahnbrechend –, und der gemeine Ami rennt zur Army wie ein geiler Köter zu einer läufigen Hündin. Wenn das keine direkte Beeinflussung ist, Baby.« Gregor lehnte sich zurück und steckte sich eine weitere von meinen Zigaretten an.

Ich machte »Hm«.

Gregor betrachtete mich durch den Rauch vor seinem Gesicht. »Du willst ein subtileres Beispiel?«

»Bitte.«

»Kennst du *Don't look now*? Mit Donald Sutherland und Julie Christie?«

Jetzt nahm ich mir auch eine Zigarette. »Das ist der, den sich Patricia Watson ausgeliehen hat.«

»Stimmt ja, Mann. Hat sie ihn jetzt schon …«

»Nein. Immer noch ausgeliehen.«

Gregor gab mir mein Feuer. »Jedenfalls: 1973. Obwohl *Don't look now* ein britischer Film war, war er eindeutig beeinflusst vom New Hollywood. Neue Erzähltechniken, neue Bildkompositionen, bahnbrechende Schnitttechnik. Nicholas Roeg schuf einen Film, der sich bis heute einen gewissen Kultstatus erhalten hat. Das liegt zum einen an solch wunderbaren Szenen wie zum Beispiel der Liebesszene in der Mitte des Films zwischen den Hauptdarstellern. Der Zeitablauf wird aufgebrochen, du erinnerst dich, oder? Die Momente Ausziehen, Vorspiel, Sex und Nachspiel werden bunt durcheinander gewürfelt, was weiß ich, auf Kopulation folgt Ausziehen folgt Nachspiel folgt Vorspiel … ah, es gibt übrigens eine Hommage an diese Szene aus den Neunzigern…«

»In *Out of Sight* von Soderbergh, ich weiß, Clooney und die Lopez …«

»Richtig, Mann. Aber diese Szene war nicht der einzige Grund für den Kultstatus. Der eigentliche Grund ist die wahnsinnig atmosphärische Dichte. Es gibt kaum ein A-Movie, das mehr feelbad ist als dieser Film.« Seine rechte Braue erschien über dem Rand der Kastenbrille. »Oder bad-feel. Such es dir aus, Mann!« Die Braue wanderte zurück. »Jedenfalls: Da stimmt einfach alles. Die langen, suggestiven Kameraeinstellungen, die Farbgebung – Venedig ist nichts weiter als ein zwischen Kalkweiß und schmutzig grau pendelnder albtraumhafter Haufen der Fäulnis, in dem plötzlich ein knallroter Zwerg auftaucht –, die zurückhaltende, zehrende Musik und nicht zuletzt natürlich die Botschaft: der Tod als Erlösung aus einem nicht mehr zu ertragenden Leiden, das sich Leben nennt. Und jetzt kommts: Ich habe mich auf einschlägigen Web-Sites umgesehen, mit Leuten in Roeg-Clubs gesprochen: Es hält sich hartnäckig das Gerücht, dass dieser Film ein Suizid-Film ist.«

»Bitte?«

»Hunderte von Leuten haben sich nach dem Film das Leben genommen.«

»Bitte?«

»Ja, Mann, sei nur skeptisch, ist dein gutes Recht. Ich hätte das wahrscheinlich auch in meiner bekackten Arbeit nicht verwenden können, da es keinerlei wasserdichten Beweis dafür gibt. Aber wenn du mit diesen Leuten aus den Clubs sprichst und liest, was sie zusammengetragen haben ... Im Winter 73/74 hat es in London, der Stadt, in der die meisten Kopien liefen, nicht unbedingt mehr Selbstmorde gegeben als sonst auch, aber es gibt eine eindeutige Verbindung zwischen ... na ja, diese Leute behaupten, sie hätten herausgefunden, dass ein erschreckend hoher Prozentsatz der Suizidopfer vorher in diesem Film gewesen ist.«

»Ich glaube nicht an solche Sachen, solange du mir nicht ein paar Zahlen auf den Tisch legst, die das beweisen, Gregor.«

»Himmelherrgott, es ist unmöglich, da genaue Zahlen zu finden, Mann! Wer käme auf die Idee, überhaupt nach solchen Zahlen zu *suchen*! Der Gedanke an sich ist doch absurd!«

»Eben.«

Gregor stand auf, stemmte die Hände in den Rücken, dehnte sich und setzte sich wieder hin.

Er sagte: »1971. Stanley Kubrick. *Clockwork Orange.*«

»Gut. Das weiß ich selbst. Wenngleich man davon ausgeht, dass viele der damaligen Vorfälle nicht wirklich mit dem Film zu tun hatten, sondern einfach nur von der britischen Presse als eine Art Hetzkampagne gegen Kubrick missbraucht wurden.«

»Viele. Aber nicht alle. Der Film *hat* Gewalt verursacht. Er *hat* Jugendbanden dazu animiert, in Villen einzubrechen, die Bewohner zu schikanieren, zu rauben und zu plündern. Er *hat* Morde provoziert.«

»Aber nicht in dem Ausmaß, wie damals geschrieben wurde.«

»Dennoch gab es diese Fälle. Nicht umsonst hat Kubrick selbst den Film aus den britischen Kinos nehmen lassen. Im Übrigen ein einmaliger Fall in der Filmgeschichte: Ein Regisseur zieht seinen eigenen Film zurück.«

»In Ordnung, das lasse ich gelten. Und womit hat Kubrick manipuliert?«

»Ich würde sagen, hier sehen wir einen der Fälle, in dem mehr das Umfeld des Films eine Rolle spielt als der Film selbst. Will sagen: Die Zeit – die Gesellschaft – war reif für solch einen Film. Heutzutage würde wahrscheinlich kein Jugendlicher mehr wegen so eines Films auch nur den Arm heben. Andererseits ist anzumerken, dass der Film natürlich eine immense emotionale Wucht hat: Die Musik, wie oft bei Kubrick, konterkariert das Gezeigte vollkommen und macht es dadurch erst so richtig erschütternd, die Erzählstruktur, auch eine Kubrick-Spezialität, kümmert sich einen Dreck um althergebrachte Erzählformen und zielt einzig auf die Bebilderung einer zerrissenen Persönlichkeit als Synonym für eine zerrissene Gesellschaft, und exzessive Gewalt gilt als einziger Ausweg aus dieser Zerrissenheit. Womit ich jetzt zu Filmen springen möchte, bei denen ich besser Bescheid weiß als jeder andere, Mann. Gang-Filme.«

Ich hatte schon darauf gewartet. »Aber mach es kurz.«

Gregor sah mich prüfend an. »Du weißt Bescheid. Also reicht wohl eine Aufzählung, was?«

»Ich denke schon.«

»Schön, mal sehen, wie viele ich hinbekomme: *Colours*, *Boyz'n the Hood*, *Menace 2 Society*, *Blood in Blood out*, *Fresh*, *New Jack City* … hmm, ein paar musst du abziehen, die gab es Anfang der Neunziger noch nicht.«

»Vergiss den französischen Gang-Film nicht: *La Haine*.«

»Richtig, Mann. Gut! All die Ausschreitungen nach diesen Filmen waren natürlich auch nur kleine, lokale Begebenheiten, sprich meist nur in L. A., und direkt in den Kinos oder nach den Vorstellungen. Aber nichtsdestotrotz: Es gab sie.«

»Aber das hat erneut weniger mit Manipulation des Zuschauers zu tun, als vielmehr mit den Thematiken, Gregor.«

»Es hat *immer* mit den Thematiken zu tun, natürlich. Aber um zu zeigen, zu was Kino fähig ist, komme ich um die Nennung dieser Filme nicht herum. Und auch die Sache mit dem Massaker in Columbine müsste ich heute wohl erwähnen, auch wenn das Thema schon oft durchgekaut wurde. Aber Scheiße, es ist eine Tatsache, dass diese Typen so angezogen waren wie Keanu Reeves in *Matrix*, als sie ihre Mitschüler abgeknallt haben.«

»Was du da vorhin mit dem dünnen Eis gesagt hast …«

»Schon gut, schon gut.« Gregor schenkte sich nach. Ich kann nicht sagen, das wievielte Glas es war; ich hatte zu zählen aufgehört. Mein Glas aber schien er erfreulicherweise vergessen zu haben.

»Aber ich wollte gar nicht so viele drastische Beispiele verwenden. Es gab genug andere Exempel für die Macht des Mediums Film, die ohne Mord und Totschlag auskommen und die ich auch auf meiner bekackten Liste hatte. Denk an den Boom von Pagenkopf-Kurzhaarschnitten nach *Außer Atem*. Jeder wollte aussehen wie Jean Seberg. Denk an *Der große Gatsby* von 73. Danach sind alle in die Klamottenläden gerannt und haben sich angezogen wie in den amerikanischen Zwanzigern. Oder was weiß ich: der Siegeszug von Harley Davidson nach *Easy Rider*. Von Aston Martin nach *Goldfinger*…« Plötzlich sah er auf. »Was ist eigentlich dein Lieblingsbond?«

So langsam wurde ich ungeduldig. Das war zwar alles interessant, was mir Gregor zu erzählen hatte, aber noch weit vom Thema Subjektive Kamera entfernt. Ich sagte: »*Lizenz zum Töten*.«

»WAS?! Bist du noch ganz dicht? Dein Lieblingsbond ist einer mit Timothy Dalton?«

»Gregor, bitte. Wir wollen zur Subjektiven …«

»Jaja. Meiner ist übrigens *Im Geheimdienst Ihrer Majestät*.«

»Klar.«

»Diana Rigg sieht fast so aus wie Konstanze Nicht.«

»Gregor, verdammte Scheiße …«

»Jaja. O.K. Also: Ich war und bin von einer Sache überzeugt, Mann: Das alles, was ich dir aufgezählt habe, sind nur Kinkerlitzchen. Wie habe ich in meiner Arbeit als Einleitung geschrieben? Vorsicht, bekacktes Feuilletonistendeutsch, Mann…« Er hob das Kinn, schob sich die Brille auf die Nasenwurzel und fixierte mich über den Rand. Mit belehrender Stimme sagte er: »Wenn wir all die Dinge vereinen, die wir wissen aus der modernen Psychologie, so verpönte Randsparten wie Hypnose eingeschlossen, die wir kennen aus der Filmgeschichte, aus diversen Fallbeispielen, und diese vermengen mit so rätselhaften Dynamiken wie dem Massenverhalten des Menschen und der Sucht nach Vorbildern und Idolen und dies alles schließlich garnieren mit den neuartigen Techniken, die vor allem durch die Digitalfotografie entstehen, dann glaube ich, dass die perfekte Manipulation durch einen Film möglich ist. Heute. Es fehlt nur die Konsequenz, es auch zu versuchen.« Er schluckte und fügte hinzu: »Mann.«

»Was meinst du mit Konsequenz?«

»Den Willen. Die Unverfrorenheit.« Seine Stimme war wieder normal, aber die lehrerhafte Kopfhaltung behielt er bei. »Oder nenn es meinetwegen die Boshaftigkeit. Wenn ich diese Boshaftigkeit besäße, ich wüsste ganz genau, wie ich es anstellen würde. Du weißt, dass man nahezu komplett entschlüsselt hat, wo an welchem Ort im Gehirn welcher Reiz wirkt? Und wie er wirkt?«

»Ja, hab mal so was ...«

»Es ist so. Glaube mir einfach, wenn ich sage: Für einen Mann vom Fach ist es kein Problem, zu wissen, wann, also bei welchem Bild, er welchen Ton einzusetzen hat, um den größtmöglichen Effekt im Hirn zu erzielen. Will sagen: Du hast eine Szene, die traurig wirken soll. Sie *soll*, wohlgemerkt. Also gut: Du setzt das Licht ein, wie du es gelernt hast, du verstärkst die emotionale Leidensfähigkeit des Zuschauers, die Empathie, mit ein paar Lichteffekten, mit ein paar Farbspielchen, setzt dann genau zum richtigen Zeitpunkt ein paar exakt berechnete Tonfolgen ein, natürlich auch mit exakt berechneter Lautstärke, und das Gesicht des Schauspielers wirft dich dermaßen zu Boden, dass du auf der Stelle heulen kannst und es wahrscheinlich auch tust. Glaubst du mir, wenn ich sage, dass die großen Hollywoodstudios Studien in Auftrag gegeben haben, die sich in der Tat genau damit beschäftigen? Mit der Wechselwirkung Bild-Ton-Gehirn?«

Hier kamen wir an einen Punkt, an dem ich schon einmal war: mit Doc Braun. So langsam kam mir der Verdacht, dass die für mich relevante Information nicht nur in Gregors PoV-Kurzfilm zu suchen war, sondern vielmehr in allem steckte, was mit seiner damaligen Arbeit zu tun hatte. Ich kam zu dem Schluss, dass es besser sei, meine Ungeduld zu ignorieren, und sagte: »Ja.«

»Also gut: Du glaubst mir also, dass nahezu jegliche Manipulation durch Licht und Farben möglich ist, und zwar nach genau berechneten psychologischen Parametern, sprich nach genau den Gefühlen, die du versuchst zu evozieren, sei es Trauer oder Furcht, Freude oder Hass?«

»Ja.«

»Und dass das Gleiche mit der Akustik möglich ist, also sprich, mit der Musik?«

»Ja! Und dennoch wird im Kino niemand dem anderen auf den Kopf hauen, Gregor!«

»Und in Kombination?«

»Aber was ist mit der Handlung? Was ist mit den Schauspielern? Was ist mit der Individualität der einzelnen Zuschauer?«

Endlich senkte er den Kopf und schob die Brille wieder an ihren angestammten Platz. »Also gut: Dann kommen wir jetzt zu dem Kurzfilm.«

»Ich bitte darum.«

Gregor nahm sich eine weitere Zigarette, bemerkte, dass in seinem Mundwinkel bereits der Zahnstocher hing, und hielt inne. Seine Hände zuckten. Schließlich entschied er sich für die Zigarette und legte den Zahnstocher ins Whiskeyglas.

»O.K.: Es sollte um Selbstfindung gehen. 15 Minuten, maximal. Die Hauptfigur ist ein ganz normaler Mensch wie du und ich. Vielleicht zehn Szenen, nicht mehr. In jeder Szene trifft er eine Person aus seinem Leben, und jeder Person stellt er genau die gleichen Fragen. Ganz einfache, wertfreie Fragen wie: Wie alt bist du? Wie groß bist du? Was ist deine Lieblingsfarbe? Also so: Szene eins: Fragen an seine Mutter. Szene zwei: an seine Frau. Drei: ein Arbeitskollege. Vier: eine Geliebte. Fünf: ein Freund. Und so weiter. Jede Szene soll eine eigene emotionale Reaktion erzeugen. Am Ende muss klar sein, mit wem der zehn Personen der Mann weiterhin Kontakt pflegen will und mit wem nicht. Und das darf nicht klar sein durch das, was in der Szene passiert oder was die Personen antworten, denn alle Antworten sind strikt neutral. Die Schauspieler verziehen keine Miene. Es muss klar sein durch das, was wir in jeder Szene mit Licht und Ton und Musik anstellen.«

»Die Handlung jeder Szene an sich soll also absolut neutral bleiben? Die Antworten und die Interpretationen der Schauspieler sich jeder Wertung entziehen? Und nur eure Technik soll klarmachen, wen der Mann verlässt und wen er weiterhin an sich heranlässt?«

Gregor nickte ähnlich heftig wie Carla zu nicken pflegte. »Genau. Und der Punkt wäre gewesen: Wir selbst hätten die Vorhersage gegeben. Dan und ich sagen dem Zuschauer im Abspann: Sie würden mit Person Eins, Vier, Sechs und Sieben weiterhin befreundet bleiben wollen, aber die anderen würden Sie verlassen. Haben wir nicht recht?«

»Gewagt.«

»Es hätte geklappt! Ich weiß, was du jetzt denkst: Du denkst so etwas wie, klar, der spinnt, der unterlegt die eine Szene mit einer Moll-Tonart und die andere mit einer Dur-Tonart, die eine macht er dunkler und die andere heller, und schon denkt er, er hätte die Zuschauer in der Tasche. So ein bekackter Naivling... Das denkst du, oder?«

Er hatte vollkommen recht. Das dachte ich.

»Ich weiß selber, dass es nicht so einfach geht. Das ist ja die Kunst: die Subtilität. Der Zuschauer darf nicht merken, dass er beeinflusst werden soll. Auch ich weiß, dass sich ein Rezipient sofort verschließt, sobald er weiß, dass man ihn beeinflussen will. Aber ich sag dir eins: Sie hätten es nicht bemerkt! Wir hätten die Finger nach ihren Hirnen ausgestreckt, und sie hätten nicht mal mit der Wimper gezuckt!«

»Und ihr hättet den Film mit Subjektiver Kamera gedreht? Man hätte den Hauptdarsteller, die Hauptfigur also nur manchmal gesehen?«

»Man hätte die Hauptfigur gar nicht gesehen. Nur die Stimme gehört. Und die hätten wir auch noch entsprechend bearbeitet. Wir hatten die Idee, eine synthetische Stimme zu generieren, eine Stimme ohne Ausschläge in zu hohe und zu tiefe Frequenzbereiche, eine Stimme, die dem menschlichen Ohr in jeder Hinsicht geschmeichelt hätte. Wir hätten eine Durchschnitts-Stimmen-Tonspur generiert.«

»Warum denn Subjektive Kamera? Aus welchem Grund?«

»Weil man festgestellt hat, dass im Hirn des Rezipienten dann ganz eigenartige Dinge ablaufen. Bei einem reinen PoV-Shot werden Regionen im Hirn angesprochen, die bei anderen Sequenzen brachliegen. Die elektrische Aktivität nimmt zu. Das Aufnahmevermögen wird gesteigert. Die Empathie auch. Der Puls steigt, die Herzfrequenz nimmt zu. All das führt dazu, dass die Integrationsfähigkeit des Zuschauers in die handelnde Person sprunghaft zunimmt …«

»Nein, da widerspreche ich. Genau das klappt eben nicht. Klar, kann schon sein, dass einen Zuschauer PoV-Shots mehr … sagen wir: aufwühlen. Aber einfach aus dem Grund, da sie ihn mehr anstrengen. Denn die Sehgewohnheiten der Zuschauer kommen damit nicht zurecht. Es ist einfach schwerer für den Betrachter, den Bildern zu folgen. Deswegen waren auch fast alle Filme mit reinen PoV-Shots Flops.«

»Die Sehgewohnheiten *kamen* damit nicht zurecht, Mann. Vergangenheit! Ich weiß schon, längere Brennweiten waren nicht möglich, die Tiefenschärfe unzureichend, die Bewegungen zu langsam, die Kamera schlicht und einfach zu groß. Und jetzt denk mal nach: Sind das noch wirkliche Probleme? Weißt du, wie klein die Kameras jetzt sein können? Weißt du, welche Blickwinkel, welche Perspektiven, welche Schwenks du am Computer simulieren kannst, ohne dass du auch nur auf die Idee kommst, dass dies das Werk von Einsen und Nullen ist? Scheiße, du könntest sogar Blinzeln simulieren, wenn du willst, Mann.«

»Also gut, nehmen wir an, ich glaube dir. Nehmen wir an, du hast recht, und es hätte geklappt, euer Projekt. Wie und warum wurde es verboten?«

Gregors Haltung veränderte sich plötzlich. Sein ganzer Körper spannte sich. Seine Augen verengten sich, die Lippen wurden schmaler. Er stellte sein Glas weit von sich, die Zigarette drückte er aus, und den Zahnstocher würdigte er keines Blickes.

»Es war mein bekackter Vater, Mann. Ich habe ihm irgendwann mein Projekt vorgestellt, also das, was ich bis zu diesem Zeitpunkt hatte. Das war neben der Theorie, von der ich dir erzählt habe, das Storyboard des Kurzfilms. Seine Reaktion war sofort ablehnend. Aber auf komische Art und Weise ... Zuerst wirkte er besorgt. Also wirklich besorgt, so als mache er sich Sorgen um meine Gesundheit oder so, wirklich seltsam. Dann behauptete er, dass das niemals funktionieren würde. Als er erkannte, dass mich seine Meinung nicht weiter kümmerte, wollte er mir plötzlich die Rechte für den Film abkaufen. Absurd, Mann, oder? Dein bekackter Vater, Filmproduzent, will dir, seinem Sohn, die Rechte für einen Kurzfilm abkaufen, der Teil einer Abschlussarbeit an der Uni ist. Als ich ihn für verrückt erklärte, fuhr er schließlich andere Geschütze auf: Er hat zu mir gesagt, dass ich zwei Möglichkeiten habe: Erstens: Ich lasse dieses Projekt fahren und suche mir ein anderes. Zweitens: Ich verfolge das Projekt weiter und handele mir gehörigen Ärger ein.«

»Du hast dich für Nummer zwei entschieden.«

»Natürlich. Und mein bekackter Vater hat seine Drohung wahr gemacht: Von einem Tag auf den anderen wurde ich in der Uni boykottiert. Professoren und Dozenten, die vorher voll auf meiner Seite waren, legten mir plötzlich nahe, eine andere Arbeit zu verfolgen. Mein Vorhaben hätte keinen Sinn, passe nicht in das Konzept von was-weiß-ich-was, die Idee mit der Subjektiven Kamera sei überholt und eine Sackgasse. Ich wollte mir natürlich nichts vorschreiben lassen, stellte mich quer. Was geschah? Die Uni strich Dan und mir die Mittel, mein bekackter Vater stellte seine finanzielle Unterstützung ein, meine Arbeit wurde schon im Vorfeld abgelehnt. Der Dekan stellte aus heiterem Himmel fest, dass ich schon viel zu lange studierte, und überreichte mir mit bedauerndem Gesicht die Exmatrikulation. Und plötzlich stand ich ohne Abschluss und ohne Geld da. Was mich aber ehrlich gesagt nicht sonderlich kümmerte. Weswegen ich aber wirklich sauer wurde und es auch heute noch bin: Er oder seine Leute sorgten dafür, dass auch Dan etwas abbekam: Er flog von der Filmhochschule. Außerdem strichen sie ihm die Finanzierung für sein eigenes Abschlussprojekt. Dan ist mein Mann, verstehst du? *My man*, verdammt, der mir einen Gefallen tun wollte. Und mein eigener bekackter Vater haut ihm sein Leben kaputt. Hätte er damals nur mich von der Schule schmeißen lassen, hätte ich mich damit abgefunden. So aber hat er mir meine Ehre geraubt. Mein eigener bekackter Vater hat mich entehrt. Deswegen soll sich mein bekackter Vater für den Rest seines Lebens vor mir in Acht nehmen. Deswegen werde ich alles tun, dass er irgendwann bezahlt.« Gregor verschränkte die Arme vor seiner Brust. Er blickte zu Boden und schnaufte laut. Ich dachte schon, er wolle nun schweigen, da schob er noch hinterher: »Seinetwegen habe ich auch Konstanze Nicht nicht wiedergesehen.«

»Aber aus welchem Grund hat er das getan?«

»Ich habe auch lange darüber nachgedacht. Er selbst hat irgendwann behauptet, er habe mich schützen wollen. Schützen! Vor was denn? Heute denke ich, es war ganz einfach nur Gier: Er war zu feige, einzugestehen, dass ihm die Idee so gut gefiel, dass er sich entschloss, selbst einen Film in dieser Art zu machen. Ideenneid, du verstehst. Du kennst ihn nicht, aber ich sage dir, er wäre fähig dazu. Ich habe miterlebt, wie er junge Drehbuchautoren und Regisseure ausgebootet hat, dass denen Hören und Sehen verging. Und eines sage ich dir: Sollte er tatsächlich eines Tages einen Film in die Kinos bringen, der auch nur ansatzweise meinem Projekt von damals ähnelt, dann verliert er mehr als nur drei.«

»Drei?«

»Drei bekackte Zähne. Noch einen Schluck?«

»Nein.« Ich versuchte, das Gehörte einzuordnen. »Seltsam, deine Geschichte.«

»Ja. Da war einiges seltsam. Die seltsamste Rolle von allen aber in diesem Scheißspiel spielte mein damaliger Projektbetreuer, der Dozent meiner Fachrichtung, ein sehr, sehr merkwürdiger Typ. Ich weiß noch, aus irgendeinem Grund trug er immer einen Poncho. Wohl seine persönliche Hommage an Sergio Leone.«

Ich saß jetzt sehr aufrecht. Das Grummeln in meinem Magen steigerte sich zu einem Röhren. Ich drückte meine Zigarette aus und sagte mit krächzender Stimme: »Was war mit diesem Dozent?«

Gregor hatte meine plötzliche Anspannung offenbar übersehen. Er lachte böse und fuhr dann kopfschüttelnd fort: »Echt ein merkwürdiger Typ. Manchmal hatte ich den Eindruck, er wäre wahnsinnig, so sehr hatte er sich in sein Steckenpferd verbissen. Und dieses Steckenpferd war eben die Subjektive Kamera. Anfangs hat er mich voll unterstützt, was heißt unterstützt, er hat mich regelrecht ermuntert, auf dem Feld weiterzuforschen, mich regelrecht dazu gedrängt, hat mir eigene Aufsätze gegeben, die ich sichten sollte. Merkwürdiges Zeug war das, der Typ hatte sich so in dieses Thema hineingesteigert, dass ich den Eindruck bekam, er wisse nicht mehr, wo das Machbare aufhörte und das Unmögliche anfing. Er ging in seinen Arbeiten noch ein ganzes Stück weiter als ich. Ich weiß noch, er ging soweit, zu behaupten, die *totale* Integration des Zuschauers in den Helden sei möglich, also die *totale* Identifikation. Er behauptete, es sei möglich, dem Zuschauer durch einen Film den Verstand zu rauben, und wenn nicht zu rauben, dann zu vernichten. Na, wie auch immer:

Zu der Zeit, als mich die Uni auf Betreiben meines Vaters fallen ließ, ließ auch er mich fallen. Und zwar ganz hart. War er vorher der größte Verfechter der Thesen meiner Arbeit gewesen, so wurde er von einem Tag auf den anderen zum größten Feind. Ich kann mich noch genau erinnern, eines Tages lauerte er mir auf, in der Uni, packte mich, drückte mich an die Wand und sagte so etwas wie, dass er dafür sorgen würde, dass mir sämtliche Knochen gebrochen würden, wenn ich nicht sofort von seiner Hochschule verschwände. Stell dir das mal vor, Mann! Dein eigener Dozent! Leider hatte ich keine Chance gegen ihn. Er war ein großer, breiter, kräftiger Bursche.«

»Und dann?«

»Wie gesagt: Ich ging. Nicht nur seinetwegen. Keiner wollte mich mehr haben. Aber ehrlich gesagt: Die meiste Angst gemacht hat mir dieser verrückte Scheißer.«

»Was ist mit ihm passiert.«

Gregor lachte wieder. »Er ist verschwunden. Direkt nach mir.«

»Er ist verschwunden?«

»Ja. Ich weiß nur, dass er von einem Tag auf den anderen von der Uni verschwand. Meine Kommilitonen, zu denen ich noch Kontakt hatte, sagten mir, dass auch der Dekan ratlos gewesen sei. Aber wie gesagt: Das war ein verrückter Hund, Mann. Solche Leute verschwinden schon mal.«

»Wie hieß er?«

»Was ist denn mit deiner Stimme los, Mann? Brauchst du Wasser?«

»Wie hieß er, Gregor?«

»Ich weiß nicht … Wie eine Insel. Genau. Wie eine Insel… Korsika! Genau! Korsika! Vorname weiß ich nicht mehr.«

Mein Magen brüllte. Noch vor ein oder zwei Tagen hätte ich jetzt eine gewaltige Sodbrennenattacke bekommen, soviel war sicher.

»Was ist? Scheiße, Mann, du siehst nicht gut aus, willst du nicht doch ein Wasser?«

»Hast du noch die Arbeiten von ihm? Diese Arbeiten, die er dir damals gab?«

Gregors Gesicht nahm wieder einen misstrauischen Zug an. »Warum willst du ...«

»Hast du oder hast du nicht?«

»Wenn, dann gebe ich dir doch besser meine ...«

»Gregor, bitte!«

Er fuhr mit dem Zeigefinger langsam über den Rand seines Glases, ließ mich aber nicht aus den Augen. Allmählich verwandelte sich das Misstrauen in etwas, was ich noch nie in seinem Gesicht gesehen hatte: Sorge.

»Möglich. Ich kann ja mal nachsehen.«

»Danke.«

Ich griff mir eine Flasche Wasser unter dem Tisch und trank lange und ausgiebig. Gregor sah mir dabei zu. Plötzlich sagte er: »Ich weiß zwar nicht, was genau mit dir los ist. Aber ich denke, du bist in Ordnung, Mann.«

Gregor schnappte sich die Flasche *Wild Turkey* und stand auf. Er schwankte ganz leicht. Er ging langsam zur Tür, drehte das Schild um und sah mich traurig an.

»Scheiße, im Grunde habe ich überhaupt keine Lust mehr auf all das hier.« Er ruderte mit den Armen, wobei er ein bisschen Whiskey verschüttete. »Auf irgendwelche Vollidioten, die keine Ahnung von Film haben, die gar nicht wissen, was ich hier mache. Es dauert nicht mehr lange, dann verkaufe ich den Laden. Dann hab ich endlich genug für *meinen* Film.«

»Du willst das *Zero-Zone* verkaufen?«

»Nicht jetzt. Bald.«

»Für einen Film?«

Er schwankte zur Seite, fing sich und setzte sich die Flasche an die Lippen. Er schluckte hart und rief: »Scheiße, natürlich!«

»Ich dachte, du bist nicht der Mann fürs Praktische...«

»Das *war* ich nicht, Mann! Das *war* ich nicht! Ich würde denen einen Film hinknallen, das wäre, das wäre...« Wieder ruderte er mit den Armen. »Scheiße, Tarantino war auch Videothekar, bevor er Filme gemacht hat!«

»Was für einen Film willst du denn machen?«

»Was weiß denn ich, Mann! Gib mir ein gutes Drehbuch und ich mach daraus den besten Film, den ich ... den du je gesehen hast!«

»Und du meinst, das Geld für das *Zero-Zone* reicht?«

Er grinste schief. »Vielleicht verreckt ja mein bekackter Vater. Dann reicht es auf jeden Fall.«

»Ja, dann würde es wohl ...«

»Schnauze, Mann.« Er drehte sich um und öffnete die Tür. »Du Glückspilz, Mann. Und denk dran: Carla soll was mit Konstanze Nicht klarmachen! Ich liebe Konstanze nämlich. Habe sie schon immer geliebt. Nur dass du es weißt.« Dann steckte er sich einen Zahnstocher hinters Ohr und torkelte mit der Flasche in der Hand in die Sonne hinaus.

Wenn Dixs Ansicht wirklich stimmte, dass in einem Film der Arbeitskollege des Helden oft ein Lieferant wichtiger Informationen ist (und mein eigenes Filmwissen ließ mich nicht im Geringsten daran zweifeln), dann war also nun Folgendes klar: *Das Geheimnis* oder *das Problem* hatte nicht ausschließlich mit der Technik der Subjektiven Kamera zu tun; vielmehr war diese Technik nur Teil (wenn auch wahrscheinlich der wichtigste Teil) eines größeren Themas, um das sich hier alles zu drehen schien: die Massenbeeinflussung durch Film. Die Manipulation des Zuschauers. Außerdem wusste ich nun, dass es mindestens zwei weitere Personen auf diesem Planeten gab, die um die Dimension *des Geheimnisses* oder *des Problems* zu wissen schienen: Erstens: Gregors Vater, Hans Linde, einer der größten Filmproduzenten der Welt. Und zweitens: ein ehemaliger Filmwissenschaftsdozent, der immer einen Poncho getragen hatte und einen Namen besaß, der meinem Magen auf ähnliche Weise zusetzte wie vor über einer Woche das Auftauchen von Sophia. Und noch etwas:

Wie hatte Gregor gesagt? Sein Vater habe zunächst besorgt reagiert, als er ihm von seinem PoV-Projekt erzählt hatte. *Besorgt um seine Gesundheit.* Und Korsika habe ihm sogar körperlich gedroht. Und: Doc Braun, der vorgehabt hatte, eine Arbeit über die Subjektive Kamera schreiben, war jetzt tot. Ein Zufall?

SARAH hätte jetzt gesagt: *Ein Zufall ist niemals nur ein Zufall.*

Ich sagte mir: *Im Film ist ein Zufall niemals nur ein Zufall.*

Dann also zur nächsten Möglichkeit, die ein Hollywooddrehbuch vorschrieb, um hinter ein Geheimnis zu kommen: der weise alte Mann.

Ich schaltete den Rechner ein und suchte nach der Adresse von Victor, dem Weißen, in unserer Kundendatei. Ich fand drei Victors. Zwei waren unter dreißig, einer war genau fünfzig. Ich hätte Victor zwar älter geschätzt, aber da es keinen anderen gab, musste er das sein: Victor Herbst. Ich schrieb mir die Adresse auf einen Zettel, schaltete den Rechner aus und ließ die Rollläden herunter. Ich hing einen Karton mit der Aufschrift *Aus privaten Gründen geschlossen* hinter die Tür, setzte meinen Hut auf und trat in die Sonne. Dann schloss ich ab und ließ das Eisengitter herunter.

Die Adresse führte mich zu einem schmutzig braunen Mietshaus drei Straßen weiter. Es war das einzige Haus in der Straße, das nicht saniert war. Ich las die Schilder, fand den Namen Herbst und versenkte meinen Finger in die Klingel.

Ich wartete lange, so lange, dass ich schon beinahe aufgeben wollte, dann aber ertönte ein dünnes und böses »Was?!« aus den Ritzen der Gegensprechanlage.

»Hallo Victor. Hier ist Alexander Gast vom *Zero-Zone*.«

Wieder verging einige Zeit. »Was willst du?«

»Ich wollte mich mit Ihnen … Entschuldigung, mit *dir* unterhalten.«

»Über was?«

»Über das, was du neulich in der Videothek gesagt hast.«

»Geh ganz hoch. In den Speicher. Dort ist eine Klappe, und über die gehst du aufs Dach.« Der Türöffner summte.

Mitten im düsteren Speicher stand eine klapprige Holzleiter, die zu einem strahlend hellen Viereck aus Licht hinaufführte. Ich stieg sie hoch und kletterte aufs Dach, wobei ich mir beinahe die Hände an den Eisenkanten der Einfassung der Klappe verbrannte. Die Hitze war unglaublich. Dieser Teil des Daches war mit schwarzen Kunststoffplatten ausgelegt, die Luft flimmerte darüber, als wäre sie flüssig. Das angrenzende Dach war mit feinem Kies bedeckt, und mitten in dem Kies stand ein Gewächshaus. Ich hörte ein Knirschen, das aus dem Gewächshaus kam, ging hinüber und rief: »Victor?«

Sein weißhaariger Kopf erschien durch einen Schlitz im Plastik. »Hier rein«, sagte er.

Ich nahm meinen Hut ab, steckte meine Hände ins Plastik, zog es auseinander und trat ein.

Mannshohe kräftige Tomatenstauden und dünne Zitronenbäume wuchsen rings um mich herum aus riesigen Tonschüsseln in die Höhe. Es roch nach Chlorophyll und Blumenerde, und es war sehr feucht. Innerhalb eines Sekundenbruchteils stand mir der Schweiß auf der Stirn. Victor Herbst setzte sich gerade in einer winzigen Lichtung zwischen dem dunklen Grün auf einen Campingstuhl hinter einem flachen weißen Plastiktisch und sah mir misstrauisch entgegen. Er trug wie immer einen weißen Anzug. Sein weißer Hut lag auf dem Campingtisch. Ich setzte mich auf eine ungepolsterte Liege ihm gegenüber, legte meinen Hut neben seinen und sagte: »Hallo.«

»Tag«, sagte er.

Der Geruch meines Schweißes beruhigte mich. Und natürlich musste ich an die Anfangsszene von *The Big Sleep* denken, allerdings mehr an das Remake mit Robert Mitchum und James Stewart, was aber wahrscheinlich nur daran lag, dass das Gewächshaus und seine Pflanzen dort im Gegensatz zum Original in Farbe waren.

»Schön haben Sie es hier.«

Victor zog gefährlich eine Braue in die Höhe, und ich verbesserte mich: »Schön hast du es hier.«

»Was willst du hier?«

»Mich unterhalten.«

»Sagtest du schon. Über was?«

»Über Filme.«

»Und über was genau? Film ist ein so gewaltiges Themenfeld, dass wir an unserem Lebensende noch hier sitzen könnten.«

»Ich wollte es einfach mal probieren. Sehen, wohin uns das Gespräch trägt.«

Der weiße Victor sah mich an, als käme mir eine Videokassette aus dem Bauch. »Das war es dann wohl«, sagte er eisig. »Du kannst wieder gehen.«

»Entschuldigung, Entschuldigung! Du hast recht. Ich will anders anfangen.«

»Deine letzte Chance, Jungelchen.«

Ich überlegte. Dann sagte ich: »Ich sehe Filmfiguren.«

»Du tust was?«

»Ich sehe Filmfiguren. Sie besuchen mich und sprechen mit mir. Manche hinterlassen mir Waffen.«

Der weiße Victor senkte den Kopf. Dann streckte er den Hals durch und legte den Kopf in den Nacken. Diese Bewegungen vollführte er im Wechsel vier oder fünf Mal.

»Du nimmst mich auf den Arm, was, Jungelchen?«

»Was hast du gemeint, als du mir in der Videothek sagtest, du spürst, dass etwas vorgeht in der Filmwelt?«

Der weiße Victor stand auf. Er ging hinter dem Campingtisch auf und ab, ließ aber nicht die Augen von mir. Schließlich pflückte er eine reife Tomate von einem Strauch, schnupperte daran und biss dann herzhaft hinein. Er schaffte es, die Tomate zu essen, ohne dass ein einziger roter Spritzer auf seinem weißen Anzug landete. Am Ende nahm er ein weißes Taschentuch aus seiner weißen Brusttasche, wischte sich über den Mund und schnäuzte sich. Er warf das Tuch achtlos hinter sich und setzte sich wieder.

»Ich spüre es einfach«, sagte er. »Bei jedem Film spüre ich es. Es kommt etwas heraus, aus den Bildschirmen und den Leinwänden, wenn ich Filme sehe, in der letzten Zeit. Eine Botschaft. Aber ich verstehe diese Botschaft nicht. Denn ich bin keiner von ihnen. Nur einer von ihnen kann die Botschaft verstehen. Bist du einer von ihnen, Videothekar? Kannst du die Botschaft verstehen?«

Ich sagte: »Nein.« Dann verbesserte ich mich: »Ich weiß es nicht. Ich dachte, vielleicht wissen Sie es?«

Der weiße Victor sah mich an. Mein »Sie« überhörte er diesmal. Er griff in die Innentasche seiner Anzugsjacke und holte ein vergilbtes, an den Rändern eingerolltes Foto heraus. Er legte es auf den Tisch und sagte: »Das ist Lukretia. Sie ist seit sechs Jahren tot. Seitdem will ich zu ihnen gehören.«

Lukretia war eine bildhübsche schwarzhaarige Frau in einem schneeweißen Hochzeitskleid.

»Wer sind *sie*?«, fragte ich.

Der weiße Victor hatte mich offenbar nicht gehört. Er nahm Lukretia, küsste sie und steckte sie wieder in den Anzug.

»Wer sind *sie*?«, wiederholte ich meine Frage.

»Sie sind mein einziger Ausweg. Denn all das hier …«, er machte eine Bewegung mit den Armen, die mindestens das gesamte Gewächshaus, wahrscheinlicher aber die ganze Welt umfassen sollte, »denn all das hier ist doch der letzte Dreck! Nicht wahr? Der letzte, langweilige Dreck. Oder denkst du nicht?«

Bis vor kurzem hätte ich ihm wohl noch vorbehaltlos zugestimmt. Doch jetzt gab es da jemanden. Jemanden wie Lukretia. Ich sagte: »Das kann man durchaus so sehen.«

Er starrte mich an. »Ich weiß, dass sie irgendwo sind. Ich spüre das. Ich spüre es ganz genau. Schon seit einer ganzen Weile spüre ich sie. Ich weiß nur nicht, *wo genau* sie sind. Ich weiß nicht, wie ich zu ihnen komme. Und jetzt, seit kurzer Zeit, spüre ich, dass sie nervös sind. Ängstlich. Sie wollen uns helfen. Und wir müssen ihnen helfen. Wir müssen uns gegenseitig helfen, und zwar sehr schnell.«

»Wen meinst du mit *sie*, Victor?«

Er starrte mich weiter an.

»*Wen*, Victor?«

Dumpf sagte er: »Kann sein, dass du mir nicht glaubst, aber hör mir zu. Hörst du zu?«

»Ich höre zu.«

Der weiße Victor stand erneut auf. Diesmal griff er nach einer grünen Zitrone. Er betastete sie von allen Seiten, schnupperte einmal daran, ließ sie aber am Baum hängen. Er setzte sich wieder. Er sagte: »Du weißt, was früher sowohl die afrikanischen als auch die nordamerikanischen Ureinwohner, was sage ich, *jeglicher* vom Fortschritt entfernte ursprüngliche Volksstamm, über die Kamera dachten und manche auch noch heute denken?«

»Ich, nein, ich …«

»Ganz egal, ob es sich um Fotos oder bewegte Bilder handelt, alle dachten das Gleiche.«

»Du meinst die Sache, dass sie die Seele des Fotografierten einfingen?«

»Richtig! Richtig. Dass die Kamera dem Objekt die Seele raubt und sie einfängt.«

»Und?«

Der Kopf des weißen Victor zuckte zurück. Er blickte mich misstrauisch an. »Was und?«

»Erzähle weiter!«

»Tu nicht so, als ob du von nichts eine Ahnung hättest!«

»Ich *habe* keine Ahnung, Victor!«

Ich sah ihm an, dass in seinem Inneren ein Kampf stattfand. Von diesem Kampf hing ab, ob ich im nächsten Moment aus diesem Gewächshaus fliegen würde oder nicht. Ich lehnte mich zurück, steckte mir eine Zigarette an und sagte: »Ich darf doch?«

Victor schaute mir auf den Mund. Im nächsten Moment entspannten sich seine Gesichtszüge. Er sagte: »Die Seele rauben. Die Seele fangen.« Er legte erneut das Foto von Lukretia auf den Campingtisch. »Schon mal daran gedacht, dass da was dran sein könnte?«

»Nein.«

»Dann tu es jetzt!«

Ich betrachtete Lukretia. »Weiß nicht. Na gut. Ich habe mal in einem Film gehört, dass etwas wahr ist, wenn nur genügend Menschen daran glauben. Insofern ist es vielleicht wahr ... in der Art, dass vielleicht nicht die ganze Seele geraubt wird, sondern nur ein Teil, ein kleiner Teil...«

»Nein. Diese Sache ist Schwachsinn, Jungelchen. Natürlich ist da nichts dran. Diese Eingeborenen hatten nur Angst vor etwas, das sie noch nicht kannten. Das ist Alles. Niemand und nichts hat Lukretia die Seele geraubt. Sie ist einfach gestorben.« Er steckte das Foto wieder weg.

»Nun gut, aber was ...«

»Die Frage ist eine andere: Was bewirkt Film?«

»Was bewirkt Film? Was bewirkt Film? Ich meine ...«

»Stottere nicht rum, Jungelchen. Millionen von Menschen haben geglaubt oder glauben heute noch, dass eine Kamera ihre Seele einfängt. Du hast einen sehr klugen Satz gesagt: Wenn nur genügend Menschen an eine Sache glauben, dann wird sie wahr. Gut, und jetzt denke weiter: Was wird bei einem Film gefilmt? Oder besser: *Wer* wird bei einem Film gefilmt?«

»Hast du nicht gerade gesagt, du glaubst nicht an den Seelenraub?«

»Was ich denke oder nicht, ist irrelevant. Also, wer wird gefilmt?«

»Schauspieler.«

»Falsch. *Wer* wird gefilmt?«

»Ich … Ach du meinst, ihre Rollen…«

»Richtig, Jungelchen. Ihre Rollen werden gefilmt. Ihre Figuren. Das, was die Schauspieler verkörpern. Und jetzt sind wir da, wo wir hinwollten. So schließt sich der Kreis.«

Victor verschränkte sichtlich zufrieden die Arme vor seiner Brust.

Ich sagte: »Ich verstehe dich nicht.«

»Hast du nicht selbst gesagt, dich würden Filmfiguren besuchen?«

»Ja, aber …«

»Denk doch mal nach: Wenn etwas dran ist an dem Aberglauben, dass eine Kamera Seelen von real existierenden Menschen einfängt, was passiert dann mit fiktiven Seelen? Mit Seelen, die gar nicht existieren, die nur dargestellt werden?«

»Was?«

»Na, vollkommen logisch! Wenn du eine Seele einfängst, die vorher gar nicht da war, dann wird diese Seele erst erschaffen! Sie wird in dem Moment erschaffen, da du sie filmst! Das bewirkt Film, Jungelchen! Er erschafft Seelen! Und wie du selbst sagtest: Wenn nur genügend Menschen an etwas glauben …«

»… dann wird es Wirklichkeit.« Ich dachte nach. »Dann dürften aber auch nicht *alle* Figuren erschaffen werden.«

»Wie meinst du das?«

»Na ja, irgendeine lieblos charakterisierte Figur eines B-Filmchens, oder eine überfrachtete, schematische Kunstfigur eines intellektuellen …« Ich unterbrach mich, da mir einfiel, dass vor mir ein Liebhaber des Autorenkinos saß.

Victor hatte meinen Gedankengang offenbar nicht zu Ende verfolgt, denn er nickte nur und sagte: »Richtig. Nur die Seelen leben, an die genügend Menschen glauben. Oder bei Film besser: an die sich genügend Menschen erinnern.«

»Die genügend Menschen eine Freude bereitet haben.«

»Die genügend Menschen unterhalten haben. Abgelenkt haben von dieser …«

»… langweiligen Welt.«

»So ist es.« Der weiße Victor sah mich nun beinahe gutmütig an. »So ist es, Jungelchen.«

Wir schwiegen eine Weile. Dann sagte ich. »Das sind also *sie*. Die Filmfiguren.«

Er nickte.

»Und wo sind diese neu erschaffenen Seelen? Wo sind all die erschaffenen Filmfiguren?«

Victor seufzte traurig. »Wie gesagt: Genau das versuche ich herauszufinden. Denn ich spüre, dass sie etwas von uns wollen. Dass sie Hilfe brauchen. Und auch, dass sie uns helfen wollen. Aber ich weiß nicht, wie ich zu ihnen gelange. In ihre Welt gelange.« Er ließ ein paar Sekunden verstreichen, dann sagte er traurig: »Ich kann nicht wie im *Zauberer von Oz* dreimal die Hacken zusammenknallen und sagen: *There's no place like home*. Leider funktioniert das nicht.«

Wir saßen eine Zeit lang schweigend voreinander. Plötzlich aber sprang der weiße Victor auf. In einem ganz anderen, lebhaften Tonfall rief er: »Ich habe noch etwas für dich.«

Ich sah ihm zu, wie er plötzlich aufstand und zwischen ein paar Tomatenstauden verschwand. Irgendwo hörte ich eine Klappe auf den Kies schlagen.

Ich steckte mir noch eine Zigarette an und versuchte nachzudenken. Ich schaffte es aber nicht, mich zu einer eindeutigen Haltung durchzuringen: War Victor nur etwas seltsam oder war er vollkommen verrückt? Denn eines schien klar: Er hatte ein kleines Problem. Ein Problem, das wahrscheinlich vor sechs Jahren seinen Anfang genommen hatte. Andererseits: Ich hatte vor nicht allzu langer Zeit eine Kartonfigur sich am Ohr zupfen sehen.

Als der weiße Victor nach zwei Minuten plötzlich wieder zwischen den Tomaten auftauchte, hielt er eine Einkaufstüte in den Händen. Er reichte sie mir und verkündete stolz: »Und ich habe dir doch gesagt, dass ich herausfinde, aus welchem Film ich dich kenne!«

Ich sah in die Tüte: Es waren mehrere Kassetten und DVDs darin. Auf der Kassette ganz oben konnte ich *Der Marathon-Mann* lesen.

Damit war die Sache klar: Ganz offensichtlich war die Figur des weisen alten Mannes eine Sackgasse – zumindest in meinem Film. Ich unterdrückte ein Seufzen, blickte Victor freundlich an und sagte: »Danke. Dann gehe ich jetzt.«

»Ist dir peinlich, was? Ich habe mindestens zwanzig Filme gefunden, wo du mitmachst, das hier ist nur ein Teil davon! Wie hast du das eigentlich geschafft, he?«

Victor hatte kein kleines Problem, nein. Das Problem war so groß wie der verdammte Godzilla.

»Danke, Victor, für deine Zeit.« Ich stand auf, schlüpfte aus dem Gewächshaus und ging über den Kies auf die Klappe zu.

Hinter mir hörte ich: »He, du schuldest mir eine Antwort! Wie hast du das gemacht, in all die Filme zu kommen! Wen kennst du?«

Ich antwortete nicht. Ich ging über die heißen Kunststoffmatten, erreichte den Ausstieg, umfasste vorsichtig den Rahmen der Luke und kletterte die Leiter hinab. Kaum hatte ich den Speicher verlassen und stand an der Spitze der Treppe, da öffnete sich die Tür zur Dachwohnung gegenüber. Der weiße Victor, völlig außer Atem, stand dort und sagte: »Warte!«

Hinter ihm sah ich einen langen Gang. Oder besser: einen schmalen Weg. Einen Weg, der durch Türme von Videokassetten führte. Tausende von Videokassetten. Der Geruch von Magnetbändern zog mir entgegen.

»Du glaubst mir nicht, was?« Er keuchte. »Du hast selbst keine Ahnung, dass man dich in die Filme gepackt hat, was?«

Ich wollte nur noch weg. »Nein.«

»Dann sieh sie dir an. Ich habe dir einen Zettel in die Tüte gesteckt. Du wirst schon sehen!«

»Schön. Danke.«

»Keine Ursache.«

Ich sah das Labyrinth aus Kassetten hinter Victor und hatte plötzlich einen Gedanken: *There's no place like home.* Ich fragte: »Warum beschäftigst du dich überhaupt so sehr mit Film, Victor?«

Er atmete tief durch und wischte sich dann würdevoll mit einem weißen Taschentuch den Schweiß von der Stirn. Er hob den Kopf, streckte den Rücken durch und sagte: »Weil ich denke, ich bin hier falsch. Weil ich diese Welt hasse. Ich habe hier nichts verloren. Alles hier langweilt mich. Ich bin nur dann glücklich, wenn ich in einem guten Film versinke. Und dir geht es genauso, Jungelchen, also schau mich nicht so mitleidig an, das habe ich nicht nötig.«

»Du denkst, du bist eine solche Seele, nicht wahr? Du denkst, du bist die Seele einer Rolle, oder?«

»Ja. Ja, das denke ich. Ich bin die verlorene Seele einer Filmfigur, die auf irgendeine Weise, die ich nicht verstehe, in diese erbärmliche Welt gelangt ist.«

»Die Seele welcher Filmfigur?«

»Ich weiß es nicht.«

Ich betrachtete über seine Schulter hinweg die Berge von Videokassetten. »Du weißt es nicht?«

»Noch nicht.« Seine Stimme war trotzig. »Aber ich werde es herausfinden.«

»Du hast Heimweh, nicht wahr?«

Ein trauriges Lächeln umspielte seine dünnen Lippen. »Du nicht?«

Ich antwortete nicht. Ich drehte mich um. Langsam stieg ich die Treppen nach unten.

»Du etwa nicht?!«, schrie der weiße Victor mir hinterher. »DU ETWA NICHT?«

Ich lief so lange ziellos durch die Stadt, bis sich der westliche Horizont rosa färbte. Ich dachte an gar nichts. Zumindest erinnere ich mich nicht, dass ich an etwas gedacht hätte. Ich fühlte mich vollkommen allein. Allein in dieser Stadt, in diesem Land, in dieser Welt. Die Griffe der Plastiktüte, die mir der weiße Victor gegeben hatte, hinterließen weiße Druckmuster in meiner Hand.

Als ich irgendwann vor der Pension *Oscar* stand, klingelte mein Handy. Ich sah auf dem Display, dass es Carla war. Alles in meinem Körper schrie danach, sie jetzt zu hören und am besten auch gleich zu sehen, aber ich hob nicht ab. Ich wartete, bis das Klingeln aufhörte, dann steckte ich das Handy weg und betrat die Pension.

Ich schlurfte an dem Mädchen vorbei, das die Vertretung machte, ohne etwas zu sagen. Sie sagte auch nichts zu mir.

In Zimmer 9 schmiss ich die Tüte achtlos in die Ecke, setzte mich aufs Bett und starrte auf das Telefon. Ich starrte eine ganze Stunde darauf. Aber es gab keinen Ton von sich.

Schließlich kniete ich mich auf den Boden. Ich fuhr eines der Rollfächer unter dem Bett aus und griff mir ein paar DVD's aus der ganz rechten Ecke des Fachs, der Ecke, die am wenigsten Staub aufwies: Western.

Western: Die Urform des erzählenden Films.

Western: Der ewige Kampf zwischen Gut und Böse.

Western: Mein Lieblingsgenre.

12. Der Böse

Sieh mal da hinunter. Würde es dir leidtun, wenn einer dieser Punkte da aufhören würde sich zu bewegen?

Wir gehen einen langen kahlen Korridor entlang. Die einzige Dekoration an der Backsteinwand sind gerahmte, verglaste Filmposter. Manche sehen sehr alt aus, Schwarz-Weiß-Fotografien mit bunten, in knalligem Gelb oder Rot darüber verlaufenden schnörkeligen Schriftzügen, so zum Beispiel *Speedy* oder *The Lady in the Lake*. Andere, wie *Jigsaw*, zeigen in grellen Farben gehaltene Szenenmalereien, was eher auf die Sechziger oder Siebziger hinweist. Das Modernste erscheint mir stilistisch aus den Achtzigern: *Wolfen*.

»Was sind das für Filme?«, frage ich. »Ich kenne keinen einzigen davon.«

»Du kennst ja nicht mal *Der Pate*, Pirat«, sagt Freddy und schüttelt unwillig seine langen blonden Haare. »Also warum fragst du dann überhaupt?«

Ich schweige, denn er hat recht.

Freddy scheint sich zu besinnen, denn plötzlich sagt er: »Sie sind Vorgaben. Es sind weiß Gott keine perfekten Filme, aber wichtig sind sie dennoch. Sie haben alle eine gewisse Technik gemeinsam.«

»Was für eine Technik?«

Freddy bleibt vor einer Tür am Ende des Korridors stehen, auf der das Plakat von *Dark Passage* hängt. Das gemalte Gesicht eines Schauspielers sieht mich an, eines Schauspielers, den ich nicht kenne.

»Sagt dir PoV-Shot etwas?«, fragt mich Freddy. »Oder Subjektive Kamera?«

»Nein.«

»Na, siehst du.«

Freddy öffnet die Tür, und wir betreten einen stockdunklen Raum. Der Hall unserer Schritte und Stimmen zeigt mir, dass er offensichtlich sehr groß ist. Freddy tritt zur Seite, und ich höre, wie ein Gegenstand in einen anderen gesteckt wird. Im nächsten Moment beginnt es über uns zu knistern und zu summen. Dann wird es mit einem *Bing!* auf einmal strahlend hell.

Der Raum ist gut und gerne zehn Meter hoch. Unverkleidete Stahl- und Kupferrohre laufen unter der Decke entlang, senken sich zur Linken über die Wand auf den Boden herab und verschwinden darin. Davor stehen zwei mindestens drei Meter breite Pulte, die übersät sind von Reglern und Knöpfen, dazwischen steht ein schmaleres Pult mit einem fest montierten Monitor darauf. Ein Wirrwarr von Kabeln führt zwischen den Pulten hin und her und zu zwei Kameras, die sich links und rechts in den Ecken befinden. Eine ist fest auf einem Rollsockel verankert, die andere ist auf das äußerste Ende eines hydraulischen Hebekrans montiert, dessen zwei Arme zusammengefaltet aufeinanderliegen. In der Mitte des Raums, also direkt vor uns, stehen drei Stabmikrofone in ihren Halterungen, und fünf oder sechs mannshohe Scheinwerfer lassen ihre Köpfe von ihren Stangen hängen. Direkt neben uns lehnen zwei Dinger an der Wand, die mein ungeübtes Auge als Sprungflächen eines Trampolins erkennt, bespannt mit glänzendem weißem Papier. Auf der anderen Seite der Wand, uns gegenüber, stehen Holzstangen nebeneinander, davor liegen mehrere Lagen säuberlich aufgestapelter grasgrüner, dicker Stoff. Die rechte Seite dagegen ist vollkommen leer. Die Wand ist grün gestrichen und kahl – bis auf einen Spiegel, der in der Mitte in Gesichtshöhe hängt. Davor, auf dem geschliffenen Parkettboden, befinden sich dicke Kreidestriche. Ein durchdringender Geruch nach Statik und Elektronik liegt in der Luft.

Ralf macht sich ohne zu zögern an den Pulten zu schaffen. Freddy sagt: »Das ist unser Set, Pirat. Nicht schlecht, was?«

Ich sage: »Ja.«

»Komm mit!« Er nickt Ralf zu, der die Hand hebt und mit

Daumen und Zeigefinger einen Kreis formt. Freddy geht hinaus in den Korridor und nimmt die erste Tür links. Ich folge ihm. Wir betreten einen kleinen Vorraum mit Garderobenständer, von dem drei Türen abgehen. Auf allen dreien steht in Gesichtshöhe eine Aufschrift in leuchtender roter Farbe. Links: *Kontrollraum – Nicht betreten!* Vor uns: *Archiv – Nicht betreten!* Und rechts steht: *Aufenthaltsraum – Toiletten.*

»Hier fangen wir an«, sagt Freddy. »Unser Archiv der Erfolglosigkeit. Wenn man es so nennen kann.«

Freddy öffnet die Tür mit der Aufschrift *Archiv*. Ich sehe einen Tisch mit einem Projektor darauf, eine Leinwand und Boxen. Ansonsten wird der Raum beherrscht von zwei hohen Regalen, die bis an die Decke bestückt sind mit Filmrollen.

»Das ist quasi das Protokoll unserer Suche. Der Suche, die jetzt beendet ist. Denn jetzt haben wir nach Sophia auch dich gefunden.«

»Also sind das hier alles nicht ganz so perfekte Gesichter?«

Freddy sieht mich eine Weile regungslos an, dann sagt er: »Was hat dir Ralf noch erzählt?«

»Nur das mit den perfekten Gesichtern.«

»Nur ist gut. Dann weißt du also, was euch verbindet, Sophia und dich?«

»Unsere Durchschnittlichkeit.«

»Beziehungsweise eure Perfektion, ja.« Freddy wendet seinen Blick von mir und starrt auf die Filmrollen. »Und wie du siehst, war es nicht einfach, eine solche Perfektion zu finden. Hat er dir erzählt, wozu wir euch brauchen?«

»Für den perfekten Film.«

Den Blick weiter auf die Filmrollen gerichtet fragt er: »Hat er dir gesagt, was das ist, der perfekte Film?«

»Nein. Er meinte, das falle in dein Ressort.«

Jetzt dreht er sich um. »Da hat er recht.«

Er geht hinaus auf den Gang, und ich folge ihm. Hinter mir wirft Freddy die Tür zu.

Er fragt: »Wie alt bist du eigentlich wirklich?«
»Älter als in dem Ausweis.«
»Das ist mir klar. Aber wie alt?«
»Muss ich das sagen?«
Freddy grinst ganz kurz. »Gut, dann sag mir zumindest: Bist du jünger als 35?«
»Ja.«
»Sehr gut. Unter anderem deswegen hat auch unsere Sache so lange gedauert: weil wir nur ein bestimmtes Alter verwenden können.«
»Ein bestimmtes Alter?«
»Eine Altersgruppe. Das Altersfenster liegt zwischen 21 und 35. Sind die Gesichter jünger, ist die Physiognomie noch nicht ausgereift. Zu kindlich. Sind sie älter, so beginnt schon der Verfall. Falten, Flecken und so weiter.« Er öffnet die Tür rechts von uns. Ein roter, dicker Teppich bedeckt den Boden des Aufenthaltsraums. Ein runder Umkleidespiegel hängt an der Wand, darunter ein Tisch, auf dem Gläser, Wasserflaschen und Aschenbecher stehen. Alles ist sauber und unbenutzt. In der Ecke steht ein weiterer Garderobenständer. Zwei Türen gehen von hier ab, auf einer steht *Toiletten*, auf die andere, eine schwere Eisentür mit Sicherheitsschloss, geht Freddy zu.
»Und nun unser Öffentlichkeitsbereich«, sagt er.
Er steckt einen Schlüssel ins Schloss, und ich höre schwere Bolzen, die sich in der Wand bewegen. Freddy zieht die Tür auf.
Sofort nehme ich den Geruch wahr: Bratfett, Knoblauch, orientalische Gewürze, kalter Rauch und altes Bier. Ich sehe einen Raum, in dem vier oder fünf Holztische stehen, die Stühle liegen mit den Beinen nach oben auf den Tischplatten. Spielautomaten hängen an den Wänden. Geradeaus ist ein Durchgang, in dem an der Wand ein weiterer Spielautomat hängt. Im anderen Raum sehe ich eine lange Glasvitrine. Dahinter, halb von der Wand verdeckt, steht ein zwei Meter großer rothaariger Mann mit einem Wischlappen in der Hand und sieht uns ruhig entgegen.

»Darf ich raten?« Ich blicke zu Freddy. »Das ist der Red-Devil-Kebap. Oder?«

»Woher kennst du den Namen?«

»Schmidt wollte mich hierher schicken.«

Freddy lacht. »Der gute, alte Schmidt!« Dann sagt er laut: »Fall Kolumbus, Neil!«

Neil legt den Lappen weg und beugt sich über die leere Glasvitrine, um uns besser zu sehen. »Im Ernst?«, ruft er. »Fall Kolumbus? Heute?«

»Ja. Kein Witz. Ruf schon mal alle zusammen. Das endgültige O.K. gibt es in spätestens vier Stunden.«

»Scheiße!«, brummt Neil. »Hab mich schon so ans Grillen gewöhnt.«

»Jetzt musst du eben umsatteln. Videothekar ist doch auch nicht schlecht.«

Freddy will die Tür wieder schließen, da ertönt noch einmal Neils Stimme: »He Freddy!«

»Ja?«

Neil ist hinter der Vitrine hervorgekommen und blickt uns durch den Gang entgegen. Er ist wirklich sehr groß. »Ist das wirklich kein Witz?«

»Nein. Heute ist nichts ein Witz, Neil.«

Freddy schließt die Tür. Die Bolzen schnappen laut hörbar an ihren Ausgangsort zurück.

»Ist in jeder Stadt so«, erklärt Freddy sichtlich zufrieden. »Es gibt immer einen dem Studio vorgelagerten öffentlichen Ort. Immer etwas Anderes. In Genf zum Beispiel ist es ein Bräunungsstudio. In Wien ist es ein Friseur. Aber jetzt wird alles anders. Alles wird umgebaut. Wenn unser Dreh heute Abend klappt, werden alle öffentlichen Orte umgewandelt in Videotheken.«

»Wieso braucht ihr solche Orte? Zur Tarnung?«

»Erstens als Hinterein- und -ausgang. Damit es nicht so auffällt, wenn tagtäglich Leute ein- und ausgehen. Zweitens als Fluchtweg für den Notfall. Drittens als offizielle Lieferadresse.

Viertens als dauernder Castingort. Neil da vorne sagt sofort Bescheid, wenn jemand reinkommt, der ins Raster passt.« Freddy seufzt. »Jetzt aber ist das vorbei. Jetzt werden alle Orte Videotheken.«

»Wieso?«

»Erkläre ich dir vielleicht später.«

Das Wort *Erklären* erschrickt mich plötzlich. Mir kommt ein Gedanke, der in seiner Logik so einleuchtend ist, dass ich mich schäme, ihn noch nicht früher gedacht zu haben. Die Ereignisse dieser Nacht haben offenbar mein Urteilsvermögen angegriffen. Oder das Gift. Oder die Aussicht auf die Lösung meines Dilemmas. *Du willst dich töten und doch leben …* Wenn ich nicht aufpasse, ist das Dilemma von selbst gelöst: Dann bin ich ganz einfach tot. Ich entschließe mich dazu, meine Gedanken auszusprechen. Denn im Grunde habe ich ohnehin keine andere Möglichkeit, als Freddy zu vertrauen.

»Freddy, hör zu, ich mache mir Sorgen. Mir gefällt nicht, dass du mir alles hier erklärst. Diese Sightseeingtour ist gefährlich. Ich meine, eigentlich will ich gar nicht wissen, was ihr hier tut, du und *Das Konsortium*, die Hintergründe dieser Geschichte mit dem perfekten Gesicht und eurem Filmdreh gehen mich nichts an. Verstehst du, ich mache mir Sorgen, dass…«

»Dass du zu viel wissen könntest und wir dich deswegen nach getaner Arbeit in jedem Falle umlegen müssen«, vollendet Freddy. »Oder dass wir dir das Gegengift einfach verweigern und aus.«

Ich bleibe stehen. Freddy spürt das und dreht sich um.

Mitleidig sagt er: »Pirat, du begehst gerade einen Denkfehler.«

»So? Tue ich das?«

»Was ist es, was du von uns willst?«

»Ich … du hast mir gesagt, dass … dass ihr mir aus meinem Dilemma helft.«

»Richtig. Also?«

»Ich weiß nicht.«

»Ich habe den Verdacht, dass du die Sache etwas zu abstrakt angehst. Vielleicht würde es dir helfen, direkt auszusprechen, was du darunter verstehst, unter *aus meinem Dilemma helfen*. Oder denkst du nicht?«

»Ich…«

»Was willst du, Pirat?«

Ich zögere.

»Was wolltest du von Schmidt?« Freddy streicht sich seine blonden Haare zurück und verschränkt anschließend die Arme unter dem Poncho. Sein Gesicht ist jetzt beinahe gütig.

»Ich wollte eine neue Identität.«

»Du wolltest von ihm eine neue Identität auf dem *Papier*.«

»Ja …«

»Gut. Schmidts Arbeit ist es, Menschen eine neue Identität auf dem Papier zu verschaffen. Meine wird es sein, dir eine neue Identität im Kopf zu geben.«

»Ja…«

»Und was ist die Voraussetzung für eine neue Identität im Kopf?«

Ich bin vollkommen überfordert. Mir wird schwindlig. Gleichzeitig, im unpassendsten Moment, überschwemmen mich wieder die Bilder voller Blut und Ekel, die mich mein Leben lang begleitet haben. Bilder meiner alten Identität. Ich muss schmerzhaft rülpsen. Ich schließe die tränenden Augen und höre in der Dunkelheit Freddies Stimme: »Die Voraussetzung ist, die alte Identität zu vernichten. Zu löschen. Komplett zu löschen.«

Ich öffne die Augen, und durch einen Tränennebel hindurch sehe ich Freddy vor mir stehen.

»Und das hier, Pirat, also auch all das, was ich dir gerade eben erzähle, ist Teil deiner alten Identität. Alles klar?«

»Du meinst, ich werde das wieder vergessen?«

»Du wirst *alles* vergessen, was in deiner verdammten Gehirnmasse auch nur im Entferntesten mit dir und deinem Leben zu tun hatte. Das wird der Lohn für deinen Job sein.«

»Wie wollt ihr das machen?«

Freddy sieht an die Decke. »Das werden wir sehen. Wir haben eine Menge Drogen zur Verfügung. Direkt nach deinem Job werden wir uns darum kümmern.«

Mir ist sofort klar, dass er lügt. Ich frage: »Und was ist mein Job?«

Freddy lächelt abwesend.

»Sag mir, was ich tun muss, Freddy.«

»Das, was du schon immer getan hast. Das, was du, nach Schmidt und seinem Schicksal zu urteilen, wohl am besten kannst: Töten … Du begehst deinen letzten Mord. Das ist alles. Einfach, oder?«

13. Der Gute

There is no spoon.

Donnerstag, 29. Juni. Ein Tag vor meinem Geburtstag.

SARAH hätte gesagt: *In verwirrenden Zeiten kann das Zelebrieren alter Rituale überaus hilfreich sein.* Ähnliches dachte ich wohl auch: Als gegen halb fünf die Sonne aufging, legte ich gerade den vierten Western ein.

Ich hatte angefangen mit *Erbarmungslos* von und mit Clint Eastwood, war dann übergegangen zu *The Wild Bunch* mit Holden, Borgnine, Oates, Johnson und Ryan und hatte anschließend *Jeremiah Johnson* mit Robert Redford gesehen. Der vierte Film war *The Searchers* von John Ford, der laut internationaler Kritikermeinung beste Western aller Zeiten. Doch darum ging es mir nicht. Worum es mir ging, war die Figur von John Wayne, die Zerrissenheit und Einsamkeit, die sie transportiert, der Hass, den sie auf sich selbst verspürt, die Ohnmacht gegenüber ihrem Schicksal. (Die Charakterzeichnungen der Protagonisten in den anderen drei Filmen waren im Übrigen sehr ähnlich.)

Als der Abspann von *The Searchers* über die Leinwand flimmerte, war es halb sieben. Bis kurz vor acht starrte ich auf das Telefon. Dann schlief ich ein.

Ich erwachte durch ein sich stetig wiederholendes, äußerst unangenehmes dumpfes Geräusch. Ich blickte auf den Videorekorder und sah, dass es kurz vor eins war. Erneut war nicht die Spur eines Traumes in meinem Kopf.

Das Geräusch wiederholte sich, und ich erkannte es als ein lautes Klopfen. Ich zog eine Hose an, ging zur Tür und öffnete sie.

Es war Clarissa, sie machte ein bestürztes Gesicht.

»Was ist denn mit dir heute los? Ist das ein Rückfall? Hat dich die Schauspielerin verlassen?«

»Nein, es ist nichts.«

»Himmel, da mache ich dir erst vor zwei Tagen Komplimente, dass du auf einem guten Weg wärst, und jetzt das!«

»Es ist alles klar, Clarissa. Mir geht es gut. Was gibt es?«

Sie blickte mich misstrauisch an, dann sagte sie: »Ein Gregor hat hier angerufen. Er meinte, er sei dein Chef. Wo du bleibst, hat er mich gefragt.«

Ich seufzte. »Warum hast du ihn nicht durchgestellt?«

Sie verzog verständnislos das Gesicht. »Wie lange wohnst du schon hier, Alexander?«

»Warum?«

»Weißt du denn nicht, dass die Telefone in den Zimmern nur intern funktionieren?«

»Nein, das weiß ich nicht ...«

»Du hättest schon zu mir an die Rezeption kommen müssen, um mit deinem Chef zu reden. Weißt du noch, worüber wir vorgestern gesprochen haben, von wegen Ausbau der Pension? Das mit den Zimmertelefonen wäre auch eine dieser Sachen, um die ich mich endlich mal kümmern muss. Aber andererseits, im Zeitalter der Handys ... bislang hat sich noch kaum einer beschwert. Du auch nicht, und du wohnst ja immerhin schon zehn Jahre hier.« Sie grinste.

»Aber das kann nicht sein«, sagte ich.

»Was kann nicht sein?«

»Na, dass das Telefon nur intern funktioniert.«

»Warum? Hat man dich angerufen?« Sie lachte laut. »Jedenfalls: Ruf deinen Chef zurück oder geh gleich zur Videothek! Er klang furchtbar sauer!« Sie sah mich zweifelnd an. »Aber geh vorher noch duschen. Du siehst aus, als wärst du gerade erst aufgewacht.« Sie lachte erneut, dann schloss sie die Tür hinter sich.

Ich setzte mich aufs Bett. SARAH hätte mir jetzt etwas über ihre Ballungstheorie in Verbindung mit dem Wort »Hauptfeld« erklärt. Ich aber dachte: *Das hier ist ein Film. Überraschende*

Wendungen gehören zu einem Film wie die Luft zum Atmen. Meist häufen sich diese Wendungen kurz vor dem ersten Höhepunkt.

Ich blickte zu Humphrey, aber der hielt sich wie gestern aus der Sache raus. Ich kramte mein Handy aus der Hosentasche der Hose, die ich gestern getragen hatte, und las auf dem Display, dass Gregor dreimal versucht hatte, mich zu erreichen. Ich rief ihn an. Er meldete sich sofort.

»Na endlich! Da lässt man einmal die Zügel ein bisschen schleifen, gibt seinem Mitarbeiter einen aus, und schon denkt er, er könne machen, was er will, verdammte Scheiße, Mann!«

»Tut mir leid, Gregor ...«

»Tut mir leid im Arsch, Mann!«

»Ich habe verschlafen, ich ...«

»Außerdem muss ich mit dir noch ein ganz anderes Hühnchen rupfen.«

»Ich sage doch ...«

»Mir ist scheißegal, was du zu sagen hast, weil du nämlich SOFORT hier auftauchen wirst! War das verständlich, Mann?«

»Ja. Bis gleich.« Ich legte auf.

Mein Blick fiel auf das Zimmertelefon, mit dem man nur innerhalb des Hotels telefonieren konnte. Dann fiel mein Blick auf die Plastiktüte mit den Filmen von Victor darin.

Das hier ist ein Film! In einem Film hat jedes Ausstattungsdetail, jeder Gegenstand, der eine Großaufnahme bekommt, eine direkte Bedeutung für die Handlung.

Die Filme in der Tüte waren *Der Marathon-Mann, Bullit, Highlander, Easy Rider, Frühstück bei Tiffany* und *Der rote Korsar*. Die ersten drei waren VHS-Kassetten, die zweiten drei DVDs. Aus der Hülle von *Bullit* ragte ein Zettel. Ich zog ihn heraus und faltete ihn auseinander. In einer winzigen, nach links fallenden Grundschülerschreibschrift war zu lesen:

D.M.M. – Zahnfolterszene, zweites Bohren;

B – Tankstellenexplosion;
H – erstes Duell, Parkhaus, direkt nach Kopfverlust;
E. R. – Erster Auftritt Jack Nich.;
F. b. T – Partyszene; Pärchen in Dusche;
D. r. K. – Schlussszene, direkt vor Ende.

Bei den drei Videokassetten konnte ich sehen, dass sie alle zu bestimmten Punkten gespult waren, wahrscheinlich direkt bis zu den genannten Szenen.

Ich bereitete Leinwand, Beamer und Player vor und legte als erstes *Der Marathon-Mann* ein. Ich setzte mich aufs Bett und drückte auf *Play*.

Es war in der Tat die Folterszene. Laurence Olivier, seine spiegelnden Brillengläser, sein weißer Zahnarztkittel, das laute Sirren des Bohrers, das markerschütternde Geschrei von Dustin Hoffmann, die dauernde Frage von Olivier (beziehungsweise von Dr. Szell, des KZ-Arztes): »Sind sie sicher? Sind sie sicher?«

Ich sah mir die ganze Szene an, spulte zurück und sah sie mir noch einmal an. Keine Spur von mir. Wie denn auch. Dieses Ausstattungsdetail, also die Tüte mit den Filmen, hatte für meinen eigenen Film offenbar genauso viel Bedeutung wie das Bett, auf dem ich saß: gar keine. Ich spulte noch einmal zurück. Gab Victor eine letzte Chance. Hatte er mich vielleicht in den Brillengläsern von Szell gesehen? Oder dachte er, ich sehe Dustin Hoffman ähnlich? Doch am Ende der Szene war ich mir sicher: Victor war verwirrt, das war alles, weit verwirrter als ich. Ich spulte noch ein letztes Mal zurück, sah mir die Szene noch einmal an, aber diesmal ohne den Anspruch, mich darin zu finden, sondern einfach nur, um sie um ihrer Virtuosität willen zu genießen. *Sind sie sicher? Sind sie sicher?*

Das Telefon klingelte. Ich drückte auf Pause, hechtete zur Seite und schnappte mir den Hörer. Auf dem Display stand: *Extern*.

Es klickte, und es folgte ein lang gezogenes Tuuut.

Langsam legte ich den Hörer zurück. Ebenso langsam drehte ich mich um, als ich aus den Augenwinkeln etwas zu sehen glaubte. Das, was ich sah, blieb dort, auch als ich es direkt ansah: Von der Leinwand, in einem Standbild eingefroren, eingerahmt von einem dicken Kupferrahmen, der ineinander verschlungene Blumen darstellte, starrte mir aus einem Spiegel ein bleiches Gesicht mit weit aufgerissenen Augen entgegen: Mein Gesicht.

Es war immer der gleiche Gesichtsausdruck in immer dem gleichen Spiegel, in allen sechs Filmen. Ich war um einiges jünger, meine Haut war glatter und der Bartschatten milder, aber ich war es, zweifellos. Es gab keinen Hintergrund; mein Gesicht nahm die gesamte Reflexionsfläche ein. In den Augen – in *meinen* Augen – las ich etwas, was eindeutig Schrecken war. Ein riesiger, furchtbarer Schrecken, ein Grauen, wie ich es noch nie in einem Gesicht gesehen hatte, in keinem Film und erst recht nicht bei realen Personen. Die Fratze war so furchtbar, dass ich mir nicht im Entferntesten vorstellen konnte, was einen derart großen Schrecken auslösen könnte. Während ich diese meine Augen auf der Leinwand betrachtete, spürte ich, wie ein Kampf in meinem Magen vonstattenging: Das Sodbrennen wollte sich zurückmelden. Aber es hatte keine Chance. Nach wenigen Minuten gab es auf, und zurück blieb nur eine dumpfe Leere, die alles bedeuten konnte.

Victor hatte recht: Ich wusste nicht, dass ich in diese Filme gekommen war. Ich hatte keine Ahnung. Klar war nur die Technik, das Wie:

Eine Sekunde eines Kinofilms besteht bei den gängigen Formaten aus 24 Einzelbildern. (Bei Videos und DVDs für den Fernsehgebrauch sind es 25 Bilder beziehungsweise 50 Halbbilder, aber das Prinzip ist das gleiche.) Da das menschliche Auge zu langsam ist, kann man nicht zwischen den einzelnen Bildern unterscheiden, es entsteht der Eindruck, einen fließenden Übergang von Bild zu Bild zu sehen, also *bewegte* Bilder, also einen Film. Sind es weniger Bilder pro Sekunde, nimmt der Zuschauer ein Ruckeln oder Flimmern wahr. Der Daumenkino-Effekt.

Fügt man nun in 23 Bilder einer Sekunde ein 24. Bild ein (oder ein 24. in die 25er Frequenz), das gar nicht in den Film gehört, nimmt das also niemand wahr; bestenfalls bildet man sich ein kurzes Flimmern ein, wenn überhaupt.

Aber genau das hatte jemand getan. Nur: Warum? Warum hatte sich jemand die Mühe gemacht, mich in diese Filme zu schneiden, wenn man mich gar nicht wirklich sehen konnte? Wann war das geschehen? Und: War das in allen Kopien dieser Filme so? Zumindest die letzte Frage konnte ich sofort klären: Ich suchte Victors Filme in meinen eigenen Beständen und spulte diese Kopien an die entsprechenden Stellen. Das Ergebnis war merkwürdig:

Bei drei Filmen tauchte ich ebenfalls auf, bei den drei anderen nicht. Ich versuchte mich zu erinnern: *Bullit, Easy Rider* und *Der rote Korsar*, die Filme, in denen ich auch in meiner eigenen Sammlung Sekundenbruchteilauftritte hatte, waren Kaufkassetten oder Kauf-DVDs aus der Kettenvideothek, die ich regelmäßig besucht hatte. Die anderen drei Filme hatte ich von geliehenen Kassetten aus dem *Zero-Zone* überspielt. (Das war damals noch möglich gewesen.)

Ich sah zu Humphrey, doch der hatte sich offenbar endgültig entschlossen, dass ihn mein Schicksal nichts mehr anging. Mein Blick wanderte zu Gregors Plastiktüte, dann zu meinem grauenerregenden Gesicht auf der Leinwand und schließlich zum Telefon, über das mich gerade eben wieder jemand von außerhalb angerufen hatte, obwohl das doch gar nicht möglich war.

Das hier ist ein Film. Das hier ist ein Film, und in einem Film laufen gegen Ende alle Dinge auf einen gemeinsamen Punkt zu.

Ich nahm mir meinen neuen Hut, verließ Zimmer 9 und machte mich auf zum *Zero-Zone*. An jeder Litfaßsäule, an der ich vorbeikam, hingen die schwarzen Plakate mit der Aufschrift: *Am 1. August ist THE END!*

Ich betrat das *Zero-Zone* und erschrak zunächst, da ich weder einen Kunden noch Gregor sah, nur staubige, heiße Luft zwischen den Regalen, doch dann hörte ich ein Geräusch aus dem Kabuff. Gleich darauf kam Gregor heraus, die Lando-Calrissian-Tasse zwischen den Fingern, eine Zeitung unter die Achsel geklemmt, und brummte: »Na endlich, Mann. Mach das nicht noch mal, klar?«

»Hast du schon mal nachgesehen, ob du noch Arbeiten von diesem Korsika hast?«

»Nein, noch nicht, ich …«

»Gregor!«

Er blieb mitten im Raum stehen und sah mich an. »Ich kam noch nicht dazu, ich …«

»Scheiße!«

Er musterte mich ein paar Augenblicke durch seine Kastenbrille mit zusammengekniffenen Augen, schmiss geräuschvoll die Zeitung auf den Tresen und sagte: »Du machst mir Sorgen, Mann. Du siehst nicht gerade gut aus, weißt du das?«

Ich schloss kurz die Augen und atmete tief durch. »Kann ich dich noch ein paar Dinge fragen?«

»Zu was?«

»Zu deiner Arbeit damals an der Uni: Eine wäre: Gab es noch eine weitere Möglichkeit zur Manipulation der Zuschauer?«

»Alex, so langsam machst du mir wirklich Angst, Mann.«

»Was ist zum Beispiel mit dem Verstecken von einzelnen Bildern in der 24er Frequenz?«

Gregor ging langsam hinter die Theke, setzte sich und sagte: »*Fight Club*, was?«

Ich schlug mir an den Kopf. An *Fight Club* hatte ich gar nicht mehr gedacht. Darin macht der Held, der als Filmvorführer in einem Kino arbeitet, nichts Anderes, er versteckt einzelne Bilder in Filmen, und zwar Pornobilder. Im *Fight Club* hat das zur Folge, dass die nichts ahnenden Zuschauer in diesem Kino völlig verstört nach Hause gehen, ohne zu wissen, warum sie verstört sind.

»Richtig«, sagte ich. »Wie in *Fight Club*. Was weißt du darüber? Was weißt du über diese Art von Manipulation? Ist es überhaupt eine Manipulation?«

Gregor stellte die Tasse weg. »Allerdings. Die sogenannten *flash cuts*. Genutzt für *subliminal messages*, unterbewusste Botschaften. Im Kino gern auch *Flicker* genannt. Ist aber schwer nachzuweisen. Gerüchteweise wurde in den 90ern viel damit experimentiert. Vor allem zu Werbezwecken. Man hat angeblich Werbelogos versteckt und Bilder von Produkten. Aber den Nachweis eines Erfolgs dieser subtilen Art der Manipulation gibt es nicht. Wie denn auch.«

»Aber es hat einen Einfluss aufs Gehirn.«

»Was soll das, natürlich hat es einen Einfluss. Es gibt immer einen Einfluss auf das Gehirn. Wobei man unterscheiden muss zwischen der Variante, dass der Zuschauer bewusst überhaupt nichts sieht, und der Variante, dass er ganz kurz etwas sieht. Für die erste platziert man eines, maximal zwei Bilder in die 24er Frequenz, für die zweite müssten es schon drei oder vier Bilder sein. Auch in *Fight Club* sind es vier, glaube ich.«

»Welche Filme fallen dir dazu ein?«

Gregor zögerte keine Sekunde, oder besser – nicht ein Bild: »*From Dusk Till Dawn* oder *Event Horizon*. Außerdem *JFK* von Oliver Stone. *Alien*. Des Weiteren die *Nightmare-on-Elm-Street*-Reihe. In fast jedem Teil hat man damit ein bisschen herumgespielt. Ach ja, und natürlich *Rosemarys Baby*. Die Augen des Teufelsbabys, am Ende. Und der Klassiker: Der Schluss von *Psycho*. Hitchcock war natürlich mal wieder der Erste. Du erinnerst dich doch an den Schluss, als der Totenkopf über Anthony Perkins' Gesicht erscheint?«

»Ja, ja …«

»Der Regisseur, der am meisten damit arbeitete, ist William Friedkin. Sowohl in *Der Exorzist*, wenn auch nur im Director's Cut, als auch in *Cruising* als auch in *Jade*. Dann noch eine Unmenge von Experimentalfilmen wie …«

»Gregor, danke, das reicht.«

»Das Prinzip ist immer das gleiche: Je kürzer du etwas siehst, desto tiefer gräbt es sich in deinen Kopf. Wahrscheinlich, weil du nur die Hälfte wirklich *siehst* und die andere Hälfte in deinem Hirn dazugebildet wird.«

»Und für die Variante, dass man bewusst überhaupt nichts sieht? Hast du da auch Beispiele?«

Gregor zuckte mit den Schultern. »Kenne ich jetzt keinen einzigen Film. Wo sollte man da überhaupt suchen? Und wie? Interessiert mich auch nicht sonderlich. Da wurde schon so viel darüber geschrieben, so viel darüber diskutiert, vor allem in diesen bekloppten Verschwörungstheorie-Foren, dass ich bei meiner Arbeit damals gar nicht, nicht mal ansatzweise, darauf eingehen wollte. Ist nur was für Freaks, Mann.«

»Was wären die Folgen?«

»Was weiß denn ich? Die Werbeleute wollten natürlich mehr verkaufen. Die Horrorregisseure wollten das Grauen steigern. Den Schockeffekt verstärken.«

Mehr verkaufen. Das Grauen *steigern. Verstärken. Desto tiefer* gräbt es sich in den Kopf.

»Wieso fragst du alles, Mann?«

»Ich ... Nur so.«

Steigern. Verstärken. Mehr ... von *was*?

»Bevor du mich jetzt weiter über so unnützes Zeug ausquetschst, muss ich dich jetzt erst mal rund machen. Ich bin ziemlich sauer auf dich, Mann.« Gregor stand auf, drehte sich um und fuhr die Schrankwand mit den DVDs auf. Er zog eine Scheibe heraus und legte sie vor mich auf den Tresen. »Was ist eigentlich los mit dir? Wieso sagst du, Filme seien verliehen und dabei sind sie es gar nicht?«

Ich nahm die DVD. Es war *Don't look now*.

Ich brauchte eine Weile. Dann sagte ich: »Das ist sicher die zweite Kopie.«

»Ich habe nur eine auf DVD. Und sie lag ganz friedlich an

ihrem Platz. Sogar mit einer kleinen, verdammt beweisträchtigen Staubschicht darauf.«

»Aber im Computer steht doch …«

»Was weiß ich, was du in den Computer eingibst, Mann!«

Ich rannte um die Theke und bückte mich. Die rote Tasche. Da war sie. Ich nahm sie, hielt sie hoch und rief herausfordernd: »Und was ist das?!«

Gregor nahm sich langsam einen Zahnstocher aus der hinteren Hosentasche, steckte ihn sich bedächtig zwischen die Lippen und sagte ruhig: »Das, mein Freund, ist eine rote Handtasche.«

»Genau!«

Gregor sah mich an.

Ich ließ die Tasche sinken. Dann stellte ich sie wieder an ihren Platz zurück. »Ja, nur eine Tasche.« Ich spürte, wie meine Stimme immer leiser wurde, konnte aber nichts dagegen tun. »Nur eine rote Handtasche.«

Dies ist ein Film. Jeder Gegenstand hat eine Bedeutung. Jede Spur hat ein Ziel.

Ich trat wütend mit dem Fuß auf und brüllte: »Scheiße!«

Gregors Zahnstocher landete an meiner Schuhspitze. »Mann, was ist denn …?«

»Gar nichts!«

»Hast du eigentlich schon mit der Tabori darüber geredet, ob sie da was arrangieren kann mit Konstanze …?«

»NEIN! HAST DU ETWA AN KORSIKAS ARBEITEN GEDACHT!?«

Gregor wirkte einen Augenblick unschlüssig. Dann sagte er: »Bin in einer halben Stunde wieder da.« Er rannte aus dem *Zero-Zone* auf die kochende Straße und verschwand um die Ecke.

Ich zwang mich erneut zum Durchatmen. Ich brauchte Hilfe. In jedem zweitem Film hilft dem Helden etwas, auf das ich bislang noch nicht zurückgreifen konnte, etwas, was mir bislang verwehrt geblieben war: der Zufall. Keine Patrone mehr in der

Knarre des Bösewichts? Was für ein glücklicher Zufall! Die Kugel eines Schusses schlägt genau in die Schulter und verletzt nichts Lebenswichtiges? Was für ein glücklicher Zufall! Der Held fällt von einem Dach und stürzt genau auf einen Lkw-Anhänger voller Baumwollballen? Was für ein glücklicher Zufall! Wo war *mein* glücklicher Zufall?

SARAH hätte jetzt gesagt: *In einem Zustand der Hilflosigkeit der Passivität zu frönen, ist identisch mit Aufgeben.* Nun, wie Sie wissen: Ich kannte SARAH noch nicht. Ich setzte mich hinter die Theke, legte meinen Kopf neben die Kasse und schloss die Augen.

Eine heiße Windböe fuhr durch die offene Tür durch den Laden, wühlte raschelnd Gregors Zeitung auf, die neben meiner Schläfe lag, und verlor sich pfeifend zwischen den Regalen. Eine Windböe. Die erste Böe seit Wochen. Träge verlagerte ich meinen Kopf.

Eine leise, sanfte Stimme drang in mein Gehirn. »Videothekar.«

Ich hob den Kopf. Direkt vor mir stand eine Frau mit langen braunen Haaren. Ihr makelloses, merkmalsfreies Gesicht war ausdruckslos. Nur ganz hinten in den Augen war etwas zu lesen. Liebenswürdigkeit. Und Traurigkeit. Tiefe Traurigkeit.

»Sophia!« Ich ruckte mit dem Stuhl einen halben Meter zurück.

Sophia trug wie auf der Party und wie in der Szene von *Die Frage des Blutes* ein schlichtes weißes Kleid. Sie war barfuß. Ihre traurigen, liebenswürdigen Augen bohrten sich in meine. Sie sagte: »Wir haben nicht mehr viel Zeit, Videothekar.«

»Woher kennen wir uns? Wer bist du?«

Sie lächelte traurig. Dann hob sie einen Arm. In ihrer Hand blitzte etwas. Eine neue Böe pfiff durch die Tür, fuhr mir ins Gesicht. Die Zeitung neben mir flog auf. Sophias Arm sauste herab und gleich darauf sirrte etwas neben meinem Ohr. Hinter mir machte es dumpf *Fock!*

»Gib dir Mühe, Videothekar. Du schuldest es mir.« Ihr Lächeln verschwand. Die Liebenswürdigkeit in ihren Augen erlosch. Was blieb, war die Traurigkeit.

»Was schulde ich dir?«

Sophia drehte sich um und ging lautlos auf ihren nackten Füßen Richtung Tür. Ihr weißes Kleid wehte schwach um sie herum, obwohl nun kein Wind mehr ging.

»Sophia!«

Sie trat aus der Tür und verschwand rechts hinter den Filmpostern. Ich stürzte hinter dem Tresen hervor, rannte zur Tür und blickte den Gehsteig entlang. Und wie Hunderte von Filmhelden vor mir und wahrscheinlich auch Hunderte nach mir sah ich – nichts. Die Erscheinung war weg. Nur Menschen, die sich durch die Hitze quälten. Die Schlange vor der Eisdiele. Hechelnde Hunde. Das *The-End*-Plakat auf der anderen Straßenseite.

Ich ging wieder hinein. Etwas hing an der DVD-Schrankwand. Ich trat näher heran. Gregors Zeitung. Ein schweres Wurfmesser hatte sie an das Holz genagelt. Es steckte genau in einer Überschrift zu einem Artikel des Kulturteils, und zwar in den Worten: The End.

Rätselraten um »The End«

Auch nach Bekanntwerden der Tatsache, dass der sowohl in Europa als auch in den USA massiv beworbene Film »The End« ohne Umweg über das Kino lediglich auf DVD erscheinen soll, geben die Umstände des Erscheinens weiterhin Rätsel auf. Die Produktionsfirma »Epimeth-Films« verlangt von den diversen Verleihhäusern wie auch von den größten Videothekenketten Zusicherungen, dass der Film in einer festgelegten Mindestanzahl Kopien angeboten werde, die, so ein Sprecher der Cine-Art-Corp.-Group, sogar Blockbuster wie »Batman« in den Schatten stelle. Gäbe es diese Zusicherung nicht, werde der Film auch nicht verliehen. Außerdem wurde bekannt, dass es bis zum offiziellen Verleihstart am 1.08. weder Pressevorführungen noch Testscreenings gebe. Angaben zu Schauspielern und Regisseur würden ebenfalls bis zum 1.08. zurückgehalten. Indes ist immer noch unklar, wer sich hinter »Epimeth-Films« verbirgt. Die Tatsache aber, dass sich bislang weder die betroffenen Videothekenketten, noch die Verleihhäuser, noch die Vertreter der Kulturstellen der diversen Länder für die Altersfreigabe diesen branchenunüblichen Forderungen entgegenstellen, spricht für eine breit angelegte PR-Aktion, hinter der nur große und größte Major-Studios stehen können, die sich offenbar hinter dem Namen »Epimeth-Films« verbergen wollen. Somit befinden wir uns augenscheinlich vor einer neuen Dimension des Filmmarketings. Sollten sich alle zuständigen Stellen auf die Forderungen des Studios einigen, wäre es das erste Mal, dass ein Film auf internationaler Ebene in massiver Kopienanzahl direkt in die Videotheken kommt, ohne in einem einzigen Kino gelaufen zu sein.

Ich nahm das schwere Wurfmesser und legte es zu dem Springmesser in Julias/Patricias Tasche. Danach schloss ich das Fach am Ende des Tresens auf, in dem Gregor die Ordner aufbewahrte, die die Korrespondenz mit den Verleihhäusern enthielt.

Dies ist ein Film. In einem Film läuft am Ende alles auf einen gemeinsamen Punkt zu.

Ich wühlte mich durch die Verträge, Rechnungen und Filmlisten, las insbesondere die großen Paketangebote des letzten Monats, aber nirgendwo stieß ich auf den Namen *The End*. Das war nicht weiter ungewöhnlich, hatte Gregor doch schon lange allen mit dem *Zero-Zone* in Verbindung stehenden Verleihfirmen unmissverständlich klargemacht, dass er von der Paketverleih-Taktik ebenso wenig hielt wie von Knebelverträgen, die Kopienanzahl und Angebotsdauer eines Filmes vorschrieben. Außerdem waren wir nach wie vor eine Off-Videothek, was hieß, dass wir mit den größten Verleihern ohnehin nichts zu tun hatten.

Ich legte die Ordner zurück und schloss das Fach ab.

Wo war mein Zufall?

Zehn Minuten lang saß ich herum, ohne mich zu einer Handlung durchzuringen. *Wir haben nicht mehr viel Zeit, Videothekar.* Ich konnte es nicht verhindern: Ich wurde nervös.

Dann kam Gregor zurück. Er baute sich vor mir auf, stemmte die Hände in die Seiten und sagte: »Ich habe lange gesucht. Und das ist alles. Also will ich nichts hören.«

Er brachte eine kleine Mappe aus gefalztem Karton zum Vorschein und schmiss sie auf den Tisch. Dann ging er mit einem deutlichen Kopfschütteln ins Kabuff.

Ich nahm die Mappe, öffnete sie und sah eine Handvoll lose Blätter. Auf dem ersten stand als Überschrift:

Theoretische Überlegungen zur Identifikationsmöglichkeit von Rezipienten visueller Medien mit den handelnden Subjekten unter besonderer Berücksichtigung der Technik der Subjektiven Kamera.

Darunter stand: *A. K.*

Ich rief: »Ich gehe mal in den hinteren Raum! Kannst du die Kunden für eine halbe Stunde übernehmen?«

Ich hörte ein dunkles Brummen, nahm die Mappe und ging nach hinten. Ich setzte mich an den Tisch unseres zweiten Suchcomputers und schlug die Mappe wieder auf.

Die erste Seite beschrieb, quasi als Einleitung, die üblichen Probleme, die bislang mit der Subjektiven Kamera aufgetreten waren und die daraus resultierenden Schwierigkeiten der Zuschauer: die fehlende Tiefenschärfe, eingeschränkte Brennweiten, unsaubere Reißschwenks etc. Ich ging über zur zweiten Seite. Diese bestand aus einem Überblick über die neuesten kameratechnischen Entwicklungen, riss die Möglichkeiten der neuen, bewegten Digitalfotografie an (die offenbar zu jener Zeit, also Anfang der neunziger Jahre, noch in den Kinderschuhen steckte) und endete mit dem Satz: *In Anbetracht dieser Neuerungen, die alle innerhalb der letzten drei Jahre vonstattengingen, ist anzunehmen, dass die auf Seite eins angerissenen Probleme bald hinfällig sein werden.* Nichts, was nicht auch schon Gregor erwähnt hätte.

Die dritte und die vierte Seite lieferte einen Überblick über die Filmgeschichte; wann war es zu Massenphänomenen unter den Zuschauern gekommen? Ich sprang direkt zur fünften Seite: Die Bedeutung der Tonspur und des Lichts. Seite Sechs: *Flash Cuts* und die Bedeutung des Schnittes allgemein. Hier, bei den Bemerkungen über den Schnitt, wurde Korsika etwas ausführlicher als Gregor. Am Ende der Seite sowie auf den folgenden beiden folgten mehrere Tabellen, die ich aber nicht verstand. Als Abschluss unter Seite acht war zu lesen: *Selbstverständlich ist die größtmögliche Wirkung nur in Verbindung aller Techniken zu erreichen. Wobei sich alle der Kamera – hier also der Subjektiven Kamera – anzupassen und unterzuordnen haben.*

Das war alles.

Ich war enttäuscht. Ich hatte mir bedeutend mehr erwartet. Ich wollte die acht Blätter zurück in die Mappe stecken, da –

Stellen Sie sich einen schnellen Zoom auf die Mappe vor, gefolgt von einem Insert meiner über den Falz der Rückseite der Mappe tastenden Finger. Die Finger biegen den Falz auseinander, eine Violine schickt ein paar hohe Töne über die Szene und da – sehe ich eine Reihe weiterer Blätter, die lose unter den Kartonfalz der Mappe geschoben sind. Ich nehme sie heraus. Es sind aus einem Block gerissene Seiten, Din-A-5, und sie sind im Gegensatz zu den Seiten vorher handschriftlich beschrieben.

Ich nehme das erste Blatt.

Die Überschrift lautete:

Dogmen zur maximalen Steigerung des affektiven Schocks.

Darunter stand, fein säuberlich durch Absätze getrennt und durchnummeriert:

1. Die größte Emotion entsteht durch Überraschung.

2. Die größte Überraschung entsteht durch das Unerklärbare.

3. Der größtmögliche negative Affekt ist zu erreichen DIREKT nach einem positiven Affekt.

4. *(Der größtmögliche positive Affekt ist zu erreichen DIREKT nach einem negativen Affekt.)*
5. *Der erste, vorbereitende Affekt ist langsam und linear aufzubauen.*
6. *Der bestmögliche Wegbereiter des ersten, vorbereitenden Affektes ist permanente Unsicherheit.*

Dann folgen ein kleiner Absatz, und, doppelt unterstrichen und mit viel größeren Lettern als die sechs Punkte vorher:

Die endgültige, totale Integration des Zuschauers in den Helden gelingt NUR WÄHREND ODER DIREKT NACH dem affektiven Schock.

Ich las das Papier ein zweites Mal. Auch wenn sich all diese Punkte im Grunde anhörten wie normale Filmregeln zur Steigerung der Empathie des Zuschauers, so ging doch eindeutig etwas Düsteres, Krankes von ihnen aus. Zum einen, weil die Punkte ausschließlich auf die Empathie von negativen Gefühlen zu zielen schienen (der einzige Punkt, der auf eine positive Empathie zielte, der vierte, war sogar im Klammern). Und vor allem wegen des Schlusssatzes: Er verriet eine Intention, die noch weit jenseits von *bad-feel* war; sie verriet eine wirklich *böse* Intention.

Ich nahm das zweite Blatt. Und es wurde noch schlimmer. Dort stand ganz oben:

Das OPFER (Objekt) muss drei Voraussetzungen transportieren:

Es folgten die Punkte:

1. Schönheit.

2. Güte.

3. Traurigkeit.

Ein Absatz, und dann:

Der TÄTER (Subjekt=Held=Kamera) muss die o.g. Dogmen durchlaufen. Die Tat/Der Mord selbst muss

a) klar sichtbar sein.

b) überraschend sein.

c) unerklärbar sein.

d) roh und unmittelbar sein. (Schlag?)

e) endgültig sein.

Ich ignorierte meinen Magen ebenso wie das Gefühl von Kälte, das mich trotz der Hitze beschlich, und nahm das dritte Blatt. Es enthielt nur ein paar Zeilen. Die Überschrift lautete lapidar:

Theoretische Überlegungen

die wie folgt lauteten:

– *kleine Menge von handelnden Personen; Bestfall: nur Opfer und Täter.*

– *Handlung sollte direkt mit der Subjektiven Kamera korrelieren: Thema: Sehen? Nicht Sehen? Beachtung? Nichtbeachtung?*

– *Schauplatz muss einfach sein.*

– *Schauplatz muss »schön« sein. (Gebirge? Insel? Strand?)*

– *Keine Dialoge.*

Ich legte das dritte Blatt beiseite und nahm das vierte; es war das letzte. Die Überschrift lautete:

Zweck bzw. Möglichkeiten

Es folgte eine Auflistung:

Verunsicherung
Angst
Wut
Drang nach Sex
Impotenz/sexuelle Unlust
Phobien
Neurosen
Amnesie
Selbstmord

Ein Wort war unterstrichen; das vorletzte Wort: das Wort *Amnesie*.

Nach einem Absatz standen einige Sätze, die in Anführungszeichen geschrieben waren und denen Seitenzahlen folgten; offenbar hatte Korsika diese Sätze aus einem Buch abgeschrieben. Sie lauteten:

Amnesie ist nichts Anderes als ein Selbstschutzmechanismus des Gehirns.

Je größer der Schock, desto umfassender die Amnesie.

Als a) Zeuge oder als b) Urheber einer Tat oder eines Geschehens.

Bei b) umfassender; dann ist Amnesie auch ein (oft permanenter) Schuldkomplex.

Als Letztes stand unter allem: *Subjektive Kamera unzureichend, da während des Schocks Visualisierung erforderlich. Visualisierung???? Was für ein Schauspieler???? Welches Gesicht???? Wer????*

Ich legte die Blätter zur Seite und bewegte mich nicht. Nur mein Magen rumorte. Schließlich wurde auch er still.

Ich legte den Kopf auf die Tischplatte. Was sollte ich tun? Was hatte ich mit diesen Gedankenfetzen zu tun, die auf diesen vier Blättern festgehalten waren? Denn – und das war mir erschreckend klar – ich *hatte* mit ihnen zu tun. Das spürte ich mit jeder Faser meines Körpers. Nur: *Wie?*

Am liebsten hätte ich stundenlang bewegungslos hier gesessen, aber plötzlich klingelte mein Handy.

Ich blickte aufs Display und sah, dass es Carla war.

Dies ist ein Film. Das Wichtigste für die Dramaturgie eines Films ist die Frage des Zeitpunkts.

Ich zögerte, wie gestern Abend, aber diesmal ging ich schließlich ran.

»He, Videothekar, wo warst du gestern Abend? Wieso hast du nicht angerufen?«

Ihre Stimme klang wunderbar. Sie klang wie ein flüchtiges Zuhause, wie eine ätherische Heimat. Ich sagte: »Ich musste etwas erledigen.«

»Was denn?«

»Schwer zu sagen. Musste mir über einiges klar werden.«

»Über was denn? Hat es mit mir zu tun?«

Das Schlimmste war, dass ich Sorge in ihrer Stimme hörte. »Nein, Carla.«

»Mit was dann? Mit dieser Sophia?«

»Ja. Schon eher. Ich werde hier in etwas verstrickt ... ich weiß nicht ... ich weiß nicht, was ich tun soll.«

Carla schwieg.

Dies ist ein Film. In einem Film ist die Liebe der Ausgangspunkt jeglicher Motivation, alle anderen Motivationen entspringen aus dieser ersten, reinsten Motivation. Oft ist sie aber auch die erste Inspirationsquelle.

»Carla, offenbar bin ich Dreh- und Angelpunkt einer unglaublich weit verzweigten, komplizierten Geschichte, eines ... eines unheimlichen, merkwürdigen Films, aber der Punkt ist ... ich weiß einfach nicht weiter. Ich weiß nicht, wo ich die Lösung suchen soll.«

Carla seufzte leise. Ein Geräusch, dass mich schwindlig machte. Ich musste mich setzen. Ich wusste, was sie jetzt antworten würde. Sie würde sagen: »Ich kann dir nicht helfen, wenn ich nicht weiß, um was es geht.« Oder: »Du musst mir schon vertrauen, wenn ich dir helfen soll.« Aber ich täuschte mich: Carla sagte: »Wenn du der Dreh- und Angelpunkt bist – noch dazu, wenn es ein Film ist –, dann liegt die Lösung in dir selbst.«

Die Lösung liegt in mir selbst. Wie war das Zitat, das Michael Myers benutzt hatte? *Wir haben mit unserer Vergangenheit abgeschlossen – aber die Vergangenheit nicht mit uns.* Was hatte mir Dix gesagt? *Wenn Figuren auftauchen, die in der Vergangenheit des Helden eine Rolle gespielt haben, dann spielt auch die Vergangenheit selbst eine Rolle.* Und jetzt hatte ich ein widerwärtiges filmtheoretisches Manifest in der Hand, in dem es unter anderem um Amnesie ging.

Im Grunde lag die Lösung auf der Hand.

»Carla, danke. Ich melde mich.«

»Videothekar, warte!«

»Was ist?«

»Ich ... ich ...«

Das war das erste Mal, dass Carla offenbar keine Worte fand. Ich spürte einen dumpfen Schmerz hinter den Schläfen. Ich sagte: »Wo wohnst du?«

Sie sagte es mir.

»Sobald ich kann, komme ich vorbei.«

»Tu das«, sagte sie leise.

Ich legte auf und steckte mir eine Zigarette an. Während ich rauchte, massierte ich mir die Schläfen. Nachdem ich die Zigarette ausgedrückt hatte, ging ich in den Hauptraum und stellte mich an den Türrahmen zum Kabuff. Gregor kniete gerade unter dem Regal und zog eine neue Packung Milch aus einem Karton.

»Gregor, was weißt du über Gedächtnisverlust-Filme?«

Gregor richtete sich auf, stellte die Milch weg, steckte sich einen Zahnstocher in den Mund und kniff die Augen zusammen. Dann setzte er sich langsam auf die Kloschüssel, schlug ein Bein über das andere und sagte: »Seit wann ist das ein eigenes Genre, Mann?«

»Ist nicht wichtig, ob das ein Genre ist. Was weißt du darüber?«

»Über die Filme oder über die Sache?«

»Über beides, denke ich.«

»Wieso, Mann?«

»Ist doch egal, wieso. Es interessiert mich einfach.«

»Meistens bei Geheimagenten.«, sagte er. »Teil der neuen Identität. Oder ein verdammter Unfall.«

»*Die Bourne-Identität*«, sagte ich. »*Tödliche Weihnachten*. *Tod im Spiegel.* Ja. Und weiter?«

»Mystik. Teufelssachen, Mann.«

Ich nickte: »*Angel Heart*.«

»Schöner Film, Mann, was?«

»Noch andere Fälle?«

»Klar. Kann auch angeboren sein. Ein Schaden im verdammten Hirn oder so.«

»*Memento*.«

»Ja, diesen Kurzzeitgedächtnis-Verlust gab es aber schon vorher. Sogar in einem deutschen Film: In *Winterschläfer*.«

»Richtig. Noch etwas?«

»Simple Verletzungen. So wie in *Der Mann ohne Vergangenheit*.«

»Hm.«

»Auch bei traumatischen Erlebnissen. Der Held hat etwas so verdammt Schlimmes erlebt, dass dem verdammten Hirn nichts Anderes übrig blieb, als den verdammten Geist aufzugeben, Mann.«

»Weißt du einen Film dazu?«

Gregor nahm den Zahnstocher von den Lippen und sagte: »*K-Pax*. Und natürlich mal wieder der Meister aller Meister: Hitchcock. Vor allem in *Spellbound* und *Marnie*.«

»Richtig.« Ich dachte nach. »Gut. Frage: Wie kommt der Held wieder an seine Erinnerungen? Was *braucht* es, dass er sich erinnert?«

Gregor blies die Backen auf. »Immer etwas Anderes. Entweder einen erneuten Schlag auf den Kopf. Oder einen erneuten Schock. Oder, das ist, glaube ich, das häufigste Mittel, er braucht so etwas wie einen wichtigen Gegenstand, ein Ding, das in seiner Vergangenheit eine gewisse Rolle spielte. Sieht er es oder etwas, was ihn unterbewusst an diesen Gegenstand erinnert, passiert etwas in seinem Hirn. In *Marnie* zum Beispiel sind das alle Dinge, die rot sind. Rot für Blut. In *Spellbound* dagegen alles, was weiß ist. Weiß für Schnee.«

»Gut. Noch etwas. Gregor, hast du schon ein Angebot bekommen, *The End* betreffend?«

»Was?«

»Hast du ein Angebot bekommen, einen Film namens »*The End*« betreffend?«

»Etwa diesen *The End*?« Er wies mit einem langen Zeigefinger dort auf die Wand, wo nach einem Durchbruch die Litfaßsäule zu sehen wäre.

»Genau.«

»Nein. Wieso?«

»Dann lies mal die Zeitung, die du vorhin in den Fingern hattest. Und die Blätter, die ich hinten in der Mappe von Korsika gefunden habe. Ich muss jetzt los.«

»He, aber ...«

Ich war schon an der Tür.

»HEE!«

Ich eilte hinaus in die Hitze.

Auf der anderen Straßenseite drehte ich mich noch einmal um. Ich sah Gregor allein vor der Videothek stehen. Er sah aus wie ein Monolith vor der weiten, sternenglitzernden Unendlichkeit des Weltalls. Zumindest in meinen Augen, in den Augen eines Videothekars.

14. Der Böse

Wie geschickt du dich auch an einen Spiegel heranschleichst, das Spiegelbild sieht dir direkt ins Auge.

Wir gehen durch den Aufenthaltsraum zurück bis zur Tür mit der Aufschrift *Kontrollraum*. Freddy öffnet sie, und wir treten ein.

Der Raum ist lang, schmal und niedrig. Die linke Seite besteht aus einer kahlen Wand mit einem kleinen Fenster in der Mitte, durch das ich das hell erleuchtete Studio sehe, in dem nun mehrere Männer geschäftig hin und her eilen. Einer von ihnen ist Ralf, der gerade Bahnen von grünem Stoff an die Holzbalken spannt.

»Das Fenster ist der Spiegel, nicht wahr?«

»Richtig. Drüben der Spiegel, hier das Fenster.«

»Und diese Männer?«

»Alle Teil unseres Drehteams.«

Zur Rechten steht ein weiteres Pult, das aber kleiner als die Pulte im Studio ist. In der Ecke neben der Eingangstür ist eine Tür, auf der erneut *Archiv* steht. Auch hier hängt das Plakat von *Dark Passage*. Über der Tür hängt eine schwere Feueraxt.

»Wofür ist der grüne Stoff?«

»Sagt dir *Green Screen* etwas?«

»Nein.«

»Das ist die Weiterentwicklung von *Blue Screen*. Sagt dir das etwas?«

»Nein.«

Freddy seufzt. »Ganz kurz: Auf diesem grünen Hintergrund kann man später am Computer einfügen, was man will. Oder denkst du, es macht sich gut, wenn man im Hintergrund der Szene Kabel und Kameras und Betonwände sieht?«

»Eine grüne Wand erscheint mir nicht gerade besser als Kabel und Kameras und …«

»Pirat! Ich habe doch gesagt, dass man darauf einfügen kann, was man will! Natürlich sieht man dann keine grüne Wand. Aber man kann darauf perfekt andere Hintergründe abbilden, was weiß ich, ein plüschiges Kinderzimmer, einen viktorianischen Empfangssaal oder einen gottverdammten Wald. O.K.?«

»Und die Kamera? Wird die auch grün verhangen?«

Freddy schüttelt mitleidig den Kopf. »Mein Gott«, sagt er. »Natürlich nicht. Das ist eine Frage des Winkels. Die Fahrt der Kamera ist genau den Bewegungen von Sophia angepasst. Und natürlich auch deinen. Deswegen auch die Kreidestriche auf dem Boden. Die Kamera ist an einer genau berechneten Position seitlich und leicht über ihr. Und über dir.«

Ich sehe Freddy an.

»Ja, genau das ist es, was du tun musst.« Freddy legt mir eine Hand auf die Schulter. »Du musst schauspielern.«

»Ich dachte, ich soll jemanden töten.«

»Nun, das eine schließt das andere nicht aus. Und jetzt zum Kostüm und in die Maske. Bitte.« Er hält mir die Tür auf.

Einen Stock weiter oben erwartet uns Serena. Sie hat sich umgezogen, trägt nun einen dicken Pullover und eine olivgrüne, viel zu weite Baumwollhose. Sie wirkt kühl und professionell, beinahe abwesend. Sie reicht mir eine schwarze Hose und ein schlichtes weißes Hemd, weist mit dem Finger auf eine kleine Kabine und sagt: »Anziehen, bitte.«

Ich blicke zu Freddy und der nickt. Also gehe ich in die Kabine und ziehe mich um. Meine getragenen Kleider gebe ich Serena, die sie sorgfältig zusammenlegt und auf einen Stuhl neben der Kabine legt. »Keine Angst«, sagt sie. »Hier kommt nichts weg.« Ihr Lächeln erscheint mir beinahe zynisch.

»Und nun die Maske.« Freddy nimmt mich mit in den angrenzenden Raum. Dort steht Hannah hinter einem wuchtigen Friseurstuhl und sieht mir ähnlich abwesend entgegen wie zuvor Serena. Auch sie hat sich umgezogen, trägt nun funktionalere

Kleidung: Jeans und ein einfaches schwarzes Shirt. Eine Arbeitsfläche voller Kosmetika, Schminkutensilien und Puder beherrscht neben einem hohen Wandspiegel den Raum. Ich setze mich. Ein Stück rechts von mir, direkt auf den Spiegel geklebt, hängt ein großes Porträtfoto. Ich beuge mich nach vorne, um das Bild genauer zu betrachten.

»Das, mein Piratenfreund, das ist Sophia«, sagt Freddy.

Sophias Haare sind braun und glatt und fallen bis auf die Schultern. Nichts in ihrem Gesicht ist auffällig. Die Höhe der Stirn: Normal. Die Nase: Gerade und klein. Die Wangen: Schmal, weder rund noch knochig. Die Lippen: Weder dick noch dünn, sanft geschwungen. Das Kinn: Weder kräftig noch fliehend. Und die Augen: Tiefblau und absolut ausdruckslos. Dennoch passiert etwas mit mir, während ich das Foto betrachte. Mich überkommt ein Gefühl von Vertrautheit. Mir ist, als ob ich dieses Mädchen kenne.

»Erstaunliches Gesicht, was?« Freddy klingt stolz. »Ein ganz und gar außergewöhnliches Gesicht!«

Ich lehne mich zurück und sehe Freddy über den Spiegel in die Augen. Ich sage: »Sie ist es, die ich töten muss, nicht wahr?«

»Nicht sie. Ihre Rolle.«

»Wo ist der Unterschied?«

»Das wirst du schon noch merken.«

»Wer ist sie? Wo kommt sie her?«

»Sie ist ein ganz normales Mädchen. Wollte im Grunde niemals etwas mit Schauspielerei zu tun haben. Sie lebt sehr zurückgezogen. Einsam. Wir haben sie im Katalog einer Komparsenagentur gefunden, zu der sie mit fünfzehn von ihrer Mutter geschickt wurde. Wir haben sie besucht und haben gesehen, dass uns das fünfzehnjährige Profil nicht getrogen hatte: Nun ist sie sechsundzwanzig und genau das, was wir brauchen.« Er grinst mir über den Spiegel entgegen. »Was übrigens eine wunderbare Ironie darstellt: Wir werden sie nämlich in den nächsten Jahren erst einmal nur als Komparsin einsetzen.«

»Ich dachte, ich töte sie?«

»Wenn sie erst einmal auf Zelluloid ist, können wir mit ihr machen, was wir wollen.«

Ich betrachte das Bild und entschließe mich zu einer Frage, die mir seit dem seltsamen Gespräch mit Ralf in der Limousine im Kopf herumgeht: »Warum macht sie eigentlich mit bei diesem Film?«

Freddy kneift die Augen zusammen. »Wie meinst du das?«

»Nun, wenn sie ein so zurückgezogener Mensch ist, wie du sagst, und ein ganz normales Mädchen, warum gibt sie die Hauptfigur eures Filmes? Etwa nur durch Zwang? Habt ihr sie irgendwie in der Hand?«

Freddy fixiert mich weiter über den Spiegel. »Ralf hat dir mehr erzählt als die Sache mit dem perfekten Gesicht, oder?«

Ich nicke. »Er hat gesagt, sie sei der beste Mensch, den er je gesehen hat. Und dass sich dies auch in ihren Bewegungen ausdrücke, die so voller Anmut seien ...«

»Dieser Idiot!« Freddy blickt zu Hannah. »Warum hast du ihm nicht das Maul gestopft.«

Hannah zuckt mit den Schultern. »Er steht über mir auf der Leiter. Wie käme ich dazu?«

Freddy flucht erneut. Zum ersten Mal sehe ich ihn wirklich wütend.

»Ist doch egal ...«, versuche ich zu beruhigen, aber Freddy fällt mir sofort ins Wort: »Dieser Träumer hat einfach nicht begriffen, was Sophia darstellt: Sie ist nichts weiter als ein Mittel zum Zweck! Er aber sieht sie als eine Art Heilsgestalt, als Messias, oder noch schlimmer: als Star! Aber sie ist kein Star! Sie ist ein Mensch wie du und ich, lediglich mit ein paar besonderen Talenten, die wir auszunützen gedenken. Wie du!«

»Und diese Bewegungen ...«

»Auch nur eines ihrer Talente!«

»Gut. Aber trotzdem die Frage: Wie habt ihr sie in der Hand?«

»Wir haben sie nicht in der Hand. Sie machte und macht freiwillig mit. Wir haben ihr nur etwas versprochen.«

Freddies Augen weichen den meinen aus.

»Was?«

Freddy wechselt einen Blick mit Hannah.

»Was habt ihr ihr versprochen?«

Freddy sagt: »Wir haben ihr versprochen, sie mit dem einzigen Menschen auf dieser Erde zusammenzubringen, der so ist wie sie. Das ist alles, was sie will. Das ist alles, was sie immer wollte.«

»Ihr habt ...«

»Unser Versprechen bist du, Pirat.«

Nun kreuzen sich die Blicke von uns allen dreien im Spiegel.

»Und wir halten unsere Versprechen.« Freddy wirkt jetzt so ernst, dass ich ihm beinahe glaube. »Immer.«

Ich schweige. Als mir Hannah eine Hand auf die Schulter legt, zucke ich zusammen. Mein Bein stößt gegen einen Gegenstand unter den Schminktisch.

»So, genug geplaudert.« Freddy reibt sich die Hände. In einem ganz anderen, geschäftsmäßigen Tonfall sagt er: »Also schau, dass du die Borsten in den Griff bekommst, Hannah. Heute erst rasiert, was, Pirat?«

»Ja.« Ich bücke mich und hole den Gegenstand unter dem Tisch hervor. Es ist eine rote Lederhandtasche. »Was ist...?«

Hannah reißt mir die Tasche aus der Hand und verstaut sie in einer Schublade des Schminktischs. »Die gehört Sophia«, sagt sie. »Hat sie wohl vergessen.«

Freddy sagt: »Rasiert ist schlecht. Aber es wird wohl gehen. Was sagst du zu den Narben?«

Hannah bückt sich auf meine Höhe und betrachtet mein Spiegelbild von allen Seiten. »Geht«, sagt sie.

»Das denke ich auch. Rasiert ist er schon, das ist gut. In Ordnung, dann nur die Haare. Den Rest dann erst kurz vorm Dreh.«

Hannah nickt, dann rückt sie meiner 15-Millimeter-Frisur mit Schaumfestiger, Föhn und Haarspray zu Leibe. Es dauert fünf Minuten, in denen kein Wort fällt.

Als Hannah fertig ist, legt mir Freddy beide Hände von hinten auf die Schultern und sagt: »Dann gehen wir jetzt proben. Komm mit!«

Wir betreten zu zweit die Halle, die nun von dem grünen Stoff der Länge nach in zwei Hälften geteilt ist. Ein Scheinwerfer steht direkt neben der Eingangstür. Der andere ist ebenso wie alles andere technische Gerät hinter der grünen Stoffwand verschwunden – bis auf die Krankamera. Ralf hockt auf dem Sitz des Hebekrans, und als er uns sieht, springt er herunter und eilt zu uns. Er sagt: »Wir sind so gut wie fertig.«

»Wo ist Sophia?«, fragt Freddy.

»Oben bei Serena und Hannah. Wie du wolltest.«

»Schön.« Freddy räuspert sich und ruft: »Alle mal herhören! Zehn Minuten Pause! Ich will in einer Minute keinen mehr hier drin sehen!«

Die Männer in der Halle lassen alles stehen und liegen und drängen sich an uns vorbei. Fast alle mustern mich im Vorbeigehen neugierig. Als der letzte den Raum verlassen hat, geht auch Ralf. Er schließt die Tür hinter sich.

Freddy geht zu der Stelle, wo der erste Kreidestrich auf das Parkett gezeichnet ist, und sagt, ohne sich umzudrehen: »Und jetzt hör gut zu, Pirat. Hörst du?«

»Ja.«

»Drei rote Kreidestriche. Im Grunde ist es ganz einfach. Aber wenn du dich nicht an das hältst, was ich dir jetzt sage, wenn du es dir nicht ganz genau merkst, ist unsere Abmachung zum Teufel. Alles klar?«

»Alles klar.«

Er dreht sich zu mir um. »Komm her!«

Ich stelle mich neben ihn.

»So. Bis zu diesem Kreidestrich läufst du eine gerade Linie. Von der Tür bis hierher. Ganz gerade. Immer gerade. Nicht umdrehen! Alles klar?«

»Von der Tür bis zum ersten Strich. Gerade. Nicht umdrehen.«

»Gut.« Er dreht sich um fünfundvierzig Grad in Richtung Wand. »Von hier gehst du bis zum zweiten Strich. Das sind ungefähr fünf Meter.« Er macht es mir vor, und ich gehe ihm nach. Wir nähern uns dem Spiegel. »Hier bleibst du kurz stehen.«

»Zweiter Strich. Kurz stehen bleiben. Was heißt kurz?«

»Fünf bis sechs Sekunden.«

»Gut.«

»Dann gehst du weiter bis zum dritten Strich.« Freddy kommt zum dritten Strich. Er steht nun etwa einen Meter vor dem Spiegel und einen guten halben Meter vor der Senkrechten zur Spiegelfläche, also so, dass ich unser Spiegelbild gerade *noch nicht* sehen kann.

»Hier siehst du einen weiteren Strich.« Er weist auf einen Strich einen Schritt hinter dem dritten; dieser vierte Strich ist weiß und direkt vor dem Spiegel. »Hier wird Sophia stehen. Du an dem dritten roten. Und genau hier wird es sein, wo du sie töten wirst.«

Ich sehe auf das Parkett. Der rote Kreidestrich ist daumendick und vielleicht zehn Zentimeter lang. Freddy folgt meinem Blick und sagt: »Am besten stellst du die Zehen direkt auf die Linie. Die Zehen, Pirat. Nicht die Ferse.«

Ich stelle die Zehen auf die rote Linie. Ich frage: »Wird sie sich wehren?«

»Nein.«

»Warum nicht?«

»Sage ich dir später.«

»Was wird die Waffe sein?«

Hinter mir sagt Ralf: »Diese hier.« Ich fahre herum. Weil ich so konzentriert war, habe ich nicht gemerkt, dass Ralf wieder die Halle betreten hat.

Er hält mir mit ausdruckslosem Gesicht die Feueraxt entgegen, die über der Tür zum Archiv gehangen hat. Ich nehme sie. Wortlos geht Ralf hinter die Wand aus grünen Stoffbahnen. Kurz darauf kommt er zurück, zwei Schaufensterpuppen unter die Arme geklemmt. Offenbar sind sie schwer, denn ich höre ihn hart schnaufen. Ich sehe, dass die hautfarbenen Beine in einem Sockel aus Gips enden. Eine Puppe legt Ralf zur Seite, die zweite stellt er genau auf den weißen Strich.

Freddy sieht mich an. »Das Schwierige ist, dass wir nur einen Versuch haben. Nur einen einzigen. Deswegen werden wir jetzt zwei Testläufe machen.«

Ralf sagt etwas in sein Funkgerät, und vier Männer erscheinen in der Tür. Drei verschwinden hinter der grünen Wand, der vierte macht sich an der zweiten Kamera zu schaffen. Ralf besteigt den Sitz des Hebekrans hinter Kamera Nummer eins.

»Also noch mal«, sagt Freddy. »Gerade bis …«

»Gerade bis zum ersten Strich. Von dort direkt zum zweiten. Dort kurz warten. Zwischen fünf und sechs Sekunden. Niemals umdrehen. Dann zum dritten. Dort Sophia töten.«

»Und dann, und das ist das Wichtigste …« Freddy stellt sich neben mich auf die letzte rote Linie. »… und dann, wenn Sophia die Axt im Schädel hat, machst du einen Schritt nach vorne und drehst dich mit einem Ruck zum Spiegel.«

Wir machen einen Schritt nach vorne, stellen uns direkt neben die Schaufensterpuppe. Wir drehen uns ruckartig und sehen unsere Gesichter im Spiegel, die ausdruckslose Fratze der Puppe zwischen uns.

Ich fixiere Freddys Gesicht. »Und dann?«

»Dann ist es vorbei.« Freddy dreht sich um. »Fertig für die Testläufe?«

Ich wiederhole meine Frage von vorhin: »Warum wird sie sich nicht wehren?«

Freddy sieht mir aus der Entfernung von ein paar Zentimetern direkt in die Augen. Ich sehe nichts als kaltes Blau. »Sie denkt Folgendes: Erstens: Dies sei die letzte Szene des Films. Da hat sie recht. Zweitens: Dass dies die Szene ist, in der der Mann und die Frau endlich zusammenkommen. Da hat sie auch recht. Drittens: Dass der Mann und die Frau sich ansehen und sich ihre Liebe gestehen. Da allerdings hat sie unrecht.« Er lacht leise. »Wir haben ihr erzählt, dass wir, um die Wirkung vor der Kamera zu steigern, euch erst direkt beim Drehen der Szene zum ersten Mal gegenüberstellen. Auch das ist die Wahrheit: So steigern wir in der Tat die Wirkung. Nur wird eben nicht das passieren, was sie denkt. Denk daran: Für sie geht in diesem Moment ihr größter Wunsch in Erfüllung, ihr größter *realer* Wunsch: Endlich trifft sie den einzigen Menschen, der genauso ist wie sie.«

»Und wenn sie dann die Axt sieht?« Meine Stimme klingt belegt.

»Sie wird gar nicht darauf achten.«

»Und wenn doch?«

Freddy wirkt plötzlich ungeduldig. »Dann musst du eben improvisieren.«

»Improvisieren? Ich dachte, das hier sei alles bis auf die Sekunde geplant …«

»Pirat!« Freddies Augen so nah vor meinen scheinen sich in sich zu drehen. »Mach mich nicht zornig!«

»Also gut. Ich improvisiere.«

Nun ist mir endgültig klar, dass mir Freddy nicht alles sagt. Etwas wird mir vorenthalten.

Er klopft mir auf die Schultern, übergangslos ein aufmunterndes Lächeln im Gesicht. »Das schaffst du schon.«

15. Der Gute

Ich bin Gottes einsamster Mann.

Ich war mir nicht sicher, ob das Gefühl, das ich verspürte, Angst war, aber möglich war es. SARAH hätte gesagt: *Angst verschwindet nicht, indem man wartet. Sie verschwindet, indem man ihr entgegengeht.* Stolz kann ich sagen: Ich kam zu einem ähnlichen Schluss.

Auf meinem Weg der Angst entgegen kam ich an einem Kostümverleih vorbei. Ich warf einen Blick in das Schaufenster, blieb stehen, betrachtete die Auslage eingehender und betrat dann den Laden.

Der Verkäufer war jung, höchstens zwanzig. Meine Frage war: »Verleihst du nur Dinge oder verkaufst du sie auch?«

Er sah mich abschätzig an. »Kommt auf den Preis an, würde ich sagen.«

Ich zog ein paar Scheine aus der Tasche und legte sie auf den Tisch.

Ich sagte: »Ich will den schwarzen 30er-Jahre Nadelstreifen-Zweireiher. Im Schaufenster. Samt Brusttaschentuch. Und ich will ihn jetzt gleich anziehen.«

Der Verkäufer blickte auf den Haufen Geld und dann mir ins Gesicht.

»Bei der Hitze?«, fragte er.

»Das ist mein Problem, oder nicht?«

Er grinste. Dann schnappte er sich das Geld und sagte: »Die Kabinen sind da hinten.«

Ich betrat das *Kolibri* um Punkt 14:32 Uhr. Es war kein einziger Gast in dem dunklen Raum. Es roch schwer nach kaltem Rauch und frischem Kaffee. Die Espressomaschine schickte einsam ihren Dampf gegen die Wand mit den abgerissenen Buchcovern. Der rote Vogel sah in dieser mittäglichen Düsternis aus wie ein Flugsaurier aus *Jurassic Park*. Von irgendwoher kamen die Klänge von altem, ganz altem Blues.

Ich stellte mich an die Theke, legte meinen Hut auf einen Barhocker und wartete. Als das leise Zischen des Dampfes aus der Maschine in ein unrhythmisches Spotzen überging, teilte sich ein Vorhang hinter dem Tresen und der Tollenmann erschien. Er hob kurz die Braue des sichtbaren Auges, stellte die Maschine aus und fragte dann mit dem Rücken zu mir: »Was kann ich für dich tun?«

»Ich habe eine Frage zu dem Spiegel auf eurer Toilette.«

Er drehte sich langsam um, strich sich die Tolle zurück und rief: »Bitte?«

Ich wiederholte meinen Satz.

»Zu unserem Toilettenspiegel?«

»Sagte ich doch.«

Der Tollenmann trat an den Tresen, lehnte sich so weit zu mir herüber, wie es ging und sagte: »Toller Anzug.«

»Danke.«

»Unser Spiegel ist kaputt. Warst du das?«

»Er ist kaputt? Seit wann? Wie kaputt? Wo ist er jetzt?«

Er lächelte schief. »In dieser Reihenfolge?«

Ich lief zu dem schweren Vorhang, schob ihn auseinander und öffnete die Tür zur Toilette. Es war stockdunkel. Ich tastete die Wand ab, bis ich den Schalter fand. Ich betätigte ihn, und eine einzelne nackte Glühbirne schickte ihr Licht herab.

Dort, wo der Spiegel gehangen war, war nun nichts als eine weiße Wand. Auch von dem Satz war nichts mehr zu sehen: Ich sehe dich. Offenbar hatte man die gesamte Wandseite frisch gestrichen. Es roch sogar noch nach frischer Farbe.

Ich schaltete das Licht aus und ging zurück zur Theke. Der Tollenmann sah mir ruhig entgegen.

»Wo ist er hin, der Spiegel?«

»Kaputt, sagte ich doch. Was bist du? Ein Antiquitätensammler? Hat dir der Spiegel gefallen?«

»Ja! Ja!«

Man las in seinen Augen, dass er mir kein Wort glaubte. Dennoch sagte er: »Er ist plötzlich zersprungen. Keine Ahnung, wieso. Ich habe irgendwann, vor einer Woche oder so, morgens aufgeschlossen, bin ins Klo und voilà, es war vorbei. Er war in tausend Stücke zersprungen.«

»Und jetzt?«

»Sperrmüll. Ab übermorgen gibt's einen neuen Spiegel. Hast du besondere Wünsche, mein Freund?« Er lachte.

»Wo hast du ihn her?«

»So wie den neuen. Vom Samstagsflohmarkt. Deswegen übermorgen.«

»Wer hat ihn dir verkauft?«

»Also, Mister Anzug, das ist Jahre her ...«

»Warum hast du die Wand neu gestrichen?«

»Warum nicht? Gefällt dir diese Farbe? Nennt man Weiß. Der letzte Schrei.« Er lachte wieder.

»Du kamst also vor einer Woche morgens in die Toilette, und der Spiegel war einfach so zersprungen. Du hast ihn weggeschmissen. Danach hast du die Wand gestrichen. Auch einfach so. Und du hast keine Ahnung woher du ihn hast, außer dass er vom Flohmarkt ist.«

Wieder lehnte er sich mit dem Oberkörper mir entgegen, diesmal so weit, dass ihm die Locke wieder vor das eine Auge fiel. Mit dem anderen musterte er mich. »Pass auf, Anzug, auch wenn hier gerade keine Gäste sind, so habe ich dennoch genug zu tun. Und dass so jemand wie du ...«

Ich hatte meinen Hut schon in der Hand. »Danke.«

In drei Sekunden war ich durch die Tür.

Um exakt 15:03 Uhr betrat ich die Kettenvideothek, in der ich fast zehn Jahre lang meinen Hunger nach Blockbustern befriedigt hatte (und aus der die Filmkopien waren, in denen ich meine Kurzauftritte hatte). Auch wenn ich in den letzten Wochen und

Monaten unregelmäßiger dort erschienen und in den letzten beiden Wochen ganz weggeblieben war, begrüßte mich einer der Bediensteten, ein großer, langhaariger, dürrer Kerl, dessen Gesicht ein wenig Montgomery Clift ähnelte, doch sehr freundlich. Seine Kollegin, eine höchstens zwanzigjährige, überschminkte, solariumsgebräunte, mit giftgrünen künstlichen Fingernägeln ausgestattete Göre dagegen beachtete mich gar nicht; sie war die letzte in einer langen Reihe von immer gleich aussehenden Bedienungen, die über die Jahre hinweg ebenso schnell gewechselt hatten wie die Filme im Regal *Neuerscheinungen*. Man sah sofort, dass sie über die Filme, die sie hier anbot, nicht mehr wusste als ihren Verleihtarif.

Ich wandte mich an den Langhaarigen, was die Göre mit einem zufriedenen Gähnen quittierte.

»Hallo«, sagte ich.

»Hallo! Auch mal wieder da? Dachte schon, du bist weggezogen oder so.«

»Bist du der Besitzer hier?«

Er schien ein wenig überrascht. »Wenn man das so nennen kann, ja. Franchise-System, du verstehst. Warum?«

Ich wusste, es war sinnlos, ihn zu fragen, ob er eine Ahnung hatte, wie ich in die Filme gelangt sein könnte, die er verlieh. Er war nur das letzte Glied in einer Kette, deren Anfang ich finden musste. Ich nahm meinen Hut ab und legte ihn auf den Tresen. »Ich arbeite auch in einer Videothek. Im *Zero-Zone*. Kennst du die?«

Sein Gesicht strahlte. »Ja!«, rief er. »Ja, klar! Da war ich früher auch immer! Ich … du musst wissen, ich habe einen Riesenrespekt vor euch Unabhängigen. Wirklich, einen Riesenrespekt! Wie kann ich dir helfen?«

Die Göre schaute herüber, ließ skeptisch ihren Blick über meinen Anzug streifen, den sie erst jetzt wahrzunehmen schien, dann nahm sie eine Handvoll nummerierter Kärtchen von einem Stapel vor sich und verschwand damit träge zwischen den Regalen.

»Ich habe eine Frage von Videothekar zu Videothekar. Es geht um den Film *The End*.«

Sein Gesicht verdunkelte sich. »Ja, ja, ja. Einen Riesenaufstand machen die darum, nicht wahr?«

»Bekommst du ihn auch erst am 1.8.?«

»Am 1. um acht Uhr morgens, ja. Steht genau so im Vertrag mit dem Verleiher.« Seine feinen Montgomery-Clift-Züge gingen ein wenig in die Breite. »Ich frage mich, wieso sich der Verleiher auf so ein Spielchen einlässt. Ich meine, normalerweise haben die doch ein ernstes Wörtchen mitzureden. Irgendwie habe ich den Eindruck, dass die diesmal alle unter einer Decke stecken. Das gibt sicher einen ganz großen Film. Wahrscheinlich voller Stars oder so. Wahrscheinlich ein Riesentrick. Ich habe mit einem Kollegen gesprochen, der eine Filiale von uns in London besitzt. Die haben genau die gleichen Forderungen zu erfüllen wie wir. Ist überall genau der gleiche Scheiß. Gleicher Tag, gleiche Uhrzeit, gleiche Stückzahl. Eine enorme Stückzahl! Wie viele sind es bei euch? Ihr seid doch ziemlich klein!«

»Auch viele«, sagte ich.

»Ja, ja. Ich bin wirklich gespannt. Warte mal.« Er reckte den Kopf und rief: »Nadine! Kommst du mal!« Dann zu einem Kunden, der hinter mir stand: »Du wirst gleich bedient, eine Sekunde.«

Nadine schlurfte zurück an ihren Platz am anderen Ende des Tresens und sagte, als der Kunde vor ihr stand: »Tach. Zurück?«

Ich fragte: »In welchen Versionen bekommst du den Film? Nur DVD?«

»Nur DVD. Ohne Angaben zu Bonusmaterial oder so. Ich weiß bloß – seltsam übrigens –, dass er nur in synchronisierten Fassungen abzuspielen sein wird. Oder eben in der Originalsprache. Aber es wird definitiv keine Untertitel geben.«

»Was ist die Originalsprache?«

Er zuckte mit den Schultern. »Keine Angaben. Nicht mal das. Aber wahrscheinlich Englisch, was?«

»Irgendetwas sagt mir, dass das nicht wichtig ist.«

»Was?«

»Nichts.«

Ich überlegte. Nadine sagte ratternd: »Danke. Tschüs. Viel Spaß. Bis dann. Danke.«

»Und der Oberwitz ist, pass auf ...«, er beugte sich herüber und senkte die Stimme, »... ich habe mit einem alten Freund telefoniert, der in dem Verleihhaus arbeitet, das uns Sonderkonditionen macht, weißt schon, Vitamin B und so, und der hat mir erzählt, dass die Geheimniskrämerei so weit geht, dass der Film noch nicht mal zur Kopie freigegeben ist. Das heißt, er ist noch nirgendwo angekommen, in keiner Brennanstalt, in keiner Kopierfabrik. Und, noch besser: Er wird offenbar auch nicht per Internet verschickt, in kein einziges Land, aus Angst vor Raubkopien. Offenbar wird er erst in den nächsten Tagen per Post verschickt. In ganz wenigen Urkopien.«

»Was ist dann mit der Altersfreigabe? Die zuständigen Stellen müssen den Film doch mindestens zwei oder drei Wochen vorher sehen, oder?«

»Das steht auch im Vertrag: Epimeth-Films und die Verleiher erklären sich bereit, freiwillig, dass der Film in jedem Land die jeweils höchste Altersbeschränkung bekommt – wenn ihn vorher nur niemand sieht. Gleichzeitig wurden Gewährleistungsverträge unterschrieben, dass der Film keinerlei Pornografie enthält. Du weißt ja sicherlich, dass das in vielen Ländern noch weitaus schwerer wiegt als Gewalt, nicht wahr?«

»Wem sagst du das.«

»Wieso willst du das alles eigentlich wissen?«

»Ich ... wir überlegen, den Film zu boykottieren.«

»Ah, so etwas freut mich!« Er griff über den Tresen nach meinem Arm und drückte ihn. »Ich selbst habe ja mittlerweile jeglichen Mut verloren, mich diesen Aasgeiern der Filmindustrie entgegenzustellen, aber ihr Unabhängigen, ihr von den wenigen Off-Videotheken, ihr habt einfach noch Eier! Manchmal bewundere ich euch wirklich!«

»Danke …«

»Und falls ihr doch mal irgendwann irgendeine Form von Hilfe braucht – auf mich könnt ihr zählen!«

»Danke, danke …«

»Moment, da fällt mir ein…« Er bückte sich, verschwand aus meinem Blickfeld, kam wieder hoch und legte einige Werbezettel vor mir auf den Tisch. »Die habe ich auch von einer Unabhängigen. Vom *Zelluloid*. Auch denen helfe ich. Würden zwar die Kettenchefs nicht gerne sehen, aber was soll's.« Er reichte mir einen der Flyer. Nadine kam herübergeschlurft, warf einen gelangweilten Blick auf die Zettel und griff sich dann einen mit ihren Fünfzentimeterfingernägeln.

Ich las: *Räumungsverkauf im Zelluloid! Wir schließen zum 30. Juni. Vorher muss alles RAUS! Jeder Film für 1 Euro! Letzte Chance am 30. Juni!*

Darunter standen die Adresse und eine Telefonnummer.

Nadine sagte: »Das ist ja morgen.«

Ich sagte: »Kann ich den Flyer haben?«

Montgomery sagte: »Klar! Nimm ihn mit!«

Ich nahm den Flyer und steckte ihn in die Hemdtasche. Ich spürte, dass dort schon etwas war, und zog es heraus. Es war die Adresse von Patricia/Julia, die ich mir bereits vor Tagen aufgeschrieben hatte.

»Ich danke dir«, sagte ich und verstaute beide Zettel in der Innentasche meines Anzugs.

»Für was ist eigentlich der Anzug?«, fragte er mich.

»Genau«, sagte Nadine.

Ich nahm meinen Hut vom Tresen, setzte ihn auf und sagte: »Ist meine Arbeitskleidung.«

»Als Videothekar?«, fragte Nadine.

Ich steckte mir eine Zigarette zwischen die Lippen. »Genau.«

Das schabende Geräusch war unüberhörbar, als sich Nadine mit ihren Fingernägeln über den freien Bauchnabel kratzte. Ihr Mund öffnete sich ein wenig, als ich die Zigarette anzündete.

»Danke«, sagte ich zu Monty Clift.

»Kein Ursache«, sagte er.

»Tschüsie«, sagte Nadine.

Ich verließ die Videothek und ging auf direktem Weg zur nächsten U-Bahn-Station.

Es war kurz vor vier und heißer denn je, als ich aus dem U-Bahn-Schacht wieder ans Tageslicht trat. Ich nahm den Hut ab, wischte mir mit einem Taschentuch den Schweiß von der Stirn und setzte ihn wieder auf.

Das Viertel war schäbig. Zur Hälfte waren das alte verfallene Lagerhallen und graue Fabrikgebäude, die um mich herum aufragten. Die andere Hälfte waren Mietskasernen. Überall gähnten mich die Löcher eingeworfener Fensterscheiben in den Hauswänden an. Ich stellte mich in den Schatten eines abgekoppelten LKW-Anhängers und steckte mir eine Zigarette an. Dann nahm ich den Zettel aus meiner Hosentasche und überprüfte die Adresse von Patricia Watson. Ich war richtig. Ich setzte mich wieder in Bewegung.

Mein Ziel war ein Mietshaus am Rande eines Schrottplatzes. Schwarze Regenschlieren verunstalteten die Fassade, überall lagen Glasscherben. Ich betrat das Gebäude durch eine offenstehende, schief in den Angeln hängende Tür aus gesplittertem Holz. Der Gang war dunkel und roch nach altem Bier und kaltem Rauch. Der Boden war bedeckt von zerfetzten, aufgeweichten Werbezetteln, die Briefkästen an der unverputzten Wand waren allesamt aufgebrochen. Ein Mädchen in rotem Minirock und hautengem T-Shirt saß auf der dritten Stufe der Treppe und sah mich abschätzend an. Sie trug eine riesige, gelb getönte Sonnenbrille auf der Nase. Ich schätzte sie auf vielleicht vierzehn.

»Was willst du hier?«, fragte sie mich.

»Weißt du, ob hier eine Patricia Watson wohnt?«

Das Mädchen blinzelte gelangweilt. Ich wusste auf einmal, dass ich sie irgendwoher kannte. »Hier wohnt jeder und keiner«, sagte sie. »Das ist Niemandsland. Seit über zehn Jahren. Noch nicht gewusst?«

»Danke.« Ich ging an ihr vorbei die Treppe hoch.

»He, du.«

Ich drehte mich um. Sie sah mich von unten herauf an, ihre Augen hinter dem riesigen gelben Gestell waren schmale Schlitze.

»Hast du mal 'ne Zigarette?«

Ich klopfte eine aus meiner Schachtel und warf sie ihr zu. Sie fing sie auf, steckte sie sich in den Mund und drehte sich wieder um. Ich stieg weiter nach oben.

An den meisten Türen hingen weder ein Klingelschild noch sonst ein Hinweis auf den Bewohner. Manche Türen standen offen und gaben den Blick frei auf dunkle Gänge, in denen sich Gerümpel stapelte. Nirgendwo war ein Mensch.

Im vierten Stock stieß ich auf eine verschlossene Tür, auf der ein mit Tesa fixiertes Papier klebte, auf dem in kaum noch zu entziffernden Lettern A. K. stand. Das Papier klebte über einem Namenszug, der direkt auf das Holz geschrieben war, links von dem Zettel ragte ein PA heraus, rechts davon ein TSON. Ich nahm meinen Hut ab und betätigte die Klingel. Es war kein Laut zu hören. Ich klopfte. Nichts geschah. Ich klopfte noch einmal, diesmal lauter. Noch immer keine Reaktion. Ich versuchte den Türknauf zu drehen, aber es war vergeblich.

Ich ging drei Schritte zurück und zog meine Anzugsjacke aus. Dann sprang ich mit aller Kraft gegen das verzogene Holz. Die Tür sprang mit einem Krachen auf und knallte wie ein Pistolenschuss innen an die Wand. Ich zog die Jacke wieder an.

Der Gang vor mir war leer, bis auf ein graues, klobiges Telefon mit Drehscheibe direkt auf dem Boden. Links und rechts wuchsen Schimmelflecken bis an die Decke, schwarze Tapetenfetzen ringelten sich in der abgestandenen, staubigen Luft. Doch das allein erklärte nicht den seltsamen Geruch, der mir entgegen zog. Ich trat ein.

Der erste Raum war die Küche. Ein Schrank stand links an der

Wand, die Fächer waren ohne Ausnahme geöffnet. Alle leer. Ein steinharter Laib Brot lag auf der Fensterbank. Die Spüle war bis oben hin voll mit Glas- und Porzellansplittern, überzogen von in allen Farben schimmernden Schimmelpilzen. Ich öffnete den Kühlschrank neben der Spüle. Auch er war leer bis auf ein offenes Senfglas. Der Senf sah aus wie getrockneter Lehm. Als ich das Eisfach öffnete, zog mir ein intensiver Geruch in die Nase, ähnlich dem, der in der gesamten Wohnung herrschte. Aber nur ähnlich – es war nicht das Gleiche. In dem Fach lagen Geflügelknochen, umgeben von einer undefinierbaren Masse, die am ehesten schwarzem Moos glich. Ich schloss das Eisfach und trat ans Fenster. Durch das stumpfe Glas der Scheibe konnte ich in einen dunklen Innenhof sehen. Autoreifen, alte Badewannen, verrostete Fahrräder, umgekippte Mülltonnen. Nirgendwo auch nur eine Bewegung. Ich verließ die Küche.

Die nächste Tür war versperrt. Ich ging weiter. Der Gang endete in einem vielleicht zwanzig Quadratmeter großen Raum. Zwei Fenster gingen auf den gleichen Innenhof wie das Fenster in der Küche. Ein Fernseher mit eingeschlagener Bildröhre lag in der Ecke, und ein Haufen verkohlter und angeschimmelter Textilien lag darunter. Eine rote Sporttasche stand mitten im Raum. Ein schwarzer Schriftzug führte über die Länge der linken Wand: FIN! Und rechts an der Wand hing in Gesichtshöhe ein großes Poster, dessen Ränder sich bis über die Reißnägel einrollten: zwei Personen, eine Frau in Minirock und ein Mann in Anzug, Rücken an Rücken stehend, wobei die Frau über ihrer Schulter die Krawatte des Mannes gespannt hält. Beide lächeln. Der Mann ist Richard Gere, und die Frau ist Julia Roberts. Das Filmplakat von *Pretty Woman*.

Ich ging zur Sporttasche und öffnete sie. Sie enthielt eine Dose Bier. Voll. Ich nahm sie und drehte sie in den Fingern. Das Haltbarkeitsdatum war vor gut neun Jahren abgelaufen. Ich warf die Dose in die Ecke und erschrak, als sie wie eine Flasche zerplatzte. Sofort verbreitete sich ein widerlicher, süßlich-schwefliger Geruch, der aber auch nicht identisch war mit der alles beherrschenden Grundnote in dieser Wohnung.

Ich kehrte zur verschlossenen Tür zurück. Das musste das Badezimmer sein. Ich rüttelte erneut am Griff, aber die Tür bewegte sich keinen Millimeter. Ich rammte meine Schulter gegen das Holz, aber es gab nicht nach. Ich ging zurück in den großen Raum und betrachtete erneut das Plakat von *Pretty Woman*. Ohne nachzudenken, was ich tat, griff ich in das Papier und riss das Poster von der Wand. Ich war nicht überrascht, ein schlecht verspachteltes Loch dahinter zu finden. Ich zog die Jacke aus, legte den Hut ab und krempelte die Hemdsärmel bis zum Ellenbogen hoch. Dann griff ich mit beiden Händen in die poröse Spachtelmasse. Es ging ganz leicht, so leicht wie in *Midnight Express*, als John Hurt, Randy Quaid und Brad Davis ein Loch in die Wand des Duschraums im türkischen Gefängnis buddeln. In dem Hohlraum, den ich freilegte, erkannte ich einen Plastiksack. Ich packte ihn und zog ihn heraus. Das Plastik war in mehreren Schichten um einen schweren Gegenstand gewickelt und mit schwarzem Paketband verklebt. Das Band hatte im Laufe der Zeit seine Klebekraft eingebüßt – ich konnte es mühelos abziehen. Schließlich öffnete ich den Sack und holte den Gegenstand heraus: eine Feueraxt.

Mir wurde schwindlig. Ich ließ die Axt fallen, und sie polterte dumpf auf den Boden. Wie heute Morgen hatte ich das Gefühl, dass mein Sodbrennen zurückkehren wollte – es aber nicht konnte. Ich stützte mich an der Wand ab und atmete eine Minute lang tief durch. Dann bückte ich mich und hob die Axt auf. Das Gefühl, sie in den Händen zu wiegen, machte mir Angst. Vielleicht deswegen, weil mir das Gefühl aus irgendeinem Grund vertraut schien.

Mit der Axt brachte ich mich vor der Badezimmertür in Stellung. Gleich mit dem ersten Hieb durchschlug ich das Holz. Ich versuchte ein diabolisches Grinsen wie Jack Nicholson in *Shining* (als er exakt das Gleiche tut wie das, was ich in diesem Moment tat), gab es aber sofort wieder auf. Mit dem zweiten Hieb brach ich ein gutes Stück aus der Tür. Der Geruch, der durch das Loch auf den Gang zog, war der, der die ganze Wohnung durchzog. Nur ungleich stärker. Nach dem fünften Hieb hatte ich fast das ganze Schloss aus der Tür geschlagen. Ich stellte die Axt auf den Boden, holte tief Luft und sprang erneut gegen das Holz. Es krachte, und die Tür flog auf.

Das Bad war fensterlos. Doch in dem Licht, das vom Gang hereinfiel, sah ich genug. Neben einer aus der Verankerung getretenen Kloschüssel und einem auf dem Boden zersplitterten Waschbecken beherrschte ein Gegenstand den Raum: eine riesige, frei stehende Badewanne. Und das, was darin lag, zusammengebacken und in die Keramik der Wanne gefressen, diese schwarze, von Knochenresten umgebene Masse, war die Quelle des Geruchs. Die Masse war eingetrocknet, alle organischen Reste waren längst verschwunden, dennoch: Es roch immer noch.

Ich trat näher heran. Am besten erhalten waren die Knochen am Fuß- und am Kopfende. Ein halber Schädel, leere Augenhöhlen, vom Loch der Nase abwärts vollkommen zerfressen. In der Schädeldecke war ein tiefer Riss. Auf der anderen Badewannenseite lagen die Skelette von zwei Füßen, aus einem hingen noch zehn Zentimeter eines bleichen Schienbeinknochens.

Ich richtete mich auf. Hinter der Kloschüssel standen zwei zerbeulte Stahlkanister mit einem Warnsymbol und der grellroten Aufschrift: *Vorsicht! Ätzend!* Ich nahm einen der Kanister, er war leer. Auf der Rückseite las ich: *Karbolsäure – unverdünnt. Nur zu Industriezwecken!*

Ich hatte genug gesehen. Ich stand schon wieder im Türrahmen, als mein Blick auf einen blitzenden Gegenstand zwischen den Scherben des ehemaligen Waschbeckens fiel. Ich bückte mich und zog den Gegenstand unter den Keramiksplittern hervor.

In *Blade Runner* gibt es am Ende die Szene, in der Deckard, der von Harrison Ford gespielte Held, ein Origami-Einhorn findet. Er nimmt es in die Hand, betrachtet es – und weiß endlich, wer er ist. Er sieht das Einhorn, von dem er jahrelang geträumt hat, und weiß:

Seine Erinnerungen sind nicht wirklich.

Der Mann, der er glaubte zu sein, existiert gar nicht.

Indem er all das begreift, schließt Deckard die Hand um das Einhorn und zerdrückt es, während er mit hartem Blick sinnend ins Nichts starrt, ein einsames Nicken andeutend, den Mund zu einer Grimasse der Entschlossenheit verzerrt.

Es war eine kleine Blechschatulle. Ich zog den Deckel ab, aber sie war leer. Dann las ich, was auf dem Deckel stand: *The Syndicate Loves You.*

Stellen Sie sich vor, wie dieses Bild – ich in dem fensterlosen Bad, die Schatulle in der Hand – einfriert. Ein hoher, zehrender Ton legt sich über diese Szene. Dann fährt die Kamera zurück, zoomt mich aber gleichzeitig heran. (Wie es die Kamera in *Vertigo* am Ende mit James Stewart macht.) Der Zoom geht auf mein Gesicht, so nah, bis es die ganze Leinwand ausfüllt.

Ich schloss meine Hand um die Schatulle und biss die Zähne aufeinander. Ich starrte mit hartem Blick sinnend ins Nichts, ein einsames Nicken andeutend, den Mund zu einer Grimasse der Entschlossenheit verzerrt.

Ich feuerte die Schatulle gegen die Wand, sie prallte ab und kam hinter der Kloschüssel zum Liegen. Ich schaffte es noch auf den Gang hinaus. Dort knickten meine Knie ein, ich fiel würgend gegen die Wand und erbrach mich. Ich erbrach mich zwanzig Minuten lang. Oder länger. Dann verlor ich das Bewusstsein.

16. Der Böse

Der größte Trick, den der Teufel je gebracht hat, war es, die Menschen glauben zu machen, es gäbe ihn gar nicht.

Ein paar Männer tragen die zerfetzten Puppen aus der Halle, andere kehren die Plastiksplitter vom Boden auf. Ralf zieht sorgfältig die Kreidestriche nach.

»So, und jetzt die letzte Vorbereitung«, sagt Freddy und nimmt mich an der Hand wie einen Schuljungen.

»Welche letzte Vorbereitung?«

»Ich zeige dir unseren Film.«

»Ich denke, wir drehen heute erst …«

»Wie gesagt: Wir drehen heute nur eine einzige Szene. Die Schlussszene. Die Spiegelszene. Der Rest ist längst fertig. Und diesen Rest wirst du dir ansehen, bevor du selbst den Schluss dazu lieferst.«

»Was für einen Sinn hat das?«

»Glaub mir, wenn ich sage, dass es besser ist für das Gelingen unser aller Wünsche, wenn du vorher nicht jede Einzelheit weißt. Du wirst es verstehen, wenn es so weit ist.«

Freddy führt mich an der Hand aus der Halle, über den Korridor und schiebt mich in den Kontrollraum. Dort reibt er sich mit einem Taschentuch, das er unter seinem Poncho hervorgeholt hat, über die Stirn und öffnet den Zugang zum Archiv. Ich trete ein, hinter mir schließt Freddy die Tür. Er setzt sich auf den Stuhl neben den Projektor, ich setze mich ihm gegenüber. Er lächelt mich an. Die Geräusche von draußen sind verklungen. Eine schwere Stille senkt sich über den Raum. Ich kann nicht verhindern, dass mir eine kleine Gänsehaut über den Rücken läuft.

Irgendwann sage ich: »Ich möchte jetzt wissen, wie du es anstellen willst, dass ich mein Gedächtnis verliere.«

»Durch Drogen. Nach deinem Job.«

Ich glaube ihm nach wie vor nicht. Ich schweige.

»Vertrau mir!«, sagt er

Wir sehen uns über den Tisch hinweg an. Der Projektor, der zwischen uns steht, reflektiert das gedämpfte Licht im Raum nur schwach.

Ich sage: »Genau das ist das Problem.«

Freddy greift unter seinen Poncho und bringt die Blechschatulle mit der Aufschrift *The Syndicate Loves You* zum Vorschein. Er legt sie auf den Tisch, hebt den Deckel ab, nimmt ein Säckchen aus einem eingedrehten Zigarettenblättchen und eine rote Kapsel heraus. Er reicht mir das Zigarettenblättchen über den Tisch und sieht mich an. »Vielleicht vertraust du mir ja jetzt«, sagt er.

Ich drehe das Blättchen auf und sehe die Splitter eines zerstoßenen grünen Kristalls. »Du gibst mir das Gegengift?«

»Ja.«

»Warum jetzt schon?«

»Damit du mir vertraust, wie gesagt. Ich möchte, dass du dich von nun an nur noch auf zwei Dinge konzentrierst. Erstens: auf den Film, den du jetzt sehen wirst. Zweitens: auf den Dreh danach. Außerdem denke ich, dass du intelligent genug bist, um mittlerweile eingesehen zu haben, dass du keine Chance hast, einfach von hier abzuhauen. Und davon abgesehen haben wir uns jetzt ein wenig kennengelernt, und ich glaube, dass bei einem Menschen wie dir Zwang nicht viel Sinn macht.« Er lacht leise. »Im Grunde ist es eine Ironie des Schicksals, dass es ein Mensch wie du bist, der in unserer Spiegelszene auftritt. Bei jedem anderen hätte wahrscheinlich ausschließlich Zwang gewirkt. Was weiß ich, das Gift, plus vorgehaltene Waffe plus Bedrohung der Familie … du dagegen bist in der Lage, diese Tötung freiwillig zu vollziehen.«

»Nur gegen den entsprechenden Lohn.«

»Den du erhalten wirst. Keine Sorge.«

Ich drehe das Säckchen wieder zu und wiege es in der Hand. Mein Blick fällt auf die rote Kapsel.

Ich frage: »Was ist, wenn es nicht funktioniert? Wenn ihr mein Ich nicht löschen könnt?«

»Dann werden wir dich töten.« Das Lächeln ist wieder da. »Aber wie schon gesagt: Wenn sich jemand mit so etwas auskennt, dann sind wir das. Es *wird* funktionieren.«

»Wir, *Das Konsortium*!«

Freddy nickt.

»Bist du der Chef vom *Konsortium*?«

Freddy lacht laut auf. »Nein! Niemals! Ich bin nur ... Sagen wir, ich bin ihr ausführender Künstler, was dieses Projekt angeht.«

»Ihr ausführender Künstler?«

»Ja. Ich wurde vom *Konsortium* vor über vier Jahren rekrutiert. Extra für dieses Projekt.« Ich sehe eindeutig Stolz in seinen Augen, als er fortfährt: »Vorher war ich nur ein kleiner Filmwissenschaftler. Doch jetzt bin ich der Regisseur des perfekten Films!«

»Aber ich habe hier niemanden gesehen außer dich und Ralf und diese Arbeiter dort draußen. Interessiert es die Chefs des *Konsortiums* nicht, was hier heute passiert? Schließlich ist das ein überaus wichtiger Tag, dachte ich.«

»Natürlich interessiert es die Leute von ganz oben. Und es haben sich auch einige angekündigt. Aber wir haben noch etwas Zeit. Sie werden hier sein, später beim Dreh, keine Angst. Nur wirst du dann nicht mehr viel von ihnen haben.«

»Warum?«

»Dich wird Anderes beschäftigen. Sie wird Anderes beschäftigen. Mich wird Anderes beschäftigen.«

Ich nicke. Eine Weile schweigen wir. Mein Blick fällt wieder auf die rote Kapsel. Dann sagt Freddy: »Das ist das letzte Mal, das wir uns unterhalten können, Pirat. Noch ein paar Fragen?«

Ich sage: »Ja.«

»Gut. Bitte. Ein wenig Zeit haben wir noch.«

»Was ist das, der perfekte Film?«

Freddy faltet die Hände auf dem Tisch. Er zögert, aber dann sagt er: »Nun, jeder wird wohl eine andere Definition für einen perfekten Film haben. Was mich betrifft, ist es die folgende: Der perfekte Film schafft es, dass jegliche Distanz zwischen dem fiktiven Helden und dem Zuschauer aufgehoben wird: also die totale Identifikation.«

»Wer ist der fiktive Held? Sophia?«

»Sophia ist das Objekt. Das handelnde Subjekt bist du. Und somit auch der eigentliche Held.«

»Ich? Ich bin doch nur in einer Szene.«

»In der Schlussszene, ja. Vorher bist du die Kamera. Der Blick des Zuschauers.«

»Also wollt ihr, dass sich der Zuschauer identifiziert ... mit mir?«

»So ist es, Pirat. Der Zuschauer wird genau das Gleiche durchmachen wie du. Ihm wird genau das Gleiche geschehen.«

»Und das wollt ihr erreichen mit dieser Subjektiven Kamera?«

»Durch die Subjektive Kamera. Durch unzählige andere technische Tricks. Und natürlich durch dein perfektes Gesicht.«

»Wie ...?«

»Weißt du, ich hatte ein Projekt dieser Art schon lange in Planung, lange bevor das *Konsortium* auf mich aufmerksam wurde. Die Struktur des Films, die technischen Mittel, die Handlung – das ist alles von mir. Das ist meine Arbeit. Das einzige, was mir noch fehlte, war das letzte Detail, die Lösung für das letzte Problem: Wie erreiche ich nicht nur eine große, sondern eine totale Identifikation? Nun, diese Lösung hat mir das *Konsortium* geliefert: Die Idee des perfekten Gesichts. Deines Gesichts. Sophias Gesichts.«

»Um was geht es in dem Film?«

»Um was es geht? Nun, in deinem eigenen Interesse darf ich dir nicht zu viel sagen. Denn wie bei allen Dingen braucht es eine Voraussetzung, um deine Empfindungen sich normal entwickeln zu lassen, um deine Empfindungen sich zu wirklicher Stärke entfalten zu lassen: Das Unerwartete. Das Überraschende.«

»Wie meinst du das?«

»Wie ich das meine? Na ganz klar, Pirat: Würdest du etwas auch dann noch mit derselben Kraft fühlen, wenn man dir vorher schon sagt, dass du es fühlen wirst?«

»Weiß nicht. Ich…«

Freddy unterbricht mich, indem er eine Hand hebt. Dozierend sagt er: »Die größte Emotion erreicht man durch Überraschung. Die größte Überraschung erreicht man durch das Unerklärbare!« Er senkt die Stimme, und beinahe ärgerlich fügt er an: »Genug. Genug!«

»Und die Handlung…«

»Es geht um etwas, das direkt mit der Technik der Subjektiven Kamera korreliert: Um Beachtung. Beziehungsweise Nichtbeachtung.«

»Um Nichtbeachtung?«

»Ja. Und um das Gefühl, das Nichtbeachtung hervorruft: Zorn.«

Ich überlege. »Ich weiß nicht, ob das stimmt. Denn Nichtbeachtung ist genau das, wonach ich strebe. Nichtbeachtung ist genau das, was ich will. Und zwar für den Rest meines Lebens.«

Freddy lehnt sich zurück und sieht mich eigentümlich an. »Komisch. Sophia hat einmal genau das Gleiche gesagt.«

»Sophia?«

»Ja. Und ich muss zugeben, ich verstehe sie sehr gut, was das angeht. Ralf hat dir ja schon von ihr vorgeschwärmt. Von ihren unglaublich harmonischen Bewegungen, von ihrem Verschmelzen mit ihrer Umgebung, von dieser Reinheit und Perfektion, die sie umgibt. Jeder Mensch, der sie sieht, verliebt sich in sie. Nicht sexuell, nein. Die Liebe, die du ihr gegenüber verspürst, ist vollkommen ohne jede körperliche Komponente. Du möchtest einfach immer nur bei ihr sein. Sie nicht mehr aus den Augen lassen. Sie beschützen. An ihr teilhaben. An ihrer Schönheit teilhaben. So, und jetzt stell dir vor, du bekommst jeden Tag deines Lebens genau das von deiner Umwelt zu spüren, von jedem Menschen, den du siehst, vom Taxifahrer, vom Zeitungsverkäufer, vom Friseur, ja auch von den Menschen, die du liebst, von deiner eigenen Familie, von deinem Ehemann, deinen Kindern: Nur diese grenzenlose Bewunderung, dieses Anstarren …«

»Ich verstehe, was du meinst. Das heißt: Ich verstehe, was sie meint.«

»Ja.« Freddy lächelt traurig. »Im Grunde seid ihr euch ähnlich. Ihr möchtet beide die Welt glauben machen, es gäbe euch gar nicht. Nur aus vollkommen verschiedenen Gründen.«

»Somit ist deine These von der Nichtbeachtung und dem Zorn absolut falsch, Freddy.«

Freddies Lächeln wird breiter, verliert die Traurigkeit. »Nein. Denn eines übersiehst du, Pirat: Ihr seid nicht normal. Die meisten Menschen wollen nicht nur Beachtung, sie brauchen sie sogar. Sie ist eine existentielle Voraussetzung für das Sein.«

»Aber ich …«

»Du bist nicht normal, Pirat. Sophia ist nicht normal. Oder willst du etwa das absolut Reine auf der einen Seite und den Teufel auf der anderen als Maßstab für die Menschen sehen?«

»Ich …«

»Die meisten Menschen sind nicht gut *oder* böse, Pirat. Sie sind gut *und* böse.«

»Ich …«

»Genug. Es wird Zeit.«

»Noch eine Frage!«

»Gut, Aber schnell. Und keine Frage zur Handlung mehr!«

Ich überlege, wie ich die Frage formulieren soll. Schließlich sage ich: »Wann wird der Film erscheinen?«

»Wenn die Zeit reif ist. Wir müssen unsere zukünftigen Zuschauer nämlich erst einige Jahre auf dein Gesicht vorbereiten. Übrigens auch auf das von Sophia. Wenn auch auf sehr subtile Weise. Sagt dir *flash cut* etwas? Oder *flicker*?«

»Nein. Aber genau das ist der Punkt: Dir ist wohl klar, dass ich nicht will, dass irgendjemand mich erkennt, oder?«

Freddy lächelt verständnisvoll: »Dich wird niemand erkennen, keine Sorge. Nicht wirklich, zumindest. Wir werden dich und

Sophia nämlich so in den Filmen verstecken, dass man euch *ohne es zu wissen* wiedererkennen wird. Eben mit diesen *flash cuts*. Und anderen Tricks. Aber wenn es so weit ist, also wenn der Film anläuft, kann es dir egal sein. Glaub mir.«

Ich verstehe nicht, was Freddy meint. Aber aus irgendeinem Punkt tue ich genau das.

Ich stecke mir das Säckchen in den Mund und schlucke es.

Freddy drückt auf ein paar Schalter des Projektors, überprüft die eingelegte Rolle und streicht sich dann die blonden Haare zurück. Dann sieht er mich an, jetzt wieder so ausdruckslos wie nach seiner Rede in der Limousine am Anfang dieses Abends.

»In Ordnung«, sage ich. »Ich bin bereit.«

»Nicht ganz.« Freddy schiebt die rote Kapsel zu mir herüber.

»Was ist das?«

»Ein starkes Psychopharmakon. Und zwar eines der stimulierenden Sorte.«

»Warum …«

»Weil es um Gefühle geht, Pirat. Um deine Gefühle. Und erlaube mir zu sagen, dass Gefühle wohl etwas sind, wovon du nicht gerade besonders viel besitzt. Oder siehst du das anders?«

»Ich weiß nicht … Du willst meine Gefühle steigern?«

»Pirat, nur um die Bedeutung dessen klar zu machen, was hier gleich geschehen wird: Was du später vor der Kamera erleben und fühlen wirst, werden einmal Millionen von Menschen vor der Leinwand oder dem Bildschirm erleben und fühlen. *Genau das Gleiche* werden sie erleben und fühlen.«

»Ich weiß: Die totale …«

»… Identifikation. Ja. Ich sehe, du hast verstanden. Na, dann verstehst du sicher auch, dass du dich zumindest vorübergehend dem Gefühlsleben normaler Menschen anpassen solltest. Oder etwa nicht?«

Ein letztes Mal sehen wir uns an. Dann nehme ich die Kapsel und stecke sie in den Mund.

»Sehr schön. Du musst dich umdrehen.«

Ich drehe den Stuhl und blicke auf die Leinwand vor mir.

»Bereit?«

Ich schlucke die Kapsel und nicke.

Ich höre ein leises Klicken, dann geht das Licht aus. Freddy schließt die Tür hinter sich. Dann sitze ich allein in Dunkelheit. In einer Dunkelheit, in der es hinter mir leise zu surren beginnt.

17. Der Gute

Einer allein ist ein Wanderer.
Zwei zusammen haben immer ein Ziel.

Ich erwachte durch ein schrilles Klingeln. Ich öffnete die Augen und sah den staubigen Flur, die schimmligen Tapeten, die sich einrollten, und die Feueraxt direkt vor mir. Es klingelte wieder. Ich richtete mich auf und stieß mit dem Fuß die Axt zur Seite. Mein Blick fiel auf die offenstehende Badezimmertür. Ich schloss sie. Das Klingeln kam von dem grauen, klobigen Telefon, das zwei Meter weiter auf dem Boden stand, die Drehscheibe vibrierte sichtbar bei jedem Klingeln. Ich ging in die Knie und hob den Hörer auf.

»Na endlich.« Dixs Stimme klang nervös. »Weißt du, wie lange ich jetzt schon warte, mein Sohn?«

Ich strich mir etwas Erbrochenes von der Anzugshose. Ansonsten war mein Anzug sauber. Keine Ahnung, wie ich das geschafft hatte.

»Hallo? Alexander?!«

»Was willst du, Dix?«

Ich hörte, wie er mehrmals durchatmete. »Wie geht es dir?«

»Das weißt du ganz genau.«

»Nein, das weiß ich nicht … ich weiß nur, dass du etwas gefunden hast.«

Ich spuckte an die Wand. »Das habe ich. Ja. Das habe ich in der Tat. Ich habe alles gefunden, was ich finden musste.«

»Dann geht es dir also …«

»Mir geht es beschissen, Dix. Was willst du?«

Er nahm sich eine kleine Pause. Ich hörte undeutlich, dass er mit irgendjemandem am anderen Ende redete. Dann: »Hast du noch Fragen, mein Sohn?«

»Im Grunde nicht, nein.«

»Du weißt also, was du jetzt zu tun hast?«

Mein Blick fiel wieder auf die Badezimmertür. »Ja. Ich weiß, was ich zu tun habe.«

»Gut. Wir werden dich nicht alleine lassen. Du wirst Hilfe bekommen.«

Ich lachte böse. »Hilfe! Dass ich nicht lache!«

Wir schwiegen eine Weile. Meine Gedanken wanderten zu Carla. Ich zog mein Handy aus der Hemdtasche und blickte auf die Uhrzeit: Es war kurz vor sechs.

»Doch. Eine Frage habe ich, Dix.«

»Bitte.«

»Wenn der Held, der daran geht, die Welt zu retten … wenn er sich also aufmacht zu seinem letzten Gang, seinem letzten Ritt, nun, wie groß sind die Chancen, dass er überlebt?«

»Du weißt, dass zur Beantwortung dieser Frage die Beantwortung einer weiteren Frage wichtig ist.«

»Welche weitere Frage?«

Leise sagte Dix: »Die Frage, ob der Held in seiner Vergangenheit böse Dinge getan hat.«

Ich schloss die Augen. »Du weißt, dass er in seiner Vergangenheit böse Dinge getan hat. Sehr böse Dinge.«

»Dann stirbt er wahrscheinlich. Sehr wahrscheinlich.«

»Also ein Opfergang.«

»Ja. Ein Opfergang. Die stärkste und endgültige Form der Katharsis.«

Ich öffnete die Augen wieder. Ich stellte fest, dass sich nichts in mir verändert hatte. Ich hatte genau diese Antwort erwartet. Ich sagte: »Dann mach es gut, Dix.«

»Warte!«

»Was ist noch?«

Ich hörte ganz deutlich, wie Dix schwer schluckte. »Das letzte Axiom, mein Sohn: *Lass immer Raum für eine Fortsetzung.*«

Es klickte.

Ich stand auf, nahm die Axt und packte sie in die rote Sporttasche, die im hinteren Zimmer auf ihre Bestimmung gewartet hatte. Dann zog ich Jacke und Hut an und verließ die Wohnung.

Das junge Mädchen saß am gleichen Platz wie vorhin. Sie fragte gähnend: »Weißt du es jetzt endlich?«

Jetzt erkannte ich sie: Das Gesicht der jungen Jodie Foster. Es war Iris, die junge Nutte aus *Taxi-Driver*. »Ja«, sagte ich.

»Du hast dich erinnert? Wer du bist? Wo du herkommst?«

»Ja.«

»Nicht gerade eine angenehme Erfahrung, was?«

»Nein.«

»Wieso bist du nicht früher gekommen?«

»Ich hatte zu tun.«

Sie lächelte spöttisch. »Hast du noch eine?«

Ich warf ihr eine Zigarette zu und steckte mir selbst eine an.

Ich sagte: »Weißt du, wo ich hin muss?«

Sie inhalierte und schickte dann drei perfekte Kringel in die heiße Abendluft. »Mann, du weißt es doch schon längst.«

Ich nickte. Sie hatte recht. »Mach es gut. Bis zum nächsten Mal.«

»Wohl eher nicht«, sagte sie. »Aber warte mal!«

Sie stand träge auf, drehte sich um und trat gegen den Treppenabsatz, auf dem sie gesessen hatte.

»Was tust du?«

»Nicht so ungeduldig.« Sie trat erneut gegen den Absatz. Die Holzleiste löste sich und fiel in einen dunklen Hohlraum dahinter. Das Mädchen bückte sich, griff unter die Stufe und holte einen langen glitzernden Gegenstand hervor. »Mit vielen Grüßen vom T-800«, sagte sie und reichte mir die Pumpgun.

»Vom T-800? Vom *Terminator*?«

Sie holte noch ein Päckchen 00-Schrot aus dem Loch, schmiss es mir zu und sagte: »Ja. Ist zwar ein Roboter, aber trotzdem ganz in Ordnung. Aber wem erzähle ich das.«

Ich packte die Schrotflinte und die Munition in die rote Sporttasche. »Danke«, sagte ich.

Sie zuckte mit den Schultern und setzte sich wieder an die gleiche Stelle auf der Treppe.

»Bis dann«, sagte ich.

»Vielleicht.« Sie gähnte und schloss die Augen.

Ich verließ das Haus durch das kaputte Tor und trat auf die Straße.

Es war nicht eine Wolke am Himmel. Die heiße Luft bewegte sich nicht. Stille.

Es war kurz nach sieben, als ich die Pension *Oscar* erreichte. Die Welt stand still. Keine Menschen auf den Straßen. Keine Autos. Die Äste der Bäume rauschten nicht, es zwitscherte kein Vogel, kein Blatt wisperte. Die Luft war so heiß und feucht wie in *Apocalypse Now*.

Ich passierte die verwaiste Rezeption, ging den Gang nach hinten und betrat Zimmer 9. Ich bereitete Beamer und Leinwand vor, dann zog ich mich aus und legte mich mit den Fernbedienungen aufs Bett.

Ich sah *Zwölf Uhr Mittags*.

Nachdem Gary Cooper alias Will Kane seinen Sheriffstern in den Staub geschmissen hatte, wurde es Zeit.

Ich trat ein letztes Mal auf den Balkon. Es war kurz nach neun. Keine Wolke stand am Himmel. Die Schwüle erdrückte alles.

Ich ging eiskalt duschen, rasierte mich und kämmte mich sorgfältig. Humphrey sah an mir vorbei, als ich den neu gekauften Anzug anlegte. Um 22:09 setzte ich den Hut auf und verließ Zimmer 9.

Die Dämmerung setzte ein. Kaum stand ich auf der Straße, sah ich die Lichter eines Taxis näher kommen. Ich hob die Hand, und das Taxi hielt neben mir. Alle vier Seitenfenster waren bis zum Anschlag geöffnet. Ich öffnete den Fond und stieg ein.

»Bitte?«, fragte der Fahrer. Es war ein grauhaariger Mann in den Fünfzigern. Sein Fahrersitz war infolge seiner seitlichen Sitzhaltung einige Grad nach rechts abgerutscht, die Umrisse seines massigen Körpers hatten im Laufe der Zeit die Lehne so geformt, dass sie nun aussah wie eine gepolsterte Schablone.

Ich nannte ihm eine Adresse nicht weit von hier. Er wischte sich mit einem kariertem Stofftaschentuch über die nasse Stirn und sagte: »Sind ja nur ein paar Meter. Aber bei dieser Hitze läuft wohl keiner gerne, was?«

»Sie sagen es.«

Er fuhr los.

»Tut mir leid«, sagte er, und seine kleinen Augen suchten mich im Rückspiegel. »Aber Sie haben das Pech, das wohl einzige Taxi der Stadt ohne Klimaanlage erwischt zu haben.«

»Die Fenster sind ja offen. So lange Sie fahren, geht es.«

»Wie Sie meinen. Ich sitze den ganzen Tag in der Karre und ich halte es kaum noch aus. Haben Sie so etwas schon einmal erlebt?«

»Was?«

»Na, so ein Wetter. Das sind jetzt über drei Wochen. Und es wird immer heißer. Dieser Tag heute ist bislang der schlimmste. Das ist heißer als in den Tropen. Und feuchter auch. Noch dazu ist es absolut windstill.«

»Ja. Das ist es.«

Er drehte ruckartig den Kopf, und ein paar Schweißtropfen flogen von seiner Stirn auf den Beifahrersitz. Über seine Schulter sagte er: »Als ob die Natur den Atem anhalten würde, oder etwa nicht? Als ob sie auf etwas wartet, finden Sie nicht auch?«

»Möglich. Gut möglich.«

Er nahm einen ausgestorbenen Kreisverkehr im vierten Gang und schoss in eine große Allee. Auf dem Grünstreifen zwischen den Fahrbahnen standen große Werbetafeln. Auf jeder zweiten stand: *Am 1. August ist THE END!*

»Ich habe versucht, mich zu erinnern«, sagte er. »Aber so etwas gab es noch nie. Noch nie, ich schwöre es Ihnen.«

»Morgen ist es vorbei«, sagte ich.

Sein Kinn sprang wieder zu seiner rechten Schulter, und wieder regnete es Schweiß. »Was?«

»Ich sagte, morgen ist das vorbei.«

»Im Wetterbericht haben Sie nichts davon gesagt.«

»Glauben Sie mir«, unterbrach ich ihn. »Morgen hat die Hitze ein Ende.«

»Soso. Denken Sie.«

»Das tue ich.«

»Wieso tragen Sie eigentlich einen so komischen Anzug … und so einen Hut …?«

»Das geht Sie nichts an.«

»Oh, ich wollte nur …«

»Egal. Sie können dort am Ende der Straße anhalten.«

»Wie Sie wollen.«

Er hielt direkt vor dem Eckhaus. Ich stieg aus, reichte ihm einen Schein durchs offene Fenster und sagte: »Gehen Sie morgen besser nicht aus dem Haus. Glauben Sie mir.«

Er blickte auf den Schein in seiner Hand. Ein Schweißtropfen landete darauf. *Plapp!*

Ich ging zur Klingelleiste. Der Name *Tabori* stand ganz oben. Ich drückte auf die Klingel. Es dauerte nicht lange.

»Ja?«

»Carla, ich bin es …«

»Videothekar! Ich wusste, dass du heute noch kommen würdest!«

Der Türsummer ertönte.

Ich stieg hinauf in den vierten Stock, weiter ins Dachgeschoss und dort, in einem Rechteck aus warmem Licht, stand sie und lächelte mich an.

»Schöner Hut, Videothekar.« Sie strich mir über die Wange. »Und dieser Anzug … Heute noch etwas Großes vor?«

Plötzlich fühlte ich mich so schwach, dass ich mich an der Hauswand abstützen musste.

»He, Videothekar!« Carla griff mir in den Nacken und zog meinen Kopf an ihre Schulter. Sie flüsterte: »Alles klar mit dir?«

»Ich weiß nicht. Darf ich reinkommen?«

Die Wohnung war groß und kahl. Ich saß im einzigen Sessel, sie kauerte im Schneidersitz zu meinen Füßen auf einem Flokati, umgeben von einem Meer aus kleinen weißen Kissen. Erst ganz allmählich nahm ich wahr, dass sie offensichtlich nur einen Bademantel trug. Ihre Haare glänzten nass, und ihr nackter linker Fuß drückte den ausgeprägten Muskel des rechten Unterschenkels ein wenig nach oben.

Sie ließ mir Zeit. Wir saßen in der heißen Luft voreinander und starrten uns an.

Schließlich sagte ich: »Carla, ich muss wissen, wieso du von mir geträumt hast. Es kann nämlich sein, dass ...«

»Schscht!« Sie legte einen Finger an die Lippen.

»Was ist?«

Carlas Gesicht präsentierte zwei Dinge, die nicht zusammenpassten. Zum einen erschien eine gewisse Gelöstheit in ihren Augen. Zum anderen wurde sie rot.

»Was ist?«, wiederholte ich.

Sie gab den Schneidersitz auf, zog ihre Knie an die Brust und starrte auf ihre Füße. Dann hob sie den Kopf, bemerkte meinen Blick, der an der Lücke zwischen ihren Schienbeinen haftete, und sagte: »Entschuldigung.« Hastig klemmte sie sich ein Kissen in den Schritt.

»Nein, ich, Entschuldigung ...«

»Der Punkt ist: Ich habe gelogen.«

»Du hast gelogen?«

»Ich habe nie von dir geträumt, Videothekar. Nun, übertragen gesehen schon, aber nicht wirklich.«

Ich schwieg, und sie fuhr von selbst fort.

»Ich bin ein Fossil, Videothekar. Ich passe nicht in diese Zeit. Ich bin nicht nur romantisch, ich bin romantizistisch. Ich glaube ... nun, ich glaube an Ideale. Ich glaube an solche Dinge wie Schicksal, was Beziehungen und Gefühle angeht.«

»Ja, und?«

»Ich hatte schon seit meiner Jugend ein sehr klares Bild von dem, was ich suche. Ich meine, wen ich suche. Und ich habe mich seitdem geweigert, einen Kompromiss einzugehen. Ich habe gewartet.«

»Ich weiß nicht, ob das jetzt ein guter Zeitpunkt ist …«.

»Was ich suchte, war ein *Held*. Damit meine ich keinen Helden im Sinne von Der-Mann-der-immer-im-Armdrücken-gewinnt, sondern schlicht und einfach mein Ideal eines Protagonisten in meinem idealen Film.«

Ich schüttelte unwillkürlich den Kopf. »Das kommt mir bekannt vor.«

Sie lächelte. Vollkommen humorlos lächelte sie. Sie sagte: »Ach was.«

»Wie sieht dieses Ideal aus?«

»Eine Mischung aus meinen liebsten Filmfiguren. Willst du sie hören?«

Ich nickte.

»Es sind alles gebrochene Helden. Eher Antihelden.«

»Jetzt sag schon.«

»Stell dir eine Mischung vor aus Gary Oldman in Coppolas *Dracula*, aus Eastwood in *Erbarmungslos*, aus Mickey Rourke in *Rumble Fish* und Cary Grant in *Der Unsichtbare Dritte* und Montgomery Clift in *Red River* und Dustin Hoffman in *Asphalt Cowboy* und natürlich Humphrey Bogart in *Casablanca* …«

»Aber Ideale gibt es nicht wirklich…«

»Ach ja? Und was ist mir dir?«

»Was ist mit mir?«

»Du bist mein Ideal, Videothekar. Ich sehe dich an und sehe mein Ideal. Ich sehe all diese Figuren in dir. Du transportierst sie. Du bestehst aus ihnen. Du bist der Melancholiker, der in *Dracula* steckt, das Abgründige in Eastwoods William Munny, die Trauer, die aus Mickey spricht, das Stoische, das in Hitchcocks Grant herrscht, das Verletzliche in Montgomery Clift, das Verlorene in Hoffmann und das Heroische in Humphrey. Das bist du. Das bist du für mich. Vom ersten Moment an. Ich musste dich kennenlernen. Ich hatte keine andere Wahl. Wenn einem wider Erwarten das Ideal vor die Füße läuft, sollte man dann etwa nicht alles versuchen?«

Ich senkte den Kopf.

»Und deswegen habe ich das mit dem Traum erfunden. Deswegen habe ich gelogen.«

Ihre Hand schnellte vor und zwei Finger packten mein Kinn und zogen es in die Höhe.

»Wenn es auf dieser Welt einen Mann gibt, der für mich gemacht ist, dann bist du das, Videothekar, verstehst du das?«

Ich konnte nichts sagen.

»Ich habe dich gewarnt«, sagte sie leise. »Ich bin Romantizist. Genau wie in *Die Passion der Frau Bachmann*.«

»Ich muss den Film wohl wirklich noch mal sehen.«

»Wenn du mich verstehen willst, ist das ein guter Weg.«

»Ich will dich verstehen.«

»Ich verstehe dich jetzt schon, Videothekar. Vom ersten Moment an verstand ich dich. Ich sah dich auf der Party und hatte dich sofort durchschaut.«

Ich sah sie an, und ich glaubte ihr. »Dann sag mir, wer ich bin.«

»Du bist wie ich. Nur im Gegensatz zu mir weißt du es nicht. Und das macht dich in gewisser Weise noch romantischer als ich es bin. Und auch extremer.«

»Ich weiß nicht, ob das stimmt. Ich denke manchmal, ich habe überhaupt keine Gefühle.«

»Oh doch, du hast Gefühle. Aber sie kommen nur zum Vorschein, wenn du mit Dingen konfrontiert wirst, die nicht viel mit dem Hier und Jetzt zu tun haben.«

»Ich weiß nicht, ob ich dich verstehe.«

»Das normale Leben, das um dich herum abläuft, die Menschen, die dir auf der Straße begegnen, der Alltag, der dich umgibt – all das nimmst du nur wahr als eine Menge unvermeidbarer Begleiterscheinungen auf einem Weg zu Höherem. Oder um in deiner

Sprache zu sprechen: Für dich ist die Welt dort draußen nichts weiter als der Set eines ewigen Drehs. Die meisten Menschen in deiner Nähe sind nur Komparsen. Und du sitzt auf deinem Stuhl, dein Drehbuch auf den Knien, und wartest, dass der Regisseur deines Lebens endlich den Schrei ausstößt: *Und Action!*«

»Ich sehe dich ganz sicher nicht als Komparsen an …«

»Ich sagte, die *meisten* Menschen.«

»Und das mit dem Schrei, dieses *Action* …«

»… ist vor kurzem ertönt. Nicht wahr?«

»Ich weiß nicht. Ich glaube, es ist noch eine Vorstufe.«

»So etwas wie: *Ruhe bitte. Wir machen drehfertig!*?«

»Ja. Die Beleuchtung steht, der Ton auch, die Komparsen sind alle an ihren Plätzen, die Kamera läuft – nur der Hauptdarsteller …«

»Also du.«

»… nur der Hauptdarsteller ist noch nicht bereit. Der ist gerade noch in der Maske oder so.«

Wir schwiegen. Ich zog meine Anzugjacke aus und legte sie neben mich auf den Boden.

»Was wäre gewesen, wenn ich nicht gelogen hätte?«, fragte Carla leise. »Wenn ich wirklich von dir geträumt hätte?«

»Ich weiß nicht. So aber kann ich sicher sein, dass du von selbst zu mir gekommen bist. Dass du nicht geschickt wurdest.«

»Geschickt? Von wem?«

»Das weiß ich auch nicht. Nicht genau zumindest.« Ich sah ihr in die großen braunen Augen. »So aber bist du wohl der einzige Zufall, der mir in letzter Zeit passiert ist. Das einzige Geschehen, dass mir unabhängig von den anderen zugestoßen ist. Ich habe mich lange gefragt, wann wohl der Zufall geschehen wird, der mir als Filmhelden hilft, mit dem Geschehen fertig zu werden. Nun, dieser Zufall ist längst passiert. Du bist dieser Zufall.«

Sie schwieg. In Gedanken sagte ich: »Mir gefällt der Zeitpunkt nicht.«

Laut sagte sie: »Ich habe mir den Zeitpunkt nicht ausgesucht.«

Ich senkte den Kopf, und nach einer Weile spürte ich ihre Hand in meinen Haaren. Sie sagte: »Lernt nicht in jedem Film der Held die Frau seines Lebens zum falschen Zeitpunkt kennen?«

Ich musste lächeln. »Kann sein.«

»Ich bin trotz allem, was ich dir eben gesagt habe, auch Realistin, Videothekar. Und als diese sage ich dir: Es ist *immer* der falsche Zeitpunkt.«

Ich sah schweigend auf ihre nackten Füße.

»Du musst bald weg, oder?«, fragte sie.

Ich nickte.

»Und du weißt nicht, ob du wiederkommen wirst, oder?«

Ich nickte wieder.

Die Schöße des Bademantels klappten auf, und ihre Knie lösten sich voneinander. Sie nahm das Kissen aus ihrem Schoß und schleuderte es durch den Raum.

»Wie denkst du, Videothekar? Ist es *dafür* der richtige Zeitpunkt?«

»O ja. Das denke ich.«

Es war kurz nach eins. Ich küsste Carla auf die nackte Brust und schälte mich aus ihren Armen. Ihr Atem war tief und regelmäßig.

Im angrenzenden Raum fand ich eine Glastür, hinter der die Sterne funkelten. Ich öffnete sie und gelangte auf eine große Dachterrasse. Bis weit zum Horizont konnte ich die Lichter der Stadt sehen. Unter meinen Füßen spürte ich feinen Kies. Ich lief bis zum Rand der Terrasse, lehnte mich an die Brüstung und blickte auf die Straße hinab. Kein Auto, kein Mensch. Keine Bewegung. Nichts. Nackt wie ich war setzte ich mich in einen Liegestuhl. Keine Wolke war über mir, die das diffuse Leuchten der Stadt reflektieren könnte. Kein Wind. Nur die Sterne, die reglos zu mir herunterblinzelten.

Spätestens jetzt war mir klar, dass ich mich getäuscht hatte: Ich war nicht in einem Film. Das hier war das Leben. Mein Leben.

Die Atemzüge Carlas, die ganz leise durch die Terrassentür zu mir herausdrangen, ihr Geruch, der an meinem Körper hing, der salzige Geschmack ihrer Tränen, die ich von ihrer Wange geleckt hatte: Nichts konnte realer sein. Vor allem der Schmerz, der all diese Sinneseindrücke begleitete, konnte nicht realer sein. Dieser tiefe, bohrende Schmerz hatte nichts, aber auch gar nichts mit Filmen zu tun.

Doch das tat im Grunde nichts mehr zur Sache.

Ich hatte meinen Plan längst gefasst. Nach dem, was mir Dix gesagt hatte, nach den merkwürdigen Gedanken Victors zu urteilen und vor allem nach dem, was ich mittlerweile selbst glaubte, blieb mir nur eine Chance. Ich stand auf, ging in die Wohnung zurück und machte mich auf die Suche nach Papier und einem Stift. Einen Stift hatte ich sofort. Mit dem Papier dauerte es etwas. Schließlich fand ich das Drehbuch eines Films mit Namen *Die Frau, die einsam war*, das auf vor zwei Jahren datiert und dessen Seiten nur einseitig bedruckt waren. Ich nahm es und ging zurück aufs Dach. Diesmal setzte ich mich an den Terrassentisch.

Ich hatte mich niemals zuvor an einem Drehbuch versucht; ich wusste nur das, was mir Dix erzählt hatte. Aber ich hatte wohl mehr Filme gesehen als fast jeder andere Mensch auf dieser Erde. Das sollte reichen, dachte ich mir.

Was die Form anging, die äußere Struktur, studierte ich das Drehbuch von *Die Frau, die einsam war*. Es dauerte eine Weile, bis ich mich an diese Regeln gewöhnt hatte, bis ich automatisch, ohne nachzudenken, vor jeder Szene die entsprechenden Anweisungen einfügte (Szenennummer, Tageszeit, Intern/Extern), die Absätze einhielt und die Groß- und Kleinschreibungsregeln berücksichtigte. Ebenso lange dauerte es, bis ich mir klar darüber wurde, dass ich es nicht schaffen würde ohne eine Stimme aus dem Off; ich brauchte einen Erzähler. Diese Entscheidung kostete mich fünf bereits beschriebene Seiten, aber das tat mir nicht weh (ich hatte Filme mit einem Off-Erzähler schon immer gemocht; vielleicht ausgenommen die erste Version von *Blade Runner*).

Es war 2:20 Uhr, als ich zum zweiten Mal die Zahl »Fünf« unten auf eine Seite schrieb. Ich rauchte eine Schachtel, dann eine zweite.

Bei Seite 29 beobachtete ich, wie im Osten langsam die Sonne aufging. Nach wie vor stand die Luft still. Bei Seite 34 war der letzte Rest Nacht verschwunden. Das Blau des Himmels war so dunkel und kräftig, als sei der Himmel ein ganzes Stück näher gekommen. Als setze er zur Landung an. Die Hitze war schon jetzt unerträglich.

Es wurde sieben Uhr, acht Uhr, neun Uhr, zehn Uhr. Ich war fast fertig. Es fehlten noch eine oder vielleicht zwei Seiten, dann wäre ich im Hier und Jetzt gelandet. Da tauchte ganz im Osten, hinter dem Ball der Sonne, hinter den Spitzen der letzten, im Dunst verwaschenen Häuser, eine Wolkenwand auf, so dunkel und mächtig wie die heranrasende, schwarze, tiefe Nacht.

Es war so weit.

Ich schrieb schneller. Als ich fertig war, nahm ich das erste Blatt und schrieb ganz oben über die erste Zeile, die lautete: *Szene 1. Tag. Intern.* eine Überschrift. Sie lautete: *Der Videothekar, der …* Darunter schrieb ich meinen Namen. Dann stand ich auf und weckte Carla.

Ich schloss mein Jackett, nahm meinen Hut und das Drehbuch. Carla lag nackt auf dem Bett und sah mir dabei zu.

»Ich gehe jetzt.«

»Videothekar?«

»Ja?«

Ihre Augen waren ein wenig kleiner als die Augen, die ich gewohnt war.

»Wir werden uns wiedersehen, Videothekar. Auf die eine oder andere Art. Ich spüre es.«

»Ich spüre es auch.«

Sie sah mich schweigend an. Ich prägte mir mit aller Kraft dieses Gesicht ein, die große Nase, die großen Augen, den breiten Mund, die vollen Lippen, die wirren Haare.

Ich sagte: »Bis dann.«

»Bis dann, Alex.«

Ich setzte den Hut auf, öffnete die Haustür und schloss sie gleich wieder hinter mir. Kurz dachte ich, dass mich der Schmerz übermannen, dass ich hier vor der Tür zusammenbrechen könnte. Doch der Gedanke an meine bevorstehende Aufgabe rettete mich. So *filmisch* es auch klingen mag: Es gab jetzt Wichtigeres als meinen Schmerz. Ich lief die Treppe hinab.

Auf der Straße stand immer noch das Taxi. Nur glitzerte es jetzt im grellen Sonnenlicht.

Als ich die Tür zum Fond öffnete, spürte ich auf einmal eine leichte Böe. Ein paar trockene Blätter wirbelten auf. Ich blickte gen Osten, aber von hier unten war noch nichts von der Wolkenwand zu sehen. Doch sie kam näher. Ich wusste es.

Ich stieg ein.

»Zum Hotel *Oscar* bitte. Das ist direkt bei …«

»Ich weiß, wo das ist, Partner. Schöner Hut.«

Ich sah den Fahrer an. Er war schwarz-weiß, trug einen ähnlichen Hut und einen ähnlichen Anzug wie ich und hatte eine Filterlose im Mundwinkel.

»Der andere Fahrer hatte Schichtende«, sagte der Mann und grinste. »Ich bin sein Ersatz.«

»Mister Marlowe?«, fragte ich.

»Fast. Spade, der Name. Sam Spade.«

»Oh, natürlich, ich wusste erst nicht …«

»Keine Sorge, kann vorkommen. Sogar Vivian hält mich manchmal für Phil, und die muss es ja wissen, was?« Er lachte rau.

»Vivian? Vivian Sternwood, Mister Spade?«

»Sam, Partner. Sam. Genau von der Lady spreche ich. Und jetzt festhalten.«

Die Reifen quietschten, als Sam auf die Tube drückte.

18. Der Böse

Schönheit tötete das Monster.

Das Licht des Projektors fällt auf die Leinwand, die Filmrolle dreht sich mit einem leisen Surren. Das helle, gegenstandslose Weiß des Lichts wird durch ein konturloses Schwarz ersetzt, ein Knistern ertönt aus den Lautsprechern. Es erscheint eine rote Drei, eine rote Zwei, eine rote Eins. Es piept, wird wieder still. Dann füllt das stilisierte Bild einer roten Truhe die Leinwand. Der Deckel der roten Truhe bewegt sich, klappt auf und ein Schwall roter Strahlen fährt aus der Truhe. Die Strahlen kreisen umeinander, vereinigen sich und bilden schließlich folgenden Schriftzug:

EPIMETH – FILMS

Die Truhe und der Schriftzug verschwinden, das Schwarz ebenso….

Das Bild eines tiefblauen Himmels erfüllt die Leinwand. Die Kamera sinkt herab, kippt langsam in die Waagerechte. Die Weite eines Ozeans kommt ins Bild. Kleine weiße Gischtkronen kräuseln das endlose Blau des Wassers. Im Vordergrund erstreckt sich ein weiter weißer Sandstrand. Einzelne Palmen stehen am Bildrand. Kein Mensch ist zu sehen. Die Schönheit des Bildes wird nur noch durch die vollkommene Ruhe übertroffen, die es ausstrahlt. Absolute Ruhe. Absoluter Frieden.

Da taucht am äußersten rechten Bildrand ein kleiner schwarzer Punkt auf. Der Bildausschnitt ruckt nach rechts; der Punkt ist nun im Zentrum des Bildes. Er bewegt sich auf den Betrachter zu. Es ist ein Mensch. Es vergeht etwas Zeit, dann erkennen wir: Es ist eine Frau. Eine Frau in einem schlichten weißen Kleid, die den Strand entlanggeht.

Die Frau bewegt sich mit unglaublicher Anmut. Wären da nicht die Fußspuren, könnte man denken, sie schwebe über den Sand. Wenn sie ihre Haare zurückwirft, ist es, als sähe man keine Bewegung ihres Körpers, sondern der Meeresbrise. Wenn sie ihren Arm hebt, ist es, als biege sich ein Ast im Wind. Die Frau bewegt sich, als sei sie ein fester Bestandteil der sie umgebenden Natur. Kein Eindringling. Kein Gast. Sondern überall Teil dessen, wo sie gerade ist.

Auf Höhe des Betrachters bleibt sie stehen und blickt aufs Meer hinaus. Ihre anmutige, schöne und luftige Gestalt verschmilzt auf sonderbare Weise mit dem Meer, den Wellen und dem schwachen Dunst des Horizonts, jetzt, da sie bewegungslos verharrt.

Da ist plötzlich ein tiefer, zehrender Ton zu hören. Er scheint direkt aus dem Bild zu kommen. Etwas vibriert. Übergangslos überfällt den Betrachter eine tiefe Anspannung. Etwas scheint nicht zu stimmen. Das Bild wirkt auf einmal dunkler. Als ob ein Schatten darauffallen würde.

Plötzlich erscheint ein schwarzer Schriftzug über dem Bild:

THE END.

Die Anspannung wird für kurze Zeit unerträglich.

Dann verschwindet der Schriftzug.

Der Ton versiegt.

Das Bild wird wieder heller.

Die Frau geht weiter, schwebt über den Strand, und die Anspannung verschwindet so schnell, wie sie gekommen ist.

Ich habe keine Ahnung von Filmen. Ich habe in meinem ganzen Leben höchstens zehn gesehen, und das bereits als kleines Kind. Vielleicht verstehe ich deshalb zunächst nicht, was an diesem Film so besonders sein soll.

Der Film besitzt keine Handlung. Es gibt nur eine einzige Person, die gezeigt wird: Sophia. Da niemand ein Wort sagt, auch sie selbst nicht, könnte sie jeden Namen tragen.

Die Frau lebt auf einer paradiesischen Insel. Zumindest nehme ich das an, genauso gut kann es auch ein einsamer Küstenstreifen eines Kontinents sein. Aber das ist nicht wichtig.

Die Kamera folgt ihr auf Schritt und Tritt und zeigt ihr alltägliches, paradiesisches Leben. Wenn sie nicht am Strand entlanggeht, im weiten blauen Meer schwimmt oder über grüne Wiesen spaziert, wohnt sie in einem einfachen Holzhaus. Man sieht sehr wenig aus dem Inneren des Hauses – im Grunde nur ein einziges Zimmer. Dieses Zimmer ist vollkommen leer – bis auf einen Spiegel. Der Spiegel ist kreisrund, groß und besitzt einen schweren Kupferrahmen, der ineinander verschlungene Blumen darstellt. Jedes Mal, wenn die Frau den Raum betritt, stellt sie sich direkt davor und blickt sich schweigend und regungslos an. Das ist alles. Sie tut nichts Anderes.

Diese Szene kommt mehrmals vor, und jedes Mal tut Sophia exakt das Gleiche; der einzige Unterschied zwischen den Szenen besteht darin, dass sich die Kamera Sophia jedes Mal ein Stück weiter annähert. Beim ersten Mal verharrt sie in der Tür. Beim zweiten Mal macht sie ein paar Schritte in den Raum hinein. Beim dritten Mal nähert sie sich der Frau bis auf ein paar Meter.

Die Kamera: Ich verstehe, was Freddy gemeint hat, als er von der besonderen Technik der Subjektiven Kamera gesprochen hat. Anfangs macht mir diese Technik sogar Probleme. Ich habe Schwierigkeiten, diesem ständig schwankenden Bild zu folgen, diesen hektischen, manchmal ruckartigen, manchmal fließenden Bewegungen. Aber recht bald gewöhne ich mich ein. Irgendwann denke ich gar nicht mehr daran, dass das Ich, das subjektive Ich, nur eine Kamera ist, eine Blickrichtung, eine Bildachse. Ich akzeptiere das Bild als die subjektive Sicht, als den subjektiven Blick einer Person.

Sophia pflückt Früchte von Bäumen und von Sträuchern. Sie kümmert sich um einen kleinen Garten. Sie hackt Holz. Dann geht sie wieder schwimmen. Mit keiner Geste, keiner Bewegung, keinem

Blick gibt sie zu erkennen, dass sie beobachtet wird. In der beobachtenden Person wächst der Wunsch heran, endlich wahrgenommen zu werden.

Falsch: Ich bemerke, wie in *mir* der Wunsch heranwächst, endlich wahrgenommen zu werden. *Ich* fühle. Denn vor mir auf der Leinwand werden keinerlei Gefühle artikuliert, geschweige denn gezeigt. Was bedeutet: Ich identifiziere mich in der Tat mit diesem niemals sichtbaren *Er*. Nur: Ich weiß, dass ich mich identifiziere. Was bedeutet: Es ist zwar eine Identifikation, die in mir stattfindet, aber keine totale Identifikation. Denn: Wüsste ich noch, dass ich mich mit jemand anderem identifiziere, wenn es eine totale Identifikation wäre?

Ein Gefühl taucht in mir auf, ein sehr starkes Gefühl, das ich zunächst aber nicht einordnen kann. Es hat etwas mit Angst zu tun. Aber auch mit Freude. Der Wunsch, dass sie mich doch endlich wahrnehmen möge, wird immer stärker. *Aber Sophia sieht ihn einfach nicht.*

Wieder einmal geht sie in das leere Zimmer. Wieder stellt sie sich vor den Spiegel. Wieder sieht sie sich regungslos an. Diesmal nähert sich ihr der Beobachter, bis er direkt neben ihr steht. Er sieht sie aus einer Entfernung von höchstens einem Meter direkt an. Doch sie blickt starr geradeaus – in den Spiegel.

Dieses starke Gefühl, das mit Angst und Freude zu tun hat, und das ich nach wie vor nicht einordnen kann, verändert sich: Die Freude verschwindet. Die Angst aber bleibt.

Er wendet kein Auge mehr von ihr; von ihren geschmeidigen, fließenden Bewegungen, von ihren anmutigen, schwebenden Schritten, von ihrem makellosen, gütigen, schönen Antlitz. Ja: Schönheit. Jede ihrer Bewegungen, jeder Blick, jeder Schritt, jede Kopfdrehung, jedes Armheben, jedes Atmen: Schönheit. Sogar das Holzhacken vollführt sie mit einer Anmut und einer Grazie, als wäre sie eins mit der Axt, mit dem Holzscheit, mit der Luft … Aber warum beachtet sie ihn nicht?

Er winkt ihr zu. Er läuft neben ihr her. Er läuft vor ihr her. Er setzt sich neben sie, er setzt sich vor sie. Aber sie sieht ihn nicht. Sie sieht ihn einfach nicht an.

Zur Angst kommt Verzweiflung. Und zur Verzweiflung kommt Zorn. *Warum sieht ihn Sophia nicht? Er stellt sich ihr mehrmals in den Weg – am Strand, unter den Palmen, auf der Wiese, wenn sie zu ihrem Holzhaus emporsteigt –, sie aber nimmt ihn nicht wahr. Macht wie automatisch einen Bogen um ihn.*

Manchmal sieht sie direkt in seine Richtung, nur wenige Meter vor ihm, blickt aber trotzdem immer einige Grad an ihm vorbei. Ihre Blicke treffen sich einfach nicht. Warum sieht sie ihn nicht? Warum sieht sie ihn nicht?

Die Verzweiflung äußert sich mehr und mehr in echten physischen Schmerzen. Der Zorn wird immer stärker. *Er muss ihr in die Augen sehen! Sie muss ihm in die Augen sehen! Er entfernt sich keinen Meter mehr von ihr. Er stellt sich direkt vor sie – sie blickt zu Boden und tritt zur Seite. Er macht drei schnelle Schritte, springt wieder vor sie: das gleiche Ergebnis. Sie sieht weg und macht einen Bogen. Er verfolgt sie, rennt um sie herum, in immer enger werdenden Radien – immer weicht ihr Blick dem seinem aus. Dennoch, auch wenn sie ausweicht, den Blick senkt oder abwendet – keine dieser Bewegungen wirkt hektisch oder ungewollt. Jede Bewegung ist perfekt. Voller Anmut und Schönheit. Sie bewegt sich, als wäre er gar nicht da. Sie bewegt sich, als gäbe es ihn gar nicht.*

Die Verzweiflung übermannt mich. Ich weiß: *Wenn sie ihn nicht sieht, ihn nicht sehen kann, dann ist er verloren. Dann hat er keinen Grund mehr, hier zu sein.* Mein Zorn droht mich zu zerreißen.

Er unternimmt einen letzten Versuch. Als sie wieder einmal am Strand steht und aufs Meer hinausblickt, stellt er sich so nah vor sie, dass sich beinahe ihre Nase berühren. Er fixiert ihre Augen. Wenn sich ihre Pupillen ein klein wenig nach rechts bewegen, bewegt er seinen Kopf nach links. Bewegen sie sich nach rechts, bewegt er sich nach links. Senkt sie den Blick, geht er in die Knie, hebt sie den Kopf, stellt er sich auf die Zehenspitzen.

Aber er kann tun, was er will: Sie sieht ihn nicht. Der gütige, friedliche Ausdruck ihres anmutigen, schönen Gesichts verändert sich kein bisschen. Sie sieht einfach durch ihn hindurch. Er ist nicht da.

Er gibt auf. Er setzt sich in den Sand und blickt aufs Meer hinaus. Ich zittere vor Zorn.

Dieses Mal, als sie vom Strand über die Wiese zu ihrem kleinen Haus emporsteigt, folgt er ihr nicht. Er würdigt ihre sich entfernende Gestalt keines Blickes mehr und sieht weiter aufs Meer hinaus. Er schließt die Augen …

… da hört er etwas. Ein Wispern vielleicht oder ein Flüstern. Er dreht sich um. Und sieht, durch ein paar Palmen hindurch und über die saftige grüne Wiese hinweg, oben vor ihrem Haus Sophia stehen. Ihre kleine schöne Gestalt steht da – und sieht ihn an. Oder? Sieht sie ihn wirklich? Sie ist ein ganzes Stück entfernt, ihr Gesicht ist über diese Distanz kaum auszumachen, aber es ist möglich: Sie sieht ihn. Sie sieht ihn an. Vielleicht aber hat sie auch nur aufs Meer geblickt …

Sophia dreht sich um und geht ins Haus.

Hat sie ihn gesehen oder nicht? Die Ungewissheit reißt die letzte Barriere nieder.

Er zögert keine Sekunde: Er steht auf und rennt den Hang hinauf, ihr hinterher. Vom Holzpflock auf der Wiese nimmt er die Axt. Er folgt Sophia ins Haus.

Das leere Zimmer. Sophia steht vor dem Spiegel und betrachtet sich. Sie bewegt sich nicht.

Er tritt in den Raum. Geht auf sie zu. Bleibt direkt neben ihr stehen. Umklammert die Axt. Sieht ihr auf die rechte Wange.

Mein ganzer Körper zittert vor Zorn.

Sie bewegt ganz langsam den Kopf in seine Richtung.

Ganz langsam.

Das Bild wird schwarz …

19. Der Gute und der Böse

I'll be back!

Der Böse

Das Bild wird schwarz ...

... dann auf einmal strahlend hell.

Vom Projektor hinter mir kommen die Geräusche der sich ins Leere drehenden Filmrolle. Flapp ... flapp ... flapp.

Das Deckenlicht geht an.

Plötzlich sagt eine Stimme aus einem Lautsprecher: »Bereit, Pirat?«

Ich erinnere mich: Ich kenne diese Stimme. Sie gehört zu ... Freddy. Ja, er heißt Freddy.

Ich stehe auf. Mir ist schwindlig. Ich bemerke kalten Schweiß auf meiner Stirn. Es ist, als ob die Welt plötzlich verschoben ist, anders, so als ob alles um mich herum genau ein Grad, ein Dezibel, eine Note, einen Zentimeter und eine Sekunde von der Wirklichkeit abweicht. Und ich spüre einen dumpfen, bohrenden Zorn in mir, der meinen gesamten Körper durchläuft.

»Ja«, sage ich laut. Meine Stimme hört sich seltsam an. War das wirklich meine Stimme?

»Dann los«, sagt der Lautsprecher. »Wir sind drehfertig. Zeit für deinen Auftritt.«

Ich bin mehr als entschlossen: Ich werde Sophia töten. Für mich. *Und für ihn.*

Ich gehe zur Tür und öffne sie.

Der Gute

Die Wolkenwand schob sich über die ersten Häuser im Osten. Auch von hier unten, von der Straße, war sie nun deutlich auszumachen. Ich blickte auf die Uhr. Es war genau 11:20 Uhr.

Wir hielten an einer Ampel, und ich sah, dass der Fahrer einer Taxe neben uns zu uns herübersah. Er nickte Sam zu, gähnte, und blickte dann wieder geradeaus.

»Sam, ich habe eine Frage.«

»Ich werde mein Bestes tun, Partner.«

»Bist du wirklich? Ich meine, bist du *da*?«

Sam knurrte: »*Für dich* bin ich da. Das reicht doch, oder etwa nicht?«

»Dann will ich es so formulieren: Was hat dieser Taxifahrer da gerade eben gesehen, als er dir zugenickt hat?«

»Was weiß denn ich? Einen anderen Taxifahrer wahrscheinlich.«

Ich überlegte. Dann sagte ich: »Warum habt ihr mir nicht einfach gesagt, was ich zu tun habe? Ich hasse es, wenn in Filmen andauernd Geheimniskrämer auftauchen, die nie klar sagen, was denn jetzt Sache ist, die sich immer nur in Andeutungen ergehen. Warum habt ihr mir nicht einfach gesagt …«

»… dass du in deiner Vergangenheit ein mächtig böses Arschloch warst, das jetzt die Chance hat, alles wiedergutzumachen, indem es losgeht und die Welt rettet?«

»Äh … ja?«

»Denkst du, du hättest uns geglaubt? Du, der nichts über sich wusste, der keine Erinnerung hatte und noch dazu so viel von einem echten Helden hatte wie ein gottverdammter …« Er suchte nach einem Vergleich. »… Anwalt?«

Ich schwieg, denn er hatte recht.

Eine Straße weiter fragte ich: »Warum aber habt ihr mir eigentlich böse Rollen geschickt? Ich meine, ich hätte das ja auch missverstehen können. Ihr schickt mir eine Killerin, einen psychopathischen Massenmörder und am Ende eine Nutte. Ich meine, ihr hättet mir ja auch Indiana Jones oder Han Solo schicken können.«

»Es gibt bei uns keine Bösen in diesem Sinne, Partner. Da, wo ich herkomme, arbeiten wir alle zusammen.«

Da, wo wir herkommen. Ich musste an den weißen Victor denken. Der hätte wohl sein Leben gegeben, um dort zu sitzen, wo ich jetzt saß. Ich fragte: »Keine Bösen?«

»Himmel, natürlich würde ich niemals mit diesem Myers einen trinken gehen, und ich würde mit dieser Watson auch nicht in die Federn steigen, aber im Grunde gehören wir alle zusammen.«

»Komisch.«

»Wieso ist das komisch? Wir dienen alle einem guten Zweck, also sind wir auch gut.«

»Nur *ich* würde keinem guten Zweck dienen.«

»So ist es, Partner. Deswegen dieser ganzer Aufstand.«

Ich schwieg.

»Aber Scheiße, du hast schon recht«, sagte er plötzlich. »Die Rollenauswahl war schon seltsam. Fand ich auch nicht gut, dass sie dir so einen Psychospinner wie den Myers auf den Hals hetzen. Hat kaum ein Wort rausgebracht, was? Ich sag dir, der ist immer so. Kriegt einfach das Maul nicht auf. Läuft rum wie ein verdammter Toaster mit Maske. Aber im obersten Ausschuss sind sie so nervös, dass sie gerade nehmen, wer da ist. Bin froh, dass sie sich jetzt für mich entschieden haben. Ich mag dich, Alex. Glaube, du bist in Ordnung. Zigarette?«

Ich hatte gar nicht bemerkt, dass ich die alte schon aufgeraucht hatte. Ich nahm eine aus der schwarz-weißen Packung, die er mir unter die Nase hielt, und steckte sie mir an. Der Rauch der weißen, filterlosen Zigarette schmeckte nach schwarzem Tabak.

»Danke.«

»Und Scheiße, Partner, wie du den guten alten Joe Hallenbeck zur Schnecke gemacht hast … ich habe mich fast bepisst vor Lachen.«

»War er sehr sauer?«

»Sauer? Sauer? Er hat sich so besoffen wie schon seit Jahren nicht mehr! Er war so platt wie eine Briefmarke im Regen, Partner.«

»Tut mir leid.«

»Vergiss es.« Sam klopfte sich selbst eine raus.

»Wie stehst du eigentlich zu Humphrey?«, fragte ich. »Ich meine, er ist ja so etwas wie dein Vater.«

»Wie soll ich schon zu ihm stehen? Scheiße, ich bin verdammt froh, dass er es war! Stell dir vor, sie hätten sich für Errol oder für Jimmy Cagney entschieden! Heiliger Strohsack! Wenn ich mir vorstelle, mit diesem Strumpfhosenträger Robin im gleichen Haus zu wohnen, Scheiße, keine Lust, nein Danke!«

»Alle Rollen eines Schauspielers wohnen im gleichen Haus?«

Kurz hatte ich den Eindruck, Sam würde rot, aber das war wirklich nur Sache eines Sekundenbruchteils.

»Ja, wir sind … du würdest wohl sagen Mitbewohner. Ist ziemlich voll bei uns.«

»Aber da wohnst du ja mit Phil und Rick zusammen!?«

»Ja, die beiden sind o.k. Aber da gibt es ein paar … Himmel. Scheiße, Bogie hat über sechzig Filme gemacht, da sind ein paar Jungs dabei, ich sag dir, da hast du keine Lust, denen nachts auf der Straße zu begegnen. Dix ist auch so einer. Der wohnt zwei Zimmer neben mir.«

»Dix?«

»Na, dein Telefonkumpel. Der Leiter dieser Operation.«

»Was …?«

»Na Dixon Steele. Der oberste Ausschuss hat lange überlegt, wen er mit der Leitung beauftragen sollte. Es sollte jemand aus der großen Humphreyfamilie sein, außerdem jemand, der sich mit Drehbüchern auskennt und darüber hinaus jemand, der dir in gewisser Hinsicht ähnlich ist. Also allein und einsam, der Welt überdrüssig, gut und böse zugleich und so weiter. Da blieb nur Dix übrig.«

»Dix! Dixon Steele! Ich habe die ganze Zeit mit Dixon Steele telefoniert!«

»Das hast du, Partner. Das hast du. Und obwohl ich den Typ eigentlich ziemlich übel finde, so muss ich doch sagen, dass er die Sache nicht schlecht gemacht hat.«

»Ich fasse es nicht. Dixon Steele!«

Sam grinste, griff sich in die Innentasche seiner Anzugsjacke und brachte einen schwarzen Flachmann zum Vorschein. Er schraubte die Kappe ab, nahm einen tiefen Schluck und reichte ihn mir.

»Ist ein ziemlicher Fusel, aber lass es dir trotzdem schmecken. Wir sind nämlich bald da.«

Ich trank. Das Zeug brannte fürchterlich, aber ich fühlte mich gleich besser.

»Eine Frage aus Neugier, Sam: Wer sitzt in eurem obersten Ausschuss?«

»Wird jedes Jahr neu gewählt. Sind meistens Frauentypen. Schließlich machen die die Hälfte der Wählerstimmen aus. Wenn du mich fragst, sind die meisten von denen Weicheier. Schau dir nur mal das Chaos an, das sie dieses Mal verursacht haben. Der Chef allerdings, der Ausschussvorsitzende, ist seit nunmehr über 60 Jahren immer der gleiche.«

»Und wer?«

»Jemand, der sich mit dem Business auskennt. Und noch dazu den Vorteil hat, in verschiedenen Altersstufen aufzutreten: Kane.«

»Kane? Will Kane?«

Sam gönnte mir einen mitleidigen Blick. »Denk mal nach, Partner. Ein ehemaliger Cowboy soll der Chef sein?«

Ich überlegte. »Wie ist sein Vorname?«

»Wir nennen ihn alle nur *Bürger*. Die meisten denken wohl, das unterstreiche unser demokratisches Wahlsystem.«

Ich schlug mir an die Stirn.

»Hast du es, Partner?«

»Ja, klar. Ich hab es.« Ich schüttelte den Kopf und nahm noch einen Schluck.

»Gut, Partner«, sagte Sam. »Wir sind fast da. Du solltest dich fertig machen. Der Spaß ist vorbei.«

»Sam?«

»Ja?«

»Wie heißt die Welt, wo du herkommst?«

»Jeder sagt etwas Anderes. Der Name, der am häufigsten benutzt wird und den ich auch selbst verwende, ist *Negative-Land*. Kommt vom Bürger, dieser Name.«

Leise und ehrfurchtsvoll flüsterte ich: »*Negative-Land* …« Wieder musste ich an den weißen Victor denken. »*Negative-Land* …«

Wir fuhren an einem Bretterbauzaun vorbei, der über die gesamte Länge mit Plakaten von *The End* beklebt war. Ich schüttelte mich, nahm noch einen tiefen Schluck aus dem Flachmann, dann reichte ich ihn Sam zurück. Ich atmete mehrmals tief durch.

Als Sam vor der Pension anhielt, sagt er nur: »Schau auf die Uhr, Partner.«

»Kannst du mal kurz drauf aufpassen?« Ich hielt das Drehbuch hoch.

»Klar.«

Ich legte das Drehbuch auf meinen Sitz und stieg aus.

Oben an der Rezeption standen zwei junge Touristen mit riesigen Rucksäcken und feilschten mit Clarissa darum, ob sie zu zweit ein Einzelzimmer nehmen könnten. Ich rannte an ihnen vorbei zu Zimmer 9. Ich schloss auf, trat ein und griff die rote Sporttasche, die ich aus dem verfallenen Haus mit der verwesten Leiche mitgenommen hatte. Ich nahm die Axt und die Schrotflinte heraus und legte sie aufs Bett. Dann nahm ich eine andere, grau-gelbe Sporttasche, die ich schon seit Ewigkeiten besaß und die nach wie vor voller Geldscheine war. Die Scheine verfrachtete ich in die rote Sporttasche. Ganz unten, unter dem Geld, fand ich in der grau-gelben Sporttasche ein Paar Handschuhe aus Kalbsleder. Ich ließ die Handschuhe, wo sie waren, und packte die Axt und die Flinte dazu. Schließlich nahm ich beide Taschen und verließ, ohne mich umzusehen, Zimmer 9. Ich schloss nicht ab.

An der Rezeption unterbrach ich die Diskussion: »Clarissa, gib mir einen Augenblick. Es ist wichtig.«

Einer der Typen, es war ohne Zweifel ein Italiener, sagte in gebrochenem Deutsch: »Aber bitte, erster, zweiter, dritter, verstehen?«

Ich sah ihn an, und er schloss den Mund. Der zweite machte einen unbeholfenen Schritt rückwärts.

»Clarissa, ich brauche den Eispickel.«

Clarissa hatte etwas auf der Zunge, aber ein Blick in meine Augen brachte sie davon ab, es auszusprechen. Sie wurde übergangslos steif.

Ich lockerte meine Gesichtsmuskeln etwas und sagte sanft: »Bitte.«

Sie bückte sich roboterhaft und steckte den Kopf unter den Tisch. Keine drei Sekunden später hatte ich den Eispickel. Ich warf ihn in die grau-gelbe Sporttasche. Die andere mit dem Geld stellte ich vor Clarissa auf die Rezeption.

»Clarissa, hör zu: Mach die Fenster zu, hol die Polster von den Balkonen und geh nicht raus. Es zieht ein riesiges Unwetter auf.«

Sie sah mich an mit offenem Mund, sagte aber nichts.

»Hast du verstanden, Clarissa?«

»Ja, habe ich. Was ...«

»Jetzt muss ich los. Das hier ist für dich.« Ich klopfte auf die rote Sporttasche.

»Aber wohin gehst du?«

Ich ergriff ihre dicke Hand, drückte sie einmal fest und blinzelte.

»Ich rette die Welt.«

»Viel ... Glück«, stammelte sie.

Ich packte die grau-gelbe Tasche und drehte mich um. Die Italiener stoben zur Seite. Ich rannte die Treppe nach unten. Kurz bevor ich die Eingangstür aufriss, hörte ich Clarissas schrillen Schrei: »Oh mein Gott! Aber das ist ja ...«

Ich sprang ins Freie. Sam wartete mit laufendem Motor, mein Drehbuch auf dem schwarzen Schoß. Ich sprang auf den Beifahrersitz und schlug die Tür zu.

»Es geht bald los«, sagte er, legte mir mein Drehbuch auf die Beine und reckte einen Zeigefinger gen Wagenhimmel. Die Wolkenwand hatte die Sonne nun verschluckt. Der gesamte östliche Himmel war tiefschwarz.

»Dann los.«

Sam lachte heiser. Ein dumpfer Donnerschlag rollte über die Stadt.

Der Böse

Das Fenster, das die Entsprechung zum Spiegel ist, ist jetzt verhangen. Ich will den Vorhang zur Seite schieben, da ertönt Freddies Stimme:

»Pirat! Nicht!«

Ich fahre herum. Die Stimme kommt direkt aus dem Pult, an dem jetzt Hunderte von Reglern blinken. Ich greife mir ins Gesicht, reibe mir über die Augen. Ich gehe auf den Ausgang des Kontrollraums zu.

Freddy hat Recht. Ich muss sie jetzt töten. Ich habe keine Zeit zu verlieren. Der Zorn durchläuft mich in heißen Wellen.

Ich öffne die Tür und trete in den Korridor. Überall stehen Männer in Anzügen. Die meisten sind sehr alt. Manche kommen mir bekannt vor. Ich habe sie schon mal irgendwo gesehen. Wahrscheinlich im Fernsehen. Oder in der Zeitung. Sie bilden ein Spalier, durch das ich in Richtung Studio gehe. Die Männer betrachten mich wohlwollend. Aber ich spüre auch eine gewisse Aufregung von ihnen ausgehen.

»Stopp«, sagt eine Frau und stürzt auf mich zu. Ich weiß noch: Sie heißt Hannah. Sie stellt sich auf die Zehenspitzen und drückt mir einen Wattebausch auf die Stirn und die Wangen. Ich nehme den schwach-süßlichen Geruch von Puder wahr.

»Geh in die Knie«, sagt sie.

Ich tue es, und sie fährt mir mit beiden Händen durch die Haare. Mehrmals. Dann sagt sie: »O.K.«

Bevor ich weitergehen kann, steht plötzlich eine andere Frau vor mir. Ich kann mich nicht an ihren Namen erinnern. Sie schließt meinen obersten Hemdknopf und streicht mir die Hose glatt. Auch sie sagt: »O.K.«

Ein Mann kommt auf mich zu. Ich habe ihn noch nie gesehen. Er drückt mir die Axt in die Hand. »Vorsicht«, sagt er leise. »Scharf.«

Ich betrachte die Axt. Wiege sie in meinen Händen. Die Schneide ist blutrot und blitzt im Licht, das von der Decke fällt. Sie fühlt sich sehr gut an.

Jemand schiebt mich sanft nach vorn. Ich sehe auf. Ein weiterer Mann hält mir die Tür zum Studio auf. »Bitte«, sagt er.

Ich habe das Ende der Phalanx der Männer erreicht. Keiner sagt ein Wort. Da ist der Eingang zum Studio. In dem Moment, in dem ich einen Fuß auf das Parkett setze, ertönt die Stimme von Freddy. Die Stimme füllt die gesamte Halle aus: »Und … ACTION!«

Der Gute

Als ich das zweite Mal aus dem Taxi sprang, war es 11:42 Uhr. Der Himmel über mir war in zwei Hälften geteilt: Eine schwarze und eine blaue. Und die schwarze Zone fraß sich unaufhaltsam in die blaue hinein.

Ich schloss das Gitter vor dem *Zero-Zone* auf und ließ es nach oben rattern. Dann die Tür. Ich riss sie auf, trat ein und sprang hinter die Theke. Ich nahm die rote Handtasche von Patricia Watson, holte das Springmesser von Julia und das Wurfmesser von Sophia heraus und schmiss beide in die grau-gelbe Sporttasche. Dann legte ich mein Drehbuch mitten auf den Tresen, genau dorthin, wo vor über drei Monaten der Zettel *Aushilfe gesucht* befestigt gewesen war, nahm einen Stift und schrieb an den Rand der ersten Seite, direkt neben den Titel *Der Videothekar, der …:*

Gregor, wahrscheinlich komme ich nicht wieder. Mach dir keine Sorgen. Die paar Wochen hier in deiner Videothek waren die schönsten in meinem Leben.

Ich überlegte, dann schrieb ich noch dazu:

Das hier ist ein Drehbuch von mir. Schließlich schulde ich dir noch was, oder?

Es hat noch keinen vollständigen Titel, denn es hat auch noch kein Ende. Das Ende wirst du, denke ich, bald in der Zeitung lesen können. Zumindest, wenn ich nicht vollkommen verrückt bin, aber an diese Möglichkeit darf ich da, wo ich jetzt bin, einfach nicht mehr glauben. Mach es gut, Mann!

Ich steckte mir eine Zigarette an und schrieb mit zitternden Fingern zwei letzte Sätze:

P.S. Nur eine Bedingung habe ich: Du musst die weibliche Hauptrolle mit Carla Tabori besetzen!

Ich gönnte mir ein Lächeln und sah mich ein letztes Mal um.

Es donnerte so stark, dass der Boden vibrierte.

Sam hupte.

Ich drückte die Zigarette in der Luke-Skywalker-Tasse aus und rannte aus dem *Zero-Zone*. Verschloss die Tür und ließ das Gitter herab. Das war es. Sehr wahrscheinlich würde ich die Videothek nie mehr wieder sehen.

Sam ließ den Motor aufheulen und ich stieg ein.

Sam knurrte. »So. Jetzt wird es aber Zeit, Partner.«

»Ich weiß, Sam.«

Ein erster dicker Tropfen zerplatzte auf der Windschutzscheibe.

Der Böse

Da ist Sophia: Sie steht regungslos vor dem Spiegel und betrachtet sich. Sofort brandet eine neue Welle Zorn durch mich hindurch.

Ich gehe gerade auf den ersten Kreidestrich zu. Meine Schritte sind sehr laut. Dennoch dreht sich Sophia nicht um. Links ist nichts als grüner Stoff. Hinter und über mir spüre ich Bewegung. Wahrscheinlich die Kamera auf dem Schwenkkran.

Ich erreiche den ersten Strich, drehe mich um fünfundvierzig

Grad und gehe auf den zweiten Strich zu. Ich erreiche ihn und bleibe stehen. Ich bemerke, dass ich am ganzen Körper zittere.

Ich warte kurz. Sophia steht da und bewegt sich nicht. Ihr rechtes Auge, das einzige, das ich sehen kann, ist starr auf den Spiegel gerichtet.

Mich befällt ein kurzer Schwindel. Etwas verändert sich …

Ihr rechtes Auge, das einzige, das er sehen kann, ist starr auf den Spiegel gerichtet.

Mein Atem hallt in meinem Kopf. *Sein Atem …*

Der Zorn ist unvorstellbar.

Ich mache einen Schritt nach vorne, stelle mich mit den Zehenspitzen auf die dritte rote Linie. Ich hebe die Axt. *Er hebt die Axt.* Reiße sie weit über den Kopf. *Über seinen Kopf …*

Der Gute

Es war nun so dunkel dort draußen, als wäre die Sonne hinter dem Erdball versunken. Immer mehr Tropfen klatschten auf den Teer. Ungeheuer starke Windböen zerrten am Taxi. Die Donnerschläge zählte ich schon gar nicht mehr.

Ich öffnete die Sporttasche, nahm die Pumpgun heraus und knickte den Lauf ab. Ich schob die Patronen hinein, klappte den Lauf zurück und lud durch.

»Kein schlechtes Gefühl, was, Partner?«

Ich antwortete nicht. Ich krempelte die Hosenbeine hoch und klebte mit Paketband, das ich im Handschuhfach fand, das Springmesser an meine rechte und den Eispickel an meine linke Wade. Das Wurfmesser steckte ich in die Innentasche des Anzugs.

»Nimm noch mal«, sagte Sam und hielt mir den Flachmann hin. Ich nahm ihn und trank. Sam griff unter seine Anzugjacke, und ich hörte das Klicken eines aufspringenden Druckknopfes. Dann reichte er mir eine Pistole.

»Mit besten Grüßen von Phil. Das ist seine Luger.«

»Wow …«

»Ich wusste, dass dir das gefallen würde.«

Ich strich mehrmals über den Schaft und den Lauf, dann riss ich mich zusammen. Ich steckte mir die Knarre im Rücken in den Hosenbund.

»Wir sind da.«

Der Wagen hielt an.

»Hör zu. Partner, es tut mit leid, dass ich nicht persönlich teilnehmen kann. Scheiße, ich würde es genießen, ein paar von den Kerlen kalt zu machen, aber der *Bürger* war dagegen. Dafür kommen dir eine Menge Bekannter zu Hilfe. Sind ein paar echt feine Kerle dabei.«

»Mir kommen ein paar Leute zu Hilfe?«

»Na klar, denkst du, wir lassen dich allein in die Höhle des Löwen?«

»Wer denn alles? Nur Kerle?«

»Das ist ein Männerjob, Partner. Scheiße, du ziehst hier nicht los, um ein paar verdammte Spiegeleier in die Pfanne zu hauen, wenn du verstehst, was ich meine. Gut, ich habe ein paar von den Ladys kennengelernt, die die notwendigen Eier hätten, diese Sarah Connor zum Beispiel, und diese Ripley, Scheiße, eine verdammt harte Braut, ich sage es dir. Aber ich weiß nicht, ob das reicht für diesen Job, ich glaube eher nicht. Habe ohnehin ein Problem, wenn ich so ein Fahrgestell mit 'ner Knarre in der Hand rumlaufen sehe. Passt mir irgendwie nicht. Ich trage ja auch keine Nylons, was, Partner?«

»Verstehe mich jetzt bitte nicht falsch, Sam, aber die Rollenverteilung der Geschlechter hat sich in den letzten Jahrzehnten schon ein bisschen verändert.«

Sam sah mich von der Seite an und schickte gleichzeitig einen perfekten Rauchkringel gegen die Scheibe. »Zum Glück war ich da schon weg«, sagte er.

Ein vielfach verästelter Blitz erleuchtete die Straße, der Donner brach zeitgleich über uns herein. Wir hatten 11:58 Uhr. Eine Böe ergriff den Wagen, hob ihn ein paar Zentimeter an. Im nächsten Moment dröhnte die Karosserie, als stünden wir im Kreuzfeuer: Der Himmel war geplatzt: Der Regen war so dicht, dass man nicht einen Meter weit sah.

»Heiliger Strohsack!«, sagte Sam. »Hör zu, noch eines, bevor du losgehst, die Scheißkerle in tausend Stücke zu blasen: Diese Kleine, diese *Bachmann* ...«

»Carla. Carla Tabori.«

»Ich kenne sie nur als *Frau Bachmann*. Aber wie auch immer.« Er drehte den Kopf und sah mir tief in die Augen. »Halt sie fest. Die ist Gold wert, mein Junge. Glaub einem alten Kerl wie mir, wenn ich sage: So etwas läuft dir selten genug vor die Füße.«

»Wie soll ich sie denn festhalten? Wahrscheinlich komme ich doch gar nicht zurück.«

Sam blinzelte. »Ich habe einen Blick in dein Drehbuch geworfen.«

»Oh, hast du...«

»Ja. Ich hab doch gewusst, dass du ein cleveres Bürschchen bist.«

»Denkst du, es könnte klappen?«

»Das liegt nicht mehr in unserer Macht, was?«

»Nein. Da hast du recht.«

Er reichte mir die Hand, und ich schlug ein.

»Lass sie Dreck fressen, Partner!«

»Ich werde es versuchen, Sam.«

»Mehr kann keiner von dir verlangen.«

Wir ließen uns los.

Ich zog mir meine Kalbslederhandschuhe an, packte die schwarzgelbe Sporttasche und die Pumpgun und öffnete die Tür. Irgendwo begannen die Glocken einer Kirchturmuhr zu schlagen.

Der Böse

Mein Atem ist das einzige Geräusch in einer tiefen, eisigen Stille. *Sein Atem.* Sophia vor mir rührt sich nicht. *Sophia vor ihm rührt sich nicht.*

Sie blickt in den Spiegel. *Bewegungslos*.

Ich bin in einem Holzhaus. An einem Strand…

Er ist in einem Holzhaus. Er ist in ihrem Holzhaus.

Die Axt wird immer schwerer, dort über meinem Kopf. *Über seinem Kopf…* Meine Arme zittern. *Seine Arme zittern.* Ich kann die Axt nicht mehr lange halten. *Die Axt ist schwer.*

Ich bin sehr wütend.

Ich höre *ihn keuchen*.

Ich weiß: *Er kann Sophia nicht töten. Nicht bevor …*

Ich sage: »Sieh mich an.«

Absolute Stille. *Sophia regt sich nicht.*

Er sagt: »Sieh mich an.«

Sophia dreht langsam den Kopf…

Sophia dreht langsam den Kopf …

Der Gute

Während der Regen auf mich niederprasselte, mein Anzug sekündlich schwerer wurde, der Wind an meinem Hut zerrte, mir das Wasser in die Schuhe lief und sich mit jedem Schritt der Zorn in mir potenzierte, wurde mir bewusst, dass ich nicht allein war. Einer nach dem anderen tauchten sie auf. Vor Entschlossenheit verzerrte Gesichter, die Augen von einem strahlendem Glanz durchdrungen, von ihrer Aufgabe beseelte Gestalten, bunt und schwarz-weiß: Meine Partner, meine Buddies, meine Kumpel, alle vereint durch das Gewicht unserer Aufgabe, unserem schwersten und wahrscheinlich letzten Gang. »Man muss immer davon ausgehen, dass es der letzte Gang ist, Kleiner«, meinte Chris Adams rechts neben mir, während ihm das Wasser über seine schwarze Hutkrempe lief. »Immer, sonst kannst du gleich zu Hause bleiben«, und er schmiss den Zigarillo in den Regen. Pike Bishop, Dutch und die Gorch-Brüder gingen zu meiner Linken, Pike, eine Stand-MG samt Dreibein auf der Schulter, und als Dutch zu mir sagte: »Freue mich, heute mit dir zu reiten, junger

Freund«, barst mein Herz beinahe vor Stolz. William Munny, die Augen zusammengekniffen, schmiss eine leere Flasche Whiskey vor sich auf den Boden, und sein namenloser Mitbewohner, der gleich dreimal da war, warf drei Ponchos über drei Schultern zurück. Marshal Matt Morgan war da, und nun auch Will Kane. Will knurrte: »Meine Frau sagte, du wärst es wert, noch einmal die Waffe in die Hand zu nehmen. Ich hoffe, sie hatte recht.«

»Ich hoffe es auch«, sagte ich.

Der kurze Marsch kam zum Stillstand.

Der Böse

… ganz langsam dreht sie den Kopf.

Er fragt: »Siehst du mich?«

Sie blinzelt langsam. Das Blinzeln bedeutet: »Ja, ich sehe dich.«

Es ist die Wahrheit. Sie sieht mich.

Es ist eine Lüge. Sie sieht ihn nicht. Sie sieht durch ihn hindurch.

Er spannt die Muskeln an.

Ich versinke in diesem Blick, *der ihm so lange vorenthalten wurde*. Ich sehe alles darin: die Sehnsucht, die sie mindestens ebenso lange gequält hat *wie ihn selbst*. Die Freude, endlich am Ziel zu sein. Die Erleichterung, endlich nicht mehr allein zu sein.

Sie sieht durch ihn hindurch. Seine Muskeln spannen sich, eine Partie nach der anderen. Zuerst die Bauchmuskeln, dann die Armmuskeln. Er holt noch ein Stück aus. Soweit, dass ihn die Axt am Rücken berührt.

Sie sieht mich. Ich bin da.

Er schließt die Hände fester um den Griff der Axt.

Die Angst ist weg. Die Verzweiflung ist weg. Der Zorn ist weg. Es bleibt nur Erleichterung. Und Freude. Und Glück. Ich weiß: Ich habe mich noch niemals so glücklich gefühlt.

Der Zorn ist an seinem Höhepunkt. Er lässt seine Arme herabsausen …

Da ist plötzlich Angst in ihrem Blick …

Sein Körper legt alle Kraft in den Schwung der Arme …

… panische Angst. Sie reißt die Augen weit auf. Warum …

Es kracht laut.

Der Gute

Ich trat nach vorne, stieg die drei Stufen zum Eingang hinauf und blickte durch die Glastür: keine Menschen. Nur leere Regale. Auf der Tür stand: *Zelluloid – Videothek.* Darunter klebte ein Zettel: *Absoluter Ausverkauf. Alles muss raus!* Darunter wiederum stand mit rotem Filzstift: *Bereits alles verkauft.* Ich brachte mein Gesicht näher an die Scheibe, und plötzlich stand ein Mann auf der anderen Seite der Tür und starrte mir entgegen. Er war mindestens zwei Meter groß und rothaarig. Er hob eine Hand, spreizte den Zeigefinger ab und bewegte diesen langsam von links nach rechts. Dann öffnete er den Mund, offenbar zu einem Lachen, und verschwand. Ich drehte mich um. Langsam ließ ich den Blick über meine Mitstreiter wandern, während mir der Regen beinahe waagerecht ins Gesicht prasselte. Ich suchte den Blickkontakt zu jedem Einzelnen. Es gab kein Augenpaar, das nicht die Bedeutung dessen widerspiegelte, was uns allen bevorstand.

Es war Zeit. Ich schmiss die Filterlose in den Regen hinaus und blickte all meinen Freunden ein letztes Mal in die Augen.

Der Böse

Ich verstehe nicht.

Er lässt die Axt los. Sophia öffnet den Mund. Sie macht leise: »Ooooch …«

Ihre Augen: Sie brechen. Was …

Sophia dreht sich weg. Sie dreht sich wie ein Kreisel. Er muss sich ducken, dass ihn der Stiel der Axt, die tief in ihrem Kopf steckt, nicht an der Stirn trifft.

Ich verstehe nicht. Was …

Sophia macht noch einmal »Ooooch …« Dann fällt sie nach hinten um. Es poltert dumpf.

Was …?

Er sieht Bewegung rechts von sich …

Ich sehe Bewegung rechts von mir …

Er dreht sich nach rechts …

Ich drehe mich nach rechts …

Er sieht mich …

Ich sehe ihn.

Ich begreife.

Das Entsetzen, das über mich hinwegrollt, ist unerbittlich. Ich schwanke. In meinem Kopf reißt etwas. Alles ist heiß. Dann wieder kalt. Ich taumele nach vorne. Mein Spiegelbild. Mein großes, großes Spiegelbild. Ich falle auf die Knie.

Sie hat mich doch gesehen! Sie hat mich doch endlich gesehen!

Die Schmerzen, die mich überrollen, sind nicht mehr fassbar. Das Entsetzen frisst mich auf. Da: Mein Spiegelbild. Meine Augen. Meine Augen erlöschen. Alles wird weiß. Ich bin blind.

Ich gebe auf.

Ich schließe die Augen.

Jemand schreit: »CUT!«

Ich falle. Etwas splittert.

»Das war es! Sagt mir bloß, dass wir das im Kasten haben!«

»Wir haben es im Kasten!«

»Perfekt! Pirat?«

Ich zersplittere.

»Und nun Pirat …«

Alles ist weiß. Dann plötzlich schwarz.

»… bist du der größte …«

Die Schwärze bleibt. Geht nicht wieder weg.

»… Filmstar dieser Welt.«

Stille.

Schwärze.

Vergessen.
Gnade.

Der Gute

»Es ist soweit«, sagte ich.
Einhelliges schweigsames Nicken in der Menge.
Ich holte tief Luft, kickte mit der Ferse die Tür hinter mir auf und brüllte:
»SHOWTIME!«

Kiss Off

Als jemand, der nicht für diese Welt gedacht war, fällt es mir auf einmal schwer, sie zu verlassen. Aber vielleicht gehe ich ja nicht weg. Vielleicht gehe ich nach Hause.

I

Eine Zeitung fliegt rotierend aus der Tiefe des Bildes heran, immer größer werdend, und kommt im Vordergrund zum Stillstand. Der Fokus geht auf die erste Meldung der Titelseite:

FEUERHÖLLE IN WESTEND
Ganzer Gebäudekomplex ausgebrannt – Mindestens 24 Tote – Sachschaden in Millionenhöhe

Darunter ein großes Foto, das eine Luftaufnahme von einer riesigen, in sich zusammengefallenen rauchenden Ruine zeigt.

Das gigantische Gewitter, das gestern Mittag über Berlin hereinbrach, hat eine Katastrophe verursacht, wie sie die Stadt so noch nicht gesehen hat. Das Feuer, dessen Rauchsäulen über dem gesamten Stadtgebiet sichtbar waren, hat entgegen ersten Meldungen doch mehr als nur zwei Opfer gefordert. Polizei und Feuerwehr, die zuerst davon ausgingen, dass die meisten von den Flammen erfassten Gebäude leer standen, haben bislang zweiundzwanzig Leichen aus den Trümmern geborgen. Mit den beiden Toten aus der dem Lagerhallenkomplex vorgelagerten Videothek Zelluloid stieg die Zahl der Opfer des Unwetters somit auf vierundzwanzig. Einem Polizeisprecher zufolge fand man in diesen offiziell nicht genutzten Hallen Tonnen von zerstörtem elektronischem Gerät, das auf ein verstecktes Filmstudio schließen lässt. Ebenso fand man Hunderte von Filmrollen, die von den Flammen vernichtet wurden. Ob die Toten in diesem Studio arbeiteten, ist unklar. Bislang konnte noch keiner von ihnen identifiziert werden. Ebenso ungeklärt ist, ob die Videothek mit den Vorgängen in den benachbarten Gebäuden in Verbindung stand. Indes sei es unmöglich, Nutzer oder Besitzer des Gebäudekomplexes ausfindig zu machen. Man stünde vor einem Rätsel. Unklar sei mittlerweile auch, ob wirklich ein Blitzschlag für den Brand verantwortlich war. Ein Sprecher der Feuerwehr sagte, Art und Ausmaß der Zerstörung der Gebäude sprächen mehr für eine gezielte Zerstörung als für einen zufälligen Blitzschlag. Unbestätigten Meldungen zufolge gibt es auch Zweifel an der Todesursache vieler der gefundenen Opfer. Man sprach von Verstümmelungen. Das BKA wurde eingeschaltet.

Siehe auch Lokalteil, Seite 18, und Vermischtes, Seite 44 …

Ein Windstoß fächert die Zeitung auf, blättert ein paar Seiten um. Dann ein erneuter Fokus, diesmal auf eine kleine Meldung am rechten unteren Rand der Seite.

»The End« zurückgezogen

Das Rätselraten um den in ganz Europa und in Übersee beworbenen Film »The End« (wir berichteten) hat ein Ende gefunden. Die Produktionsfirma Epimeth-Films hat den Film ohne Angaben von Gründen zurückgezogen. Die Verleihhäuser zeigten sich ratlos. Angesichts der merkwürdigen Bedingungen, die das Studio an Verleih und Verkauf gestellt hatte, ist es nicht auszuschließen, dass es sich bei der ganzen Aktion nur um einen riesigen PR-Gag gehandelt hat.

II

Dunkelheit. Ich weiß nicht, wo ich bin. Ich weiß nicht, wer ich bin. Ich schlage die Augen auf.

Um mich herum ragen rußige Häuserwände in einen strahlend blauen Himmel. Gras kitzelt mich im Nacken. Rings um mich wuchern Sträucher. Überall ist Geröll. Offenbar ein verwilderter Innenhof. Ja: Aus irgendeinem Grund weiß ich, dass das ein Innenhof sein muss. Ich richte mich auf und sehe an mir hinab: Ich trage einen Anzug. Schwarze Schuhe. Ich stelle fest: Ich friere. Es ist kalt, trotz der Sonne.

Ich mache einige Schritte. Mir ist etwas schwindlig, aber ansonsten geht es mir gut. In der Tat: Mir geht es gut. Ich taste meine Hosentaschen ab, dann die Jackentaschen. In der Innentasche meines Anzugs finde ich: ein dickes Bündel Geld (ich weiß, dass das Geld ist), ein Paar Kalbslederhandschuhe (ich weiß, dass das Kalbsleder ist), einen Schließfachschüssel, an dem ein Plastikschild mit der Nummer 009 und der Aufschrift *Bhf.* hängt (ich weiß, dass das *Bahnhof* bedeutet), sowie einen Ausweis. Auf dem Ausweis steht unter einem Foto *Alexander Gast* (ich weiß nicht, ob das mein Name ist, aber ich nehme es an).

Ich stecke all die Dinge zurück in die Tasche und gehe auf die einzige Lücke zwischen den Hauswänden zu. Ich erreiche eine kleine Straße. Autos fahren vorbei. Einzelne Fußgänger eilen mir entgegen, die mich aber kaum beachten.

Ich überlege, was ich tun soll. Ich blicke die Straße entlang. Da vorne kommt ein weißes Auto mit einem gelben Kasten auf dem Dach. Ich weiß: Das ist ein Taxi. Ich winke.

Das Taxi hält und ich steige in den Fond. Der Taxifahrer, ein alter kahlköpfiger Mann mit weißen Haarbüscheln über den Ohren, sieht mich prüfend im Rückspiegel an.

»Wohin?«, fragt er.

Ich überlege. Dann kommt mir eine Idee. Ich hole erneut den Ausweis aus der Tasche. Ich lese laut die Adresse ab, die auf der Rückseite steht: »Friedrich-Wilhelm-Murnau-Straße 66, bitte.«

Der Fahrer dreht sich um. »Das ist hier. Genau hier.«

»Oh. Hier wohne ich.« Ich greife nach dem Türgriff.

»Unmöglich. Das Haus hier wird abgerissen. Hier wohnt niemand.«

Ich überlege wieder. »Gut. Dann zum Bahnhof.«

»Wird gemacht.«

Wir fahren los. Der Fahrer sagt: »Und? Woher kommen Sie?«
»Ich weiß nicht.«
»Sie wissen es nicht?«
»Nein.«
»Warum wissen sie es nicht?«
»Keine Ahnung.«
Der Blick des Fahrers wird milder. Kurz kommt es mir so vor, als lächle er.

Nachdem ich ihm sein Geld gegeben habe, stellt mir der Fahrer eine seltsame Frage: »Stört es Sie, dass Sie nicht wissen, woher Sie kommen?«
Ich denke darüber nach. Schließlich antworte ich ganz ehrlich: »Nein.«
Der Kahle lächelt und sagt: »Viel Glück!«
Ich steige aus. Auf dem Gehsteig rempelt mich ein Mann an. Er trägt einen Poncho und hat lange blonde Haare. »Entschuldigung, Pirat!«, sagt er und blickt mich ebenso prüfend an wie vorhin der Fahrer.
»Nichts passiert«, sage ich. »Warum *Pirat*?«
Der Mann lächelt und setzt sich in das Taxi. Merkwürdigerweise sagt auch er: »Viel Glück!« Dann wirft er die Tür des Wagens zu, und das Taxi fährt los.

In der Halle ist ein ziemlicher Tumult. Die Hälfte des Warteareals ist abgesperrt. Polizisten (ich weiß, dass das Polizisten sind, und ich weiß, dass ich mich von ihnen fern halten muss) frequentieren in großer Zahl einen Bereich vor einem Durchgang, über dem *Toiletten* steht. Das Schild *Schließfächer* weist zum Glück in die andere Richtung.
Auf dem Weg zu den Fächern blicke ich auf die große Digitaluhr über der Anzeigetafel der Zugankünfte. Es ist 18:50 Uhr am 30. Juni 1996. Ich bleibe stehen und hole aus meiner Jackentasche den Ausweis. Ich habe mich nicht getäuscht: Heute ist

mein Geburtstag. Heute werde ich sechsundzwanzig. Etwas in mir sagt mir, dass das etwas Besonderes ist. Beschwingt gehe ich weiter.

Ich finde Fach Nummer 009 und öffne es. Darin ist eine graugelbe Sporttasche. Ich öffne sie und finde eine Flut von Banknoten. Große Scheine, kleine Scheine. Viel, viel Geld. Etwas sagt mir, dass das nichts Besonderes ist. Ich schließe die Tasche, nehme sie aus dem Fach und gehe zurück in Richtung Taxistand.

Das Taxi, das vor mir anhält, ist ein sehr alter Wagen. Ein viel älterer als der von vorhin. Keine Ahnung, woher ich das weiß, aber ich weiß es. Ich steige ein.

Der Fahrer trägt einen schwarzen Hut, tief in den Nacken geschoben. So kann ich nichts von seinem Gesicht erkennen. Im Rückspiegel erkenne ich nur ein von bleichen, nahezu weißen Falten umkränztes Auge, das mich wohlwollend mustert. Die Hände, eine auf dem Lenkrad, die andere am Kupplungshebel direkt unter dem Lenkrad, ragen in einem unnatürlichen Grau aus den schwarzen Anzugsärmeln. »Wohin, Partner?« fragt er.

Ich überlege. Was will ich tun? Wo will ich hin?

Ich frage den Fahrer: »Was würden Sie machen, wenn Sie keine Ahnung haben, was Sie mit dem Hier und Jetzt zu tun haben … und wenn es Sie auch nicht sonderlich interessiert?«

Schnell, offenbar ohne zu überlegen, sagt er: »Mich ablenken.«

»Und wie würden Sie sich ablenken?«

»Frauen.«

»Nein. Ich weiß nicht …«

»Alkohol?«

»Ich … nein, das ist es auch nicht …«

»Bücher?«

»Ja, schon eher …«

»Filme?«

»Ja! Ja! Filme!«

»Also wollen Sie in ein Kino?«

Ich überlege. »Ich muss auch irgendwo wohnen…«

»Also ein Hotel?«

»Wie wäre es mit einem Hotel in der Nähe eines Kinos?«

»Ich kenne sogar ein Hotel *über* einem Kino. Das ist gleich um die Ecke.«

»Schön. Da will ich hin.«

Der Mann fährt los. Die Fahrt dauert nicht einmal fünf Minuten. Als ich dem Mann einen Schein über den Sitz reichen will, hebt er eine graue Hand.

»Nein. Das ist schon in Ordnung so. Gib mir das Geld, wenn wir uns wiedersehen!«

»Wenn wir uns wiedersehen? Wann wird das sein?«

»Wenn die Zeit reif ist.«

»Na schön.« Ich steige aus. Ich sehe, dass ich direkt vor einem Kino stehe. *Sunset Boulevard* steht über einem Schaukasten mit Szenenbildern. Eine Windböe erfasst mich. Ich schmeiße die Tür zu und klopfe mir fröstelnd auf die Oberarme.

»Ganz schön kalt, was?«, ruft der Fahrer dumpf durch seine getönte Seitenscheibe. Ich kann ihn kaum erkennen.

»Ja«, sage ich und recke das Gesicht in den Himmel. »Das ist der Nordwind.«

»Der Nordwind!« Der Mann lacht. »Der Nordwind! Heiliger Strohsack! Das wird es sein.«

Das Taxi fährt leise tuckernd davon.

III

Auszug aus einem Interview der Radiosendung »Film!« vom 20. Februar dieses Jahres; interviewt wird der Regisseur Gregor Linde zu seinem bereits vor dem Start heiß diskutierten Debüt *Der Videothekar, der die Welt rettete*.

Film!: Herr Linde, nun die vielleicht offensichtlichste Frage: Wie kamen Sie auf die Idee, diesen Film zu machen?

Gregor Linde: Nennen Sie mich doch endlich Gregor, Mann. Und wie soll ich schon auf die Idee gekommen sein? Ich kam an dieses Drehbuch, ich fand es wunderbar, und so entschloss ich mich, es zu verfilmen. Ganz einfach.

F: Nun, Sie sind branchenfremd … Gregor. Dies ist ihr Debütfilm. Wie kam es, dass Sie als Videothekenbesitzer ins Regiefach wechseln konnten?

G. L.: Tarantino hat vor seinem ersten Film auch in einer Videothek gearbeitet. Was ist schon dabei?

F: Nun, meine Frage zielte auf solche Dinge wie Planung und Finanzierung. Vor allem auf die Finanzierung. Woher kam das Geld? Wieso vertrauen Ihnen solch hochkarätige Schauspieler? Was hat Ihnen als namenlosem Deutschen den Weg nach Hollywood geöffnet? Und nicht zuletzt: Wie haben Sie sich eigentlich Ihr Handwerk angeeignet?

G. L.: Erstens: Finanziert habe ich den Film selbst. Wenn Sie ein wenig recherchiert hätten, dann wüssten Sie, dass letztes Jahr mein Vater verstorben ist. Ich habe somit eine ganze Produktionsfirma geerbt. Wer erbt schon eine ganze Produktionsfirma, Mann? (Lacht.) Zweitens: Die Schauspieler vertrauten ebenso wie ich dem spektakulären Drehbuch. Drittens: Auch in Hollywood stehen dir Tür und Tor offen, wenn du nur genug Geld mitbringst. Viertens: Orson Welles hat sich sein Regiehandwerk als Autodidakt in wenigen Tagen beigebracht – und dann den besten Film aller Zeiten geschaffen: *Citizen Kane*. Alles klar, Mann? (Lacht.)

F.: Nun, ich wusste sehr wohl, dass Ihr Vater verstorben ist…

G. L.: Schon gut, schon gut.

F.: Das tut mir wirklich …

G. L.: Ich sagte, schon gut, Mann.

F.: Schön. (Räuspern.) Schön. Entschuldigung. Dann kommen wir zur nächsten Frage. Das Drehbuch. Schon im Vorfeld der Dreharbeiten wurden Gerüchte laut, dass Sie es selbst geschrieben hätten und der Name »Alexander Gast« nichts weiter sei als ein Pseudonym …

G. L.: Was brächte mir das? Nein, ich kann Ihnen versichern, dass ich das Drehbuch nicht geschrieben habe.

F.: Wer aber ist dann dieser Alexander Gast? Er ist nirgendwo aufzutreiben, scheint untergetaucht, ja mehr noch, er scheint gar nicht zu existieren.

G. L.: Die Wahrheit würden Sie ohnehin nicht glauben.

F.: Versuchen Sie es.

G. L.: Was machen Sie heute Abend? Lust auf ein Bier?

F.: Ich … nun …

G. L.: Wenn Sie mit mir etwas trinken gehen, erzähle ich es Ihnen. Ansonsten vergessen Sie es. Also: Wie sieht es aus?

F.: Ich überlege noch.

G. L.: Dann überlegen Sie schnell, Mann.

F.: Dann in der Zwischenzeit vielleicht eine andere Frage. In der Vorabpräsentation fiel mir auf, dass der Film eine große, nahezu kompromisslose Nähe zu seinem Helden einhält. Und das, obwohl er ja durchaus zwiespältig zu betrachten wäre.

G. L.: Was meinen Sie mit kompromissloser Nähe?

F.: Sie scheinen ihn … zu mögen. Nicht wie ein Regisseur oder Autor seine Figuren lieb gewinnt, sondern … es macht den Eindruck, als … nun, entweder ist der Film autobiographisch oder Sie kannten jemanden, der dieser Figur sehr ähnelt.

G. L.: Ich wusste, dass Sie es drauf haben, Konstanze. (Geräusch. Ähnelt einem Brummen.) Also gut: B.

F.: Sie kannten also jemanden, der …

G. L.: Was ist nun mit dem Bier?

F. : Noch eine Frage zu den Schauspielern. Warum haben Sie die von Carla Tabori gespielte weibliche Hauptfigur genauso angelegt wie die Figur in Carla Taboris Durchbruch »Die Passion der Frau Bachmann«? Sie hat ja sogar den identischen Namen! Bachmann!

G. L.: Erstens, weil die Figur schon im Drehbuch so hieß und so gezeichnet war. Zweitens, weil es Carla so wollte.

F.: Noch eine Frage zum männlichen Hauptdarsteller. Wie haben Sie es geschafft, einen der größten Stars überhaupt, nämlich niemand Geringeren als …

G. L.: Wissen Sie eigentlich, dass wir uns kennen?

F.: Bitte? Nein, ich wollte wissen, wie sie es geschafft haben, einen der größten Stars unserer Zeit, nämlich niemand Anderen als den großen…

G. L.: Filmhochschule. Filmwissenschaften. Theorie. Du warst zwei Semester unter mir.

F.: Ich … was … Moment … Gregor … nein. Nein! Gregor! Gregor! Klar, natürlich!

G. L.: Was ist mit dem Bier?

(Pause.)

G. L.: Konstanze?

F. (räuspert sich): Ja, liebe Zuhörer, so geht das, da sitzt man einem Menschen gegenüber und weiß nicht mal…

G. L.: Jaja. Blabla.

F.: Nun, ich denke, Sie verstehen, dass wir nun erst einmal in die Werbung gehen, liebe Zuhörer, aber dann geht es weiter …

G. L.: Du lächelst ja! Scheiße, sieht das gut aus!

F.: Ich … danke … ich … Scheiße, kannst du mal dieses Ding aus dem Mund nehmen? Das macht mich schon die ganze Zeit verrückt, Mann!«

G. L. (schmatzend): Klar, Baby.

IV

Letzte Szene. Nacht. Intern.

Ein großer Kinosaal. Leer. Die Lichtbahnen des Projektors durchdringen die Dunkelheit, werfen ein konturloses, weißes Bild auf die Leinwand. Ganz vorne, direkt vor der Leinwand, sitzt eine einzelne Gestalt. Sie starrt regungslos auf das blendende Weiß. In die Stille bricht das Quietschen einer Tür. SARAH BACH-

MANN betritt den Saal, geht langsam die flachen Stufen des Saales hinab, an den leeren Sitzreihen vorbei, nähert sich der Gestalt. Erreicht sie.

Das Gesicht der Gestalt ist vollkommen bandagiert. Nur kleine Schlitze an den Augen, der Nase und dem Mund unterbrechen das Weiß. Die Gestalt hält etwas in der rechten Hand.

SARAH
Hallo, Videothekar. Bist du soweit?

VIDEOTHEKAR
Ja. Ja, ich bin soweit.

SARAH
Bist du nervös?

VIDEOTHEKAR
Ein wenig schon.

SARAH
Sollen wir noch warten?

DER VIDEOTHEKAR blickt auf den Gegenstand in seiner Hand: Es ist eine KINOKARTE. Darauf steht:

NEGATIVE-LAND präsentiert!
Darunter:
Sondervorstellung: DER VIDEOTHEKAR.

VIDEOTHEKAR
Nein. Gehen wir.

SARAH
Jetzt oder nie?

VIDEOTHEKAR
Jetzt oder nie.

DER VIDEOTHEKAR steht auf. Zu zweit steigen sie die Stufen zur Leinwand hinauf. Aus dem Weiß der Leinwand schält sich plötzlich eine vollkommen in weiß gekleidete Gestalt und tritt ihnen entgegen: DER WEISSE VICTOR. DER VIDEOTHEKAR gibt ihm die KINOKARTE. Ohne einen Blick darauf zu werfen, reißt sie DER WEISSE VICTOR in zwei Hälften.

DER WEISSE VICTOR
Willkommen zu Hause.

DER WEISSE VICTOR lächelt, dreht sich um und geht auf die Leinwand zu. SARAH und DER VIDEOTHEKAR fassen sich an den Händen und folgen ihm. Ihre schwarzen Silhouetten verschwinden plötzlich, als das Weiß der Leinwand einer diffusen Dunkelheit weicht. Es erscheint eine große rote Drei, dann eine Zwei, dann eine Eins. Es piept. Mit lautem Rauschen setzt die Tonspur ein.

ABBLENDE.

Additional Cast
(in order of appearance)

Patricia Watson	Julia Roberts in »Confessions of a Dangerous Mind« (George Clooney, 2000)
Joseph Cornelius »Joe« Hallenbeck	Bruce Willis in »Last Boy-Scout« (Tony Scott, 1991)
Michael Myers (mit 23)	Tony Moran in »Halloween« (John Carpenter, 1978)
Iris, die Hure	Jodie Foster in »Taxi Driver« (Martin Scorsese, 1975)
Deckard	Harrison Ford in »Blade Runner« (Ridley Scott, 1982)
T-800	Arnold Schwarzenegger in »Terminator I–III« (James Cameron, 1984, 91 und Jonathan Mostow 2003)
Sam Spade	Humphrey Bogart in »Der Malteser-Falke« (John Huston, 1941)
Philip »Phil« Marlowe	Humphrey Bogart in »The Big Sleep« (Howard Hawks, 1944)
Vivian Sternwood	Lauren Bacall in »The Big Sleep«
Sarah Connor	Linda Hamilton in »Terminator I–III«

Ripley	Sigourney Weaver in »Alien« (Ridley Scott, 1979)
Chris Adams	Yul Brynner in »Die glorreichen Sieben« (John Sturges, 1960)
Pike Bishop, Dutch & Die Gebrüder Gorch	William Holden, Ernest Borgnine Warren Oates und Ben Johnson in und als »The Wild Bunch« (Sam Peckinpah, 1968)
William Munny	Clint Eastwood in »Erbarmungslos« (Clint Eastwood, 1992)
Der Namenlose	Clint Eastwood in »Für eine Handvoll Dollar«, »Für ein paar Dollar mehr« und »The Good, The Bad & The Ugly« (Sergio Leone, 1964, 65, 66)
Marshal Matt Morgan	Kirk Douglas in »Der letzte Zug von Gun Hill« (John Sturges, 1959)
Will Kane	Gary Cooper in »Zwölf Uhr Mittags« (Fred Zinnemann, 1952)

Special Guests:

Charles Foster »Der Bürger« Kane	Orson Welles in »Citizen Kane« (Orson Welles, 1941)
Dixon Steele	Humphrey Bogart in »In a lonely place« (Nicholas Ray, 1950)

And introducing:

Sarah Bachmann	Carla Tabori in »Die Passion der Frau Bachmann« (Regisseur und Jahr unbekannt)

Genannte, zitierte oder in anderer Weise benutzte Filme

28 days later (GB 2002) von Danny Boyle
8 einhalb (I 1963) von Federico Fellini
Alien (GB 1979) von Ridley Scott
Aliens – Die Rückkehr (USA 1986) von James Cameron
American Beauty (USA 1999) von Sam Mendes
Amityville Horror (USA 1978) von Stuart Rosenberg
Angel Heart (USA 1986) von Alan Parker
Apocalypse Now (USA 1979) von Francis Ford Coppola
Asphalt Cowboy (Midnight Cowboy) (USA 1968) von John Schlesinger
Asphalt-Dschungel (USA 1950) von John Huston
Außer Atem (F 1959) von Jean-Luc Godard
Ausnahmezustand (The Siege) (USA 1998) von Edward Zwick
Barton Fink (USA 1991) von Ethan & Joel Coen
Basic Instinct (USA 1991) von Paul Verhoeven
Beim Sterben ist jeder der erste (Deliverance) (USA 1972) von John Boorman
Ben Hur (USA 1959) von William Wyler
Beruf: Reporter (I 1975) von Michelangelo Antonioni
The Big Lebowsky (USA 1997) von Ethan & Joel Coen
Birdy (USA 1985) von Alan Parker
Blade Runner (USA 1982) von Ridley Scott
Black Rain (USA 1989) von Ridley Scott
Blood in, blood out (USA 1992) von Taylor Hackford
Blood Simple (USA 1984) von Ethan & Joel Coen
Blow Up (GB 1966) von Michelangelo Antonioni
Blue Velvet (USA 1986) von David Lynch
Boulevard der Dämmerung (Sunset Boulevard) (USA 1950) von Billy Wilder
Die Bourne-Identität (USA 2002) von Doug Liman
Boyz N the hood (USA 1991) von John Singleton
Bram Stokers Dracula (USA 1992) von Francis Ford Coppola
Breaking the Waves (DK 1996) von Lars von Trier
Die Brücke am Kwai (GB 1959) von David Lean
Bullit (USA 1968) von Peter Yates

Casablanca (USA 1943) von Michael Curtiz
Citizen Kane (USA 1941) von Orson Welles
Clockwork Orange (GB 1973) von Stanley Kubrick
Cocktail für eine Leiche (Rope) (USA 1948) von Alfred Hitchcock
Collateral (USA 2004) von Michael Mann
Colors (USA 1987) von Dennis Hopper
Confessions of a dangerous mind (Kan/D/USA 2002) von George Clooney
Der Cooler (USA 2003) von Wayne Kramer
Cruising (USA 1980) von William Friedkin
Dawn of the Dead (USA 1979) von George A. Romero
Dawn of the Dead (USA 2003) von Zach Snyder
Dirty Dancing (USA 1986) von Emile Ardolino
Die drei Tage des Kondor (USA 1975) von Sydney Pollack
Der dritte Mann (GB 1949) von Carol Reed
Easy Rider (USA 1969) von Dennis Hopper
Ein einfacher Plan (USA 1998) von Sam Raimi
Ein Offizier und Gentleman (USA 1982) von Taylor Hackford
Erbarmungslos (Unforgiven) (USA 1992) von Clint Eastwood
Es war einmal in Amerika (USA 1982–84) von Sergio Leone
Event Horizon (USA 1997) von Paul Anderson
Der Exorzist (USA 1973) von William Friedkin
Die fabelhaften Baker-Boys (USA 1989) von Steve Kloves
Die fabelhafte Welt der Amélie (F 2001) von Jean-Pierre Jeunet
Fahrraddiebe (I 1948) von Vittorio de Sica
Fegefeuer der Eitelkeiten (USA 1990) von Brian de Palma
Fight Club (USA 1999) von David Fincher
Flashdance (USA 1982) von Adrian Lyne
Die Fliege (USA 1985) von David Cronenberg
Frankie & Johnny (USA 1991) von Garry Marshall
French Connection (USA 1971) von William Friedkin
Fresh (USA 1994) von Boaz Yakin
From dusk till dawn (USA 1995) von Robert Rodriguez
Frühstück bei Tiffany (USA 1960) von Blake Edwards
Für eine Handvoll Dollar (I 1964) von Sergio Leone
Für ein paar Dollar mehr (I 1965) von Sergio Leone
Gattaca (USA 1997) von Andrew Niccol
Getaway (USA 1971) von Sam Peckinpah
Gladiator (USA 2000) von Ridley Scott
Die glorreichen Sieben (USA 1960) von John Sturges

Gloria (USA 1980) von John Cassavetes
Goldfinger (GB 1964) von Guy Hamilton
Der große Gatsby (USA 1974) von Jack Clayton
Haben und Nichthaben (USA 1945) von Howard Hawks
Halloween (USA 1978) von John Carpenter
Harry & Sally (USA 1989) von Rob Rainer
Hass (F 1994) von Mathieu Kassovitz
Heat (USA 1995) von Michael Mann
Der Herr der Ringe I–III (USA/NZ 2000–2003) von Peter Jackson
Highlander (USA 1985) von Russel Mulcahy
Ich kämpfe um dich (Spellbound) (USA 1945) von Alfred Hitchcock
Ich weiß noch immer, was du letzten Sommer getan hast (USA 1998) von Danny Cannon
Im Geheimdienst Ihrer Majestät (GB 1969) von Peter Hunt
Im Zeichen des Bösen (Touch of evil) (USA 1958) von Orson Welles
In a lonely place (USA 1950) von Nicholas Ray
Internal Affairs (USA 1990) von Mike Figgis
Irma la douce (USA 1963) von Billy Wilder
Is' was, Doc? (What's up, Doc?) (USA 1971) von Peter Bogdanovich
J.F.K. (USA 1991) von Oliver Stone
Jade (USA 1995) von William Friedkin
Jeremiah Johnson (USA 1971) von Sydney Pollack
Jigsaw (USA 1968) von James Goldstone
Jules & Jim (F 1962) von Francois Truffaut
K-Pax (USA/GB/D 2001) von Iain Softley
Die Kinder des Olymp (Les enfants du paradis) (F 1941–43) von Marcel Carné
King Kong (USA 1933) von M. C. Cooper & Ernest B. Schoedsack
King Kong (USA/NZ 2005) von Peter Jackson
Krieg der Sterne – Eine neue Hoffnung (USA 1977) von George Lucas
Krieg der Sterne – Das Imperium schlägt zurück (USA 1979/80) von Irvin Kershner
Krieg der Sterne – Die dunkle Bedrohung (USA 1999) von George Lucas
L.A. Confidential (USA 1997) von Curtis Hanson
Die Lady von Shanghai (USA 1946) von Orson Welles
The Lady in the Lake (USA 1947) von Robert Montgomery
The Last Boy-Scout (USA 1991) von Tony Scott
Das Leben nach dem Tod in Denver (USA 1995) von Gary Fleder

Leoparden küsst man nicht (Bringing up baby) (USA 1938) von Howard Hawks
Der letzte Tango in Paris (F/I 1972) von Bernardo Bertolucci
Der letzte Zug von Gun Hill (USA 1959) von John Sturges
Living in Oblivion (USA 1995) von Tom diCillo
Lizenz zum Töten (GB 1989) von John Glen
Lohn der Angst (F 1954) von Henri-Georges Clouzot
Magnolia (USA 1999) von Paul Thomas Anderson
Der Malteser-Falke (USA 1941) von John Huston
Der Mann ohne Vergangenheit (Fin 2001) von Aki Kaurismäki
Der Marathon-Mann (USA 1976) von John Schlesinger
Marnie (USA 1964) von Alfred Hitchcock
Maschinenpistolen (White Heat) (USA 1949) von Raoul Walsh
Matrix (USA 1999) von The Wachowsky-Bros.
Mein Onkel (F/I 1958) von Jacques Tatí
Memento (USA 2000) von Christopher Nolan
Menace II Society (USA 1993) von Allen & Albert Hughes
Der Mieter (F 1976) von Roman Polanski
Millers Crossing (USA 1989) von Ethan & Joel Coen
Der Morgen danach (USA 1986) von Sidney Lumet
Mulholland Drive (F/USA 2001) von David Lynch
New Jack City (USA 1990) von Mario van Peebles
Die Nacht der lebenden Toten (USA 1968) von George A. Romero
Nightmare on Elm-Street (USA 1984) von Wes Craven
No Way Out (USA 1987) von Roger Donaldson
Notting Hill (GB 1999) von Roger Michell
Das Omen (USA 1975) von Richard Donner
Out of Sight (USA 1998) von Steven Soderbergh
Der Partyschreck (The Party) (USA/GB 1967) von Blake Edwards
Der Pate (USA 1973) von Francis Ford Coppola
Der Pate II (USA 1974) von Francis Ford Coppola
The Player (USA 1992) von Robert Altman
Poltergeist (USA 1982) von Tobe Hooper
Pretty Woman (USA 1989) von Garry Marshall
Der Profi (F 1982) von Georges Lautner
Profondo Rosso (I 1975) von Dario Argento
Der Prozess (BRD/F/I 1962) von Orson Welles
Psycho (USA 1960) von Alfred Hitchcock
Red River (USA 1948) von Howard Hawks
Die Reifeprüfung (The Graduate) (USA 1967) von Mike Nichols

The Ring (Ringu) (J 1998) von Hideo Nakata
The Ring (USA 2002) von Gore Verbinski
Romeo is bleeding (GB/USA 1993) von Peter Medak
Rosemaries Baby (USA 1967) von Roman Polanski
Der rote Korsar (The Crimson Pirate) (USA 1952) von Robert Siodmak
Die rote Wüste (I 1964) Michelangelo Antonioni
Rumble Fish (USA 1983) von Francis Ford Coppola
Russian Ark (Rus 2002) von Aleksandr Sokurov
Saló – Die 120 Tage von Sodom (I 1975) von Pier Paolo Pasolini
Der Schakal (GB 1973) von Fred Zinnemann
Der Schakal (USA 1997) von Michael Caton-Jones
Der Schatz der Sierra Madre (USA 1948) von John Huston
Schießen Sie auf den Pianisten! (F 1959) von Francois Truffaut
Der schwarze Falke (The Searchers) (USA 1956) von John Ford
Das Schweigen der Lämmer (USA 1990) von Jonathan Demme
Shining (USA 1980) von Stanley Kubrick
Sieben (USA 1995)von David Fincher
Speedy (USA 1928) von Ted Wilde
Spiel auf Zeit (Snake Eyes) (USA 1998) von Brian de Palma
Strange Days (USA 1994) von Kathryn Bigelow
Stirb langsam (Die hard) (USA 1987) von John McTiernan
Suspiria (I 1976) von Dario Argento
Taxi Driver (USA 1975) von Martin Scorsese
Terminator (USA 1984) von James Cameron
Terminator II – Tag der Entscheidung (USA 1991) von James Cameron
Titanic (USA 1997) von James Cameron
Tödliche Weihnachten (The long kiss goodnight) (USA 1996) von Renny Harlin
Tod im Spiegel (Shattered) (USA 1991) von Wolfgang Petersen
Top Gun (USA 1986) von Tony Scott
Top Secret (USA 1983) von Zucker/Zucker/Abrahams
Topaz (USA 1969) von Alfred Hitchcock
Tote schlafen fest (The Big Sleep) (USA 1946) von Howard Hawks
Tote schlafen besser (The Big Sleep) (GB 1978) von Michael Winner
True Romance (USA 1993) von Tony Scott
U-Turn (USA 1997) von Oliver Stone
Über den Dächern von Nizza (To catch a thief) (USA 1955) von Alfred Hitchcock

Die üblichen Verdächtigen (USA 1995) von Bryan Singer
Das unbekannte Gesicht (Dark Passage) (USA 1948) von Delmer Daves
Der unsichtbare Dritte (North by Northwest) (USA 1959) von Alfred Hitchcock
Verdächtig (USA 1941) von Alfred Hitchcock
Der versteinerte Wald (USA 1936) von Archie Mayo
Vertigo (USA 1958) von Alfred Hitchcock
Videodrome (Kan 1982) von David Cronenberg
Die Vögel (USA 1963) von Alfred Hitchcock
Vom Winde verweht (USA 1939) von Victor Fleming
Was geschah wirklich mit Baby Jane? (USA 1962) von Robert Aldrich
Waterworld (USA 1994/95) von Kevin Reynolds
Der Weiße Hai (Sharks) (USA 1974) von Steven Spielberg
Wenn die Gondeln Trauer tragen (Don't look now) (GB/I 1973) von Nicolas Roeg
The Wild Bunch (USA 1968) von Sam Peckinpah
Winterschläfer (D 1997) von Tom Tykwer
Wolfen (USA 1981) von Michael Wadleigh
Zabriskie Point (USA 1969) von Michelangelo Antonioni
Der Zauberer von Oz (USA 1939) von Victor Fleming
Der zerrissene Vorhang (USA 1966) von Alfred Hitchcock
Zurück in die Zukunft (USA 1985) von Robert Zemeckis
Zwei glorreiche Halunken (The Good, the Bad and the Ugly) (I 1966) von Sergio Leone
Die Zwölf Geschworenen (USA 1959) von Sidney Lumet
Zwölf Uhr Mittags (High Noon) (USA 1951) von Fred Zinnemann
Zwölf Uhr Nachts (Midnight Express) (GB 1977) von Alan Parker